U0147400

孤独战士

一个被组织抛弃的独立团连长艰难而孤独的自我救赎

AN ABANDONED SOLDIER

耿峥
★ 著

凤凰出版传媒集团
凤凰出版社

图书在版编目（CIP）数据

孤独战士/耿峥著.--南京:凤凰出版社,
2010.9

ISBN 978-7-80729-871-7

Ⅰ.①孤… Ⅱ.①耿… Ⅲ.①长篇小说—中国—当代
Ⅳ.①I247.5

中国版本图书馆 CIP 数据核字(2010)第 162453 号

书　　名：孤独战士

著　　者：耿　峥
策　　划：文脉堂
责任编辑：刘晓燕
出版发行：凤凰出版传媒集团　凤凰出版社
出　　品：凤凰出版传媒集团　北京凤凰天下文化发展有限公司
公司网址：北京凤凰天下网　　http://www.bookfh.cn
印　　刷：北京嘉业印刷厂(北京市大兴区黄村卫星城东)
开　　本：700×1000 mm　16 开
印　　张：13.5
字　　数：220 千字
版　　次：2010 年 12 月第 1 版　2010 年 12 月第 1 次印刷
标准书号：ISBN 978-7-80729-871-7
定　　价：24 元

（本图书凡印装错误可向发行部调换,联系电话:010-58572106）

孤独战士

目录

CONTENTS

孤独战士
AN ABANDONED SOLDIER

第1章 庙山遇险

这是1940年的早春。在大蒙山区，一支身着八路军军服的队伍从冀鲁豫军区第五军分区司令部往军分区独立团所在地行走着。

这支队伍共一百来人，都打着背包，其中有十多个看上去很清秀的女战士，都是军分区刚成立的文艺队的队员，正随独立团政治部张五常主任去独立团演出。张五常来军分区开会，而军分区文艺队演出第一站就是独立团，他回去时就顺便带上了她们。除了文艺队队员外，其余的战士是独立团特务连程指导员带的一个排的武装。

队伍中唯一骑着马的就是政治部主任张五常。他三十五六岁，中等个头，身体壮实，肤色较黑，嘴唇较厚，看得出从军之前做过农民或其他底层工作。但他的气质与表情显然有种军人的威严，目光不时表现出一种政工干部常有的锐利和优越感。他眼睛不大，但闪现着一种精明的光芒。

他的眼光时不时下意识地朝队伍中那个高个的漂亮女战士的背影瞟去。

那个女战士就是军分区文艺队队长李芬。她有二十二三岁，身材高挑，白皙的瓜子脸，眼睛很大也很漂亮，睫毛较长，眉毛如柳叶，梳着齐耳中长发。她穿着军服，扎着武装带，背着背包，显得英姿飒爽。这样的长相、身材、气质、皮肤，不要说在根据地，就是在大城市里，也是较打眼的。

她正兴致勃勃地边走边和身边的女战士刘兰聊着什么。刘兰也很漂亮，但显得娇小。

正是早春，虽然战争的烽火一次次烤灼过这片土地，但大自然馈赠给这片土地的美丽仍然在春天的季节、在战争的间隙，无遮无拦地绽放着。起伏的山岭上，刚刚冒出的绿意漫山遍野，如一层层铺开的绿色的云。间或可以看到一片一片的油菜花，金黄灿烂，仿佛是这片土地粲然的微笑。杜鹃花、山茶花、迎春花一丛一丛悬挂在山顶，或点缀绿地，展示万绿丛中一点红的多彩多姿。群山起伏，流水潺潺。路边、山道上、悬崖缝中，鲜嫩的野草间，星星点点的野花不时探出头来，尽情呼吸着早春山野间新鲜的空气。

整个五分区都在大蒙山的东南方向。从五分区司令部到独立团，有九十多里的路程，走快一点，一天可以到达。

到下午，这支队伍已走了五十多里地。特务连的战士们还好，文艺队有人受不了了。娇小而漂亮的刘兰苦着脸对李芬道："李芬姐啊，你去给那个什么张主任说一下吧，该歇息了！"

李芬眉头皱了一下，走出队列，跑到张五常面前："报告张主任，大家都累了，想歇一下。"

张五常骑在马上定定地看着她，目光像被线牵着一样落在她的脸上，跟着是高耸的被军服绷着的胸部，跟着又挪开，不自在地哼了一下，道："嗯，可以。"然后他对全体人员喊："原地休息！"

全体人员都走到路边的草地上或大树下坐下，取下背包，开始休息。张五常牵着马走到李芬她们旁边的一棵树旁，把马缰绳系在树上。

"张主任，这边坐吧。"李芬挪开一个位置，礼貌地打了个招呼。张五常微微有些矜持地走过去，在李芬旁边坐下。

"张主任，还有多远啊！"李芬问。

"只有小半天路程了！"张五常道。

"那敢情好，咱好几个同志脚都起泡了！"

"哈哈，行军打仗，这是常有的事哦！"张五常的语气有种居高临下的亲切。他跟着又问："你叫李芬？"

"是的，张主任！"

"参加革命前做什么的？"

"学生，参加过地下党的外围组织，后来就和同学一道投奔根据地了。"李芬边说边打量他一下。

"出身什么家庭呢？"

"小工厂主家庭。"李芬的表情有些不自在了，她知道她的成分是个敏感问题。

"哦，出身不是很好。"张五常若有所思地点点头，跟着用表扬的语气道，"但这样的出身，能参加革命，也不容易！"

李芬愣了一下，笑道："张主任，家庭成分与抗日无关吧？"

"谁说无关？很有关系！"张五常略显严肃地说，"小资产阶级出身的，革命和抗日就是不够坚决！红军时期，肃反肃掉的，大多是出身不好的！"

"张主任，您这是唯成分论！"李芬旁边的刘兰抗议。

"唯成分论不是错误！我们革命队伍，就是要讲成分、讲阶级！"张五常不快地看了她一眼。

"可是，据我所知，很多高级干部都出身知识分子家庭呢！"李芬道。

"不要议论领导干部，这是自由主义！"张五常看了她一眼，有些不高兴了。

"我们不是乱议论，是在谈事情。"刘兰快言快语道。

"谈事情也要注意方式，要尊重领导，要虚心，不要动不动就顶嘴啊！"张五常表情严肃地说，然后一挥手，大度地笑道，"没关系，你们嘛，刚参加革命，多向老同志学习就可以了！"

李芬带着几分尊重的表情点点头。刘兰不服气地看了张五常一眼，不吭声了。

正说着，一阵枪声从远处传来。一个在山坡上放哨的战士从前面跑过来，向张五常报告："报告张主任，大队日军发现了我们，正朝我们冲过来。"

张五常脸色一变，问："多少人？"战士回答说有近二百人，应该是一个中队。张五常赶紧喊："快，准备战斗！程指导员！程指导员！"

看上去老实巴交、像个典型庄稼汉的程指导员迅速跑了过来，看了看旁边的庙山，对张五常说道："张主任，这里离团部不远，我建议我们先爬上旁边的庙山山坡，在那里坚守，一面派人到团里去求救。"

张五常点头答应了。程指导员赶紧要身后一个战士骑上张五常的马，往团部送信，又对其他人喊："快，上山去！"于是，全体战士及文艺队队员背起背包，朝庙山山坡上爬去。

张五常领着众人爬上山坡，令战士们迅速占据有利地形，又命令李芬带文艺队队员躲到山坡后的小树林去。

"张主任，我们一起战斗，我们可以帮你们救助伤员！"李芬不同意。

"不用，你们要是有个三长两短，我们都交不了差。服从命令，快走！"张五常的声音很严厉。

话音未落，一发炮弹带着呼啸声飞来，在前面爆炸了。刘兰吓得尖叫起来。程指导员冲着李芬喊："快，到山坡后的树林里隐蔽去！你们要损失了，我们交不了差！"李芬只好领着文艺队队员们朝山坡后面的树林奔去。

日军已经奔到了山坡下。他们大多背着背包，看样子是一队过路的日军，正好撞见了张五常他们，想来捡个便宜。一个骑在马上的日军中队长举着指挥刀，喊了一声："进攻！"日军端着枪朝山上冲上来，刺刀在春天的阳光下闪着寒光。

张五常下令："开火！"战士们一齐朝山下开火。程指导员身边的一挺机关枪也"突突"地叫了起来。枪声响成一片，手榴弹在天空中划着优美的姿势飞向日军队伍。

冲在前面的日军有的被打倒，从山坡上滚下，有的被炸飞，但大多数仍然猫着腰气势汹汹地朝山上冲。与此同时，日军的迫击炮发出的炮弹在山坡上炸开。所幸战士们都趴着，炮弹对他们构不成太大的威胁。

山坡后的小树林里，文艺队队员们都坐在地上。由于不时有炸弹在林中炸开，有些女队员有些慌，搂作一团，脸色苍白。

李芬一面安慰着队友，一面焦急地看着在前面战斗的战士们。

一个受伤的战士退到岩石后，自己扯破军服给血淋淋的胳膊包扎着，因为不方便，显得有些吃力。李芬看见了，赶紧从旁边的背包里扯出一条白色的床单，撕成十几条，对其他文艺队队员道："你们就在这里救护伤员，我到上面去！"说完，她拿着一把布条冲上去，帮那个战士包扎伤口。

刘兰和几个男队员也学着她的样子扯了些布条，跑到了阵地上。

山下，日军拼命冲锋。山上，不断有八路军战士被子弹打中。张五常一手拿着手枪，一面躲着子弹，一面喊："狠狠打，不要让他们冲上来！"

忽然，他看见李芬正在给一个伤员包伤口，赶紧过来，急道："李队长，你们怎么上来了？"

李芬道："你们人不够，需要帮忙！"

"快下去！你们要出了事，我们怎么交差？"张五常喝道。

此时山坡上的枪声渐渐稀了。战士们的子弹越来越少，都有意识地省着子弹打。

日军趁这个机会渐渐冲了上来。这座山并不太高，约三十度的斜坡，要冲上来也是很容易的。

有两个日本兵冲上山顶，亮出刺刀，一下捅倒一个战士，立即有几个战士上前将他们捅倒。

又一个鬼子冲了上来，直奔正给一个战士包头的刘兰，明晃晃的刺刀朝那个受伤的战士捅来。刘兰呆呆地看着明晃晃的刺刀，脸色发白，惊恐地瞪大了眼睛，张口叫了起来："啊……"斜刺里一个战士冲了过来，朝着鬼子捅去。鬼子扭过刺刀，与他格斗起来。又一个战士上前，两人夹击这个鬼子，将他干掉。

山下的鬼子挺着刺刀，以胜利者的姿态一步一步地逼了上来，脸上挂着自负与嚣张的表情。程指导员抓起一把长枪，挺着刺刀，大喊："同志们，准备拼刺刀！"

就在这时，山下的鬼子忽然一片大乱。一个战士喊："快看，鬼子自相残杀了！"只见山下，一支十来人的日军骑兵冲进日军阵营。领头的一个穿日军军服的"鬼子"左劈右砍，无人可挡。近处的鬼子不是被砍倒，就是四散逃开。

程指导员定定神，高兴地喊道："那不是鬼子，是关连长他们！"

张五常也高兴地站了起来，喊："妈的，关大河过来了！这小子，真是神兵天降啊！"然后他大叫："同志们，快把鬼子打下去！"

山上的八路军都跳了起来，与冲上来的鬼子格斗。冲上来的鬼子见后面阵脚大乱，无心恋战，赶紧退了回去。

山脚下，率队冲进日军阵营的那队骑兵，是独立团特务连连长关大河带的一个班的战士。两天前，他奉命护送两位路过的首长去第四军分区。在路上，他们以白刃战消灭了一支遭遇的日军骑兵小分队，夺了他们的马，换上他们的服装，一路上畅通无阻。完成任务后，返回途中，在一个岔路口，他们遇见了张五常派往团部送信的那个战士，得知张五常及军分区文艺队在庙山上被围，就要那个战士去团部报信，自己领着古柱子等人径直朝这边杀了过来。

关大河看上去二十六七岁，身材魁梧，宽肩细腰，一望便知是习过武的人，方正的脸庞上，刮过又长出碴的络绸胡泛着青色的光。他表情沉静，挥动马刀，动作利落，一刀下去，不是砍倒日军，就是打落他们手中的枪，跟着再一刀下去，鬼子多半要被砍成两半。

被杀昏了头的日军很快意识到他们只有几个人，在中队长的指挥下，很快朝他们围了过来。

关大河挥刀杀在前面，所向披靡，一连砍翻好几名日军，直杀上半山腰。好在这山不高，坡不陡，骑马奔驰很是得力。

忽然，他身后传来班长古柱子的喊声："连长，救救我！"

关大河回头一看，只见古柱子和两名战士被一伙日军围住，三人一面力战，一面呼唤关大河。就在关大河扭头这一刻，一个战士已经被捅倒在地。

关大河跳下马，对跟在身后的几个战士道："把我的马牵上去。"那个战士张嘴要说什么，关大河吼道："快去！"

那战士骑在马上，牵着关大河的马往山上奔去。其余战士赶紧跟着上山去。

　　关大河提着马刀步行着冲下山坡，挥刀直朝日军包围圈里杀去，接连砍倒了四个鬼子。杀进重围，他对古柱子喊："古柱子，跟我来！"然后转身砍倒迎面朝他刺来的两个日军，杀开一条血路，直往山上冲去。古柱子和另一个战士背着枪，提着马刀，跟着他边杀边冲。迎面阻拦的日军，不是被砍倒，就是被杀散。

　　这场血战的情景，被山坡上的李芬、刘兰和全体指战员看到了。刘兰痴痴地看着关大河，嘴巴张得老大，惊讶地道："天啊，这个人太神勇了，太英武了，简直就是三国时的赵子龙！"

　　程指导员看着日军朝关大河围过去，醒过神来，大喊："快，掩护关连长！"战士们纷纷开枪，打散逼近关大河的日军。

　　关大河一行冲上山坡，山坡上的战士们欢呼起来。关大河看到了张五常，赶紧奔过来，敬礼道："报告张主任，我们奉命送上级领导到四分区，完成任务归来，遇上你派出去报信的战士，前来营救了！"

　　张五常有些不快地问："就你们几个？我的信使呢？"

　　"他去团部报信了，我们只是先来一步，大部队马上就会来的！"关大河道。

　　程指导员走过来，捶了关大河一拳，说道："老关，你们来得真及时啊，再晚一分钟，我只怕要光荣了。"

　　关大河笑道："你这家伙我知道，命长着呢。"

　　这时，山下又传来枪声。关大河看了看山坡下，对张五常道："张主任，日军又要发动进攻了，我们准备战斗吧！"

　　张五常点头："嗯！"

　　关大河挥手道："同志们，进入阵地，准备战斗！"又命令身边的古柱子把缴获的战马都拴到后面山坡上，保护好。

　　山坡下，恼羞成怒的日军中队长挥舞着马刀，命令鬼子发动又一次冲锋。

　　关大河和程指导员趴在一处，用步枪射击。关大河他们缴获的日军骑兵的武器都发给了战士们，所以，战士们又多了些三八大盖和子弹。关大河弹无虚发，一连射倒了三名日军。

　　李芬冲到关大河旁，给刚受伤的战士包扎着流血的胳膊。她抬头，看见了关大河，冲他含笑点头致意，然后大方地说道："你好，连长同志，我们是军分区新成立的文艺队，随张主任到独立团去作宣传演出的！"

　　关大河看着她，似在打量，又似在询问，目光里明显有种被她吸引住的光芒。他赶紧点头道："欢迎！"跟着又朝下开枪。

　　日军加大了炮轰的力度。迫击炮弹频频飞了过来，山坡上炮声连连，泥土和弹片横飞。关大河下意识地转脸对身边的李芬说道："注意躲敌人的炮弹！"但他却未看见李芬。

　　烟尘中，李芬正半弯着身子奔跑着，似乎要去救一个受伤的战士。

　　空中又传来迫击炮弹的呼啸声。关大河大惊，喊："卧倒！"他扑了上去，一把将

李芬扑倒在地。一发炮弹在他们旁边爆炸。关大河身上落满灰尘，李芬被压在他的身下。关大河坐了起来，不快地叮嘱道："不要乱跑，注意躲炮弹！"

李芬也坐了起来，惊魂未定。"谢谢！"她感激地说道，脸上现出一缕红晕。

"听见炮弹飞来的声音就快卧倒！"关大河说着就准备站起来。这时，空中又传来炮弹呼啸的声音。关大河再次大喊："卧倒！"又把李芬扑倒在地。此时，两人正好面对面。

一发炮弹在前面爆炸，泥土朝他们身上像落雨一般盖过来。

爆炸过后，关大河没有起身。他的脸正对着李芬的脸，两人都睁着眼，近距离看着对方。关大河似乎被李芬的美丽及身上散发出的女性气息打动。他的目光有些痴呆，呼吸似停止一般。李芬也似乎被关大河的英武所打动。她的脸上泛起红晕，也有几分羞涩。她情不自禁地呆呆地看着关大河，仿佛有一根线牵着她的目光。

旁边，张五常扭头，正好看见了这一幕，不由愣住了，脸上现出不自在的表情，怒喝道："关大河，敌人上来了！"

关大河醒过神来，意识到什么，赶紧起身。李芬也发现自己走神了，赶紧低下头，难为情地坐了起来。

忽然有战士喊："我们的部队上来了！"

只见山下，田参谋长带的特务连主力冲了过来，与日军战在一处。

关大河站起来，跑到刚才射击的地方，捡起搁在地上的马刀，喊："同志们！跟我上！"接着像老虎一样跳了出去。战士们纷纷朝山下冲去。关大河挥舞马刀，在日军中砍杀。血肉横飞之中，一个个日军成了他的刀下之鬼。

李芬呆呆地看着关大河拼杀的身影。刘兰过来，搂着她的肩："李芬姐，那个英武的关连长，好像对你有意思！"

李芬看着她："怎么说？"

刘兰道："刚才他救你时那个眼神，我看见了，那可是被爱神之箭射中后的目光！你好像也目不转睛地看着他！"

李芬瞪了她一眼："乱说，我们就面对面，眼睛很自然都看着对方，你太自作多情啦！"

刘兰笑道："嘻嘻，相信我的眼光吧！"

"去你的！"李芬使劲把她一推，瞪了她一眼，但脸上却有着不由自主的兴奋。

山坡下，日军已被消灭大半，剩下的日军撒开腿，拼命逃走。

这场战斗中，我方共消灭日军一百多名，缴获长短枪八十余枝，光机关枪就有十多挺，迫击炮五架。一个鬼子的过路中队几乎被全歼。

第2章 "失意"的爱情

　　文艺队被顺利地接到了独立团团部所在地黄庄。一场被包围的邂逅战变成了一场胜仗，独立团刘团长很高兴，好好地表扬了关大河。他是打仗出身的，一直很欣赏关大河。政治部主任张五常也说了关大河的好话。张五常在红军时期一直从事保卫工作，对像关大河这样从国民党军队里过来的人多少有些成见。

　　这天早上，独立团团部驻地黄庄洋溢着一片清新热闹的景象。刚刚发芽的柳树、樟树织成一片柔软的薄薄的鹅黄色的云，缠绕、掩映着这座有三百多户人家的大村庄。这里住着团部及特务连。三个营住在其他的村子里。

　　此时，特务连战士们正在打麦场训练，文艺队的队员们也在操场上排练。

　　打麦场的南边一角，靠林子的地方，一群特务连的士兵齐整地坐在地上，李芬正在教他们唱《大刀进行曲》。她先问有多少人知道这支歌的来历，结果只有两个人举手。于是，她开始给战士们讲这支歌的来历："这支歌最先是从二十九军唱起来的。1933年，二十九军参加了长城抗战，用大刀在喜峰口战斗中杀出了威风。一天晚上，二十九军两个团的弟兄们手持大刀，夜袭日军，砍得鬼子鬼哭狼嚎。"

　　她秀美的头发被微风吹起，露出白皙的颈脖，身材被勾勒得十分窈窕，美丽的脸蛋上，表情很是动人。刚刚给几个新战士训完话的关大河正好路过这里，看着她动人的样子，情不自禁地站在她身后，凝神静听。

　　"二十九军的大刀从此威名远扬，一夜之间，'大刀向鬼子们的头上砍去'的歌就唱了起来！这支歌现在成了鼓舞全国人民斗志的歌。听说，你们关连长就参加了那次战斗！"李芬接着说。

　　关大河一愣，他没有想到李芬竟知道他参加过喜峰口长城抗战。

　　忽然，李芬似乎从面前战士们的目光中发现了什么，忙扭头，结果看见了关大河。两个人四目相对，脸都红了。

　　关大河有些慌乱地收回目光。李芬掩饰住羞涩，调整一下情绪，大方地笑道："关连长，我正在给战士们讲喜峰口抗战，请你指导！"

　　"没有什么，你接着讲好了，我不打搅了！"关大河心里面有些慌乱，红着脸赶紧离去。李芬看着他的背影，好像意识到了什么，一缕羞涩与喜悦映上脸庞，她下意识地又朝关大河的背影看了一眼，然后，扭转身来，开始教战士们唱歌。

　　没多大一会儿，张五常也背着手路过这里，李芬动人的身姿及专注的表情让他情

不自禁地停了下来。李芬扭过头来，看见他，对他礼貌性地嫣然一笑，又扭过头去，接着教歌。这一笑仿佛叩开了张五常的心扉，他走了两步，又情不自禁地回头看李芬，一副恋恋不舍的表情。他今年三十五岁了，参加革命前是一个小饭堂里烧火的厨师，至今未婚。从第一眼看到李芬起，他就心动了。此刻，李芬脸上美丽的微笑，更让他有了触电般的感受。他想，也许这是李芬在向他示爱吧。

黄昏时，关大河正坐在村口的树林里看《水浒传》。他读过私塾，也喜欢看这些书，只是战事倥偬，没有多少时间看。不久前，他从刘团长那里借来了这本书，就忙里偷闲地看起来。

恰在这时，在村外小河里洗完衣服的李芬和刘兰走了过来，一下看见了他，就奔了过来。李芬与刘兰走近了，刘兰喊："嗨，战神你好！"

关大河抬头，看见是她们两人，有些惊讶，赶紧站起来，微笑着招呼道："是李芬队长和刘兰姑娘！"

李芬含笑问："关连长，看什么书？"

关大河不好意思地笑道："闲书，随便看看！"

刘兰伸手说："咱们瞧瞧！"关大河把书递给她。

刘兰看到书的封面，叫道："《水浒传》，你喜欢？"

关大河道："小时候听过评书，现在才有机会看！"

刘兰以调侃的语气道："我看过一点点，都是讲的武艺高强的英雄好汉的事。怪不得关连长一身武艺，不会是看这书学来的吧？"

关大河笑了，说："不是，这是小说，不是武林秘籍！"

李芬"扑哧"笑了，亲昵地拉着刘兰的胳膊："你这丫头，看小说也能学武艺？那你也看了一半，怎么没学到？"跟着，她惊讶地看着关大河："你读过大学？"

关大河笑了："没有，小时候读过几年私塾！"

刘兰说道："那你真是能文能武了，了不起！"

忽然，她眼珠一转，调皮地故意对李芬说："芬姐，我看啊，只有关大河这样英武英俊、能文能武的英雄才配得上你，你和关连长真是天生一对！"

李芬立刻红了脸，又羞又急，捂着她的嘴："你个疯丫头，你乱说什么啊！"

关大河也愕然，似乎没料到刘兰会如此直接，一时没反应过来。他看看李芬，脸也红了，表情显得有些慌乱。

李芬抬起头，正好关大河也在看她，四目相对，一时都挪不开了。

李芬不好意思地挪开目光，对刘兰道："那，我们不打扰关连长看书了。"

刘兰大大咧咧地说："好啊，战神，您老人家就慢慢看好了，再见！"

李芬也含笑道："关连长，再见！"她的目光里带着一缕温柔，飘然离去。

关大河愣愣地看着她们的背影。他似乎还在回味。跟着，他意识到了什么，嘴角露出幸福的微笑。他下意识地拧一拧拳头，把目光投向美丽的天空，似乎有天高地阔、生活无限美好的感觉。一阵微风吹来，吹动他的衣领，他显得玉树临风、春风得意。

他出身于黄河边的一个武师家庭，从小跟着父亲习武，也读过私塾。长城抗战爆发后，他背着父亲悄悄去投了二十九军。在长城抗战中，他的武艺与大刀杀出了威风。

后来，他担任了二十九军的连长。卢沟桥事变后，二十九军一部被打散，他因受伤与部队失去了联系。在老乡家中养好伤后，他没找到部队，正好遇见了开过来的八路军，就投奔了八路军，从班长做起，直做到特务连连长。因为他在二十九军待过，住过大城市，也见识过那些军官们谈恋爱，所以，对情感，对爱情，比一般的农村出去的八路军干部、战士要开通一些，至少要懂些浪漫与风情。

黄昏的邂逅让关大河内心躁动了，第二天心事重重地想了一天后，他决心向李芬求爱。第二天晚上，他把自己的心事告诉了和自己住在一个房里的搭档——程指导员，说自己喜欢上了那个李芬，想托他去做媒。程指导员是个地道的庄稼汉出身的干部，听了他的想法，大吃一惊。他没有想到关大河竟然敢去向李芬求婚。关大河一表人才，武艺高强，打仗勇敢，这都是事实，可是，这和找老婆，特别是找李芬这样的老婆是两回事。首先，像李芬这样的大城市过来的美女，全军区都数得上的大美人，在女人稀缺的部队里，不知有多少人盯着，哪里会轮到他关大河一个小小的连长。其次，部队里是有"二五八团"规定的，也就是二十八岁以上，五年党龄，团职干部，才有资格结婚，光这一条，关大河就会被卡下来。他居然敢……

可是，感情如脱缰的野马的关大河已经失控了，他坚持要程指导员去做个媒，理由是：反正心里面很难受，不如试一下，成就成，不成呢也好死心。至于"二八五团"的规定，他相信如果两个人相爱，上级组织会考虑的，至少刘团长会帮他说话的。

程指导员被他说动了，看在老搭档的面子上，答应第二天帮他求婚。

第二天，关大河带特务连出去拉练了，程指导员受关大河之托留在黄庄为他做媒。

他找到文艺队住处，里面的刘兰说李芬被政治部张主任叫出去谈工作了。他又找到张五常的住处，警卫员说他在树林子里。他又往村口的树林子里走，结果与刚从树林子里走出来回村子去的李芬错过了。

树林子里，程指导员发现张五常正悻悻地坐在石块上，一脸的闷闷不乐。他赶紧要闪开，但张五常已经看见他了，就叫住他。他硬着头皮笑嘻嘻地迎上来，边走边搭讪："张主任，你，一个人？在这……"

张五常板着脸训道："你来这里做什么？你们连不是在拉练吗？"程指导员吞吞吐吐，一时说不出话。

张五常不满地训道："你这个同志，有话就说！对党也不忠诚老实？"

程指导员嘻嘻哈哈地说："呵呵，没事，没什么事情！"

张五常从他不自然的表情里意识到了什么，认真说道："程村同志，你怎么像做贼一样？有什么见不得人的事？"

"这……"

"你要不说实话，我处分你！"张五常喝道。

程指导员想了想，看了看四周："这个，是这样的，我想给咱连关连长做个媒！"

张五常愣住了："做媒？关大河？"

程指导员道："是啊，关连长看上了李芬，托我帮他撮合一下。我听说你在约李队长谈话，就找过来了！"

张五常一愣，脸上现出极不自在的表情，但他很快控制了情绪，严肃地说道：

"你们这是胡闹嘛，不是有'二八五团'的规定吗？怎么不遵守？"

"张主任，这个我当然知道。可我想他俩肯定成不了，所以帮他试试，也好让他死心嘛！"程指导员陪着笑。

张五常想想，点点头："也有道理！"跟着板起脸，道："不过，既然是不可能的事，就不要去试了！就是成了，组织上也不会批的！"

"这……那我咋回复关连长？"

"就说李芬不同意！"张五常恼火道，"这个女人眼光很高，还有点小资产阶级思想，她不会同意的！不会的！"

程指导员被他的表情给弄得有些害怕了，不再吭声。他不知道，张五常是在间接地发泄被李芬拒绝的怒火。刚才，张五常叫人约了李芬出来，说与李芬谈工作。寒暄几句后，他拿出一支钢笔，说要送给李芬，并希望和李芬结合，结果被李芬拒绝了。李芬说自己暂时还没有考虑个人问题，然后就离开了，落下张五常一个人生闷气。之后，就赶上程指导员来了，竟是给关大河和李芬牵线，这真让张五常气不打一处来。

看见程指导员在发呆，张五常用命令的口气说："就这样说！我刚才和李芬谈了工作，也谈了她的个人事情，我了解她，现在我就代表李芬回答你：不行！"

程指导员愣了一下，看着张五常不容置疑的表情，挺了挺胸，道："是！"

晚上，程指导员自然照张五常的意思回复了紧张不安又满怀希望的关大河，说李芬不愿意，不想谈个人问题。关大河不相信地瞪大了眼，跟着，做出若无其事的样子，淡然道："哦，知道了。"当晚，他一夜没有睡着，但头上蒙着被子，假装睡着了，不让程指导员发现。

第二天，张五常约关大河谈话。他开门见山地批评关大河道："大河同志，你作战勇敢，武艺高强，这没得说，可是，有时爱犯点自由主义！"

"什么自由主义？"关大河有些不解。

"听说你对军分区文艺队的演员们有想法？"

关大河脸上现出一丝羞愧。他想可能是李芬把他找程指导员做媒的事往上报告了。他有些怨李芬：这样的事，你拒绝也就拒绝了，有必要告诉张主任吗？

"咱队伍上对结婚是有规定的，必须满二十八岁，正团以上，五年党龄才行。这也是纪律。在这上面，可不能搞自由主义啊！"张五常继续道。

关大河下意识地点点头。

"你以前在二十九军干过，国民党部队里的自由散漫的残余思想可要肃清哦！"张五常又道。

"张主任，"关大河正色道，"你放心，就算以前有想法，现在也不会有了！"

张五常不动声色地露出得意的微笑，跟着故作严肃地说："那就好，那我就放心了！要随时克服头脑中的自由主义！"

关大河郑重地点头答应了。在他心里头，一阵阵的寒意袭来。这次谈话让他有些怨恨李芬，也让他更加自觉地收回了对李芬的非分之想。他想他以前认为李芬对他有意思，是太自作多情了。

第*3*章　形同陌路

又一天的早上，关大河在操场上教三十多个战士练完大刀后，要战士们自行练习。战士们强烈要求他表演一段刀术，旁边围观的老百姓也喊着要关连长表演刀术。关大河腼腆地看了看围观的百姓，就站到场地中央，给大家表演起少林刀术。他挥刀起舞，闪展腾挪，削砍劈刺，十分有力，也十分精准，一边的战士和老百姓看得眼花缭乱，纷纷鼓掌。

舞完了，围观的人群中传来一个清脆的年轻女姓的声音："好，太好了，关连长！"他朝那边看过去，一下看见了李芬和刘兰。她俩不知什么时候挤进了人群，津津有味地看他舞刀。那喊声是刘兰发出的。李芬脸色绯红，目光里流露出一缕多情的光束。

他愣住了，跟着醒过神来，意识到什么似的，冷冷地收回目光，扭头对战士们喊："现在自由练习！"然后，他捡起地上的军上装，提着刀，头也不回地往连部大院走去。

"这个姓关的怎么了？好像不大愿理咱们！"刘兰不解地看着他的背影，对李芬道。

李芬的心沉了下来，仿佛一缕寒风从心头飘了过去。

第二天早上，关大河带特务连开拔了，去配合老十六团攻打河东镇。

原来，附近的老十六团要攻打河东镇，兵力不够，找独立团借一个营。独立团各营都在外面执行任务，在黄庄的只有特务连。要再从外面调一个营过去，已经来不及了。张五常就建议派特务连，特务连的战斗力顶一个营有多的。刘团长虽然舍不得特务连，但一时又无兵可派，只好同意了。

关大河与程指导员带着特务连走向村口时，意外地发现李芬和刘兰正焦急地等在那里。

原来，她们是昨天才得知关大河要带特务连出发去配合老十六团打仗的。再有两天，文艺队要到其他团去，恐怕和关大河碰不上面了。可是，李芬与关大河的事还悬着。刘兰也喜欢关大河，但她从关大河的目光里看出关大河是喜欢李芬的。她自知比不上李芬，干脆就成人之美，劝李芬找关大河问一问，看关大河对她到底有没有那个意思。因为，昨天早上，关大河的冷漠着实让人难以理解。于是，这一大早，刘兰硬是把李芬拖到村口，要找关大河问个明白。

李芬想问，但又难为情。这样被逼着来找关大河问个所以然，多少让她很没面子。她也是有自尊心的人，既然关大河不想理睬她，她何必要缠着人家呢？可是，刘兰硬

要拉她过来，她只好半推半就地过来了。

"关连长，你过来一下！"当关大河走到她们面前时，刘兰拦住了关大河。关大河不理她，又往前走。

刘兰冲上前把关大河拉到路边，单刀直入地说道："我只问一句话，你喜欢李芬吗？"

关大河愣了一下，定了定神，冷静地看着刘兰，正色道："不！"说完，看都不看李芬，就径直朝前走了。

刘兰愣住了，这个回答是她没有料到的。她沮丧又愤怒地看着关大河的背影："嗨，怎么回事？"回答她的是关大河魁梧而冷漠的背影。李芬的脸一下变得苍白，失望又愕然的表情流露在美丽的脸蛋上。

"你……关大河，你……你有什么了不起！我真不懂了，你……"刘兰对着关大河的背影喊。

李芬上前拉住了她："走吧，既然这样，就不强求了。"她眼里含着泪花。

"这个人真是不知天高地厚，你这样的大美女主动找他，他还……"刘兰恨恨地道。

"你住口，"李芬打断了她，"我没有找他，是你在找他！"说完，她扔下刘兰，朝村子里奔去，泪水却不由自主地从眼中涌了出来。

她怎么能不伤心呢？因为，丘比特之箭已经射中了她。

早在庙山之战时，关大河的英武、勇敢、帅气，就让她很有好感。而关大河掩护她躲炮弹，两人身体抱在一处，以及四目相对时的感觉，宛如一只神奇的手，在她心底勾起一种异样的感受。后来，得胜的队伍回黄庄的路上，她们与古柱子聊上了，刘兰问起关大河的情况，古柱子把他知道的关大河的情况毫无保留地告诉了她们。

那个黄昏，在树林里看书的关大河，那份专注，那份腼腆，更是让她倾心不已。这样一个战场上骁勇无比的男子，竟然也爱读书，还是一个儒雅腼腆的秀才，这实在是奇怪。她是军分区里的一枝花，在这个男人多女人少的世界里，该有多少男同志对她示爱？就是兄弟军分区的司令也托人找她求婚！可是，她都拒绝了，原因是，她多少还有点"小资产阶级思想"，想找一个自己真正爱慕的男人。现在，这个男人出现了，他就是关大河。虽然他地位不显，可是，她并不看重这些，她只看重爱。昨天，刘团长、吴政委、田参谋长还一起找她谈了一次话，说要给她介绍对象，就是张五常。她当时就拒绝了。她可不是愿攀附领导的人，她只愿追求自己的爱情。可是，没有想到，关大河竟当面拒绝了她！难道他心里真的没有她？难道一切都是自己自作多情？

关大河与李芬再见面时，已经是年底了。李芬已经成了团政治部主任张五常的爱人。

那次，关大河带特务连攻打河东镇时，他一马当先，冲锋在前。也许是神思有些恍惚，也许是置生命于不顾，他不顾身边弹雨横飞，炮弹不停地爆炸，闷着头直往前冲。结果，一发炮弹在他身边爆炸，他被炸飞了，马刀也飞上了天空。

战斗结束后，他被抬了下来，胸部及腰部中了好几块弹片，伤得很重。老十六团当即通报了独立团，然后，就近将关大河转往晋冀鲁豫军区总医院治疗。

就在他接受治疗的时候，李芬与张五常结了婚。这是军分区吕司令和独立团刘团长等人做的媒。他们反复劝说李芬接受张五常，说张五常是个老同志，也是少有的大龄未婚团级领导。张五常也发扬了穷追不舍的精神。恰好那些时李芬大病一场，而张五常正好在军分区学习一个月，于是，他找到了追求李芬的机会。除了请军分区领导游说外，他更是悉心照顾李芬。他从前做过厨师，烧得一手好饭菜，因此，即便在相对艰苦的环境里，也能给李芬弄上可口的饭菜。在他的调养与照顾下，李芬病情好转，对他的细心与体贴也有了好感。再加上关大河给她的打击，让她多少有些不振、有些自卑，对爱情一度有些迷茫。并且，时间长了，她也确实发现张五常有些能打动她的地方：虽然有些左，但经验丰富，革命斗争坚决，工作努力。这样，在领导们的撮合下，在服从革命利益的要求下，也出于对张五常的感激，她终于与张五常结婚了。她想，战争期间、革命年代的婚姻与爱情，也许就是这样的吧！她身边很多女同志不都是这样嫁给了革命干部吗？那种一心寻找爱情的小资产阶级思想，或许真的不适合于革命队伍。她不是爱上了关大河吗？结果呢？

当然，这些细节关大河并不知道。当他伤好重新回到独立团时，已经知道了李芬结婚的消息。他装作若无其事的样子，特别是在张五常面前。只是，张五常眼神中有意无意射出的那种得意的光芒，让他多少有些不自在。

这年底，日军对五分区、四分区、六分区根据地展开了铁壁合围，发誓要把这一带的八路军赶尽杀绝。

独立团是日军进攻的重点，因为他们担负着掩护主力转移的任务。此时，全团都拉了回来，布置在黄庄一线，阻击着日军两个装备优良的大队的进攻。而附近的其他几个团，如老十六团等，还有后面的军分区机关，就趁着日军主力被独立团拖住之机，准备往外面跳出去。

关大河却接受了一个任务，刘团长、吴政委命令他带一个班的战士，护送路过独立团的军分区文艺队李芬一行，绕道回军分区。就这样，他又与李芬见面了。

但他显得很坦然，好像以前什么都没有发生过一样。李芬也是这种表情。倒是刘兰有些不安分，一路上缠着关大河讲话，但关大河沉默着不想多说话的表情，最终让她闭上了嘴。

到了军分区驻地，军分区吕司令称独立团再坚持一天就要撤退，鬼子大扫荡，回去也不方便了，要关大河就留在军分区警卫营。关大河向吕司令报告说他还是想回去，因为他想念独立团，而且，特务连也离不开他，他一个人回去，古柱子等战士就先留在军分区，自己一个人行动还方便些。吕司令同意了。于是，关大河在军分区住了一晚，第二天一大早告别古柱子和那个班的战士，就往独立团驻地黄庄赶。

残酷的大扫荡只是刚拉开序幕，所以，回独立团的路并没有被完全封住，只是偶尔有日军大队人马出没，多是部队调动。

走到中午时分，关大河听见山坡树林里传来女人的打骂声和呼喊声，就取下背着的长枪爬上山坡，钻进了丛林。

树林里，他看见一个伪军军官正摁着一个十五六岁的少女，欲行不轨。少女衣着破烂，旁边是一捆被弄散的柴禾。伪军军官将少女压在身下，屁股上挂着的驳壳枪晃荡着，正奋力撕扯着少女的衣服。少女上衣已被扯破，露出裸露的肌肤，裤子也行将被扯下。

关大河上前，放下长枪，一把将伪军军官拎起，一拳将他打倒在地。

伪军军官定睛一看，是一个穿八路军军服的人，赶紧掏枪。关大河上前一脚把他踢翻，然后踩着他的脖子，抽出身上的马刀，指着他的头骂道："你这个狗汉奸，老子今天不杀你就对不住中国人！"说完，举起马刀就要往下砍。

伪军军官赶紧跪下喊饶命。

要是在二十九军，关大河早就一刀剁了他，但现在不能，得优待俘虏。他摘下伪军军官的驳壳枪，松开脚，喝令他起来。伪军军官爬了起来，跪在关大河面前，直磕头喊饶命。

关大河问他是哪部分的。伪军军官老老实实地告诉他，自己叫赵兴，今年二十五岁，是随七十一联队行动的皇协军十八大队的一名中队长，在刘庄附近一仗被八路打光，他本人侥幸逃脱，想到部队已被打散，这里离他家又不远，就想回家探亲去，路过这里，遇上这位打柴的姑娘，一时起了邪念。

关大河恨恨地看了赵兴一眼，又看了看那姑娘，只见那姑娘原本破烂的衣服已经被扯得更破烂，完全无法遮体了。他让赵兴脱下身上的皇协军制服，又教育了他几句，就要他滚。赵兴磕了几个响头，逃命而去。

然后关大河脱下自己的衣服，扔在那姑娘面前，要她穿上护身。他又抱起赵兴换下的皇协军制服，躲到一边换上，扎起武装带，背起长枪，挂上马刀，戴上大盖帽，一个人继续赶路。

第4章 救了原爱

又走了十多里路，他听见前面传来枪声，距他有两三公里的路程。他取下背着的长枪，快步奔了过去。

响枪的地方在右侧约三公里一处斜穿过来的山道上。原来是这一带的大土匪张啸天的武装正在伏击日军的一辆卡车。

张啸天是纵横大蒙山区和伏牛山区的土匪头子。他今年四十岁，又矮又壮又黑，额头上有仇人留下的刀疤，小眼睛总是眨巴着，露出俗不可耐又邪恶的光芒。他十三岁就杀人，十五岁强奸妇女，此后混迹山林，渐成土匪头。他手段凶残，熟悉山林，所以，官府一直无法消灭他。招安，他也不从。他天生杀人放火呼啸山林习惯了，真的编成正规军，改邪归正，他做不来。日军来后，也曾想收编他为伪军，他也拒绝了。在日本人手下当狗，那滋味对于生性自由的他，也很难受。这次，日军大扫荡，与这一带的国军、八路展开激战，到处是枪声炮声喊杀声，到处是部队调防。他的土匪窝也不平静了，只好四处乱窜，躲日军，躲国军，躲八路。

这天他窜到庙山附近，发现一辆日军军用卡车正在山道上行驶。他对打鬼子没有兴趣，也不敢招惹鬼子，但这辆卡车上的日军他还真想打。因为，卡车上面坐着一个美丽端庄的日本女人，怀里还抱着一个日本小姑娘。这日本女人美丽与忧郁的表情吸引了天性好色的他，再加上他正好居高临下，占据有利地形，并且是以暗打明，很好打，同时还可以顺带捞一批战利品，捡个大便宜。于是，他令手下伏击。

他手下有七八十名土匪，这辆卡车上只有二十多名日军。他们先扔手榴弹炸停汽车，炸死驾驶室内的司机，然后与日军枪战。日军措手不及，损失惨重。不一会儿，最后两名拖着那个日本女人逃命的日本兵也被打死了，张啸天等土匪围住了那对惊慌不已的日本母女。

日本女人抱着小孩惊恐地靠着岩壁，用汉语哀求："求求你们放过我们，我们是平民，不是军人！"

张啸天一愣，对身边的土匪小头目张军道："咦，这日本娘们会说中国话？"

日本女人连连点头："是的，我从小在中国长大，我喜欢中国。我小时候有过很要好的中国朋友！"

张军骂道："管你在哪里长大，是日本女人，我们老大就要操你！"

"求你们，求你们不要！你们家里也有女人，求你们！"日本女人含泪恳求。

张啸天把枪插在腰里，得意地走上来，抓住日本女人的肩，抬起日本女人的下巴，拧了一下，然后哈哈大笑："妈的，日本女人就是比咱中国女人娇嫩！"

土匪中有人喊："大哥，快干了她！"

"求你了，先生！你们家也有女人的，请不要这样！"日本女人泪光点点，惊恐万分。

张啸天一巴掌打在她的脸上，骂道："妈的，我们家的女人都被日本人操了！你们日本男人操我们中国女人时，为什么没有想想自己家也有女人？今天，老子就要替被日本人强奸的中国女人报仇！"

众土匪也在一旁推波助澜，污言秽语地狂呼乱喊。

日本女人无助地看着张啸天和众土匪，似乎觉得已无法说服他们了，泪水不停地往外涌，嘴里呢喃着："求你们，请不要，求你们……"怀中的小女孩也哇哇大哭。

张啸天一把抓过她怀中的小女孩，扔在地上，又一把将日本女人抱进怀里，在她脸上乱啃，得意地狞笑道："日本女人，好香好甜！"

日本女人拼命挣扎，哭喊着："不要，不要啊！"

张啸天开始撕扯日本女人的衣服。只三下两下，日本女人的和服就被撕破，丰润的肌肤露了出来。

日本女人含着眼泪哭喊："求求你！求求你！不要啊！"小女孩也从地上爬过来，呜呜哭叫。

就在这时，一声枪响从山上传过来。一个围观的土匪一下子扑倒在张啸天身边，眼珠大睁地瞪着张啸天。张啸天大惊，跳了起来，从盒子里抽出手枪。围观的土匪迅速转过身去，端着枪，朝山上望去。

山坡上面，身着皇协军制服的关大河站在一块岩石旁边，一只手端着枪，对张啸天喊："把那女人放了！"

张啸天大骂："狗娘养的汉奸，去你妈的！老子是大名远扬的张啸天，老子现在干的是日本女人，你狗日的要是中国人，就滚远一点，要不，老子杀了你这个小汉奸！"

关大河冷笑道："你这个土匪，中国女人你一样欺负！"

他听说过张啸天和他的土匪队伍。八路军独立团初开进这片地区时，就有百姓投诉张啸天欺男霸女。后来，他们也曾袭击过八路军的岗哨，摸过八路军的枪。只因他们来无踪去无影，又从不与八路军正面交锋，所以，一直未曾消灭他们。

张啸天骂道："狗汉奸！日本人就能干咱中国女人？"

关大河大声道："那你有种去打拿枪的日本人，欺负手无寸铁的女人算什么本事！"

"放你妈的屁，你个小汉奸也有本事管老子？"张啸天骂道。

"看在你刚才打了日本人的份上，我放你走。放了那个女人，快滚开！"关大河命令道。

张啸天脸上的刀疤跳动了几下，小眼睛瞪了起来，恶狠狠地对众土匪喊："打死他！"

土匪们乱枪打过来。关大河闪到身旁的一块巨石后面。张啸天一挥手枪，土匪们喊叫着朝关大河冲过来。

关大河连连发枪，一连打倒前面两个土匪。后面的土匪不敢冲了，都趴在石块后面。

远处忽然响起枪声。一个在对面山坡上负责监视的土匪喊："大哥，日本人，日本人来了！"

远处山路上卷起一阵尘烟，一队日军骑兵呼啸着奔驰而来。领头的是刚驻扎进罗场县城的日军大队长村边少佐与部下格木中队长。

张啸天脸色大变，赶紧命令手下带着日本女人和她的小孩往对面山坡上跑。他也朝对面山上狂奔。

关大河提枪追赶。他一枪打中那个拖着日本女人的土匪，那土匪松开日本女人，倒在了地上。日本女人也扑倒在地上。另一名土匪又赶过来，拖起日本女人就跑。关大河又一枪把那个土匪打倒。其他的土匪顾不上日本女人了，拼命跟着张啸天狂奔。

关大河再开枪，要打张啸天，却没打响。他的枪里没子弹了。他扔了枪，从背上拔出马刀，追了上去。

刚跳到山道上，关大河站住了。前方，村边、格木领着日军骑兵奔了过来。关大河眉头皱了起来，他知道这可能是来接应这对日本母女的日军。他担心被他们缠住，脱不了身，想就此离去。

那个日本女人连滚带爬从对面山坡上跑了下来，跪在关大河面前，掩着被扯破的无法裹体的衣衫，哭喊道："求求你，先生，快救我的女儿！求求你……"

关大河看着她，犹豫着。他看见面前那双美丽而温柔的眼睛里含满泪水，显得可怜、无助、焦急，充满着哀求。他心软了。那个可爱的日本小女孩是无辜的，不能让土匪把她给害了。他提起马刀，奋力朝对面山坡上追去。

他的速度很快，不一会儿就在山坡上赶上了抱着小女孩的土匪。土匪看他快要赶上了，抱着小女孩，更加拼命地跑。

后面，村边等日军也赶到了拐弯处，下了马。日本女人扑上去抱住村边哭喊："哥哥，快救樱子！"

村边一挥手："快！"格木奋勇当先，跟在关大河后面往前追。

那个土匪被关大河紧紧追赶，自觉跑不掉了，就转过身来，从口袋里取出一颗手榴弹，放进樱子颈口衣领内，用手摁着，拉着弦，喊："不要过来！"

此时，村边、格木也领人赶到了，站在关大河后面，看着那个土匪。樱子在土匪的怀里喊："舅舅！妈妈！"日本女人弯着腰，用一种撕心裂肺的语气喊："樱子，樱子！快放了我的孩子！"

格木拔出指挥刀，指着土匪骂："八嘎！"

"把武器都放下，放我走！"土匪紧张地喊。

关大河看看村边和格木，对他们做着手势道："把武器放下吧，要不小孩有危险！"

格木用中文对关大河喝道："你是什么人？有什么资格说话？"

他长得很粗壮，满脸横肉，属于那种不怒自有三分威的人，偏偏他又喜欢发怒，所以，大多数时候，他的样子让人害怕。此刻，他瞪起凶狠的牛眼样大的眼珠，怒视着关大河，表情有几分杀气，更有几分骄横与自负，脸上的横肉鼓涨得像充了气一样，又像石块一样坚硬。

"原来太君会说中国话！他要我们放下武器，我们得听他的，要不，他会拉手榴弹的！"关大河沉着地说道。

"浑蛋,放下了他一样会拉弦!"格木蛮横地喝道。

"求你们听他的,我要我的樱子!"日本女人在一边喊。

格木又要说什么,一旁村边道:"听他的,放下武器!"

他是一个三十四五岁,看上去有几分儒雅的日本军官,中等个头,显得沉着老练,军服穿得十分齐整。

格木似乎很听从村边的话,恨恨地瞪了关大河一眼,领着日军都将武器放下。关大河也把手中的刀放下,对土匪说:"你快把小孩放下,逃命去吧。"

土匪抱着樱子,紧张地往后退。退了十多步,他仍没有放下小孩的意思。格木怒喝一声:"八嘎!"

土匪把手榴弹的弦猛地一拉,连同樱子一起朝关大河扔过来,然后转身就往山上跑。关大河跑前几步,猛地往上一跃,接住樱子,人还没落地,就从她怀里抓住手榴弹,朝远处山涧里扔去,然后一个空中翻,抱着樱子就地卧倒。

手榴弹在山沟里爆炸了。

格木一挥手,几个日军抓起地上的枪冲上去,追上那个狂奔的土匪,一阵乱枪射击,将他打成了马蜂窝。

关大河抱着樱子从地上爬起来。日本女人扑过来,从关大河怀里抢走孩子,又亲又叫:"樱子,我的孩子!"樱子在日本女人怀里对村边张开双手,用日语哭着喊:"舅舅!"

"樱子,你受惊了!"村边欢喜地抱过她,用日语道。

格木走了过来,对日本女人鞠躬:"原爱,我们又见面了!刚才你受惊了!"

原爱还礼道:"格木君,谢谢!"

格木对原爱用安慰、讨好的语气道:"此次大合围,我们一定会消灭八路军,为山本君报仇!夫人,不,原爱,你就不要太难过了!"接着,他看了看四周,又恨恨地道:"可恶的没有开化的支那土匪,我非常地恨他们!我一直看不起中国人的贫穷、落后、野蛮!"

村边把怀里的樱子递给原爱,用汉语问关大河是哪一部分的。

"卑职叫赵兴,是随七十一联队行动的皇协军十八大队的一名中队长,随皇军参加大扫荡,刘庄附近一仗被八路打败,侥幸逃脱。"关大河冒用那个伪军军官的名字回答道。

"嗯,七十一联队的皇协军大队,我知道,据说已经全军覆没!"村边沉吟着点头。

格木凶狠地瞪着关大河,喝问:"那,你跑这儿来做什么?想当逃兵吗?"

"后来我又随其他部队行动,失散了,又被八路追赶,就跑到这里了!"关大河平静地道。

格木指着关大河刚从地上捡起的马刀,喝问:"你怎么有我们大日本帝国的指挥刀?"

关大河道:"战场上捡的!"

格木惊讶地问:"你会用日本的指挥刀?会刀术?"

村边带着赞赏的口气说:"从他刚才救樱子的动作看,我想他应该是个会中国武术的人。"

格木脸上现出敌视与妒意,冷笑道:"是吗?中国人如此不堪一击,也会武术?

有机会我倒想见识一下你的武术！"

原爱不快地看了格木一眼，然后对关大河感激地道："先生，谢谢你救了我，也救了樱子！"她又对村边道："哥哥，多亏了他。要不是他，我就要被那些人侮辱了！还有樱子……刚才，你们都看见了！"

村边对关大河微微点头道："嗯，你很有战斗经验！"

原爱又对樱子道："樱子，快对这位先生说谢谢！"樱子睁着大大的眼睛，奶声奶气地用日语说："谢谢！"关大河看着樱子天真的样子，嘴角露出一丝笑意。

村边对关大河点点头道："不错，赵兴，你救了我的妹妹，我会报答你的！你想要什么？"

格木阻止道："村边君，他是支那人……"村边抬起手，做了个阻止他讲话的手势，一面认真地看着关大河。

关大河想了一想道："报告太君，我只是路过这里，顺便救了令妹，不需要什么报答。如果太君没有事，我就离开了！"

村边道："离开？你的部队不是被打光了吗？"

关大河道："这个，我回七十一联队好了！"

村边笑道："不用了，兵荒马乱，你们皇协军都不注册，你回去了，七十一联队也不认识你了。我是驻罗场县的村边大队长，手下有一支皇协军大队，以后你就在我这里干，做中队长！"

关大河愣了一下。格木脸上的横肉又横了起来："浑蛋，你还不愿意吗？"他一挥手，几个端着刺刀的日军凶狠地围住关大河，并且用刺刀对准他。

关大河想，此时走不脱了，以后找机会走也行，况且，顺便可以摸一摸日军的情报。在来军分区之前，他听刘团长说过，军事重镇罗场县城日军换了防，原先的一个乙种大队被调走了，调来了一个有一千多号人的甲种大队，大队长村边也是一个很能干的"中国通"，据说是专门对付五分区和独立团的。他想，既然眼前这人自称罗场县的村边，反正现在自己一时走不脱了，只好见机行事，去摸摸村边大队的情况，以后再找机会走掉。于是他点了点头。

村边满意地笑了。

他自小生活在中国上海，父亲是日本驻上海领事馆的一名官员。妹妹原爱今年二十九岁，从小随父亲及哥哥在上海生活。原爱的丈夫也是一名日本军官。因为熟悉中国，所以她随丈夫作为家属来到中国，并且跟随丈夫的部队行动，多住在大城市里。不料身为中佐的丈夫在不久前的大扫荡中与国军主力决战，竟被炮弹炸死。她丈夫所部的日军忙于大扫荡，无暇管她，就给村边打电报。村边表示可以把她接到自己身边，再寻机送回国去，于是，日军就派一辆卡车并二十多人，护送原爱往罗场县城来了。原以为，八路和国军都在日军的包围圈中，路上是很安全的，没想到竟窜出一伙土匪，差点要了原爱母女的命。幸亏遇上了赵兴，这个半路上杀出的程咬金。这样的人，他喜欢，也想重用。他是个受中国传统文化影响的人，喜欢那些有本事的忠勇之士。

第5章　在敌营

关大河随着村边、格木、原爱进了罗场县城，成了一名皇协军的中队长。

罗场县是大蒙山区西部的一个小山城，在黄庄的西面，距黄庄百余里地，四面被城墙包围，是个有历史的古城。城四周是大蒙山区，再往北，就是伏牛山。城中有两万多居民，再加上村边大队的日军。

村边大队是日军十六联队的一部，是一个甲种大队，共有一千余人，分为三个主力中队，外加一个混编中队。混编中队包括一个炮兵分队、一个辎重分队和一个宪兵分队。每个主力中队有二百多人。他们是刚接替另一支参加扫荡的日军大队住进来的。

村边大队营区在原罗场县城中学的校园内，以校园为中心，进行了扩建。有的地方有围墙围着，有的地方围着铁丝网。有许多教室做了士兵宿舍，还新盖了一排一排的宿舍。二层楼的原教学楼及办公楼成了村边的大队部，面对着操场，也面对着营区大门。营区里除了有一个扩建的操场外，还有很多空旷的地方可供散步。它们分布在营区的后面，即离大营最远的地方，靠近铁丝网处。靠大门的地方建起了一座碉堡。碉堡上，日军哨兵端着上了刺刀的枪，虎视眈眈。营区大门口有两个日军站着岗。

大队部及格木的中队、混编中队和一支一百二十多人的皇协军大队住在营区里面。另有两个中队的日军住在城西，负责全城的防护。关大河被编入伪军，做了中队长。

在村边军营的第二天，关大河就和格木交了恶。

这天一大早，大队长命令他带着伪军操练。格木带几个日军前来检查，看见关大河，他脸上的横肉颤动了一下，挑衅地瞪着关大河。

关大河不理他，继续带兵操练。格木脸上有了被激怒的表情，他想了想，喝住了关大河："支那人，你，会武术？"

关大河冷冷地看了他一眼，不卑不亢地道："是的，中国武术。"

"你，敢和我比吗？"

"不，我认为我们没有必要比试。"关大河平静地说道，然后，喊口令要皇协军继续练刺杀。

格木被激怒了，大喝道："你，支那人，和我比武！"他手下的几个日军端起刺刀，对准了关大河。

格木是日本浪人的后代，和村边、原爱自小一起在上海长大。他的父亲是日本浪人，流落在上海。他自小受父亲影响，也仇视中国人。因为他的父亲和村边的父亲是老乡，又一同生活在上海，所以，他这个日本浪人的儿子也就和日本驻上海领事馆官员的儿子村边时常在一起玩。村边家境好，时常接济他。村边的妹妹原爱小时候也常跟着他玩。后来他们都长大了，回了日本。有一次，他去看望村边时，发现原爱已经长成了一个如花似玉的大姑娘，一度追求过原爱。但原爱不喜欢他暴躁又自负的性格，拒绝了他，这让他难受了好一阵子。后来他找了个杂货店老板的女儿结了婚，并在不久后从了军。从军两年后，因为性格不合，他与杂货店老板的女儿离婚，此后一直单身。侵华战争打响后，他随军杀入中国，手上沾满了中国人的鲜血。当他得知好友村边和自己在同一个联队后，就打报告调到了村边的大队。因为是少时好友，村边对他很看重。格木虽然不喜欢中国人，且与村边的性格有很大不同，但他对村边很忠诚。这次村边大队到罗场接防，他听说原爱的夫君在大扫荡中阵亡，更加仇恨中国人，但同时也有一丝高兴。因为，这样他就有机会接近原爱了。自少年时代，他就爱上了原爱，现在仍然喜欢着她。而原爱，一个带着孩子的母亲，不会像从前那样挑剔他了吧！所以，那天村边要他带人一起去接应原爱时，他充满了兴奋。没想到，半路里杀出个程咬金，这个会武艺的支那人抢先一步救了原爱，博得了原爱的感恩之情。

他天生对中国人就敌视。而关大河，这个英武的中国人，却博得了村边及原爱的好感。一个打了败仗的支那人被直接招纳进军营做了中队长，这就让他不仅敌视，而且忌恨了。不仅如此，关大河身上那种不卑不亢的气质也让他恼火。

皇协军们紧张地看着面前的一切。兵油子杨少康为了讨好格木，对关大河说道："中队长，太君要你做什么，你就做什么吧！"

关大河看着格木，平静地道："就怕你死在我的刀下，我也跑不掉。"

格木怒吼道："八嘎！你有种砍死我，我决不找你！"

闻讯赶来的伪军大队长赶紧过来，推一推关大河："兄弟，太君要你比武，你就比。你放心，太君不会砍死你的，你是村边太君妹妹的救命恩人啊！"

一个日军上来，把一把刀扔给关大河，关大河接了。

皇协军立即散开，围成一圈，把关大河与格木围在中间。远处的日军士兵也围了过来。

格木大喝一声"八嘎"，举起指挥刀就朝关大河砍来。

关大河沉着应战，只三个回合，他就一脚将格木踢翻。两边观战的士兵哄笑起来。格木恼羞成怒，爬起来，挥刀又朝关大河砍，一刀比一刀猛。关大河趁他的刀削过来，来不及收回，又一个扫堂腿将他扫倒，然后挥刀猛砍。格木在地上一边挥刀招架一边躲闪，样子十分狼狈。

于是，关大河停止劈砍，示意他站起来。这明显表明关大河已经胜了，伪军中有人鼓起掌来。

格木脸色更加羞愤，他爬起来，挥刀又朝关大河砍。关大河猛地打掉他的刀，然后一脚将他踢翻在地，用刀指着他的鼻梁。

格木愣住了，两边的日军也吓坏了。几个日军拉开枪栓，用枪对准了关大河。

格木坐在地上看着关大河，羞愤地喊道："中国猪，有本事杀了我！"

关大河轻视地看着他道："我从不杀放下武器的人！"说完，他扔了刀，转身朝人群中走去。这一刹那，他看见了人群中的村边和原爱。原爱正用欣赏的目光看着他。村边看着关大河，微微点点头，似对他的武艺表示欣赏。

原来，村边和原爱正在大队部的窗口处叙家常，看见格木要与关大河比武，村边怕有什么闪失，就带着原爱走了下来。

坐在地上的格木看见了原爱，以及原爱望着关大河的多情的目光，脸上现出无比的嫉恨。他愤怒地爬起来，捡起地上的刀，冲着关大河奔来，口中喊道："中国猪，你不配打赢我！"

原爱脸色大变，尖叫起来。村边大喝一声："格木君，住手！"说着，他一挥手，对四周的日本兵喊道："拦住他！"几个日本兵一拥而上，七手八脚地抱住了格木。

村边走到格木面前，冷冷地看着格木。格木有些惭愧地低下头，大声道："少佐阁下，我输给了中国人，对不起你！"

村边道："既然是比武，总有输赢，就是输了，也没有什么对不起的。你让我失望的是输了比武的同时，也输掉了风度！"

格木道："是，我是输掉了风度，因为我没有想到我会输在一个支那人的手里！"

村边道："没有想到的事会有很多，莫非格木君都要失去风度？"

格木无语，怅怅地看着他。村边道："我看了赵兴的功夫，他不是一般的功夫，你输给他，并不是耻辱。中国的武术有很悠久的历史，博大精深，输给这样的高手绝不算耻辱。况且，赵兴所在的皇协军也是我大日本军队的一部分，并不是战场上的敌人，我们应为我军中有这样的人感到骄傲！"

格木又怅怅地看了他一眼，立正道："是，阁下！"

然后，村边命令四周的日军及伪军散开了。

原爱继续冲关大河射去多情的温柔的目光。这目光又被后面的格木捕捉到了，他充满嫉恨地看着他们两个人。关大河无动于衷，躲过原爱的目光，默默地朝刚才他们中队训练的操场走去。

格木对着关大河的背影咬牙道："支那猪，敢在数百帝国军人和原爱面前出我的丑，敢在我面前博取原爱的好感！从今天起，你就是我的敌人了！"

在村边营区待了两天，关大河通过与伪军大队长交谈，摸清了村边大队的基本情况。这个大队共有一千二百多个鬼子，再加上一百二十名伪军。除此之外，这附近暂时没有其他日军驻扎。摸清这些情况后，他就找机会准备离开。可是，机会并不容易找到。军营是封闭式的，如果不是放假，白天都不许随便出去，晚上也不许随便外出。

这天晚上，他试图以逛街的名义跑出去，硬被大门口的鬼子用刺刀给逼了回来。他只好再找机会。

正好，来军营的第三天是放假日，关大河假意请伪军大队长的客，与伪军大队长、杨少康等人去街上的酒楼喝酒。伪军大队长与杨少康等人都是好酒之徒，有人请客，岂有不高兴之理？何况是村边身边的红人赵兴！

酒至半酣，关大河假意称要出去方便，就借机溜了出来。他没有带长枪及马刀，只挂了驳壳枪。这倒也无妨，能离开就好。

他走出酒馆，走上大街，然后大步流星朝前面走。忽然，他停了下来。迎面，身穿和服的原爱牵着樱子的手走了过来。关大河想往回走，樱子已看见了他，嘴里喊着"叔叔"，就跑了过来。快到关大河面前时，她的脚被一块石子绊了一下，摔倒在地，"哇"地哭起来。

关大河愣了一下，赶紧上前将她抱起来，哄着："樱子不哭！不哭！"

原爱也上前来哄着樱子："樱子，不要哭，是赵叔叔抱着你，赵叔叔，还记得吗?"

樱子用小手抹抹眼泪，用汉语道："赵叔叔！"

原爱开心地笑了，对关大河道："赵兴先生，还好吗?"

"嗯!"关大河笑笑，有几分应付的表情。

"我们一起走走好吗?"

关大河支吾着正要说话，樱子搂着他的脖子，开心地用日语说道："我要赵兴叔叔！就要赵兴叔叔！"

原爱把樱子的话翻译给关大河，关大河无奈地看了看原爱，结果，他看见了原爱期待的眼神。他想，走一下没关系，腿长在自己身上，随时可以跑的。于是他抱着樱子，与原爱一起边聊天边往前走。

原爱先是问关大河家在哪儿，家里有些什么人，在哪儿学的武艺，读过书没有，关大河都随意应付着。她又问赵兴有媳妇没有，关大河自然说没有。她还主动告诉关大河说她自小在上海长大，很喜欢中国。

走了一阵子，关大河觉得不能再耽搁了，就对原爱说："原爱小姐，我和弟兄们在酒楼里喝酒，不便耽误，改天再陪你和樱子吧!"

原爱看着关大河坚决的样子，只好把樱子抱了过来。樱子还不愿离开关大河的怀抱，嚷着说要关大河抱，原爱哄了她一阵子才作罢。然后，关大河告别樱子与原爱，离开了。拐了一个弯后，他径直往城门方向奔去。

他没有想到，这一幕情景，却被独立团侦察员李科长和杨参谋意外地看见了，从而铸成了他人生的大错，也为他日后的悲剧人生拉开了序幕。

原来，独立团已撤出黄庄，要从罗场县附近的小龙庄跳出去，所以，刘团长先派李科长与杨参谋来了解这里日军的布防情况。李科长与杨参谋化装成小贩，在县城里摸清情况后，正要往城门洞走去，却意外地看见了身穿皇协军军服的关大河抱着樱子，与原爱有说有笑地在街上走，这让他们大吃一惊。他们找上摆摊的小贩打听，那小贩告诉他们，说这个皇协军是新来的，救了村边大队长妹妹的命，成了村边的红人。恰在这时，身后有两个伪军来买烟，李科长和杨参谋赶紧离去，迅速出了城。

关大河到了城门处，只见有几个日伪军把守着城门。同一中队的两个伪军认识他，赶紧打招呼，问他去哪儿。关大河说自己出城去看个朋友，晚上就赶回来，边说边要往外走。伪军身边的两个日军蛮横地哼了一声，用刺刀拦着他，做出驱赶的架势。

一个伪军笑着解释道："赵队长，村边太君有令，所有弟兄都不许随便出城，请多包涵。"

"为什么?"

"好像是要打仗了吧?"伪军答道。

就在这时,城外,村边领一队日军骑着马朝这边奔过来。关大河赶紧对伪军道:"哦,我知道了。"说完转身就走。他想避开村边,再想法出去。

沿着大街往回没走两步,迎面,格木骑着马,领着几个步行的日军奔了过来。看见关大河,格木脸上横肉颤动,眼里射出怒火,对手下几个日军喊道:"把他抓起来!"几个日军端着刺刀,一涌而上,围住了关大河。

"格木队长,这是做什么?"关大河冷静地问格木。

"你到城门处来做什么?"格木恶狠狠地瞪着他。

关大河镇定地说:"我要出城看一个朋友,听说不许出城,就准备回营地。"

此时,村边领着马队已经过了城门,直朝他们这边奔来。走近了,他勒住马问:"格木君,赵兴,怎么回事?"

格木冷笑道:"我怀疑他要开小差!"

关大河道:"报告村边队长,我要出城看一个朋友,听说不许出城,就准备回营地,结果格木队长拦住了我!"

村边看着两人,沉吟一下,对关大河道:"回营地吧,要打仗了!"

格木瞪着关大河,对手下几名日军道:"你们,护送他回军营!"

关大河看着身边的日军,故作轻松地耸耸肩,坦然地往前走。走了一段路,关大河做着手势对日军道:"太君,我的,到酒店里,和弟兄们的,喝酒!"

一个日本兵不容置疑地将刺刀往前一指:"前面地走,不许说话!"

关大河脸上的笑容凝固了。这时他才有些后悔了,他终于知道,这个地方进来容易,出去却没那么容易。

第6章 陈家谷血战

村边说要打仗了，那是实话。当天晚上，村边在大队部召开作战会议，所有日军小队长以上的军官及伪军大队长、各中队长参加了会议。

村边在会上通报："根据联队获取的情报，八路独立团已转移到距罗场县六十公里的陈庄，种种迹象表明，他们想从罗场县附近，也即本大队的防区突出包围圈，前去与主力会合。联队已命令合围独立团，计划是三面进攻陈庄，网开一面，任其逃窜。我部的任务是，在独立团逃窜的路上设下埋伏，予以消灭。"

村边用日文讲过后，又用中文对伪军大队长及各中队长重复了一遍。关大河表面上不动声色，内心里却很是震动。他想如果村边所说属实，那这个计划就太毒了，足以把八路军独立团全部歼灭。同时，他又有隐隐的兴奋，踏破铁鞋无觅处，这一下就找到了独立团。而且，他正好得知了日军的这个计划，可以帮助独立团冲出包围，这岂非天意？真不枉他在日军军营里待了几天！

接着，村边给各部布置了具体任务。这次，日军十六联队另外两个大队将从西、南、东三个方向攻击，只放开往北的一个口子。独立团往北逃生有两条路：一条是走大路，经过小龙村，可以到达独立团与主力的会合地点伏牛山中段；一条是经过陈家谷，绕道到集合点。村边料到八路军不会走陈家谷，因为那里离集合点太远。而且，那里一夫当关，万夫莫开，只要进入谷里，日军合围上来，很容易被全歼。所以，他派皇协军大队守在陈家谷谷口，以防万一，自己则带日军主力埋伏在小龙村，布下口袋，等着独立团钻进来。

散会后，关大河为了弄清村边的部署的真实性，故意和伪军大队长聊了一会儿，套他的话。伪军大队长告诉他，村边太君算准了八路不会从陈家谷走，就算八路真要从那里走，也是找死，村边太君布防在小龙村，离陈家谷不过十几里地，只要皇协军坚持一个小时，村边太君就会杀过来，把八路独立团围歼在陈家谷！

关大河知道，以刘团长的性格，肯定不会走陈家谷的，肯定要从小龙村杀出去。他决定到了阵地后，借机走脱，去找独立团。

第二天一早，村边带主力直往小龙村设下埋伏，伪军大队长则前往陈家谷布防。

陈家谷是一个宽度为一里到三里不等的峡谷，两边都是陡峭的高山。从这里往里走，可以进入大蒙山的腹地，再越过几座高山，可直到伏牛山区。但这段路十分难走，几乎没有什么大路。

伪军大队长命令伪军在谷口挖了掩体，布置好阵地。

这里虽是峡谷，但也比平地高出几米，是一个小山坡，所以，谷口阵地也是居高临下的，大有一夫当关，万夫莫开之势。

关大河布置好本中队的位置，就站在阵地上远眺。前面，山坡左侧有一片树林。关大河暗想，攻击部队可以偷偷运动到那片树林里，然后一个冲锋，只要几分钟，就可以拿下这个阵地。所以，村边虽然精明，但也愚蠢。以八路军独立团的实力，拿下这个阵地，真有如秋风扫落叶，那时，村边来救，根本就来不及了。

他又检查了一下阵地，训斥了几个偷懒抽烟的伪军，就对伪军大队长说，前面林子里有些动静，万一有八路的侦察员就麻烦了，而且，他也想顺便到前面看看动静。伪大队长觉得他说得有理，加上他是村边的红人，自然答应了。

进了林子后，他装模作样像侦察敌人岗哨似的，猫着腰走了几步后，撒腿就往陈庄方向跑去。

到了下半夜，他隐隐听见了陈庄方向传来的枪炮声，他知道日军已经开始围攻陈庄了。又跑了二里路，他听见前面人声嘈杂，等跑近了，只见前面一个三岔路口，黑压压地站着一片人，借着月光一看军服，就知道是八路军。接着，他看见了骑在高头大马上的刘团长，后面还有吴政委及田参谋长，他们似乎正在商议往哪个方向走。关大河一阵狂喜，跑了过去，大声喊："刘团长！"

刘团长愣住了，惊道："关大河?!"

关大河跑近了，气喘吁吁对刘团长道："刘团长，快，往右边，走陈家谷，千万不要走小龙庄。"

张五常骑着马从队伍后面奔了过来，喝道："来人，把他绑起来！"立即，程指导员带几个战士冲上来，将关大河五花大绑。程指导员显然已经听说了关大河"投敌"的事。他是个很听上级话的人，虽然他内心里觉得关大河投敌似乎不太可能。

关大河看了看身上穿的皇协军军服，赶紧道："误会，这是误会！"

李科长从队伍中跑了过来，指着关大河道："这不是误会！关大河，我亲眼看见你在罗场县城，和村边的妹妹打得火热！"

"你，你在罗场县城看见了我？"关大河一愣。

"是的，我看见你和村边妹妹亲热地逛街，还抱着她的女儿！"李科长的表情很坚决，又有些愤怒。

关大河急道："真的是误会！"

张五常吼道："没有什么误会了！组织上没有派你做皇协军，你却做了皇协军，怎么叫误会？说，这次鬼子的三面合围是不是你告的密？"

"刘团长，"关大河看着刘团长，"请听我解释！"

刘团长眼里闪过一缕期盼，点点头。关大河简要地说了自己从军分区司令部返回时，因救原爱误入鬼子军营的事。

"编得很圆满啊，只怕有一条你忘记说了，你看中了村边的妹妹原爱，所以就混进了日本人的军营，就是叛变了也未可知。"说完，张五常冷笑了一声，又转脸对刘团长道，"刘团长、吴政委，就冲他不经请示，跑到日本人军营这一条，我看就要处分！何况，他到底有没有叛变？为什么要救那个日本女人？都要好好审一审！"

后面的枪声越来越近，战士们出现烦躁情绪，有的跺起脚来。

刘团长想了想，果断地对张五常道："关大河的事放在以后再说，现在先考虑怎样突围。"然后，他问关大河："关大河，你既然在村边大队里，那你告诉我，我们该走哪边？"

关大河把自己的意见陈述了一遍。

"我们凭什么相信你？如果你把我们带进了鬼子的埋伏呢？"张五常吼道。

"我以我的人格和生命担保，如果我说的是事实，那就证明我是清白的；如果说的不是事实，你们就以汉奸或叛徒罪名处决我好了！"关大河声音有些变调了，他没有想到同志们如此地不信任他。

刘团长看了看身后的吴政委。吴政委点头道："可以试一下。"他又严肃地看着关大河："关大河，这也是考验你的时候！"

田参谋长道："可是，据我所知，沿陈家谷方向到我们的集合点，得绕一个大圈子。"

"为保存实力，绕圈子也是值得的。"刘团长打断了他，凝视着关大河，"关大河，希望你不要让我失望！如果你说的是事实，我亲自为你担保，解决你的问题。"

"是！"关大河斩钉截铁地回答。

刘团长于是带着队伍直奔陈家谷。张五常令特务连的两个战士看着仍然被绑得紧紧的关大河，跟着队伍，一起往陈家谷方向奔去。

上午九点左右，独立团赶到了陈家谷谷口。他们全部隐入山坡下的树林里，准备停当后，刘团长一声令下，迫击炮在伪军阵地前开了花。特务连与一营率先冲上去，只一个冲锋，就拿下了谷口。伪军大队长被程指导员打死，其他的伪军在兵油子杨少康的带领下，拼命朝后边山谷的腹地奔逃。

独立团占领谷口，带着队伍继续往前追击。程指导员和一营长带队冲在前面。

逃命的伪军跑了约二里路，都站住了。只见前面，一大队日军正严阵以待，他们用沙土、石块堆成阵地，架起机枪，正对着皇协军们。日军大队长冈田面无表情地看着伪军。逃跑过来的伪军大惊失色。

原来，这是冈田大队长率领的隶属十四联队的一个建制不全的大队，只有五百人。他们原要路过这一带执行任务，村边得知后，为了以防万一，临时电告十四联队，请求将这支过路的人马埋伏在皇协军的背后，一起防守陈家谷。十四联队的指挥官和他有过一面之交，就答应了他的请求。这样，在皇协军进入陈家谷阵地前，这队日军已先进入陈家谷，在离谷口二公里处的陈家谷腹地构筑工事，严阵以待。

没有想到，八路军还真的奔陈家谷来了。

跑在前面的伪军油子杨少康一下子悟出什么了，赶紧喊："弟兄们，不要跑了，八路中了皇军的埋伏，和皇军一起干啊！"伪军都转过身来，慢慢退进日军阵地。

八路军呐喊着冲了过来。程指导员看见前面出现大队日军，一下子愣住了。冈田大队长把手一挥，日军轻重武器一起朝独立团打过去。冲在最前面的一批战士被打倒，

猝不及防的一营长当场中弹牺牲。

程指导员喊："趴下!"战士们全部趴在地上还击。

赶紧有战士跑到后面,将这一情况报告给了刘团长。刘团长眉头皱了起来,拿起胸前的望远镜朝前面望去。

吴政委纳闷道："莫非是关大河有意把我们引过来的?"

关大河凭着自己的战斗经验及旁边战士的议论,已经知道前面的攻击部队中了埋伏。他痛心地道:"刘团长,情况有了变化,我真的不知道。我在的时候,这里只有伪军一个大队!"

"关大河,所有的一切都证明,你这个可恶的叛徒,不仅投靠了日本人,而且企图把我独立团送给日本人一网打尽!"张五常咬牙切齿道。

"张主任,现在这局面我也痛心,冲在前面的都是我的特务连的战友。"关大河感到百口莫辩,他对刘团长道,"刘团长,请给我一支枪、一把刀,让我带特务连在前面开路,是汉奸还是同志,你们看得到的。"

张五常冷笑道:"是的,你开路,日军不朝你开枪,你正好跑到日军阵营里!"

一个战士从后面跑上来,向刘团长报告:"报告团长,村边大队从后面包抄过来了!"

张五常拔出手枪,将子弹上膛,顶住了关大河的后脑勺:"叛徒,我今天就把你就地处决!"

刘团长喝道:"慢!"

张五常住了手,看着刘团长。

刘团长环视众人,以果敢的语气道:"同志们,独立团到了生死存亡的时刻了。我们前有挡的,后有追的,狭路相逢勇者胜,只有奋力一搏了!你们愿意吗?"

众人应道:"愿意!"

刘团长道:"好!一营和特务连随我在前冲锋,其余的跟在后面。重机枪,迫机炮,给我掩护,把炮弹和子弹都给我打光!"他又对张五常道:"关大河先给我留着,我要亲自审他,看到底是怎么回事!"说完,他用冷峻的略有些失望的目光扫了关大河一眼。

"团长,这是误会,请放开我,我第一个在前面冲!"关大河看懂了他的目光,心痛地喊道。

吴政委赶紧拉住刘团长的手:"刘团长,你是一团之长,不能这样!"

刘团长握一握他的手,对吴政委及田参谋长道:"不要多说了,我意已定!"然后,他拔出手枪,往前冲去。

吴政委大喊:"同志们,掩护刘团长!迫击炮,开炮!"

一发发炮弹在日军阵地炸开,一些日军被炸飞。独立团的机枪手不顾危险,站起来,朝前面和沟谷两边高坡上的敌人阵地进行扫射。一个机枪手被打死,又一个战士上去抓过机枪接着射击。一时,枪弹如雨一样直泼向日军阵地。

跑到前面的刘团长挥舞着手枪,高喊:"同志们,冲啊!"趴在前面的程指导员一跃而起,带着一营和特务连的战士们奋勇朝前冲去。

后面,吴政委高呼:"冲啊!"带着大部队也朝前冲去。

刘团长将手枪插在腰上,抓过身边一个战士手中的机枪,对着日军大队长猛烈扫射。日军大队长被打中，倒在地上。与此同时，日军机枪手也朝刘团长扫射，刘团长捂着胸口，身子一歪，机枪掉在了地上。

程指导员见刘团长负伤，悲愤地喊："同志们，团长中弹了，为团长报仇，冲啊！"后面，吴政委听说刘团长中弹了，高喊："同志们，为团长报仇，把所有的子弹都给我打出去，每一个人的刺刀都要见血，冲啊！"战士们怒吼着朝前冲。

关大河听见刘团长中弹的消息，眼泪流了出来，他看着前面大喊："团长！"然后他发了疯似的朝前猛跑，好像要去与敌人拼命。

身后的战士死死抓住他，怒喝道："站住，再乱跑我开枪了！"

关大河被死死抓住，不能动弹，不由仰天长叹一声："苍天，你睁眼看看，为什么要让我蒙冤！"

前面阵地上，日军抵挡不住八路军的排山倒海的攻击，开始动摇了。一个日军机枪手中弹，旁边的副机枪手赶紧起身往后跑。另一个机枪手跳起来抱着机枪扫射，跟着被八路军击中。

八路军冲上日军阵地，眼中喷着怒火，朝站起来抵抗的日军捅去。有道是哀兵必胜，刘团长中弹的消息使他们每个人都成了愤怒的猛士，变得力大无比，所向无敌，无所畏惧。日军有的被捅死，有的被打死。剩下的抵挡不住这般洪水猛兽似的攻击，只好抱头逃走。八路军如潮水般冲过日军的阵地……

杨少康一时跑不掉，赶紧抓一把血往脸上一抹，趴在地上装死了。

村边听说八路军没有走小龙庄而直奔陈家谷，大喜。他立即命令部队直奔陈家谷，合围独立团。他没有想到冈田大队和皇协军那样不经打，他的人马还没赶到，独立团已经冲了过去。

缓步走在充满血腥味、到处是死尸的陈家谷，他半是喜，半是忧。喜的是自己灵机一动，借兵围堵的方案居然大获成功，从谷地里八路军战士的尸体上看，八路被打死了不少。忧的是借来的这个大队几乎损失殆尽，而大队长冈田也被打死，这对不住十四联队的朋友。

此时，被打散的日伪军早已汇拢过来，有的耷拉着头坐在地上哀声叹气，有的捂着伤口唉哟唉哟地叫，有的干脆就找村边的士兵要吃的喝的。杨少康等残余的伪军缩在岩壁下的角落里，大气不敢吭，生怕村边处罚他们。

村边找到了几个冈田大队的士兵问了情况后，又令人叫来皇协军的残兵杨少康问情况。杨少康是个老兵痞，在村边的皇协军里做班长。他简单报告了谷口失守的情况，无非就是独立团突然出现、火力太猛、抵挡不住一类。当然，他告诉了村边最重要的一个情况：独立团的团长被打死了。

村边问赵兴的下落，杨少康说赵兴下山侦察时被八路抓走了，他亲眼看见赵兴被五花大绑，被两个八路用枪押着走。

"这个杂种，不是自恃武艺高强吗？关键时刻就无能了？"格木听了，在一旁冷笑道。

村边打圆场说："可能是势单力薄吧，好汉难敌四手啊！"然后，他命令继续追击独立团，同时给联队发报报告战果。

第7章 身体和心灵的创伤

　　独立团冲过日军的阵地，一鼓作气，继续往前冲，紧赶慢赶，走了五六十里，觉得已经甩掉了追兵后，就上了山，直往原先预定的集合点——伏牛山区的腹地走去。

　　走到一个长满树林的小山坡，他们歇下来了。这时已经是夜半时分，一轮孤月悬在天空，忧伤而落寞地望着他们。突出重围的独立团战士们七倒八歪地躺着休息。

　　关大河被押着，蹲在一棵大树下。离他数十米的地方，一群干部围着躺在地上、气息奄奄的刘团长。

　　已经感到不行了的刘团长微睁着眼，含笑道："同志们，我们冲出来了就好了，不要难过，我们是打了胜仗！"

　　"刘团长，都怪关大河，我一定不会放过他！"张五常恨恨地道。

　　刘团长想了一下，道："尽量把事情弄清楚……以我对他的了解，他不应该是那样的人……"他的声音越来越小。

　　吴政委焦急地喊："老刘！老刘！"

　　刘团长声音微弱地用尽力气说："老吴，队伍就交给你了……"说完这句话，他就闭上了眼睛。

　　"老刘！老刘……"吴政委含泪抓住他的手痛哭。

　　田参谋长、程指导员哭着喊："团长……"

　　四周的战士们听见这边的喊声，都默默地摘下了军帽，有的泪流满面。

　　远处，关大河听见了哭喊声，难过地道："刘团长牺牲了？团长……"他不顾反绑着双手，跳了起来，拼命朝刘团长这边跑来。

　　张五常含泪摘下帽子，朝地上一甩，大喝："把叛徒关大河押上来！"一群战士围了上去，将关大河扑倒在地，拖了过来。

　　程指导员含泪走上去，照着关大河就是一拳，指着他骂道："姓关的，老子和你一个锅里吃饭，今天才看清你原来是这样的人！"

　　关大河跪倒在地，默然无语，眼泪无声地流了出来。半晌，他哭泣着自言自语道："刘团长，你怪我吧，都是我，怪我太草率了，把你们带进了鬼子的包围圈，怪我救了那个日本女人后，没有立即赶回部队……"

　　张五常含泪道："来人，把这个汉奸拖出去枪毙了！"两个战士上前，拖着关大河就走。关大河闭上眼，没一点反抗，眼角挂着泪珠。

吴政委一直看着这边，沉思着，忽然喊道："住手！"

"政委，这种人还留着他干什么？战士们打也要把他打死！"张五常不解地看着吴政委。

吴政委沉吟道："把事情弄清楚了再说吧！"

"我的政委，还要怎么弄清楚？要在红军时期，都杀了他十次了！"张五常口气中有几分埋怨。

"是啊，要对战士们有个交代啊！"田参谋长也在一旁附和。

吴政委似乎有点为难，但最终坚定地说："关大河平时打仗很勇敢，我们还是慎重一点。再说，刘团长临死前有过交代，我们要尊重刘团长遗愿。"跟着，他用命令的语气道："同志们，咱们把刘团长掩埋了，继续赶路吧，日本人还会追过来的！"

吴政委和战士们一起，亲手掩埋了刘团长。张五常又命令看好关大河。之后，团主要领导聚在一棵大树下开了个小会，商谈下一步的行动。

田参谋长报告了这次战斗的损伤情况。此战，独立团共伤亡二百多名指战员，其中一百多名同志牺牲，营连长共伤亡七名，目前全团还剩七百多人，能够战斗的有四百人左右，侦察科李科长也牺牲了。田参谋长报告完，所有人都显得极为沉重。

"同志们，我们看上去损失很大，并且刘团长也牺牲了，但实际上，我们胜利了，因为，敌人纠集了几个大队，共四五千人，希望能全歼我独立团，但我们冲出来了。所以，我们胜利了！"吴政委以动员的口气道。

张五常表示同意吴政委的意见，也表示要去做好政治工作。但同时他提出，必须尽快处决关大河，以抚慰战士们的愤怒及悲伤之情，理由是，关大河肯定是叛徒无疑，做了皇协军中队长，与村边的妹妹打得火热；最重要的是，明明陈家谷有鬼子重兵，却把部队带进了陈家谷，导致队伍遭受重大损失。刘团长也牺牲了，不杀他，太说不过去了。

他在鄂豫皖时期就在保卫局工作，脑袋中的肃反的弦一直绷得很紧，这也是他引以为骄傲的斗争坚决的作风。而此前，靠着他的坚决与敏锐，他除了冤杀过一些好同志外，也确实清除过真正的奸细。他一直将这一风格发扬光大着。

田参谋长也同意张五常的意见。

看着张五常坚决的态度及田参谋长认真的表情，吴政委犹豫了。

就在这时，随着一声呼啸，一发炮弹在他们附近爆炸，跟着，接二连三的炮弹落了下来。远处传来机关枪的声音。独立团战士们一跃而起，抓起枪，做好战斗准备。

一个身上流着血的战士跑过来报告，说村边大队追了上来，被前面警戒的战士发现了，打了起来。

"快，命令部队撤离，要一营留下来打阻击。"吴政委站了起来，对田参谋长说道。田参谋长应了一声，组织战士们打阻击去了。

吴政委又对张五常道："以后再谈关大河的事，先突围！"张五常点点头。

一营受命留下来打掩护，大部队在吴政委的带领下，迅速往后面撤。

打阻击的战士们依托岩石、山坡和大树，节节阻击，节节后退。不少战士或被子弹打倒，或被炮弹炸飞。

两个战士押着关大河在炮火中跟着大部队往后撤。关大河默然无语地跟着他们跑。他不再开口说话了，脸上有一种心如止水、消沉麻木、心事重重的表情。

忽然，一发炮弹呼啸着从他们头顶越过。只要有经验的人都可以判定落点就在他们前面，但关大河却没有反应过来。他沉浸在自己的心事中，对周围的环境视而不见。

炮弹在他们面前爆炸了。三个人同时被炸翻，倒在血泊之中。

日军很快占领了这个山坡，但独立团主力却顺利地突出包围，奔往远处。

村边和格木踏着硝烟走上山坡。村边脸上挂着胜利的微笑，开心地说道："格木君，兵贵神速，中国兵法的要义在我军这一仗中大大体现了！"

格木撇撇嘴："此战获胜，是阁下指挥有方，并不是依靠支那人的兵法要义。兵贵神速！支那人把它写在书上，却不懂何为兵贵神速，所以，被我军打得大败而逃。"

村边笑道："呵呵，那是他们没有料到我们会运用中国的兵法！"

停了一下，他看着格木，笑道："格木君对中国人总是看不起，会吃亏的。中国人被我们打败，败在他们的落后和不团结，但中国五千年的历史，还是留下了一些智慧的，不要太轻视他们了。"

格木耸耸肩，表示不认可，但也不便反驳。他是一个日本浪人的后代，自小骄横自负，同时欠缺修养与文化。不要说对中国文化，就是对日本文化，他也知之甚少。如果没有战争，他依然是一个嚣张的目无法纪的浪人，或日本横川地区的一个屠户或杂货店的老板。

村边忽然站住了。他的目光朝血泊中被反绑着双手的关大河看过去。"那不是赵兴吗？"他吃惊地道。

两人朝关大河走过去。村边蹲下，摸关大河的鼻翼。"还活着。"他的脸上露出喜色，跟着喊，"来人！"

两个日军抬着担架上来了。"把他抬到联队野战医院救护，享受我大日本军队军官的待遇。"村边命令道。

格木吃惊道："村边君，他是一个支那人，怎么可以和我大日本军官一样对待？"

"他虽然是支那人，但救过我妹妹的命。最重要的是，他忠勇有为，是我们大日本军队最需要的中国人。"村边站了起来，语气果断地说。

"虽然如此，也不可太过分。而且，我很怀疑赵兴为什么要一个人离队去侦察。"格木有些不快。

"他被八路绑住并枪杀，就已经说明了一切！八路是讲优待俘虏的，绝不会处决一个要开小差的皇协军的。抬下去！"村边道。

两个日军抬架队员抬走了关大河。

前面一堆八路军尸体中，一个刚刚苏醒过来的受重伤的八路军战士，悄悄看见了这一切。他看着远去的担架，眼里射出仇恨的目光，然后假装死过去一样，闭上了眼。他虽然听不懂日语，但日军抬着关大河及村边对关大河器重的表情，他看得一清二楚。

第8章 处决

两个月后，日军联队野战医院门口，关大河穿着皇协军军服，背着一个包裹走了出来，后面跟着一个日军军官。

此时的他，表情沉静而有些阴冷，眼里既绽放冷酷的光芒，又隐隐有些忧郁、伤感和麻木。那方正的脸上长出络腮胡的硬碴儿，显得好几天没有刮胡子了，细看，可看见在络腮胡的掩盖下有一道很深的疤痕。

关大河站在门口，用冷峻而漠然的眼光扫了一下前面。蓦然，他愣住了。身穿和服的原爱站在前面，用温柔而充满关切的目光看着他。

见他出来了，原爱上前一步鞠躬，用温柔而诚挚的语气说道："赵兴君，恭喜你出院了！"

关大河冷漠地看了她一眼，脸上现出一缕痛恨的表情，扭过脸，越过她，往前走去。他真的有些怨恨她。他沦落到今天都是因为她，因为那次救她。他知道他做过手术后，她来看过自己。当时他假装睡着了，没有理她。而她在他床边温柔地凝视着他，然后找医生问了一些情况。后来，她走了，把一袋子水果和奶粉放在了他的床头。这种关心与温柔显然没有抵消他对她的怨恨，因为她几乎毁了自己的一生。

走了两步，他忽然站住了。格木与村边在前面拦住了他。他们接到医院的通知，说他们送来的这位支那中队长可以出院了，要他们派人来接他出院。村边想亲自来接他出院，以示抚慰，就带着原爱一起来了，顺便也招呼格木一起来。格木虽然恨恨不已，却也跟来了。

此时，格木脸色阴沉地瞪着关大河。

"赵兴，我知道你很难受。如果不是因为救原爱，你不会成为我的部下，也不会受重伤。你放心，我会补偿你的！"村边迎上来，表情凝重地说。他们身后停着一辆大卡车。

关大河默然不语。

格木凶狠地瞪了他一眼，把手握在刀柄上，恶狠狠地喝道："赵兴，你这个不识好歹的支那人，村边太君亲自来接你，你竟不感谢？"

关大河没有理他。

格木拔出刀痛骂道："八嘎！军人战死沙场，理所应当。你没有死，还在我大日本皇军医院捡回一条命，你不感谢，还一脸傲气，你这头支那猪！我要杀了你！"

村边抬起手制止了他。"这次铁壁合围，以我军的全面胜利告终。八路主力基本被赶出这一地区，远逃到深山老林或穷乡僻壤了。在此地的国军也被我击溃。配属我的那个伪军大队已经被八路打散，只剩下一百人，我组成一个队，全部交给你，由你

担任队长。"村边抚着关大河的肩往卡车方向走去，边走边对他介绍情况。

"我，想还乡。"关大河木然地看着前面，冷冷地说。

村边安慰着他："赵兴君，做逃兵是死罪，你还是跟着我干吧。你放心，算我欠你的，日后不会亏待你！"

格木在后面恶狠狠地吼道："你不要敬酒不吃吃罚酒，上车！"然后，他一挥手，车上跳下几个日军，用刺刀逼着关大河。

原爱走了过来，温柔地说："赵兴君，你就先上车吧，要走，以后再商量也不迟！"

村边用和气却不失威严与命令的语气拍一拍他的肩，道："好了，先上车吧。"

关大河只好闷闷地、不情愿地上了卡车。

卡车在去往罗场县城的路上奔驰着。沉默严肃的村边与表情忧郁的原爱坐在副驾驶座上，格木、关大河及日军随从坐在车厢内。

格木冷冷地盯着关大河。关大河不理他，把脸向前面，目光掠过山林和原野，表情和目光都显得木然。

在医院期间，他一直都消沉和麻木，为自己差点被处决的经历，为刘团长的牺牲，为自己的命运，为"大扫荡"中部队的损失，他感到痛苦和难过。

因为情绪低落，加上这是日军的联队医院，日军看守较严，所以，他一直没能逃走。他想等伤势完全好了之后再逃走，没有想到，竟是村边、格木及原爱亲自接他出院。现在，他又要回到村边军营——那个让他蒙羞、让他命运改变的地方去了。他下意识地叹了一口气，心中划过一道惆怅的音符。

格木听见了他的叹气声，咬牙恨恨地说道："赵兴，要不是我们救了你，你都被八路杀掉了！现在又在皇军医院里给你做手术，治好了你，你还有什么不满意的？"

关大河没有理睬他，继续看着远方的山冈和丘陵。他想他该走了，重新去找部队，洗清自己冤情。无论如何，他不能跟着村边再回日军军营了。上次误入鬼子军营，害得他差点成了汉奸，这次决不能重蹈覆辙了。

他环顾一下四周，大声喊道："停车！"

"八嘎！你要干什么？"格木大惊，拔出手枪，对准他。

"我要拉屎！"关大河大声道。

"不行，我一车大日本皇军，怎可停车等你拉屎？"

"停车！"关大河暴怒地喊。

格木愤怒地起身，扑过来，一手拿枪，一手对着关大河的脸乱抽，边抽边骂："八嘎！你敢对我吼叫？"

关大河暴怒地叫了一声："滚你妈的蛋吧！"他一拳朝格木打去，将格木打倒，接着迅速地扑上去，下了格木的手枪，箍着格木的脖颈，一腿跪在车底板上，摁着格木，用枪对准他的脑袋。

一车的日军大惊失色，都举起枪对准关大河。关大河暴怒地喊："谁乱动我就杀了他！"日军都愣着，不敢妄动。

卡车停下了。车上的日军都一晃荡，差点摔倒，但有经验的关大河却紧紧地控制着格木，用枪顶着他的头。然后，他拖着格木站了起来。

原爱与村边跳下车，走了过来。村边大惊，赶紧道："赵兴，你……想要干什么？"原爱也惊讶地看着关大河，道："赵兴君！"

格木羞愤地对村边喊道："这个支那猪疯了！快杀了他！"

关大河对村边道："把枪都放下，否则我杀了他！"

村边赶紧对车上的日军喝道："放下枪！"车厢上的日军士兵都放下了枪。关大河猛地一拳将格木打倒，然后飞快地跳下车。

格木从车厢里爬起来，大声喊："打死他！打死他！"两个日军抓起放下的枪，对着关大河瞄准，就要开枪。

跳下车的关大河扑上前抓住原爱，搂着她的脖子往后退，同时用枪指着村边："叫他们不要动！"

村边皱着眉，对车上士兵用日语说道："让他走！"

关大河一面用枪指着村边，一面搂着原爱的脖子往后退。因为他下意识地用力过大，原爱被他粗壮有力的胳膊箍得几乎喘不过气来，脸通红，"哎哟"叫了一声。关大河很快意识到了，胳膊稍稍放松了些。原爱喘着气，咳嗽了一下。虽然很紧张很害怕，但她很快反应过来，并明白了关大河的意思，于是配合着他往后退。她知道，关大河不会伤害她。她已认定关大河是个好人。

关大河退到山坡树林边，松开原爱，猛地转身，闪身进入林中，跟着消失在树林深处。

关大河在树林里走了两天两夜，终于到了刘团长牺牲的那个高坡。

正是半夜，月圆时刻。月华如水，笼罩着大地。刘团长的坟在月光下无言地立着，山岭一片静寂肃穆。

关大河跪倒在刘团长的墓前，咬着嘴唇，眼泪涌了出来。他此刻除了后悔与伤感，想得更多的是：刘团长在临死之前一定对他很失望。虽然刘团长传下话来，说再审一审他，不要处死，但内心里一定很失望。而且，即使他被所有人误认为是叛徒，刘团长却还不那么相信，可见刘团长是个多么好的人。他关大河离开二十九军后投奔八路军，就遇上了刘团长。那时刘团长还是八路军营长，此前是红四方面军的一名团长，参加过长征，四过草地。此后他入党、提干，都是刘团长一手培养的，很多军事知识也是刘团长教的。他喜欢八路军，爱上这支队伍，就是因为这支队伍里有很多像刘团长这样的好人。而这么好的一个人竟然因为他的原因而牺牲了，是他害死了刘团长。

太阳在东山头升起的时候，他离开了。而此时，一堆新土赫然堆在刘团长的坟头上，上面放着一捧新鲜的野花。阳光照射着野花，灿烂无比。

关大河继续朝北走，尽走山路、小路、树林。渴了，就饮山溪的水；饿了，就摘些野果吃；困了，就找个山洞睡一觉。没几天，他的胡子就长得又长又多，像一蓬倒挂着的深深的野草，头发也长得老长。

这天，他正在山道上走，忽然感觉有动静，就赶紧上了山，伏在草丛中朝下观察。

山道上，八名日军押着二十多名国民党军战俘走了过来。战俘们都被反绑着双手，

绑成一串。一个中等身材、方脸阔嘴、穿着国军军官制服的俘虏也在其中，他的脸上充满了沮丧与愤怒。

走到一块壁立的岩石下，一个日军士官用日语喊："歇一下！"日军就把战俘们赶到岩石下，令他们坐下休息。

日军坐了下来，取出水壶喝水。一个日军忽然想起什么，笑道："哟西，我们来玩杀人游戏好不好？"

"好啊！好啊！"其他日军来劲了。

他们走向其中一个战俘，扒下他的上衣，将他绑在一棵树上。然后两个日军用刺刀在他身上划。俘虏疼得大叫，嘴里骂道："我日你姥姥的！"

"狗娘养的，你们这算什么？凭什么虐待战俘？"战俘中，那个国军军官大声抗议。旁边的日军听不懂他说什么，但知道他在骂人，上前对他用脚乱踢一气。

国军军官换着踢，却不怕，仍然骂："有种放了老子，再和老子打一仗！"

就在这时，一声枪响，用刺刀折磨战俘的一个日军倒下了。跟着又是一声枪响，另一个日军倒下了。剩下的日军赶紧趴下，转过身，举着枪朝山坡上乱射一气。

山坡上，关大河的身影晃动了一下。山坡下的日军喊："一个人！他只有一个人！"然后，他们留下一名日军端着枪看押战俘，其他的五个人小心地朝山坡包抄上去。

日军搜索着爬上高坡，进入林中，端着枪四处搜索。一个鬼子从一棵大树旁经过。关大河从树干后面闪出，扭住他的脖子，使劲一拧，鬼子无声无息地倒在了地上。前面一个鬼子突然回头，看见了，对着关大河举起枪。关大河一枪把他打倒。另外三个鬼子冲过来，关大河举起缴获的格木的手枪打，却没有子弹了，他赶紧闪身林中。日军的子弹飞过来，打在树上，树干上赫然现出几个洞眼，树叶像散落的铜板，四散飞去。

三名日军分散开来，成散兵线搜索关大河。他们走了约五十步时，关大河从他们背后出现，端着刚才那个被他拧断脖子的鬼子的枪，一枪一个，将他们全部打倒。

山坡下那个日军发现上面没动静了，脸上现出几分紧张。他举枪对着山上开了两枪。

国军军官悄悄地对部下说道："有人来救我们了！"

这时关大河在对面的一块岩石上出现了，他拿着一支三八大盖对准了鬼子。鬼子赶紧端枪要朝关大河射击，关大河一扣扳机，鬼子仰身倒下，手中的枪飞了出去。

关大河跳下岩石，走到国军军官面前，解开他身上的绳索。

国军军官甩开绳子，赶紧给一个战俘解开绳子，对他道："快，解绳子！"那个士兵又去给其他人解绳子。

然后，国军军官对关大河一抱拳："兄弟，谢谢搭救了！"他又打量着关大河身上破烂的皇协军军服，一脸不解地问："敢问兄弟是哪部分的？"

关大河似乎已认出了他，平静地问："你们是哪部分的？"

国军军官道："我们是国军七十七军的，卑职叫肖北新，是七十七军的一名营长！"

关大河道："我是老关，关大河。"

肖北新吃惊地看着关大河："关大河？就是和我当年在喜峰口一起打鬼子的关大河？乖乖，真的是你？他妈的！"他一下扑上来，抱住关大河。关大河也紧紧地和他拥抱。

然后，肖营长松开关大河，举着关大河的手，对部下道："弟兄们，你们知道今天救我们的人是谁?"

部下们看着关大河。肖营长道: "他是我在二十九军时一个锅里吃饭的战友关大河! 当年在喜峰口, 我俩一同参加了喜峰口大战。他的砍刀下, 有二十个鬼子的脑袋滚了下去!"

"营长, 恭喜了, 遇上老战友了!"部下们齐声贺道。

肖营长看了看关大河身上的伪军制服, 眼中闪着疑惑, 道: "兄弟, 你现在在哪里高就?"

"八路军。"关大河想了想, 说道。

肖营长指着他的制服: "那……"

"化装成伪军, 执行任务!"

肖营长道: "哦, 怎么跑到八路里了?"

"卢沟桥一战, 部队打散了, 我也受伤了, 后来就投了八路。"关大河说完又道, "树林子里我干掉了几个鬼子, 你叫手下去摘下他们的枪和手榴弹。"

肖营长叫手下快去打扫战场。不一会儿, 肖营长的部下们摘下日军身上一切有用的东西, 扎好武装带, 汇拢过来。然后, 关大河和肖营长一行一同朝伏牛山方向走去。

关大河和肖营长走在前面, 两人边走边叙旧。肖营长告诉关大河, 他们前不久和扫荡的鬼子干了一仗, 子弹打光了, 脑袋也被鬼子的飞机炸晕了, 就被俘了。

"妈的, 要有子弹, 老子才不怕他们!"肖营长恨恨地说。

关大河显得有些沉默, 眼中时常闪过一缕忧郁和迷茫, 这个细节被肖营长捕捉到了: "兄弟, 你好像不太开心?"

关大河愣了一下, 道: "我在找我的部队, 你知道我们五分区的独立团在哪里吗?"

肖营长说: "只听说在伏牛山里和日本人周旋, 我们团不久前还遇上他们了。"

关大河默默地点头。

太阳快落山时, 他们走到了伏牛山区内的一个岔道口。关大河要往西边去, 而肖营长的部队在东边, 两人拥抱了一下, 肖营长就带着他的人往东边去了。关大河背着缴获的鬼子的那杆长枪, 朝西边的山林里走去。

此时已是日落西山, 关大河背着枪在盘山小径上走着, 边走边警惕地打量着四周。

忽然, 一彪人马涌出, 用枪指着他: "不许动, 下马!"几个穿着破烂不堪的军服的战士出现在他面前。

关大河看着他们, 脸上忽然露出一缕惊喜。他认出了他们, 那是他的特务连的战士。他高兴地叫: "小王, 小陈, 是你们?"

小王和小陈认出了他: "是你? 关连长……关大河?"

关大河高兴地道: "是的!"

小王和小陈马上变了脸色, 喝道: "举起手来, 跟我们走!"然后上前, 缴了他的三八大盖和没有子弹的手枪, 把他押到山坡上一个巨大的山洞前。在那里, 程指导员正在督促几个战士用锅烧饭吃。

程指导员回头, 见关大河被押了过来, 吃了一惊, 问: "你, 关大河?"

"是我, 我要归队, 接受组织的调查!"关大河平静地说。

程指导员冷笑一声，脸一沉："绑起来！"几个战士上前绑起关大河。

"关大河，你狗日的，我们曾经在一个锅里吃饭，一个铺上睡觉，真没想到你会做出这种事！你就是为了日本女人，投奔了日本人，也用不着出卖咱独立团啊！"程指导员满腔怒火。

"我没有投奔日本人！"关大河表情诚恳。

"我呸！"程指导员啐了一口，"你没投奔日本人？那为啥和日本女人打得火热？"

关大河道："这……是一场误会！我就是要接受继续审查的，我相信组织！"

"现在只怕晚了，关于你的问题，独立团已经发了通报，把你定性为叛徒、汉奸，并开除了党籍、军籍，已经上报军分区了。你今天也算是自投罗网！"程指导员表情严肃。

关大河愣住了："开除了党籍、军籍？"

程指导员冷笑："告诉你，还有更严重的，张主任已经发了命令，抓住你，就地处决！"

"为什么？不是说继续审查的吗？"关大河脸上浮现出难过又失望的表情。

程指导员板着脸道："用不着了。你受伤后，鬼子把你救走，就说明了一切！"

一个战士站了出来，指着关大河："姓关的，那一幕我看得一清二楚，村边专门用担架把你抬走了！"那个战士就是关大河重伤后，被村边令人用担架抬走时，躲在死人堆中的重伤的战士。他当着关大河把那天的情景又重述了一遍。

"同志们，这是误会！村边以为我是他们的人。"关大河愕然地听他讲完，赶紧解释。

"谁是你的同志？你把我们独立团往敌人包围圈里带，刘团长也牺牲了，你还敢叫我们同志？"一个战士吼道。

关大河看着他们，嘴唇嚅动着，表情十分痛苦。这可都是他昔日特务连的战士啊，有的是他一手一手教着打枪或拼刀的。他内心此刻像被刀划了一样。

"我知道我跳进黄河也洗不清了，但是，我还是要来找你们！我想把事情说清楚，想回到队伍里继续战斗，请你给我一个机会，带我去见吴政委、张主任！"关大河依然执著地道。

程指导员断然道："不用了，张主任下了命令，见到关大河，格杀勿论。你不要说我们曾经是战友，现在你是身上负有血债的汉奸了，我铁面无私，救不了你。来人，把他拖到前面处决了！"

几个战士上前拖着关大河就走。关大河回头喊道："老程，我要真是叛徒，还敢过来找你们？请你们给我一个机会，让组织调查我！"

程指导员冷笑道："真叛徒就不会混进来搞破坏了？对你，不用调查了！"

不一会儿，关大河被推到一棵树下，几个战士将他绑在树干上。程指导员和众人围上去。

关大河道："老程，你和我共事多年，我是什么样的人，你应该了解！"

"也许都是女人惹的祸，全是因为那个日本女人，才让你变成今天这样子的！"程指导员叹道。

关大河痛苦地道："好吧，你们不相信我，那就杀了我吧。部队不收留我，我也没地方去了，就死在你们手里好了。只是，到死，我也背着个叛徒、汉奸的名，真是不甘心啊！"说完，他闭上眼，默然无语，好像万念俱灰，只是等死一样。

程指导员愣了一下，想了想，道："看在我们曾在一个铺睡过的份上，我只能说一句：路上走好！"他又对旁边的战士命令道："行刑！"

关大河身边，一个战士举起了一把大砍刀。

"住手！"一个声音传来。树林里忽然冒出二十多个人，有几个人举着手中的三八大盖对准了程指导员。

八路军战士也都端起枪和他们对峙。

"你们是什么人？"程指导员问。

"七十七军少校营长肖北新，你们是什么人？"

"原来是友军，误会了！我们是八路军五分区独立团特务连。"

"八路军？为什么要杀关大河？他也是八路军！"肖营长质问。

程指导员看着肖营长手中的手榴弹和他满脸的杀气，道："肖营长，你不知道，这关大河原来是我们团特务连连长，后来叛变，投了日本人，当了伪军中队长，还把我独立团往日本人的埋伏里引，让我们伤亡惨重，害得我们刘团长也牺牲了，我们全团都恨死他了。首长下了指示，抓住了他，格杀勿论。"

肖营长疑惑地看着关大河。

"老程，"关大河继续解释，"这都是误会。我要是投靠了日本人，就不会再来找独立团了！"

"你说的我也不能全信，"肖营长对程指导员道，"我只是要告诉你：关大河是我以前在二十九军的战友，打鬼子一点也不含糊。刚才他也救了我们弟兄们的命，我相信他不会做汉奸！"

"这是我们八路军内部的事，请不要干涉了！"程指导员认真地说。

肖营长眼珠转了一下："内部事？哈哈，告诉你，关大河现在是我们的人了！"

"你们的人？"

"他刚才救了我们，又加入我们国军了。弟兄们，你们说，是不是？"肖营长道。

肖营长的手下一齐喊道："是，他是我们的人！"

关大河急道："老肖，你不要乱说，你只会把事情弄得更复杂！"

肖营长对关大河骂道："妈的，你命都没有了，还怕复杂？"他又对程指导员道："兄弟，他确实是我们的人，我向你求个情，看在友军的份上，放了他！要不想放，我肖某……"他冷笑一声，把手上的手榴弹往上抛了一下又接住："我肖某打仗可不是孬种！"

程指导员想了想，露出勉强的笑，对肖营长道："好吧！肖营长，既然他现在是你们的人了，我们就放了他。不过我提醒你，小心让他给咬一口！"说完，他命令手下放了关大河。

一个战士给关大河解开绑绳，另一个战士将关大河的三八大盖和手枪、日式子弹匣、武装带扔在他的脚下。

肖营长说声"多谢了"，一挥手，两个手下上前，一个捡起关大河的枪和其他物品，一个拉过关大河。

关大河还想张口对程指导员说什么，肖营长上前，把他猛地一推，骂道："小子，你还想找死啊！"说着，将他拉走了。

第9章　孤独战士

　　肖营长一行带着关大河走出林子，关大河表情一直很沉闷、很木然。肖营长告诉他，他们往东走了一阵后，碰上个砍柴的，那人说，昨天看见一支国军朝西头走了。他猜想是他的部队，就往西边来了，听见林子里有吼叫声、喧哗声，以为是自己的部队，就摸了上来，哪里想到，碰上关大河正要被人送上西天。

　　"唉，老兄啊，这是怎么回事啊？怎么差点被自己人给杀了？"肖营长不解地摇头。

　　关大河叹口气，默然无语。

　　肖营长道："唉，他妈的！你们八路也是，就算是投了日本人，现在回来了，就行了嘛。老子们国军里，管你叛不叛变，以前是以前的事，现在改邪归正了，又投奔国军，照样重用，才不像你们！"

　　关大河闷闷地道："你们是你们。"

　　肖营长拍拍他的肩："算了，跟着我们干吧！八路不要你，我们要你。你这样的英雄，到哪里去找？"

　　关大河摇头道："不！"

　　"兄弟，我们不一样是打鬼子？"

　　关大河叹口气道："我已经跟了共产党八路军，就不会再朝三暮四了！再说，当初，我所在的二十九军被打散后，是八路军收留了我。"

　　"那有什么？现在我们也收留了你，咱可是二十九军的老底子！"

　　关大河摇头道："八路军培养了我，让我懂得了不少道理，也让我喜欢上这支部队。他们就像我的家一样，离开了这个家，我对别的队伍难得再有家的感情了。"

　　肖营长道："可是人家他妈的不要你了嘛，你的从前的弟兄们要杀你嘛！"

　　关大河道："即使不要我，我也不会到别处去，我死也是独立团的鬼。"顿了一顿，他又道："那些战士，别看他们现在对我凶，一旦知道我不是叛徒了，又会像从前那样喜欢我，尊敬我，甚至崇拜我。他们都是爱憎分明的小伙子！"说着，他的嘴角露出一缕笑意。

　　肖营长默默地看着他，摇摇头，无奈地笑了："你大脑有毛病了！你以前不是这样的，现在是咋了？这八路还真有迷魂药？能把好端端的人给弄傻？"

　　关大河道："不用劝了，兄弟，一句话，除了八路军独立团，我哪也不去。我要找他们，直到洗清我的冤案，证明我的清白，回到他们中间去打仗为止。"

肖营长道："我听他们的口气，你这冤情怕难得洗清!

关大河看看前面，无语。

肖营长想了想："我有个办法，你先跟着我们一起打鬼子，凭你的本事，战场上立他几个功，也可以扬名天下，到时候再找八路，他们就会认你了!"

关大河道："我加入了你们，只怕问题更复杂了!"说着，他停住了脚步："肖兄，我们到此分手吧!"

肖营长问："你要去哪里?"

关大河道："你们继续去找你们的队伍，我就在特务连附近，跟着他们一起战斗!"

肖营长摇头："在这里?像影子一样跟着他们?"

关大河道："是的，像影子一样。"

肖营长看他半天，叹口气："好吧，兄弟，这样也行，免得到死还背着个汉奸的骂名。后会有期!"

两人都伸出手，握在一处，眼睛里都有着真诚的火花。

此后，关大河就悄悄栖身在特务连住的山洞附近了。

这是伏牛山区中部的一片群山，一条羊肠小道从几座山峰间穿过。特务连就在小道旁的一座山峰的半山腰的几个山洞里住着。这里进可攻，退可隐入后面的群山，地理位置很优越。

关大河就在相邻的一座山峰的半山腰的山洞里住着，低头就可看见那条羊肠小道。每天早上，他就从后山绕到特务连所在的山上，在他们头顶上方的山顶或对面上方的山坡上，默默地看着他们做早操、晨练。有时看着看着，就想起在黄庄的时候，他带着他们操练，教他们练大刀的情景，抚今追昔，禁不住流下热泪。

特务连做完早操，有的人出去执行任务，有的人在山上捡野果，有的人坐在洞口学习。他依然蹲在原地，似乎要以最近的距离，感受和他们在一起的快乐，似乎只有这样，才和他们贴得最近。

此时已是冬天，山上有时寒风呼啸。他穿着的皇协军的棉袄已经破烂不堪，在山上一坐一整天，未免有些寒意逼人，但他毫不介意。

这天上午，他提着枪，一如既往地在特务连住的山洞对面上方山坡的树丛里观察着特务连。战士们正排队在洞口听程指导员给他们作动员。程指导员告诉他们，据侦察员可靠情报，一支三十多人的日军搜山小分队，专门搜索张啸天等土匪的，正往这里开来，好像是张啸天又惹了什么事。程指导员决定打个伏击，把这伙鬼子干掉。说完，他就带着战士们出发了。关大河赶紧悄悄跟在后面。

程指导员带着特务连往西走了约一里路，在那条羊肠小道的上面的山坡埋伏下来。

约一个小时后，一队三十多人的日军小分队往这边开过来。当他们走近特务连的埋伏区时，特务连战士们在程指导员的指挥下朝日军开火了，手榴弹在日军队伍中爆炸，一挺机关枪也叫起来。

日军一下子倒下了十多个，剩下的赶紧散开，凭借岩石、大树开始反击。两个日

军的机枪手迅速爬上对面山坡，占据一块大岩石，对着战士们扫射。他们的技术不错，几个战士连同机枪手当即被打中，其余的战士也被火力压得抬不起头来。

"快，干掉敌人的机枪手！"程指导员大声命令。战士们一面躲闪着日军的子弹，一面朝日军机枪手射击。

但日军机枪手很有经验，机警地躲闪着。加上战士们受火力压制，无法很好瞄准，所以打不中日军机枪手。

在特务连阵地后面一块岩石后，关大河默默地注视着前面。他举起手中的三八大盖，朝日军机枪手瞄准。趁着战士们一排枪弹打出之际，他对着日军机枪手就是一枪，机枪手的额头冒出一股鲜血，趴在岩石上不动了。旁边的日军副机枪手抓起机枪继续扫射，关大河又一枪打去，副机枪手也倒下了。

程指导员见敌人的机枪手倒下了，大喊："冲啊！"战士们如猛虎出山，冲下山坡。双方在山道上开始肉搏。

有几个战士手里拿着大刀，使用关大河教他们的刀术，与敌人砍杀，很是得力，先后将面前的敌人砍倒。不一会儿，所有日军全部被消灭。

战士们开始在日军身上翻检战利品，取下他们的背包，扯下他们的武装弹、子弹匣、钢盔，以及很保暖的棉军大衣，还有马靴。这都是过冬时用得着的。

程指导员问："那两个机枪手是谁干掉的？"

两个战士应声答道："是我！"

"你们两个一起开枪？"

一个战士道："是一起开枪，可是，是我打中的！"另一个战士道："不对，是我打中的，我看见他那一枪打在岩石上！"

"错，是我打中的，他那一枪打在岩石上！"

"好了，好了，不争了，算你们两个人的功劳！"程指导员笑呵呵地摆摆手。

一个提大刀的战士对程指导员笑嘻嘻地说道："指导员，我刚才用大刀消灭了一个鬼子。你别说，关连长教的大刀还真用得上呢！"

"不要提那个叛徒！"程指导员拉下了脸。

战士赶紧道："是！"

关大河扭过脸，靠着岩石坐下。他默默地望着前方，心潮起伏，泪水在眼眶里打着转转。

山坡下，程指导员对战士们道："好了，打扫完战场，迅速转移！"跟着，他似乎听见什么声音似的，下意识地朝关大河蹲着的山坡上望去。

山坡上，只有起伏的林涛。

这天晚上，关大河躺在栖身的山洞里睡觉，因为冷，他蜷缩着身子，一时无法入梦。忽然他觉得洞外似乎有动静，立即警觉地起身，抓起长枪、短枪，出洞察看。

只见山坡下的羊肠小道上，大队的日军正悄悄地往程指导员他们住的山洞摸去，前锋离山洞只有二百多米远了。

关大河赶紧跟了上去，尾随着他们。快靠近时，关大河朝一个日军开了枪，打倒了他。清脆的枪声震破了夜晚山林的宁静。日军掉转头来朝他开枪。他自知手中子弹不多，转身朝山上爬去。

日军判定他是一支小部队，或者就是一个人，派出一支小分队追赶他，其余的赶紧朝特务连发动进攻。

枪声也惊醒了山洞里的特务连战士。程指导员带着战士们边打边朝山后退。

因为对手有了准备，日军的进攻未能奏效，追赶一阵，无法追上特务连，只好悻悻地撤了回来。

关大河被十多个日军追赶着。他拼命往山顶上爬。到了山顶，日军分散搜索，他利用会武艺以及在暗处的优势，干掉两名日军，然后利用夜色和树林的掩护，悄然甩开了日军的追击。

关大河判定着程指导员他们撤退的方向，然后往那边找过去。两天后，他终于找到了特务连。他们正在一座山坡上休息，都疲惫之极。几个战士见他走过来，站了起来，拿枪对着他。

关大河走近，沉着而关切地问："大家都还好吧？"

"你从哪里过来的？前晚的鬼子是不是你带来的？"正坐在地上休息的程指导员板着脸，站了起来，疾言厉色地喝问。

"不是，我正好在你们附近，看见鬼子正在包围你们，就开枪报警了。"关大河坦然道。

程指导员逼视着他。站岗的战士告诉他，确实有一声枪响，才惊动了他们。他原以为是日军的枪走火，现在看来，或许是走火，或许是关大河开的枪。

"凭什么相信是你开的枪？"程指导员仍然板着脸。

关大河默然，半响，他说道："确实是我开的枪。鬼子训练有素，正在包围你们，不会轻易走火。"

"那你为什么要救我们？为什么会在我们附近？"

"我……要去找团领导，路过这里。"关大河不想告诉他自己一直守在附近。

"找团领导？"程指导员冷笑，"去了就是找死，你走开吧，就算那天是你开的枪，我不杀你。"停了一下，程指导员又道："也杀不了你，你现在是国民党的人了。"说完，他转脸对战士们说："同志们，起来，出发！"

战士们站了起来，开始往前走。程指导员对身边两个战士道："你们拿枪看着他，要是他敢往前走一步，就开枪！等我们走远了，你们再跟上！"

两个战士应了一声，拿着枪对着关大河。程指导员领着其他战士离去。

关大河上前一步，喊："老程！"

两个战士拉开枪栓："站住！再往前一步，我们就开枪了！"

关大河愣愣地看着他们："你们是新战士吧，你们相信我，我没有做汉奸！"

"你不要多说了，我们执行命令，你快走吧！"两个新战士喝道。

关大河默然无语，沮丧而伤心地看着程指导员他们远去。

晚上，在另一个山洞，关大河躺在地上睡着了。

他在做梦。梦中，他在不知是明是暗的荒原上一个人无助地走着，天苍苍，野茫茫。他奔跑，像在找人，或希望遇上人。他向左跑，向右跑，可是，天地间只有他一个人。他大喊："有人吗？有人没有？"没人回应。忽然，一群蒙面人从地上钻出，对着他开枪扫射。他身上中了无数子弹。他倒在地上，对着天空喊："为什么？为什么？你们是谁？"

他被自己的梦惊醒了，大叫一声，猛地坐了起来。他茫然四顾，没有别人。一摸额头，额上全是汗。

他颓丧地低下头。

此后，关大河就一个人默默地游荡在这片山林里。他仍然寻找着特务连和独立团的踪迹，但毫无结果。

他的头发已经老长，胡子也很长，但被他用刺刀割掉了一些。他身上穿的伪军的破棉袄也破烂不堪，皇协军的帽子早就扔了，怎么看上去都像一个叫花子，只有腰里缴获的日军的武装带和弹匣才显示出他是一名军人，一个被打散的四处流浪的散兵。

晚上，他就栖息在山洞。白天，他一座山一座山地寻找独立团和特务连的踪迹。他有时会碰上国军的部队，有时会碰上日军搜山。不知为什么，近来日军搜山特别频繁。

黄昏的时候，他常常默默地盘腿坐在山顶，看着远方的夕阳，脸上挂满伤感。

寒风呼啸，似乎要将他连根拔起，刺骨的风吹打着他的脸颊、脖颈，将他的脸冻得铁青，而他一动不动。群山苍茫，松林如海，显得他很渺小也很落寞，像山顶上一棵孤独的小松树。夕阳如血，照着他孤单的身影，影子被拖得很长，更衬出他的孤独与寂寞。

这时，眼泪往往从他的眼里流出。

这天早上，他在洞里醒过来，到山后的溪流里洗了把脸，就继续在山中寻找。到中午时分，他走到一座长得像狼牙的大山上，忽然听见前面隐隐有说话的声音。他赶紧闪到一边，猫着腰小心翼翼地朝前摸去。

只见前面一个山洞前，张啸天领着土匪们在树荫下歇息。一个小女孩——原爱的女儿樱子，坐在地上不停地哭泣。

张军带一个手下匆匆地从山下爬上来，向张啸天报告："狗日的日本人有两手准备，一面在很多县城里都贴了告示，寻找这个小女孩，称找回小女孩，赏大洋两千，一面通过山下的盘龙县皇协军和我们谈判。"

张啸天问："他们要怎么谈？"

张军道："照你的吩咐，要他们在第三天的中午十二点，把我们要的东西放在东头峰黄金岩下面的黄金洞，等我们派人去取。我们取了东西后，再通知他们领小孩。"

树林里，关大河闪在一块岩石后面，吃惊地看着他们，细心地听他们的对话。他从对话中判定，樱子被劫持了，张啸天正要拿她找村边换钱与武器。

原来，张啸天带着手下奔逃到罗场县城附近时，想着自己不得安宁的现状，十分懊恼。这时，负责侦察的小土匪告诉他，上次那个没有搞定的日本女人就是驻罗场县城的村边大队长的妹妹，这女人经常带着女儿在罗场县城的大街上转悠。张啸天听了，觉得可以做点文章。原爱目标大，不好劫持，他觉得可以设法劫持樱子，然后以此为筹码，找村边要枪要钱。于是，他令手下有军师之称的张军想个办法。张军想了个好点子，他立即指挥土匪行动起来。

在罗场街头，两个土匪在原爱牵着樱子经过时，假装打起来，另外化装成百姓的土匪假装受惊，趁机将原爱和樱子隔开。然后，事先安排好的土匪蒙住樱子的嘴，坐上马车，驶往城墙下，翻过城墙，其他的土匪依次撤离。

然后，张啸天带手下紧赶慢赶，进入伏牛山区。到了伏牛山区后，他通过盘龙县的伪军给村边带话：某月某日的中午，将武器和粮食放在伏牛山盘龙县东头峰黄金岩下面的黄金洞里，等他派人取了后，再放人。

之所以要躲进伏牛山区，是因为这里不是村边的地盘，村边鞭长莫及。无论是依靠当地日军相助，还是自己千里跋涉，带着武器和粮食来换人，都不利于村边对他进行追杀。

最要命的是，关大河从张啸天与张军的对话中听出，即使拿到了村边送来的武器和粮食，张啸天也不会放人。他要留下樱子做长期人质，以防备村边报复他。

第10章 再回敌营

歇了一会儿，张啸天就带着人继续赶路。他的人化整为零，现在跟在他身边的只有二十多名土匪。关大河在距他们三百米处，若即若离地跟着。

中午时分，张啸天找到半山腰的一户人家。这户人家只有一对六十多岁的老夫妻在家，看样子是以采药为生的。张啸天他们拿出一袋米、几只鸡，要夫妻两个弄熟了，土匪们就在屋里摆开桌子吃起来。这伙土匪大概好久没有这样海吃过了，一个个狼吞虎咽，大碗喝酒，大口吃肉，喊叫声从屋里传出很远。

樱子可怜巴巴地坐在靠门口的地上默默哭泣。老太婆看樱子可怜，端着一碗鸡汤给樱子喂着吃。樱子似乎饿狠了，见有吃的，赶紧止住哭，狼吞虎咽。

老太婆难过地嘀咕道："这些土匪哦，多漂亮的小姑娘，也不放过。日本人坏，可这小姑娘有啥罪哟！"

樱子很快吃完了，满足地揩嘴，又用脏兮兮的手揩脸上的眼泪。

突然，关大河在门口出现了。他背着长枪，长枪上的刺刀已经取了下来握在手上。他猛地一把抱住樱子，然后冲到正被手下灌得迷迷糊糊的张啸天面前，用刺刀顶住张啸天的咽喉，喝道："不要动，动一动就捅死你！"

张啸天愣住了。土匪们全愣住了。樱子在关大河怀里哭了起来。

张啸天定定神，看着关大河似乎有些面熟。关大河冷笑道："还记得我吧？上次你们侮辱日本女人，救她的那个人就是我！"他又对众土匪道："你们知道我厉害的，都给我老实点！"

众土匪显然都还记得那件事，都有些惊悚地看着他。

张啸天冷笑道："你要干什么？抓老子找日本人领赏？"

"送我一程，我保证放你，要耍花招，这把刺刀就捅进你喉咙里。"关大河冷冷地说道。然后，他扔掉刺刀，拔出张啸天腰中的手枪，迅速顶上膛，又用枪顶住张啸天的头，动作之快，让张啸天和众土匪反应不及。他们的枪都架在一边的墙上，门外不远处站岗的土匪也早已被关大河干掉。

"是日本人派你来的？"张啸天恨恨地道。

"少废话！走！"关大河喝道。

张啸天无奈地起身。关大河一手抱着樱子，又用这只手抓住张啸天的后领，另一只手用枪顶着他的后脑勺，押着张啸天走出屋，径直往前走。

一个土匪的头探出门，关大河回手一枪，正打中他的头。

"这小子枪法很准！弟兄们，不要乱动，老大的命要紧！"张军喊。土匪们站着不敢动了。

关大河押着张啸天走到了后山的一条山道上。樱子在他怀里原已吓得没有了声音，现在又哭了起来，浑身颤抖。关大河怜爱地对樱子说："樱子，别哭，我是赵兴叔叔！"但樱子不懂汉语，胆怯地趴在他怀里，小声地哭。

张啸天边走边说："兄弟，你也是中国人，何必为日本人干事？这女孩留给我，日本人送的东西，你我一人一半，够你花下辈子的。"

关大河骂道："你狗娘养的，要打就去打日本军队，折磨几岁的娃娃和手无寸铁的女人干什么？你一个大老爷们，只这点本事？"

张啸天道："八仙过海，各显神通，这也是打日本人的招术！"

关大河骂道："放你妈的屁，对中国人你也是这样。你眼里没有中国人、日本人，只有杀人放火！"

这时已经离刚才那个房屋有一段距离了，关大河对张啸天道："本想一枪打死你，看在你是中国人的份上，放你一马！"说完，他对着张啸天猛踹一脚。张啸天"哎哟"叫了一声，朝山坡下滚去。

关大河抱着樱子，提着张啸天的手枪，朝前方跑去，腰里还插着格木的没有子弹的手枪。

跑了一段路后，估计土匪们不会追上来了，关大河放下樱子，蹲在她的面前，用手指扯扯自己的胡子，把乱七八糟的络缌胡拂开，边比画边说："赵兴叔叔……记得吗？"

樱子似乎听清了"赵兴"两个字。因为吓晕了，加上在山林中奔波多日的关大河一脸的大胡子，头发也乱蓬蓬的，她一时还真没认出来。这下她立马认出了他，喊了一声："赵兴叔叔！"然后扑进他的怀里，伤心地哭了起来。

关大河紧紧搂着她。他想这孩子太可怜了，这么小，就被这伙土匪绑架，辗转千里。虽然是日本人，可她终究是个小孩啊，她有什么罪过？可恶的日本军国主义者，发动这场战争，谁说只给中国人民带来灾难呢？

他松开樱子，给樱子揩着脸上的泪水，柔声道："樱子，别害怕，我带你去找妈妈！"见樱子没听懂，又用手比画了一遍。樱子似懂非懂地点头。然后，关大河抱着樱子，往罗场县城的方向走去。

当晚，山里下起了暴雨。第二天，又下起了雪。

关大河抱着樱子继续赶路。为了减轻负担，他把格木的没有子弹的小手枪扔掉了。长枪的子弹匣里也没有多少子弹了，他也连同长枪一起扔了，身上只带了张啸天的驳壳枪，以及从日军三八大盖上卸下来的刺刀。

他背着樱子尽量与张啸天绕着圈子，有好几次差点与张啸天他们撞上了，好在山大，他在暗处，张啸天他们在明处，又躲了过去。

一路风餐露宿，渴了饮溪水，饿了就给樱子吃带出来的干粮，他自己一口也不吃。

　　樱子给他吃，他说不爱吃，樱子就信以为真。干粮很快吃完了，就找些野果吃。夜晚，他们住在山洞里，带出来的小薄被给樱子用，关大河就和衣而卧。因为这段时间一直在山林里奔波，体力渐差，这场大雪之后，他咳嗽起来。

　　有时候，遇上结冰的小河，他就凿开薄冰，让急于透气的小鱼跳出冰面，然后抓住小鱼，在山洞里给樱子烤着吃。小鱼一条接一条地跃出水面的情景让樱子开心地拍手大笑。小鱼烤起来有些腥味，但樱子仍吃得津津有味，连说好吃。

　　这晚，山洞外下着大雪，樱子和关大河并排睡在山洞里。樱子身上盖着薄棉被，被毯子包裹着。关大河没有盖的，缩着身子。樱子半夜醒来了。她起身推关大河，但推不动。她使劲推。关大河醒了过来，他想坐起来，但眼前金星直冒。他下意识地摸摸额头，意识到自己病了。他转过脸，尽量不面对樱子，咳嗽了一下。

　　"赵兴叔叔，你怎么了？"樱子惊慌地问。

　　关大河扭头咳一下："没事，樱子，叔叔没事！"他给樱子盖好被子，又睡。

　　樱子坐起来，将被子往关大河身上送，对关大河说："赵兴叔叔，你也盖。"

　　关大河虽听不懂日语，但明白她的意思，鼻子有些发酸。这个可爱的小女孩真的很善良，而且已经和他在朝夕相处中产生了深厚的感情。这可是个日本女孩，而她的父辈们正在中国杀人放火。看来，人性最初都是善良的。

　　他给樱子掖好被子，以命令的口气让她睡下，自己又蜷缩在一边睡着了。

　　第二天，他们踩着积雪继续往前走。他已经完全甩掉了张啸天。经过打听，关大河知道前面就是盘龙县县城。他从张啸天他们的对话里知道，村边给伏牛山区的日军发过函，请他们协助寻找樱子，就决定把樱子送给县城的日军，让他们转给村边。

　　山势越走越缓，到了通往盘龙县的出山的一个山口处，关大河远远地看见山口有一个日军的哨卡。

　　他把樱子放下来，蹲在地上，示意樱子自己走到站岗的日军那里，自己不过去。但樱子死死地拉着他的衣角，要和他一起过去。关大河只好抱起樱子，走了过去。

　　站岗的一个日军和一个伪军拿着枪对准了他："站住！干什么的？"

　　关大河把樱子放在地上，对伪军道："这是罗场县村边太君妹妹的小孩樱子，被土匪抢去了，撞见了我，抢了回来，交给你。你告诉这个日本太君，要他快去向他的长官报告！"

　　伪军吃惊地看着他，又看了看手上的樱子的一张画像，再看看樱子，兴奋道："天啊，真的是村边太君要找的女孩！五百元大洋啊！兄弟，你发财了！"

　　旁边那个日军挺着刺刀问他："你的，什么的干活！"

　　关大河对那伪军道："告诉他，我是村边大队的皇协军队长，救了这姑娘，现在还有事。"然后他弯腰对樱子说道："樱子，叔叔要走了！"说完，他摇摇手就走。

　　樱子哭着喊："赵兴叔叔，我要和你在一起！"她摇着小腿，踩着积雪，赶了上来。关大河不理她，快步往前走。

　　伪军在后面喊："嗨，五百元赏钱你不要了吗？"

　　樱子在后面哭喊："叔叔，你不要走，我要和你在一起！"

关大河听见樱子的声音，心里一动。他一度要转身，但一个声音在他耳边响起："不能，不能再次毁了自己！不要理她！再不走，又走不了了！"于是，他又赶紧大步往前走。

樱子拼命追赶，忽然一下子摔倒在雪地上。她趴在雪地里哇哇大哭起来，嘴里喊："赵兴叔叔，赵兴叔叔，我要和你在一起！"

关大河回头看见雪地上拼命哭喊的樱子，一行热泪从眼里涌出。他咬咬牙，转身继续跑，刚跑两步，一个趔趄，眼冒金花，栽倒在地，昏了过去。

远处，两辆载着枪支、粮食和日式灌头的卡车朝这里奔来。前面一辆卡车的副驾驶室里坐着格木和原爱，后面一辆车上满载着日军。

原爱已经看见了关大河和樱子，兴奋地尖叫："樱子……"她的眼泪涌了出来……

第11章　原爱的爱情

格木奉村边之命带着张啸天需要的粮食及武器，往伏牛山张啸天说的地方赶，准备与张啸天交换樱子，没想到在盘龙县城门口遇见了樱子和昏迷的关大河。

樱子告诉原爱，是关大河救了她。其实不用说，原爱也看得出来。她很感动，要求把关大河带回军营治疗。格木对着关大河昏迷的身体狠踢了两脚后，令人把他抬上卡车，带回罗场县城。

村边听说关大河救了樱子，先前的怒气也消了不少，命令营中军医给关大河洗澡、更衣、检查、治疗。检查结果是发烧、疟疾，加上连日疲劳，缺少营养，导致体虚，于是又给他打吊针、输葡萄糖水。

原爱除了照顾樱子外，就一直温存地守候在关大河旁边。

关大河终于醒过来了，他微睁开眼，看见了身边的原爱。

"赵兴君，你醒来了？"原爱显得十分高兴。

关大河打量四周："我，是在营区里？"

"是的！你现在是在营区里，你的房间里！"

关大河脸上浮现一缕失望，他努力回想昏迷前的情景，不由感叹命运无常。他想也许这就是宿命，转了一圈，又回到了日本人的营区。

"谢谢你救了樱子，真的好感谢！"原爱感激地说。停了一停，她又道："好像有一种缘分，总是把我们的命运连在一起，你说是吗？"

"樱子，还好吗？"关大河问。

"很好，她说，她在你的怀抱里，就像在她爸爸的怀抱里！"原爱含着眼泪，高兴地说。

关大河道："樱子吃苦了，你要她好好休息！"

原爱道："谢谢！"跟着又问："你，是回家去了吗？"

关大河默然。

原爱不再说话，她从一旁的桌上拿起一个梨，削了皮，又削了一片梨放进关大河的嘴里，然后，一脸温柔地看着他。

两天后，关大河的病已经好得差不多了，体力也恢复了，可以下床了。这晚，他穿着白色衬衣，背对着门，在地上练俯卧撑。为了尽快恢复力气，他一口气练了三百多下，练得满头是汗，身上的肌肉鼓涨着。

原爱推门进来了。看着关大河鼓涨的肌肉，她的脸上现出红晕。关大河听见身后有动静，赶紧站了起来。他抓起桌上的毛巾擦了一下身子，然后背过身子，穿上棉袄。

他所住的屋子只有一间房。这是营区内的一排平房。他一个人一间。其余的屋子里住着伪军，几个人一间房。

"原爱小姐，请坐。"他穿好衣服，平静地对原爱说道。

原爱在椅子上坐下。"赵兴君，好些了吗?"她温柔地问。

"好多了!"关大河坐在床边。

原爱脉脉含情地看着他："这样我就高兴了。"

"谢谢你的关心，原爱小姐!"

"不用谢，应该的，你不是对我们母女二人很好吗?"她的目光里闪烁着温柔与多情。

关大河与她对视。他感受到了她目光里的情意，有些慌乱地低下头。两人一时都没有了话。

半晌，原爱抬头道："赵兴君，昨晚，樱子在睡梦里喊赵兴叔叔。她很喜欢你。"

关大河的脸上露出喜欢的表情，与樱子在大蒙山区朝夕相处的情景仍然历历在目。他道："我也很喜欢她，她是个很可爱的小姑娘。"

原爱含羞地说："我，和樱子都喜欢你!"

"这……谢谢!"关大河愣了一下。

原爱多情的目光朝他瞟过来。半晌，她终于鼓起勇气，温柔又多情看着关大河，道："赵兴君，都说男人孤独时最需要女人，男人最失意时，也需要女人。"

关大河愕然地看着她，似乎体会到原爱后面的话。他有些心慌了，赶紧低下头。

"我知道你很孤独，也看得出你很忧郁，以后，就让我来慰藉你的孤独，还有你的忧郁，好吗?"原爱红着脸，鼓起勇气，一口气把心里话说了出来。说完，她大胆地看着他。这是一个女人拿定主意后的淡定与勇敢，是一个在抛开了羞涩与心慌后对爱情迎接的姿态。

这目光燃烧着关大河那颗血气方刚的心，搅动着他身上奔流的热血。他完全明白原爱的心意，和她此刻的情欲。他觉得自己呼吸急促了，浑身躁热，似有一种意识在左右着他，有一股力量在驱动着他，驱使他把她揽入怀中。这如水的温柔，这多情的女人，这可以融化世界上任何钢铁的柔情，这让人陶醉让人怀想，甚至让人冲动让人想入非非的情欲。

原爱起身，温柔如水地坐在他的身旁，羞涩而勇敢地抓住他的手，紧紧抓住，有些发颤，然后，将头温柔地靠在他的肩上。

关大河的身子微微颤动着。一股女人身上特有的芳香冲击着他的心脾，让他无法自已。他很想猛烈地将原爱紧紧搂住，然后尽情地吻这个温柔美丽又善良的女人。可是，现在是战争时期，他还要回到部队。他已经背负了汉奸的罪名，不能因为儿女私情而永世不得翻身!

关大河内心深处发出一阵激越的长啸，然后，他果断地咬牙将她推开。他终于用粗壮有力的思想的臂膀制伏了冲动和情欲的魔兽。

原爱愕然地看着他："赵兴君，你……不喜欢我吗？"

"原爱，你是一个好女人，世上难得的好女人。可是，我不能！"关大河的表情有些痛苦，但尽量克制。

"那……为什么？"原爱愕然地看着他。

"原爱，我……对不起，我在家里有媳妇……"关大河低下头。

"不，你撒慌，你没有成家。凭一个女人的直觉，我知道，你没有成家。"原爱的眼泪涌了出来。

"不，我真的有家室，在老家。我想我夫人，所以，我一直想跑回老家去！"关大河咬着牙，坚决地说道。

原爱含泪看了他一会儿，咬着嘴唇，缓缓站起，对关大河弯腰鞠了个躬，然后快速走了出去。

当原爱含着眼泪开门出来，一下看见了闪在一边、脸色铁青的格木。她愣了一下，没有理他，低下头，步履踉跄地朝远处走去。

原来，这天晚上，格木带着个小玩具娃娃去原爱的住处看原爱与樱子，却只看见村边在屋里和樱子逗着玩。村边告诉他，原爱可能去看赵兴了。于是格木把玩具给了樱子，自己来到关大河住处找原爱，正好在门外听见关大河拒绝了原爱。他很震惊，他没有想到原爱果真喜欢上了这个支那人，更要命的是，赵兴竟然拒绝了原爱。而他格木，追求原爱却得不到！他恨恨地咬牙，正要冲进去发怒，原爱却走了出来。

等原爱走远了，他一脚将门踢开，闯了进去。他铁青的脸上布满羞恼的表情，恶狠狠地瞪着关大河，骂道："赵兴，你这个支那猪，竟敢侮辱我大日本帝国的女人！"

关大河冷冷地看着他，不吭声。

格木狂叫一声"八嘎"，怒不可遏地扑上去，对着关大河的脸一顿猛击，边打边喊："你这个支那猪！耻辱！你不仅侮辱我，也侮辱了大和民族！我要杀了你！"

关大河不理他，任他出拳。

格木退后一步，拔出马刀，对着关大河喊："我劈了你！"说完，他挥动指挥刀，对着关大河就砍。关大河赶紧抓起床头边上的椅子，跳下床，与他格斗。

两人正对打时，村边与原爱冲了进来，村边急喝道："住手！"

原来，原爱回到屋里，想起格木刚才的表情，估计格木可能要找关大河的麻烦，就赶紧要村边到这边来。村边听了，来不及问什么，就带原爱匆匆赶了过来。

见村边喝停，格木住了手。

"怎么回事？"村边喝问。

格木气呼呼地看着关大河，不说话。怎么说呢？原爱向关大河求爱的事要说出来，不仅让自己难堪，也会让村边不喜欢，因为那会让原爱没有面子。

原爱一时也难以启齿。

"原爱在这里照顾我，格木队长可能误会了。"关大河放下手中的椅子，平静地说道。

这话说得很到位，既合理地解释了冲突的原因，又不让格木及原爱没面子，也让村边不知真相。

村边冷冷地看着他们，他想，事实可能就是这样。因为格木在追求原爱，而原爱出于感恩之情照顾关大河，这难免会让格木产生醋意。

"我不希望以后再有这样的冲突！赵兴是我皇协军忠勇的战士，以后没有我的命令，谁也不许处置他。我不想因为私人的恩怨，影响我的队伍的士气！格木君，请你这样转告你的部下！"村边很不客气地道。格木恨恨地瞪了关大河一眼，提着刀，走了出去。

村边对关大河道："好好休息吧，病好后为我建功立业！"说完，他转身往外走。看见原爱没有动，他转身厉声道："原爱！"

原爱顺从地跟着他走了出去，脸上满是心事。

几天后，关大河的身体完全康复了。村边召集全部的日伪军，公开表扬了关大河，当众奖励他五百大洋，以兑现他发通告找人救樱子时的承诺，然后，宣布他担任新的皇协军队长。这支队伍共有五十多人，不够一个大队的数目。兵油子杨少康也在里面，仍做班长。

第12章 潜伏

两天后，村边带主力部队出城，开进了大蒙山区。关大河骑着马，带着他的皇协军跟在后面。他是队长，所以分到了一匹战马。

原来，日军主力上次大扫荡后，已取得了较大战果，大部分八路军主力都撤出根据地，依托山区艰难坚持，有的部队被迫化整为零。八路军四分区和五分区总部及直属部队，在扫荡中突出重围，离开根据地，在伏牛山与大蒙山中与日军捉迷藏。但跟着，日军主力又进行了扫荡，两个分区的主力赶紧转移。五分区主力在吕司令带领下往大蒙山转移过程中，遭到日军袭击，有一定损失。吕司令率部分主力突出包围，直奔伏牛山，还有一小部分人则被打散。而四分区损失就更大了，大部分被打散。上级命令他们被打散后，就化整为零，自行往伏牛山区归队，或自行隐藏在老百姓家中，或者发动武装，组织游击队战斗也行。此外，国军的一个师也遭到日军大部队重创。这些被打散的人都零零散散地藏在大蒙山中。

村边大队的任务就是搜索大蒙山区的小股国共双方武装，遇强敌则攻击，遇弱敌则消灭，遇散兵则俘获。

关大河因为想借此机会离开，所以，他将村边奖的五百块大洋全部带在身上。

他们一路向西搜索着。日军是主力，冲在前面，关大河的人少，又没有战斗力，跟在后面。

格木一马当先，表现得十分凶悍，这天，关大河领他的皇协军冲进一个小村庄。伪军们分散开来，到老乡家里搜索。有的伪军就借这个机会发横财，搜出大洋就装进自己的口袋，主人拦的话，就威胁告他私通八路。

关大河木然地骑在马上，看着伪军们四处搜索，脸上有一种悲凉的表情。被处决的经历让他内心在滴血，但寻找组织、洗清罪名的渴望又同时折磨着他。木然了好半天，他下定决心再去试一下，于是对身边的杨少康等人道："今天就住在这个村，住在村子的祠堂里，不许扰民，我出去走走！"说完，他一打马，直朝村外奔去。

他的马上驮着包袱，包袱里除了军毯之外，还有五百块大洋。他想，这些大洋如果给了部队，很能解决问题。这时，他头戴皇协军的大盖帽，上穿皇协军的军棉袄，扎着武装带，背着盒子枪，下面的黄军裤上套着马靴，左边挂着一把装在鞘里的指挥刀。这把刀是出发前村边特地令人从日军军火库里给他领的，因为他武艺高强，又是队长，不佩指挥刀说不过去。

　　一路上，他遇到一些其他的日军搜山部队，他们见他穿着皇协军的军服，都没有拦他。这是大扫荡之后的大清剿，日军出动了很多部队，各种建制的都有，反正到处都是他们的人，也不知谁是哪部分的了。所以，但凡看见穿自己人军装的，都觉得没有必要问。况且要问的话，还真问不过来。到了晚上，他从包袱里取出一点干粮吃了，又继续紧赶慢赶。

　　忽然，他听见左前方山坡下传来爆炸声，接着传来女人撕心裂肺的惨叫声。关大河拔一下马头，朝爆炸声传来的方向奔去。

　　到了一个小高坡上，他朝下边望。只见山坡底下，几个日军正在折磨一个身穿八路军军服的女战士。女战士全身被扒光，已经昏迷。一个日军将一颗日式手榴弹塞进女战士的下身，其余在一边看着的日军赶紧跑开。旁边，躺着一个女兵的尸体，赤裸着身子，全身是血，被剥下的八路军军服扔在一边。再旁边，一个戴眼镜的八路军干部被绑在大树上，一面挣扎着，一面愤怒地喊："你们这些畜牲，你们还是不是人？你们有没有姐妹母亲？"

　　关大河打马冲下山坡，大喊："住手！"

　　正要拉手榴弹弦的日军看见了关大河，见他穿的是伪军的军服，没有在意，嬉笑道："皇协军的，过来看的有，好玩的，大大的！"然后就要拉弦。

　　关大河手疾眼快，拔枪朝他打去，正打在他的肩上。那个鬼子大叫一声，站了起来。跟着，关大河拔出身上的马刀，双腿一夹马肚，冲了过去。

　　那群日军见他像暴怒的狮子一样冲过来，愣住了。为首的一个矮个子军官用日语喊："是八路，上马！"他们赶紧跑到一边，拉过拴在树上的马，骑上马，拔出马刀，朝关大河围过来。原来他们都是日军骑兵。

　　那个被关大河打中的日军捂一捂受伤的肩，愤怒地喊："八嘎！他只一个，我们八个，还需要上马拼杀吗？"说完，他拔刀快步冲过来。另一个没有上马的日军也拔刀冲上来。

　　关大河狂吼一声，左砍右劈，将迎面扑过来的两个日军砍翻在地。

　　其他的日军被关大河猛虎般的气势和娴熟的刀术惊呆了，他们一拥而上，朝关大河扑过来。关大河在场子里与他们厮杀周旋，脸上涌动着杀气和怒气，血红的眼睛瞪得圆圆的。他沉稳又利落地挥动马刀，每一刀下去，都让对手无法招架，几乎送命。转眼间，又有两个日军翻身落马。

　　剩下的日军有些心慌了，赶紧从腰间拔手枪。关大河眼尖，一夹马肚，冲过去，挥起马刀就砍。矮个军官赶紧举刀招架，但架不住，举刀的胳膊被击打得差点缩到胸前。他荡开关大河的马刀，拔转马头，想往外跑。关大河赶上，一刀将他砍下马。

　　剩下三个日军，有两个上来夹攻关大河，被暴怒的关大河很快解决掉。最后一个愣住了，知道不是对手，拔马转身要跑，关大河赶上去，大吼一声，将他的脑袋削掉。那脑袋飞出好远，无头的身子被战马驮着跑出老远，才掉下来。

　　关大河看着满地的死尸，恨恨地叹了口气。

　　那个被绑的戴眼镜的八路军喊："兄弟，快帮我解开！"关大河提着刀走过去，一刀划开他身上的绳子。

"兄弟,你,是地下党还是……""眼镜"看着他滴血的刀和他的军服问道,眼中闪着问号。

关大河不理他,他充满伤感地走到两个被害的女战士的遗体旁。忽然,他愣住了:这不是刘兰吗?他扔了刀,赶紧蹲下,扶起这个女战士,端详她的脸。

"你认识她吗?"他转脸问跟在后面的"眼镜"。

"她是八路军五分区文艺队的一个同志,我们路上遇到一起了。另一位牺牲的是四分区的一名同志。""眼镜"难过地说。

关大河默默地看着刘兰的遗体。

"你认识她?你,是打入敌人内部的,还是化装的?""眼镜"执著地问。

关大河没有理他,默默地站起来,脸上洋溢着悲愤与伤感。他真的很难过。活泼可爱的刘兰,四个月以前,他还护送她和李芬到军分区去的,她是那样活泼又口无遮拦,结果,就这样去了另一个世界。

"把她们埋了吧!"他用深沉的语气说道。

于是,两人用日军的马刀在林中挖了两个浅坑,把刘兰和另外那个女战士合埋在了一处。

"同志,你是打入敌人内部的还是化装的?"掩埋刘兰时,那个"眼镜"又问。

关大河不知如何回答,想了想,道:"打入敌人内部的!"

"哦,"眼镜道,"我是五分区新一团的,队伍被冲散了,我在这一带埋伏了好多天,才遇见五分区司令部的这两个同志。"

"这次,我们损失严重吗?"关大河问。

"很严重!这是敌人继上次铁壁合围后,发动的又一次扫荡,目的是扩大他们的战果。这次损失还真不小,听说四分区和五分区直属机关和直属队伍只冲出去了一半。很多同志都被冲散,隐藏在大蒙山区里!""眼镜"道。

掩埋了刘兰,关大河对"眼镜"道:"我们一起去找主力吧!"

"一起去?""眼镜"吃惊地看着他,"这是你的任务?"

"我自己要去,"关大河木然地说道,"我要回部队,杀鬼子,为死去的战友报仇!"

"眼镜"愣了一下:"你这样去找部队,肯定要挨批评的。你不知道,部队都打散了,能隐蔽的尽量隐蔽,你还要暴露?杀鬼子未必要在战场上杀,你利用在敌人内部的身份做地下工作,一样是杀鬼子,发挥的作用会更大!"

关大河愣住了,嘴角露出一丝苦笑。

"我做过地下工作的,""眼镜"继续道,"我知道秘密工作的贡献并不比战场上真刀实枪的贡献少。以前在上海,党中央差点被敌人一锅端掉,就是一位隐藏在敌人内部的地下工作者发出了警报,才挽救了整个党中央。"

关大河很注意地听他说话。

"就说眼前吧,""眼镜"接着道,"敌人到处在搜捕我们的人,你扔掉敌人的服装,和我一起跑,说不定就会被敌人抓住。即使不被敌人抓住,发挥的作用也不大。可是,你留下来,利用你的身份,营救无数像我这样的同志,所起的作用会更大。"

关大河一时有种拨开云雾见青天的感觉。他想:关大河,你真浑啊,他说得多有理！为什么一定要去找部队证明自己？为什么就不能忍受委屈和孤独在敌人内部默默做些工作？为什么不能默默地、悄悄地营救我们蒙难的同志？难道我的目的就是一定要找部队证明自己不是叛徒、不是汉奸吗？难道我要再忍受无数个刘兰惨遭敌人的折磨和杀害吗？何况，就是找到部队了，部队一时会收留你吗？你这不是临阵脱逃吗？

想到这里，他对"眼镜"道："你说得在理，我要回去，利用我现在的身份，利用敌人对我的信任，尽量营救其他战士！"

"嗯，我想这才是上策！""眼镜"道。

"那，你怎么办？"关大河问。

"我设法往伏牛山转移，实在不行，就隐藏在老乡家里。"

关大河想了想，打开包袱，从袋子里抓出一把银元，塞到他的手里："这钱你拿着，路上换几件衣服！"

"眼镜"愣了一下，接过钱，感激地说道："谢谢！同志，能留下你的姓名吗？"

关大河沉吟一下，道："不用了，我也不问你，有缘以后再见，你赶紧走吧！"

于是两人告别，关大河上了马，直往回奔。

关大河一夜紧赶，赶到他的皇协军住的村庄时，太阳已升起老高。杨少康和伪军们早就吃了早饭，见他还没有回来，都懒洋洋地坐在祠堂里面烤着火聊天。当然，在杨少康的带动下，免不了骂他几句。他们以为他到其他的村庄找女人去了。正在骂骂咧咧的时候，关大河回来了，他命令他们在外面集合，然后，带着他们直奔下一个村庄。

经过那个"眼镜"的点拨，关大河的心情好多了，有一种找到了目标与方向的自信。他想，不妨从今天起，就忍受孤独和委屈默默战斗。杀鬼子，未必一定要在沙场，只要能救战友们，只要能为抗日出力，就算是背着汉奸、叛徒的罪名，又有什么！总会有云开日出的一天的。而且，他作的贡献越大，回到队伍里的可能性也就越大。

这天，关大河领着众伪军走上一座小山。照计划，他们必须搜索这座山。关大河下了马，拿着马刀拨开草丛，假装搜索。在一个很陡的小坡下，当他拨开一丛很深的草丛时，一下子愣住了。里面有一个洞，一支黑乎乎的枪对准了他，隐隐看得见洞里面不止一个人。关大河冲着洞内会意地点点头，然后拿开马刀，转身挡住了洞口。

后面，杨少康对几个伪军道："去把队长后面那片草地搜一下！"

几个伪军朝关大河这边走过来，边走边用枪托拨着草丛。关大河一挥马刀："往前去，这里我搜过了！"

几个伪军犹豫着。关大河怒道："听见没有？前面去搜！"几个伪军赶紧从关大河身边走过，往前搜索去了。

等所有的伪军都走开以后，关大河又看了眼草丛，然后继续往前走。走了几步，他又回头看了一下，心里默默祝战友们好运。

又一天，关大河领人冲进了一个村庄。他将马系在大树上，警惕地在村子里走着，看有没有他要帮助的对象。当他走到两所房屋之间的过道时，一个穿黑色便衣的男子

从外面跑来，进了过道。看见关大河，他举起了手中的枪。

关大河一愣，仔细一看，竟是肖营长。肖营长也认出了他，愣住了。关大河对肖营长示意："快，跳进院墙内。"肖营长会意地跳进了院墙里。

跟着，三个伪军赶了过来。一个伪军问："队长，看没看见一个黑色衣服的男人过去？"

关大河假装问道："他是什么人？"

伪军回答道："不是八路就是国军，打死了我们的一个弟兄！"

关大河道："我倒是看见了，可是他没有带枪，我也就没在意。朝那边跑了！"他用手朝身后一指。三个伪军追了过去。

关大河见他们跑远了，翻身跳入院墙里。院墙里是一户农家的后院，里面堆着猪草、杂物。

关大河轻声喊："老肖！老肖！"

肖营长从草堆里跳了出来。肖营长告诉他，自己带人出来执行任务，和鬼子打了个遭遇战，被打散了。他又问关大河是怎么回事，关大河想了想，说自己潜伏在皇协军中，救自己的战友。

肖营长听了，竖起大姆指："好主意！"

然后，两人简短交谈了几句，关大河告别肖营长，带着皇协军到另一外去搜索了。他想让肖营长趁机走脱。

第 *13* 章 　邂逅李芬

冬日的太阳暖洋洋地照在群山之间，一层淡淡的雾气在群山间弥漫着，不时地有或激烈或零星的枪声从远处传过来，一片原本宁静的山区因此弥漫着杀气与恐怖。

关大河骑着马，带着队伍，沿着一座大山的山坡往前搜索。

他们爬上山坡，忽然听到山坡下的树林里传来一阵哄笑声，那是一群男人粗俗淫邪的声音。只见树林中的空地上，大约一个连的伪军正坐着休息。空地中央，伪军连长坐在地上，调戏着一个同样坐在地上、被反绑着双手的女人。关大河定睛一看，那女人竟然是八路军五分区文艺队队长、已经成为张五常妻子的李芬。

伪军连长解开李芬的上衣扣，把手伸进她的衣内乱摸，又抱着她乱啃。

李芬穿着老百姓的花棉袄，头发蓬乱，涨红了脸，痛斥道："滚开！你们是不是中国人？干吗要欺负中国人？"

伪军连长一巴掌打在李芬脸上："妈的，你敢骂老子？我看你就是八路！"

李芬骂道："你这个恶棍，那你把我当八路好了！我是八路，你敢随便碰我？不怕你的太君找你要人？"

伪军连长恶狠狠地道："八路又怎么了？八路老子就不能玩了？老子先玩了，再交给太君，怎么啦？"

李芬一口唾沫吐在他的脸上："败类！"

伪军连长的脸色变了，恼羞地骂："妈的！老子今天不领赏了，把你先奸后杀，法办了！"说完，他恶狠狠地扑了上去，摁住李芬扒衣服。

关大河再也看不下去了，带着他的人，纵马奔了过来，大喝一声："住手！"

"兄弟，有事情吗？"伪军连长松开李芬，打量着关大河。

李芬也朝关大河看过来，或许是慌乱，或许是没有细看，或许是被伪军连长给整昏了头，反正她没有认出关大河。

"我是罗场县村边太君部下。"关大河道。

伪军连长点点头："幸会！我是清边县佐木太君部下，皇协军大队一连连长。"

"这个女的犯了什么事？"关大河问。

"来历不明，也不是本地口音，我怀疑是个女八路！"

"胡扯！我是老百姓，从北平过来走亲戚的，遇见日本人和八路开战，我和同伴走散了，我也迷路了，就被他抓了起来。他心存歹念，诬我是八路。"李芬反驳道。

伪军连长转身打了她一巴掌："放屁！看你伶牙俐齿的，就知道你是八路！"

李芬道："你无耻！我在北平是做教师的，是有文化的人。你快放了我，我还是有些社会关系的，小心我的亲戚朋友找你要人！"

伪军连长冷笑道："笑话！这兵荒马乱的，死个把人，抓个把人，到哪里去找？你爹爹就是北平市长，也找不到你了！"跟着他又抓着李芬的头发道："小娘们，我还是个光棍。有一个办法可以让你免去牢狱之灾和皇军的轮奸，那就是做我老婆。大哥我看上你了！"

杨少康赶过来，对关大河说道："队长，走吧，这事与我们无关，我们快搜八路去吧！"

关大河想了想，对伪军连长道："把人放了！"

伪军连长诧异地瞪着他："为什么？"

"我看上这女的了，我也是光棍，想要她！"关大河做出一副蛮横的样子。

李芬瞪着关大河骂道："又是一个畜生，呸！"

伪军连长哑然失笑："兄弟，你想要她，你自己去抓一个好了，凭什么要我的？"

"我就看中这个了。"

伪军连长大怒："呸，你什么东西，你看中的东西就想要？"

"老子今天还要定了！"关大河也大怒，转脸对手下道，"弟兄们，上！抢过来有赏！"他的手下一拥而上，拿枪对着伪军连长和李芬。伪军连长的手下也端起了枪，双方对峙着。

伪军连长脸上现出愤恨的表情："妈的，简直是没有王法了！老子活这大岁数还没见过这么横的人！你想怎么样，老子奉陪！"

关大河冷笑道："既然都是男人，我们就来决斗，谁赢了，这女的归谁！"

伪军脸长恼羞成怒："妈的，怎么斗？用刀，还是用枪？"

关大河道："随你便！"

伪军连长打量一下关大河，恶狠狠地道："用刀吧！老子身上这把马刀，沾过五个国军游击队的血，今天再加你一个！"说完，他拔出佩在身上的日式马刀，对关大河喝道："来吧！"

林中的空地上，双方的人围成了一圈。李芬被伪军连长的两个手下押在一边。

关大河握着马刀和伪军连长对峙着。关大河道："是男人，说话算数，谁赢了这女人归谁。"伪军连长愤怒地说："老子说话算数！"说完冲了过来。关大河举刀迎战，两人你来我往地砍杀起来。

在两个人砍杀时，李芬开始细细打量关大河了，突然，她的眉毛耸了起来，眼睛发亮了。她认出了这个要从伪军连长身边把她抢过去的人：那武艺、那长相、那身手，没错，就是关大河！天啊，他果然做了汉奸！

斗了五个回合，关大河打掉了伪军连长手上的刀，举刀就要砍下去。围观的伪军连长的手下不由自主地发出一片惊叫声："啊……"

伪军连长吓蒙了，腿一软，跪倒在地，抱着头求饶："兄弟饶命，女人我不要了，你带走。饶命!"

关大河放下了手中的刀。"那就饶你一命,女人我带走了!"他表情冷峻地对伪军连长道。他想,如果杀了伪军连长,对方的人告过来,格木肯定不会放过他,那李芬也就危险了。

伪军连长赶紧道了谢,狼狈地带着手下人离去。他的手下也把李芬推到关大河的队伍里,关大河的两个手下赶紧抓住了李芬。

关大河走到李芬面前:"你,跟我到那边谈谈去!"

李芬羞愧而愤怒地睁大眼睛:"你想干什么?"

众伪军起哄道:"队长,你现在就下手啊,天还没黑哪!"

李芬愤怒地瞪着他,骂道:"你这个……"她话还没说完,关大河一把捂住她的嘴,就势拦腰把她抱住,往山上走去。

"妈的,这小子搞女人还真有胆量。"杨少康靠着树坐下,酸溜溜地骂道。

关大河捂着李芬的嘴将她抱上山顶,到一块岩石后,确定山坡下杨少康他们听不见李芬的喊声后,把李芬放了下来,仍然摁住她,捂着她的嘴,紧盯着她,以短促的语气果断地说道:"李芬你听着,不要闹,我是关大河!"

李芬用愤怒的眼睛瞪着关大河,唔唔地叫着。

"下面的伪军不知道我的身份,你一定要答应我,不要叫,有话好好说。你一叫,你就完了,我也完了!"关大河又道。

李芬眼里闪过一缕不解。

关大河宽厚有力的手从她的嘴巴上拿下来。被憋得满脸通红的李芬呼呼地喘着气,愤怒地看着他。

"你,刚才认出我了?"关大河问。

"是的。"李芬冷冷地看着他。

"你知道我为什么在伪军里?"

"知道,你叛变了,做了汉奸。"

"好,我知道了。"关大河点点头。

"你想干什么?抓我去领赏?"

"不,我想救你。"

"救我?为什么?"李芬冷笑。

关大河一时语塞,半晌,他缓缓地说道:"因为,我不是汉奸。"

"是吗?"李芬上下打量着他,似乎在猜测他这样说的用意。

"一时解释不清了,现在,我只想救你,请你配合我。"关大河沉稳而又急促地说道。

"怎么救?"

"有两个办法。第一个办法,我现在施苦肉计,你把我绑上,你跑走,我对鬼子说,我侮辱你时,中了你的计,甚至我可以和你一起走。但这个办法不太妥当。你知道,敌人调动大队人马在搜索被打散的部队,你逃脱了虎口,还会进狼口。"

"那第二个办法呢?"

"第二个办法，我就对村边说我看上你了，想要你做我老婆。这样，我们暂时以假夫妻名义在一起，等时机成熟了，我和你一起离开。"

"是吗？那，你想用哪种方式？"李芬冷笑，大大的眼睛里闪动着嘲讽。

"我认为第二种方式更好。"

"只怕你的第二种方式是缓兵之计，你要把我带到鬼子的狼窝里去。"李芬冷笑。

关大河正要解释什么，忽然，他感到身后有异样，赶紧对李芬道："他们来了！李芬，请你配合我一下……假装被我侮辱了。"

李芬犹豫着。

"李芬，相信我！"关大河说完，就开始解李芬的棉袄。然后又解开自己下身的裤带，再和李芬拥抱在一处，嘴唇对着李芬的耳朵小声道："哭！"

李芬假装嘤嘤地哭了起来。

身后一阵脚步声，村边、格木出现在关大河与李芬的后面。

原来，那个伪军连长很快向他的上司报告了女人被关大河抢去的事。他的上司又找到了村边。村边听了大怒，就带格木赶了过来。

关大河假装吓了一跳，然后整好衣服，站了起来。李芬也赶紧假装委屈地整理衣服。

村边冷冷地看着关大河，像不认识似的，然后猛地抽了他两个耳光，喊道："浑蛋！你……太让我失望了！"

关大河明白村边已经知道事情经过了，假装委屈地说道："村边大队长，我知道这次太过分了。可是，我都快三十的人了，很难找到老婆了！这女的，我一眼就看上了……"

格木在一旁吼道："无耻的中国猪！你没有想到她会是八路？"

村边问李芬："你说，你到底是什么人？叫什么？"

李芬含泪道："我是北平人，叫陈娅，是一名小学教师，和一个同学结伴到武汉去度假，路过这里，遇上打仗，我和她失散了，就被你们的人抓住了……"

格木冷笑道："兵荒马乱，一个女的，也要度假？"

李芬不服气地争辩道："兵荒马乱也要生活，学校放暑假了，总要找个地方去玩。"

村边沉吟着看着她。

格木对村边道："村边君，这个赵兴目无军纪，不处理赵兴，没法服众。"

村边没有理他，对关大河道："赵兴，你虽有恩于我的妹妹和外甥女，但这不是你目无法纪的理由。从现在起，你被免除队长职务，由杨少康接任。你任副队长，协助杨少康。"然后，他又对格木道："格木君，这也不是大不了的事，我看，就再给他一次机会吧。"

格木不快地说道："既然村边君说了，我还能说什么？那个女的……我看还是要审一下！"

村边道："送到联队做慰安妇吧！"

李芬的脸色变了："我是良民，我不能去做慰安妇！"

"村边大队长，"关大河急道，"看在我救过原爱小姐的份上，我请求你，把这个女的赏给我。我看上了她，她也愿意跟我。请村边太君给我这个机会！"

"你愿意跟他吗？"村边看着李芬问。

李芬含泪点头："他说，我要是不跟他，就把我送去做慰安妇。我不愿做慰安妇！你们欺人太甚了，不讲王法！"

格木恨恨地瞪了关大河一眼。

村边对关大河一摆手："好吧，就把她赏给你了。我知道，在你们中国，娶媳妇是很大的事，我就满足你！希望以后，不要再做让我失望的事了。"

"谢谢村边大队长！"关大河假装感激地说道。

村边有些失望地看了他一眼，又训了他几句，就带着格木离去了。

当晚，杨少康领着伪军开进了范庄。他们准备住在范庄。

杨少康十分神气地骑着关大河的马走在队伍前面。那匹马是属于队长的，既然现在他是队长，所以格木命令关大河把马让给他。

关大河和李芬走在队伍后面。李芬脸上的表情冷若冰霜。

到了村口，杨少康对伪军作了些交代，要他们各自去村子里找房屋吃和住，小小地占点便宜，但不要强奸女人，不要把事情闹大了。

关大河带着李芬找到一户看上去有些富裕的人家，与房东打了招呼，住了进去。

部队过来时，都住在老百姓家里，所以，房东都不用多解释，老老实实地给他们弄吃的。不同的是，这个带着个漂亮女人的皇协军军官看上去很冷酷，但实际上却很和善，一进来就说在这里住两天，然后从口袋里拿出一把钱放在桌上，说是吃住的费用。房东哪里敢收，平时碰上这样的皇协军，不抢钱就不错了。但关大河说不是白给的，必须要让他们吃好住好。于是，房东很高兴地收下了。

吃过饭，关大河要房东烧了热水，两人都洗过了，然后房东收拾了一间卧室，点上油灯，安排他们住了进去。

进了屋，关大河关上门，要李芬坐下，自己也坐下，诚恳地对李芬谈了自己的经历，从送李芬和刘兰到军分区开始讲起，一直讲到救李芬为止。李芬静静地听着，既没有很相信的表情，也没有立即质问他什么。毕竟，环境太复杂了。只是，得知刘兰牺牲，她难过地掩面哭泣。

讲完了，关大河起身，将桌上自己的背包打开，取出被单，往地上一铺，又将毯子往被单上一扔，轻声道："不早了，休息吧！你睡床上，我睡地上。"

李芬的脸色变了："如果你自称没有叛变，如果你想拿我当你的同志，就不要和我在一个房间。"

"隔壁左右都住着伪军，"关大河以坦然的语气道，"如果我不和你在一个房间，伪军会起疑心的。"停了一下，他又道："你放心，我决不会碰你的，就当是对我的考验吧！至少，我还要在你面前证明我不是汉奸吧？"

李芬觉得他说得也是，想了想，以警告的语气道："好，我把话说在前面，你要图谋不轨，我死也不会从的！而且，你以后永远别想在我面前证明你的所谓的清白了！"

就这样，两人在卧室里休息了。

半夜里，关大河在睡梦中隐隐觉得不对劲，睁开眼一看，床上的李芬不见了。他吓了一跳，赶紧穿衣追了出去。

在村口，他看见李芬被一伙日本兵抓住，正要带走。村口站岗的伪军正对日本兵比画着解释，说这个女人是副队长才婆的老婆。日军不听，或故意装着听不懂，淫笑着要把她拖走。关大河赶到了，赶紧解释。那几个日军是格木的手下，认识关大河，知道关大河是村边的红人，就悻悻地把李芬还给了关大河。

关大河把李芬带了回来，又对她进行了一番说服工作。他告诉李芬，这里到处是鬼子，就算你跑出了这个村，说不定在下个大山里又会遇到鬼子，甚至会遇到昨天那个伪军连长，不如暂时留在这里，就当是一次赌博，同时，也可在日后为他作个证明。

李芬终于被说服了。她想，鬼子在大搜山，她真要跑，说不定就是刘兰那个结果。留下来，可能会有两个结果：一个，关大河把自己交给鬼子，或强迫她做他的老婆，做汉奸。可是，这不大可能，因为，以前在八路军时，关大河并不爱她，他有必要这样做吗？另一个，关大河说话算数，形势好转后，安全送自己回部队。既然有一线希望，就赌一把吧，目前的情况，也只能这样了。

第二天一早，村边派人传来命令，立即返回罗场县城。原来，大搜索已告一段落，村边所在的日军联队总部拟在罗场县不远的桐林村附近修一片碉堡群，以备中国军队日后的反攻。碉堡自然要让被抓住的俘虏来修。此次搜索，村边所在的联队先后抓一批国共双方的失散士兵。当然，本来他们可以抓得更多，但格木嗜杀成性，很多士兵稍有反抗，都被惨杀了。

第 14 章　战俘营

回到罗场县村边的军营，关大河仍然住在原先住的那间房子里。屋里只有一张床，他们白天装成夫妻，晚上一个睡床上，一个睡地上。

第二天，村边布置了修碉堡的事情。他命令格木带一个小队的日军士兵，和杨少康的皇协军一起进驻桐林村，看押战俘修碉堡。

关大河把这事告诉了李芬，说自己想借此机会营救修碉堡的被俘抗日战士。他说：形势仍然不是很好，现在去找队伍并不那么容易。他建议李芬要么留在村边的军营里，要么随他到桐林村，一起组织这场暴动。

李芬想了一下，选择了后者。她想做个见证人，见证关大河的所作所为。而且，如果关大河真要想营救抗日战士的话，她也想参加这项工作。这几天，关大河与她住在一处，没有碰她一下，也没有把她交给日本人，这让她对他产生了一定的信任。

过了几天，格木带着一个小队的日军，和杨少康的皇协军一起开进了桐林村。李芬也随着关大河前往了。

桐林村是大蒙山山口下面的一个小村子，一条公路穿过村子前面，直通五十里外的罗场县城。在这里修建碉堡群，就相当于扼守住了大蒙山最便利的一个山口，同时，也扼守住了罗场县东边的大门，还照应着位于罗场县东，距罗场县一百五十里地的散水县，从而使罗场县、散水县连成一条防护长城，牢牢地控制着大蒙山区最大的出口。

桐林村有三十多户住户，外加一个打麦场，是山区中的小平原。

格木领人到了桐林村后，就将村里的男女老幼全部赶走，每户给两块大洋的补偿，命令他们搬到别处居住。在刺刀面前，桐林村的村民们拖儿带女，被迫离开了世代居住的村庄。

然后，格木在里面分房子。他把最大的原来一户地主人家住的房屋选作他的队部，住了进去。这所房子有个很大的前院，前院里有几间厢房，分别住着他的勤务兵和传令兵，还有的用作审讯室、禁闭室，自己的卧室连同办公室都在正屋里。

日军小队长谷野与杨少康也各自要了一间有前院的大房。还剩一间有前院的房子，格木交由杨少康分配。关大河主动找杨少康，以有家眷为由要了过来。他想有前院安全些，以后组织战俘暴动，需要一个安全的处所。杨少康是个滑头，知道村边喜欢他，自己又占了他的队长之位，所以，一般都很照顾他。

格木又令战俘用土砖搭起简易房屋，一共十排，每排有房间十五间，每间能住十

个人。此外，还建了个食堂，又做了些简易木床。于是，战俘们就住进了自己盖的房子里。然后，格木叫人用铁丝网把整个村子围起来。那个打麦场也被扩大了，成为一个可容纳一千多人的操场。操场外，靠着马路的战俘营大门口，也即原来的村口，建起了一座高高的岗楼，岗楼上架着一挺重机枪，由两个日军守护着，虎视眈眈地对着战俘们的住处。

第一批来的战俘有一千多人，以国军战俘居多，这里面就有肖营长。肖营长一眼就认出了关大河，两人对了对眼神，也没说什么。他相信关大河，不管关大河做国军还是做伪军，反正，他们彼此救过对方的性命。他只重朋友，只要朋友不害自己，都是可以交往的。

战俘们每一百人为一队，由一个日军任队长，两个伪军任副队长，因为战俘们不懂日文。日常工作就由队长、副队长管理，其余的日伪军负责监视和看押。

每天早上，格木在操场上训完话后，各队队长就带着战俘们出去劳动。大批日伪军在一旁挺着刺刀监视着。劳动场地离桐林村有二里多路，那里有个小屋子，战俘们的工具就放在里面，去了以后，以队为单位取出工具，然后开始劳动。

工地上主要是谷野与杨少康负责，有时格木会亲自去检查。

吃饭时，战俘们有战俘们的食堂，由会炊事的战俘掌勺。日伪军有日伪军的食堂。关大河一般就去食堂端两份饭菜，回来和李芬一道吃。

在工地上，关大河找机会与肖营长交谈了几句。肖营长要关大河救他，关大河让他沉住气，说自己会想办法的。肖营长会意地点头。

过了一天，新来了一批战俘，里面竟出现了程指导员的身影。关大河心里有些兴奋了。这是他的老战友，两个人联手，是可以搞暴动的。他已经有了主意：通过暴动来救这些战俘。他跟李芬讲过自己的想法，得到了李芬的赞同。

程指导员也看见了关大河，却是用仇恨的眼光看着他。他想，这个叛徒果然当了汉奸，还真没有冤枉他，自己以前竟还因为要处决他而迷茫过呢！

这天黄昏，劳动了一天的战俘们缓缓走进战俘营。

正是三月早春，长出清新的绿叶的树木，在黄昏的氤氲中，像一层层淡淡的云。暮色苍茫，笼罩着这群疲惫的压抑的人。他们脸上的表情与这春天的黄昏里的绿色背景，还有湛蓝的天空，形成鲜明的反差。

关大河走到杨少康面前，将几块银元塞到他的手里，道："老杨，我老婆是教书的，不会做事，我今天想找个战俘做做家务……"

杨少康收起银元，讨好地打断他："兄弟，没问题。"

关大河转脸看着默默走过的战俘，然后指着程指导员："你，出来！"

程指导员冷眼看着他，一脸的轻视。

"走！跟我走！"关大河喝道。

程指导员张嘴大叫："妈的，狗日的……"

关大河上前一拳照他脑袋打去，程指导员倒在地上，晕了过去。

"狗娘养的，敢骂我？来人，拖到我家去！"关大河恨恨地骂道，"醒来了老子继续要他干活!"说完,他头也不回,朝自己的住处走去。两个伪军拖着程指导员跟着关大河走。

杨少康在后面喊:"老赵,教训他一下就可以了,可别把人弄死了,太君面前我不好交代!"

到了自家的堂屋,关大河让两个伪军离去,然后把程指导员弄到椅子上坐下,又掐人中,把他弄醒了。

程指导员醒来睁眼一看,意识到自己被打昏拖到关大河屋里来了,当即痛骂道:"狗日的叛徒,你想公报私仇?老子处决过你一次,你也想设私刑处决我是吧?"

"老程,你冷静一点,先听我把话说完。"关大河坐在他面前平静地说道。

"你能说什么?是劝我投降日本人?这次你不会再反复声明你不是汉奸了吧?"

卧室的门开了,李芬走了出来。

"你……李芬?"程指导员愣住了,"你也当汉奸了?你们两个搞到一起了?"

"程指导员,你误会了!"李芬含笑道。

"这究竟是怎么回事?"

"你知道我为什么要打晕你?"关大河问。

"你恨我。"程指导员冷笑。

"错了,我怕你乱嚷,叫出我的真名,坏了我们的大事。我在这里叫赵兴。"

"赵兴?"

"老程,"关大河道,"关于我的过去,我一时没法给你说了,说了你也未必信,我们就把它绕开吧!"

"你到底想干什么?"程指导员的火气很大。

"我和李芬想救你们,"关大河道,"发动一场暴动,营救战俘!"

"暴动?"程指导员冷笑,"你为什么要暴动?"他又问李芬:"你是怎么跟他走到一起的?"

"我被敌人抓住了,他救了我,为了保护我,就和我做了假夫妻。他想营救战俘,我答应帮他。"李芬平静地说道。

"你真糊涂!他是叛徒,你知不知道?"程指导员顿脚道。

"他是叛徒,我也是听说的,没有调查。但他这次要发动暴动,救你们,我就想试一试。"

程指导员冷笑:"你竟然相信一个叛徒、汉奸会暴动?"

"反正已经被鬼子抓住了,试一下又有什么呢?"李芬反问。

"就怕他是假暴动,要哄我们上钩!"程指导员冷笑道,跟着又盯着关大河,"好你个关大河,你这个汉奸,搞女人可真有一套!张主任尸骨未寒,你就把李芬哄得团团转了!"

"什么?张主任……牺牲了?"关大河与李芬都叫出了声。

"是的,就在我身边牺牲的。"程指导员沉痛地说道。

"老张真的牺牲了?"李芬着急道,"你亲眼看见了?"

"我们一起朝前冲,"程指导员道,"一颗子弹打中他的胸部,胸口一大片血。我

抱着他喊，没有应声，摸了一下他的鼻子，已经没气了。因为情况紧急，我只好扔下他的遗体，带着战士们接着往前冲了。"

"看来，这次大扫荡，我们的损失真是太大了！"李芬揩了揩微红的眼睛。

"算了，不谈这个了，革命总是要牺牲的。只是，张主任刚牺牲，你就和汉奸勾搭上了，你……"程指导员恨恨地看着李芬。

"老程，你胡说什么？我和关大河什么都没有！"李芬生气地说。

程指导员冷笑道："你可能会说没什么，但关大河就不会这样说了！"

"你这是什么意思？"关大河问。

程指导员冷笑道："你的心思我知道，你喜欢李芬，所以投其所好，拿假暴动哄着她。"

"不对，我暴动的目的不是因为这个！"关大河道。

"老程，别胡说。"李芬道。

"我知道，"程指导员冷笑一声，看看关大河，又看着李芬，"他现在喜欢的是日本女人，但是，他曾经喜欢过你，也许他现在还想打你的主意！"

"打我的主意？"李芬有些吃惊地看看关大河，似乎在询问此事的真假。

关大河的脸红了："老程，这个与那没有任何关系。李芬和张主任结婚后，我就把这念头打消了！"

"什么念头？他对我什么念头都没有！老程你胡说什么？"李芬不解地问。

"李芬，你蒙在鼓里，那我就明说了吧。"程指导员白了关大河一眼，对李芬道，"你们第一次到黄庄演出的时候，关大河就喜欢上你了，托我给他做媒去找你。"

"什么？你给他做媒？找我？哪有这回事？"李芬吃惊道。

"我去找你时，正遇上张主任了。张主任知道我的意图后，告诉我说，关大河是违反'二八五团'规定的，要我立刻停止，并且告诉我，李芬是不会答应关大河的！"

程指导员详细地将当时的情景回忆了一遍。他讲完了，李芬大吃一惊，叫道："有这事？我一直都不知道！"

关大河也大吃一惊，他没有想到程指导员不仅没有把他的话带到，而且骗了他！这不仅让他吃惊，也让他生气。

"现在你们明白真相了吧？关大河，我并不后悔骗了你，我也不认为张主任做错了。我还要告诉你，你要是不死心，想借假暴动来博取李芬的欢心，我是不会拿我们的命来陪你玩的！"

"老程，我没时间和你吵架了。你说我叛变了也好，想博取李芬欢心也好，都以后再说，或者留给组织调查。我现在只想搞一次暴动，打垮格木，救这批战俘。我想请你加入！"关大河调整了一下情绪，平静地说道。

程指导员眼一瞪："我凭什么相信你？"

关大河无奈地看着他。

"老程，不要急，慢慢谈！"李芬劝道。

"你们慢慢谈吧，我没什么谈的了！"程指导员站了起来，"送我回战俘营吧。"说完，他起身就往外走。

关大河无奈地起身，给他开门，然后将他押到了战俘们的住宿区。当然，路上他叮嘱程指导员不要把今天的事透露出去，以免害了其他战友。程指导员一副看演戏的表情，冷笑着答应了。

这天晚上，关大河和李芬一个在床上，一个在地上，但都睡不着，心里都有些激动。

李芬心里有种异样的感受。那次被关大河拒绝，给她的打击很大。她这个军分区的一枝花，是多人所求，没有想到她主动找关大河，竟被拒绝了。她后来与张五常好，有一个因素就是受打击了想赌气。没有想到，这是一场误会，是张五常与程指导员搞的鬼。关大河明明是爱她的，不仅爱她，而且还勇敢地找人做媒。这么说来，是她误会了关大河。而且，关大河当初也受了打击，也和她一样难受。怪不得关大河后来见了她就不理睬了，就板着脸了，原来是受了打击，在生她的气呢！

想到这里，她心里有一种甜甜的感觉，同时也有一种莫名的惆怅。这个可恶的程指导员，他干的好事！如果没有他和张五常做的坏事，兴许她就和关大河好上了，关大河也就不会出现那样的问题了。

当然，这都过去了，关键是现在。现在，他们不是仍然有机会吗？可是，关大河现在是汉奸，至少这个问题尚有待于弄清楚。而且，他现在还爱自己吗？自己还爱着他吗？

关大河也是难以入眠。程指导员揭开的真相让他震惊。原来，这是一场误会！如果没有那场误会，或许他就和李芬好上了。他的判断是正确的，李芬对他是有意思的。如果与李芬好上了，那次他也许就留在军分区，不会回独立团了，也就不会沦落到今天这个样子了。唉，这可都是命啊！现在怎么办呢？自己也许还是爱着李芬的，可是，李芬会爱他吗？就是李芬爱他，两个人也不可能了，因为自己头上还戴着叛徒、汉奸的帽子，自己的问题还没有弄清楚。当然，不管爱与不爱，现在没心情考虑这些了。现在要考虑的是，争取程指导员等人支持，组织暴动。

不知为什么，第二天，两个人起床时都有些别扭。

第15章 谋划

第二天，关大河又通过贿赂杨少康，以找人做家务的方式，令一个伪军把肖营长与程指导员押到了自己的屋里。

程指导员和肖营长上回因为关大河的事打过一次照面，不用介绍。关大河把李芬对肖营长作了介绍，然后他们一起坐下，商议暴动的事。

肖营长听说要组织暴动，很是兴奋，当即嚷道："好主意，我他妈的支持!"

程指导员冷笑道："凭什么相信他就是要搞暴动?"

肖营长一瞪眼："凭什么又不能相信?"

程指导员冷笑道："他，一个汉奸，伪军的副队长，一个和日本女人不清不白的人，为什么要组织暴动和日本人闹翻?"

"妈的!"肖营长不快地说道，"他是我的兄弟，想救我，成不成? 汉奸? 汉奸就不能做好事了?"

"老程，"关大河平静地说道，"你为什么就不相信我是真的想暴动? 算我是为了戴罪立功，想回到队伍里去，行不行?"

"你这个人真是他娘的啰唆!"肖营长不满地对程指导员道。

"你不知道!"程指导员正色道，"以前他说可以把我们独立团带出包围，结果把我们带进了鬼子的埋伏圈，团长也牺牲了! 这次，我怕他又骗我们!"

"那是误会，我当时并不知道鬼子在那里!"关大河辩解道。

程指导员一扭头："算了，是不是误会我不想谈了，反正，你的暴动，我没兴趣!"

"妈的! 你没兴趣，我有兴趣，我们国军的人多，不在乎你们那点人!"肖营长指着程指导员的脑袋，"你他娘的想想，老关骗我们搞假暴动能捞到什么好处? 我们本身就是鬼子的俘虏，他难道还要鬼子再捉咱们一次不成?"

"也许他是想搞一次假暴动，让鬼子把我们骨干分子杀掉，他自己好讨李芬的喜欢!"

"讨李芬喜欢?"肖营长不解地问。

"老程你胡说，不要把这事往感情上扯，关连长没有这个想法!"李芬脸上有几分愠怒。

关大河压抑住伤感与痛楚："老程，我说了，我搞暴动，是想戴罪立功，重新回到部队里去! 你愿不愿给我一次机会?"

程指导员呆呆地看着他。

"妈的！真暴动也好，假暴动也好，反正，我们在这里最后总是一个死，"肖营长愤激地说道，"与其这样被鬼子折磨死，不如赌一把！他是真暴动，皆大欢喜，是假暴动，不过就是一个死！"

"程指导员，肖营长说得有理。"李芬劝道，"总是一个死，不如试一下。我刚开始和他在一起，也是抱着赌一把的态度。我想，我反正是跑不掉了，到处在大扫荡，不如先待在他身边。赌输了，就当是被敌人抓住了，本身我就是被敌人抓住了。"

"老程，你就赌一把吧！要是我是假暴动，或者暴动搞砸了，你们人人都可以杀我！"关大河恳求道。

程指导员想了想，眼睛一亮，严肃地说道："好吧，为了我和同志们重返抗日战场，我就给你一次机会。但你要知道，我们有几把刀搁在你的头上，你要耍什么花招，我立刻干掉你！你要是害了我们，我们决不会放过你！"

关大河郑重地点头道："放心！"

"李芬，"程指导员对李芬道，"从现在起，你负责监视他，要是发现他没有做暴动的事，或是假暴动，就设法通知我们，我们决不会放过他！"

李芬看了程指导员一眼，没有吭声。

肖营长不耐烦地道："够了，有完没完？"

"那，你有没有方案？"程指导员问关大河。

关大河沉着地点点头："有！"他从怀里掏出一张纸，铺在桌上。众人起身围着看。

这张纸上画着战俘营的地形、房屋以及日军岗哨的布置情况和数目。关大河指着图纸道："这是战俘营的草图。我有两套方案。第一套是没有外援的方案，我们先做联络工作，让大部分战俘都有准备，约好时间，最好是在敌人没有准备的晚上。"

他指着草图比画着，继续说道："战俘营的战俘共有五排住房。夜晚，整个战俘营敌人布置如下：一，岗楼上有两个日军和一挺机枪；二，战俘营有一队五人一组的日军巡逻；三，战俘们的住处有十排房子，每排十五间屋，每屋最少住十个人，每排房子夜里有一个日军和一个挂钥匙的伪军管理，他们住在最东头的值班室里，时不时提着枪出来察看一下。值班室里的日伪军是十二点交班。除此之外，再没有其他的日伪军了。按第一套方案，我们约定暴动的时间，假若是凌晨两点，这时，有准备的战俘们都在房间里待命，有的拿着我发放的武器，我以查岗的形式摸到老程住的那排房屋，干掉值班室里的一个日军和一个伪军，打开老程的房间，把缴获的两支长枪交给老程房间里的人……"

关大河讲完了，肖营长赞道："不错，这个方案不错！"

"按这个方案，我们虽然可能会有一些损失，但大部分战俘会跑掉！"关大河继续道，"这一方案，关键是要快！要在五分钟之内，至少打开程指导员和肖营长的房屋，同时打掉敌人岗楼的机枪手，顶住或打掉敌人的巡逻队，如果这一步做到了，就成功了一大半！"

"我看容易，只要你五分钟内给我武器，我就可以打掉岗楼的机枪手。我房间里有个百发百中的神枪手。这事交给我！"肖营长道。

"他干掉机枪手，我就带人一面打巡逻队，一面给其他房间开门。"程指导员接着道。

李芬道："其他房间里有了准备，都可以自己把门撞开了！"

"是的。"关大河道，"其他房间，来得及的，就用钥匙开门，来不及的，要他们自己砸开。重要的是要在五分钟内消灭几处拿枪的敌人！"

大家又议了一下到时候各自的任务，越谈越兴奋，仿佛胜利与自由就在眼前，立马就能实现一样。

"那，第二套方案呢？"程指导员问。

"第二套方案，成功的把握就更大了，可以全歼格木中队，但关键是要有外援！"关大河道，"在你们做准备、做联络工作的同时，我也留心外面有没有武装部队，比如八路军、国军的游击队，甚至土匪张啸天，只要他们愿意就行。"

肖营长道："这个怕有点难，这一带，我们的人都走光了。"

"据说连地下党也没有。"程指导员道。

"可以找张啸天的土匪，游说他们。"关大河道。

"土匪？他们为什么帮我们？"程指导员反问。

关大河指着草图道："假若我们联系到一支愿配合我们暴动的武装部队，时间还是凌晨两点。假设这支部队就是张啸天的土匪武装吧，他们预先埋伏在战俘营外面。我去老程那排房屋处，干掉值班室里的鬼子和伪军，然后把长枪交给老程和他身边的人，再迅速干掉岗楼上的鬼子。张啸天的人听见枪声，就炸开大门冲进来。他们一面派人控制岗楼上的机枪，一面在里面与冲出来的日伪军枪战。老程就带人配合着把所有的战俘放出来。这样，战俘们跑出来的就更多更快了。肖营长带人跑出来后，拿了武器，配合土匪，直接冲进日伪军的住处，朝里面扔手榴弹，把他们就地消灭。"

"这可是一场漂亮的歼灭战！老关，我看，最好往第二方案上想，实在不行，再搞第一方案。"肖营长道。

"是的，我也是这么想的。"关大河点点头。

李芬用欣赏的目光看一眼关大河，又赶紧挪开。"看来，我赌赢了。"她心里暗想。

"暴动的时间也不能无限拖延。"程指导员道。

"是的，拖久了，风声会传出去的。我看就暂定在四月五日子夜，还有十天。我尽量在十天之内找到外援，你们也尽量在十天内做好准备。如果找不到外援，我们就自己干！"关大河道。

"好！"肖营长道，"我同意老关的方案，我也愿意带弟兄们配合老关！"

"我负责联络八路军方面的人。"程指导员道。

"好的，这期间我尽量弄一批手榴弹、匕首之类的武器放到你们房间。"关大河道。

他又交代了一些事情，比如，他现在的名字叫赵兴，不要喊漏了嘴，联络众人时不要暴露了他的身份等。然后，他把他们押到住处，交还给了看守队长。

第16章　爱火燃烧

当夜，在卧室里，关大河和李芬两人又各自心事重重，想了半天才睡着。

关大河是因为兴奋，为程指导员的加入而兴奋，为暴动方案得到了大家的认可，以及暴动组织机构的建立而兴奋，有了程指导员和肖营长的支持，暴动成功的可能性就非常大了。当然，他也为李芬对自己的信任而兴奋。李芬的态度与刚开始和他"同居"时相比，已经有了很大的变化。他感觉得到李芬对他的支持与信任。还有什么比重获战友的信任更让人高兴的呢？而且，李芬的信任对他的前途有重要影响，李芬可以做他的见证人，为他现在的表现作证明，日后回到部队帮他说话。

李芬也很兴奋，如果暴动搞成功了，她就可以重返部队。她也为关大河兴奋，为关大河得到了程指导员的支持，为关大河有希望回到部队、解决自己的问题而兴奋。当然，隐隐地，她也有些莫明的兴奋，为与关大河同居一室。这可是曾经让自己心动过的男人啊！

半夜里，李芬醒来，想要小解。她悄然起身，披上一件外衣，下了床，打开卧室的门。她要去茅厕，而茅厕在后院里。

关大河睡得正香。她小心地往外挪。走到关大河身边时，不知是心慌，还是不小心，她被关大河在地上的床铺绊了一下。

她轻轻地"哎哟"一声，朝关大河身上倒去。在她惊叫一声时，关大河就醒了，他迅速地坐了起来，伸出有力的胳膊抱住她，双手紧紧抓着她的胳膊，不让她倒下来。

关大河裸露的健壮的臂膀及宽厚的胸膛直逼入李芬的眼中，躲也躲不开，连同身上热乎乎的健壮的男人气息，让李芬面红耳赤，浑身发燥，并有些晕眩。

同样，外套已掉到地上的李芬，她裸露的丰美的手臂及内衣遮挡不住的丰满的胸部，还有白皙的脖颈，也直逼入关大河的眼中，躲也躲不掉，连同她身上散发出来的女人的体香，让关大河面红耳赤，血脉贲张，呼吸急促。

他们都直勾勾地、无法抵挡地看着对方，两人都有一种强烈的想接近对方的愿望。李芬强烈地渴望他能抱紧自己，然后在他怀里尽情吮吸男人的阳刚美，而关大河强烈地渴望将她抱在怀里并亲吻她，尽情享受女人的柔情。

两人的嘴唇都散发着渴望与情欲，还有冲动的欲望。

这样对视了近一分钟，忽然两人都意识到了什么，李芬赶紧挣脱关大河的手，起身去摸掉在地上的衣服。夜色中，她窈窕的身材隐约可见。

关大河有些难为情地扭过头，使劲出了一口气，然后平静地说道："你，没事吧？"

李芬心慌意乱地说："没事！"她赶紧上了床，盖上被子。

两人都躺在床上，重新入睡。

李芬好半天心情都平静不下来。她想，我这是怎么了？难道潜意识里，还喜欢着他？我会喜欢上一个被称为叛徒和汉奸的人？

而关大河也在责问着自己，他想：这是怎么回事？我好像有些慌乱和兴奋，还有渴望，难道内心里，仍然爱着她？跟着他断然否定了自己：不行，不要想入非非了！以前喜欢她，因为自己是能打仗的英雄，现在，在她眼里，我是一个戴罪立功的叛徒和汉奸！何况，还要全力以赴，迎接暴动。

两人都有些睡不着，但都假装睡着了……

第二天，来了批新的战俘，古柱子也在里面。他看见了皇协军中的关大河，吃惊不已。他上次随关大河送李芬等人去了军分区后，就留在了军分区，后来也听说了关大河做汉奸的事。这回他为掩护军分区机关突围，弹尽被俘了。没有想到，在战俘营里居然遇见了身为皇协军的关大河，看来，关大河真的叛变了！

关大河看见了古柱子，怕他乱嚷，就找机会走到程指导员面前，要程指导员找机会与古柱子沟通一下，介绍一下他本人及组织暴动的情况。

程指导员就找机会与古柱子说上了话，介绍了关大河要组织暴动的情况。

古柱子原本就不相信关大河会叛变，现在听说要暴动，也不计较关大河是真汉奸还是假汉奸了，反正，进了战俘营，有机会闹一下，肯定就要闹。于是，他就在程指导员安排下，一起做暴动组织工作。

这天，杨少康有一份述职报告和伪军的棉衣、军服等物资的申领表，要送到罗场县城交给村边，他选定了关大河，要关大河走一趟。关大河答应了。

李芬知道后，也要求同去，理由是：在这座压抑的战俘营里，闷得慌，想借这个机会出去透透气。关大河想着这个鬼地方也确实憋人，他本人可以天天在原野上看押战俘，可是，李芬却只能天天闷在战俘营里，于是答应了。

他找杨少康借了一匹马和一匹骡子，带着李芬，往罗场县城去了。

正是初春季节，虽然天色有些阴，但春风荡漾，空气新鲜，原野上春意盎然，绿意逼人。春风带着香甜的气息吹拂在人的脸上、身上，让人心旷神怡。

离开了阴森压抑的战俘营，走进了春天的原野，李芬的心情欢快得如同山中奔流的溪水。她穿着皇协军的军服，骑在骡子上，高兴地大叫着，贪婪地欣赏着绿色的山、绿色的原野、绿色的树林，还有一丛丛的油菜花。

她时而张开胳膊，使劲地呼吸着新鲜空气，再一下吐出去，时而使劲一拍骡子屁股，如风一般奔驰开来。她那美丽的脸蛋如鲜花开放，苗条的身段如风摆杨柳，真的很惹人怜爱，讨人喜欢，并让人油然生出爱慕之情。

关大河情不自禁地用一种爱慕的眼光扫过去，很快又挪开。他要把那种情感牢牢地藏住，不让它跳出来。

原本今天就有雨的，早上出发时，会看天气的关大河就预感到了。这一刻，春天的雨果然就来了。一阵大风吹来，天上滚过一个响雷，大雨哗啦啦地下来了。

"啊！太好啦！下雨啦！"李芬开心地叫了起来。她一挥马鞭，骡子拼命地朝前奔去。

关大河喊："这样会生病的！"说着，赶紧追赶她。

大雨如倾，原野上变得雾蒙蒙的。雨打原野的声音此起彼伏，宛如在奏着一曲动人的交响曲。李芬在雨中如同欢快的精灵，又如雨中的飞燕。

关大河赶上李芬，喊："李芬，这样会生病的！"

"再跑一会儿！"李芬说着，又一挥马鞭，"驾！"骡子继续往前奔跑。

关大河四望，发现路边山坡上有一座小庙。他打马上前，拉住李芬的骡子缰绳，道："那个山坡上有一座庙，我们到庙里去躲一躲！"

李芬抹一抹脸上的雨水，开心地道："呵呵，真是开心，好久没有这样开心过了！"她又对关大河道："关连长，你不觉得开心吗？有了这么好的可以实施的暴动方案，你不觉得开心吗？"

关大河没心思回答她的话，拉着李芬的骡子离开公路，朝山坡上那座小庙走，边走边说："暴动还没有发动，我开心不起来。"

"可是，马上要发动了，暴风雨就要来了，暴风雨之后，太阳就要出来了啊！"李芬调皮地看着他，目光灼热，被雨淋湿的军服勾勒出她丰满性感的胸部及全身婀娜的曲线。

关大河用冷静的表情望一望前面，没有吭声。

他们走上了山道，往半山坡上走。李芬不擅长山地骑马，她的骡子时而停住，时而磕绊。

关大河道："李芬，我们下来走吧。"话音未落，李芬的骡子猛地一扬蹄，把她掀了起来。李芬大叫一声："哎呀！"就要往地上摔去。

关大河站在马镫上，猛地一伸手抱住李芬，一手拉住骡子的缰绳，大喊一声"吁"，将骡子拉了过来，然后用手猛地将骡颈往下一摁，骡子老实了。他在马上抱着李芬，道："把脚从马镫抽出来，别慌！"李芬把脚抽出马镫。

关大河道："好！不要慌！"一把将李芬抱过来，轻轻放在地上。李芬被他抱着的时候，故意温存地往他怀里靠，婀娜的身材和女性身上散发的清香让他心里一阵悸动。

"我们牵着马走吧！"李芬下地后，关大河也下了马，牵起自己的马，又牵起了李芬的骡子。两人冒着雨往前走，看着快接近小庙了。

忽然，关大河觉得有些异样。他看了看山道边的树林子，脸色顿变，赶紧松开一马一骡的缰绳，一手掏盒子里的手枪。

就在此时，张军领着一伙土匪从旁边树林中冲了出来，拿枪对准关大河和李芬："不许动！"

关大河猛地掏出枪，一拉枪栓。与此同时，张军扑过去，一把搂住李芬，用手枪顶住李芬的头。

李芬惊叫："你们这伙土匪，想干什么？"

"妈的，枪放下，不放下就打死她！"张军对关大河喊。

关大河愣了一下，道："好吧，但是，你们要敢碰他，我就和你们拼个你死我活。"说完，他的目光像钉子一样盯着张军，仿佛在告诉张军，如果伤害了李芬，我会把你们全部杀死。

"可以，只要你们放下枪！"张军喊。

关大河把手枪放在手掌上，做出缴枪的架势。一个土匪上前缴下他的枪。然后，土匪们把他们押着，走进小庙。

原来，张啸天他们也被日军赶得四处乱跑，不得不学八路军化整为零的战术。张军带一伙人就在此地活动，这时正好从山坡后面转出来，准备往庙里去躲雨，没想到撞见了他们两个人。

进了小庙，土匪们把关大河押到角落里，用枪指着他，马和骡子也被牵进小庙，在一旁系着。

张军把李芬推到另一边，对一个土匪道："看着！"然后他走到关大河面前，骂道："狗汉奸，还记得我们吗？"

"记得，我正要找你们，你们老大呢？"关大河表情平静。

土匪们哄笑开来："哈哈！这不是找到了吗？"

"少废话，我是要找你们老大谈一笔生意。"关大河道。

"妈的，你找我们谈生意？我呸！少耍花招了。"一个土匪嚷。

"老大见了你，会把你撕成碎片！你害得我们好苦。我们抓了个日本女人，被你给救走了。我们抓了日本小孩，又被你救走了。到手的大洋和枪没有了，你说我们老大生不生气？"张军道。

"我谈的生意比你们老大要的一百支枪和一万块大洋多多了。"

张军笑了："唉，大哥，我看还是算了。今天在这里，我是老大。我是个好人，也不为难你，你的女人很漂亮，给我玩一回，我还给你，保证放你们走！"说着，他把手枪插到腰里，走到李芬面前，色迷迷地看着李芬被雨水打湿后勾勒出的丰挺的胸和婀娜的身姿，像一只多日未见着食物的狗一样扑了上去。

李芬愤怒地喊："畜生，滚开！"

张军拦腰将她摔倒在地，骑在她的身上，用手在她的胸上乱拧一气。

"狗娘养的，老子杀了你！"关大河怒吼。几个土匪吓得赶紧拿枪顶在他身上。

张军抱着李芬边狂亲边撕李芬的上衣扣，李芬雪白的胸部露了出来。

他又去扯李芬的裤子。"滚开！"李芬大叫一声，一脚踢在他的裆部。张军捂着裆部叫了一声。李芬爬起来，扑到了关大河的怀里。

张军恼羞成怒，爬起来，朝关大河这边冲过来。他抓住李芬的胳膊，朝她脸上就是一巴掌，然后往外拖，边拖边骂："你敢打老子，老子今天不干你我不是人！"

关大河一声狂叫："去你妈的！"他猛地一脚踢翻面前一个拿枪对着他的土匪，然后伸手抓住张军的脖颈，往怀里一带，箍住他，从他腰里拔出手枪，往膝盖上一推，将子弹顶上膛，对着他的脑袋，对众土匪喊："给老子都放下枪！"

土匪们被他这一连串动作惊呆了。

关大河大吼："放下枪！不放下枪，老子先杀了他再杀你们！"然后他用枪一顶张军的头："要他们放下枪，不听话就打爆你的头！"

张军脸色惨白，惊慌地说道："弟兄们，放下枪！快放下枪！"土匪们赶紧放下枪。

关大河面前的一个土匪稍慢了点，关大河一枪打在他的腿上。那个土匪哀叫一声，抱着腿跪在地上打起滚来。

关大河用手枪顶着张军的头，道："我说过，不要碰她，碰了她，我会杀了你！"

精瘦的张军被关大河箍着，动弹不得。在关大河怀里，他就像一只丝毫无反抗能力的小鸡被一只猛虎控制着。他从关大河的话里听出了杀气，赶紧道："大哥，饶命，我再也不敢了。看在我刚才没有杀你的份上，饶我一命！大哥！"

"张啸天在哪里？"

"他还在伏牛山。"

"你怎么跑到这里了？"

"日军大扫荡，弟兄们无处容身，老大要我们学八路，化整为零，自找活路，我就带几个弟兄晃到这里来了。"

关大河愣了一下："你们以后就一直这样化整为零吗？"

张军道："老大说过，日本人这次大扫荡到四月初就会结束的，到时所有弟兄到大蒙山会合。"

关大河问："具体点！什么时候？什么地点？"

张军不吭声。

关大河用枪一顶他的头："我是要找他谈买卖，说！"

"就是最近。四月五号到十号之间，在大蒙山东的五谷峰一带集中。具体时间、地点，到时再联系，我也说不上。我们这就是往那个地方去的。"

"你说的是实话？"

"要是有假话，下次碰见我，你杀了我。"张军连连点头。

关大河道："看你还算本分，我饶你不死，但你必须为我办一件事。"

"大哥请讲，只要我办得到的，我一定办。"

"我受人所托，要找张啸天谈笔大买卖，他的好处不会比一百条枪少。你们到大蒙山相聚后，要他等着我，四月初，我去找他。"

张军赶紧点头："好的，大哥，我一定把话带到！"

关大河对对面的土匪道："你们，把身上的子弹、手榴弹都给我摘下来。"

土匪们将身上的子弹和手榴弹摘了下来，扔在地上，但算起来只有不足五十发的子弹及两颗手榴弹。

"就这一点？"关大河问。

张军哭丧着脸道："大哥，我们要是枪弹充足，还用得着绑架那个日本女孩？"

关大河把枪换到左手，箍着他，右手在他裤袋里搜出两排子弹，装进自己口袋，然后把他一推："到对面蹲着！"

张军赶紧跑过去蹲下。

关大河走过去，捡起自己的手枪，插在腰里，又捡起土匪扔的两支长枪，将子弹全下了，扔到他们面前，喝道："滚！"

张军哭丧着脸看着他手中的枪："大哥，我的枪！"

关大河道："我给你保管着，以后会还给你的。"

张军摆出一副可怜相："大哥，我没有枪，这……不好过日子啊！"

关大河道："告诉你们老大，我要谈的生意谈成了，就有两百条好枪，外加十多挺机关枪，数不完的子弹，还有白面、大米、猪肉！滚吧！"

张军看着关大河坚定的不容讨价还价的表情，带着土匪悻悻地逃命了。

"关连长，太好了！张啸天要过来了，可以用第二套方案了。"李芬高兴地说。她忽然下意识地缩一缩身子，身子有些瑟瑟发抖，跟着，她打了个喷嚏。

关大河走到庙的一角，将堆在那里的一堆草抱到庙中央，然后走到供桌旁，举起供桌朝房柱子上猛地一砸，将供桌砸烂，堆到草堆上，接着掏出火柴点着了草堆。草堆燃烧起来，烧着了木柴。

"过来吧。"关大河对李芬道。

李芬赶紧奔过去，蹲在地上，两手张开烤火，边烤边道："好暖和啊！"

关大河站起来，道："把衣服脱下，烤烤！"说着，他走到庙门外，面对庙门，盘腿坐下，默默地看着前面，又把手枪拔出来，搁在一边。

李芬看着他的背影，道："你呢？你不烤一下？"

"不要管我，你快烤吧，小心生病了。"关大河用命令的语气道。

"一起烤吧，你这样也会病的。"

关大河用不容置疑的语气道："不要再说了！"

李芬看了看关大河的背影，脸上露出几分羞涩，赶紧将外衣和内衣脱下烤起来，边烤边羞涩地看看关大河，生怕他转过身来。大火映着她红红的脸，还有诱人的胴体。她的脸上现出几分羞涩，几分愉悦。

外面，天空阴沉，大雨仍下个不停。

关大河内心里却有一种难以言诉的喜悦、畅快与舒心。他想，在遭遇一次又一次的捉弄后，命运，这个顽皮的家伙，终于对他展开了笑脸。先是程指导员他们同意和他一道组织暴动，跟着，又无意中找到了张啸天的踪迹，可以采用第二套方案了。看来，暴动成功，指日可待，他的问题也将有个好的结果了。

不一会儿，李芬烤干所有衣服，只剩下一件军上衣。她穿上衣服，一边接着烤军上衣，一边要关大河过来一起烤。外面，雨仍然在下。此时已是黄昏，外面一片灰蒙蒙的。小庙里已经完全黑了下来，就靠这堆火撑起光亮。

关大河的衣服也烤干了，两人默默地坐在火堆旁。

"关连长，你当初真的请程指导员求过婚？"李芬忽然问关大河，语气里有几分娇羞。

关大河平静地道："那是过去的事了。"

李芬脸上有一缕失望，跟着笑了："你想，要是程指导员那时把话带到了，我会不会答应呢？"

关大河道："不知道。"

李芬含情地看着他："那，你不想知道吗？"

关大河呼吸有些急促，但他很快低下头："现在要举行暴动了，我暂时不想考虑这些事情。"

李芬脸上露出不快与失望，跟着，又露出了温柔的表情。她感觉得到关大河仍然爱着她，也感觉得到他现在的矛盾。

"我想，暴动和感情并不矛盾啊。有时，相爱的人一起战斗，会变得更加有力量。"李芬含情脉脉地看着他道。

关大河下意识地抬头看她一眼，目光立即被她勇敢又多情的目光拉住，一时收不回去了。

"可是，我……是一个有汉奸身份的人，我……"关大河粗重地呼吸着，目光想移开，却移不开。

"我相信你是被误会的。而且，暴动成功了，就可以证明一切！"李芬看着他，坚决地说道，脸色绯红。

关大河看着她，呼吸急促，犹豫着。

李芬含羞地低下了头，有些难过地道："也许……你并不喜欢我吧！"

她的伤感又羞赧的表情让关大河产生了强烈的冲动，他抓住了她的手，"李芬……"他的喉结嚅动着。

李芬含羞地冲他笑了一笑，浑身充满着期待与温柔。

仿佛一股神奇的力量控制着关大河，他下意识地张开粗壮有力的臂膀抱住了她……

这个晚上，他们就睡在小庙里，在火堆的余烬旁，相拥在一处，幸福又甜蜜，温暖又滋润。他们要让爱情的火和暴动的火一起燃烧。

第二天，太阳升起，正是一个明丽的晴天，他们骑了马和骡子，直奔罗场县城，把有关材料交给了村边。晚上，在村边的军营里，在关大河住的那间房内，他们又激情地拥抱在一处，享受着爱情的甜蜜。

他们不知道，窗外，原爱默默地含着眼泪朝这里凝望着。原爱看见他带着女人回来了，又看见他带着女人住进这间屋，关上了灯。她可以想象他和这个女人正幸福地做着什么，想象他们是如何的甜蜜，而她，只能凄凉地呆呆地凝望着那扇黑黑的窗子。

第17章　张五常的出现

　　关大河还在罗场县城时，战俘营里出现了一件意外的事情：在新来的一批战俘里，意外地出现了张五常的身影。他胡子拉碴，穿着八路军的军服，军服破烂不堪，人显得又老又瘦。

　　当时战俘们正在工地上劳动，这批新来的战俘就被直接押到了工地。程指导员一眼就认出了张五常。他怕自己看花了眼，晚上在食堂吃饭时，专门走到张五常面前去求证，结果，张五常同样为发现他在里面而愣住了。然后，张五常告诉他，不要叫他张主任，叫老刘头，身份是独立团的火夫，他被俘时也是这样说的，鬼子也相信了。程指导员想和他多交流一下，一个负责监视的伪军上前把他们赶散了。

　　第二天早上，程指导员把张五常叫老刘头的情况转告了古柱子。

　　下午，关大河从罗场县城回来了。他的收获很大，除了缴获的土匪们的手枪及手榴弹，还在罗场县城给李芬买了不少换洗的衣服，包括女人穿的旗袍，还有香水等女性用品。女人天性是爱美的，何况正堕入情网的李芬？她没有拒绝。

　　当天晚上，他找到杨少康，报告了去罗场县完成公事的情况，顺便给杨少康送了从罗场县城带回来的一条烟和两瓶酒。杨少康见了礼物，十分高兴，直说没有派错人，下回外出办事还要找他。

　　第二天，又与李芬恩爱一夜后，关大河神情气爽地上了工地，脸上洋溢着幸福与快乐。杨少康见了，羡慕不已，开玩笑道："副队长和老婆去了一趟城里，看上去油光水亮，脸上有光有彩的，滋润得很啊，真他妈的羡慕！这男人有了女人抱着睡，就是不一样！"他还真没说错，有了爱情滋润的男人，不仅性情会变得十分可爱，而且看上去也英俊多了。当然，女人也是一样的，李芬也同样感到幸福、甜蜜，而且，显得更漂亮、更水灵了，以至于杨少康等人看了，都恨不得流着口水扑上去。

　　到了工地上，关大河悠闲地转着，脑海中时不时情不自禁地回味着与李芬激情相拥的情景。说实话，长这么大，他还没有和女人上过床，是典型的处男之身。现在一上床，还是真心相爱、灵肉相融的女人，这能不让他感到幸福与美好？

　　忽然，他愣住了，他看到一个人迎面走过来，胡子拉碴，又瘦又黑，肩上挑着一筐沙砾，脚上穿着破烂的布鞋，很像独立团的政治部主任张五常。

　　就在此时，张五常也看见了关大河，脸色顿时变了。虽然关大河已经蓄上了一部大胡子，他还是认出了他。他怕关大河认出自己，向敌人告密。

正在不知所措的时候，斜刺里，格木也看见了张五常，喊道："站住！"

听见格木的叫声，张五常赶紧站住，低眉顺眼地立在一边。

格木走近张五常。

关大河赶紧背过身子，他不想让张五常因为他而紧张。他想张五常和这些俘虏在一起，就证明他没有暴露身份，否则，作为团级干部，他早被另外关押了。

"抬起头来！"格木命令道。

张五常赶紧抬起头来，脸上有一点惊慌。所幸的是，关大河背对着他，他以为关大河没有认出他来。

格木凶狠的眼睛紧紧地盯着张五常："你，是共军，还是国军？"

张五常顺从地答道："我是八路军里的！"

"叫什么名字？在八路里是什么职务？"

张五常用谦恭的语气道："我叫刘木，大家都叫我老刘头，是八路军的一名火夫，部队被打散了，我就被抓了！"

"不，你不是火夫，你是八路的军官！"

"我不是做官的，我真的是火夫！"张五常显得很镇静。

关大河转身走了过来。张五常紧张地看着关大河。

关大河打量一下张五常，对格木笑道："格木太君，这人呆头土脑的，怎么会是大官？我看他确实像个火夫。"

格木横了关大河一眼，又悻悻地打量一下张五常，喝道："滚！"

张五常挑着土离去。走了几步，他回头看了一眼关大河，脸上充满了纳闷的表情。

当天晚上，关大河和李芬睡在床上。屋里没有灯，一片黑暗。关大河没有睡着，正睁着眼，一副心事重重的样子。李芬已经安然入梦，脸上挂着甜蜜的笑容。关大河看看李芬美丽的脸蛋，露出无限迷恋的神情。

他遇到了一个天大的难题，那就是张五常没有死。他在想要不要告诉李芬。

格木有规定：俘虏中，国军团以上军官，八路军营以上军官，如果隐瞒身份，抓住后将处以死刑，知情不报的人也将处以死刑。战俘里人多嘴杂，难免不会有认出张五常的，那可就糟了。毕竟他是八路军的高级干部！所以，不能让张五常留在工地上，必须保护他。可是，要保护他，唯一的也是最好的办法，就是把他要到自己身边来做杂役。

但那样的话，就意味着他们三个人将同居一室，意味着必须将李芬还给张五常，意味着他的甜蜜的爱情的结束。怎么办？

第二天，他又上了工地。

程指导员问他："看见张主任没？"他点头。

"要不要把暴动的事告诉张主任？"

他想了想，道："好。"

这时，就听见一声枪响，格木领着几个日军押着三个战俘走了过来。快走到关大

河面前时，日军令三个战俘跪下。格木手里提着冒烟的手枪，喊："过来！统统给我过来！"

战俘们围拢过去。关大河也走了上去。

格木看了看众战俘，用手枪指着那三个战俘，道："这三个人，是中国军队七十八师的。他们中有一个是国军的上校团长，有两个是知道上校身份的士兵。我说过，凡是国军团以上的军官，八路军营以上的军官，都必须向我自首，凡是不自首的，一律处死。知情不报的，也一律处死。所以，这三个人，都必须死！"说完，他走上前，对着三个战俘的后脑勺扣动了扳机。三个战俘一一倒下。

几个伪军上前，把战俘的尸体拖走。

围观的战俘中，张五常脸上露出紧张的表情。程指导员不动声色地看着面前的一切，又看了看张五常，皱起了眉头。古柱子也微微皱着眉。

格木恶狠狠地道："听着，以后凡是国军团以上军官，八路军营以上军官，不主动自首的，通通处死。知情不报的，也一律处死。散开，干活去！"

战俘们默默地散开。

关大河默默地看着前面，脸上不再有昨天的春风盎然的表情了。

夜晚，战俘营一片沉寂。巡逻的日军像幽灵一样在战俘营里走动。大门口岗楼上的机关枪黑洞洞的枪口，像阴冷的眼睛，扫视着战俘营。一轮月亮寂寞地挂在天正中。

李芬在关大河怀里睡着了。关大河假装睡着，等李芬睡着后，就悄悄把她的脸从自己胸口上挪了下去，坐了起来。他默默地望着黑暗中的屋子，表情凝重。

然后，他起身，下了床，穿上衣服，悄悄走出卧室，去了堂屋，从堂屋的桌上拿起一包烟和一盒火柴，打开门，去了院子。

他坐在院子里的石阶上，默默地抽着烟。他是不抽烟的人，所以被呛得直皱眉头。他在想，是把李芬还给张五常，还是继续保持现在这样的状况。

当东方出现鱼肚白的时候，一包烟已经全部变成了烟蒂，他也做出了决定。他找来扫把，把烟头扫起来，扔在院子外面的垃圾堆里，然后平静地走进屋里。

他进了卧室，悄悄走向床边。李芬仍然在熟睡，脸庞美丽动人，被子里面的身体显得婀娜多姿，勾人心动。他俯下身子，轻轻吻了一下李芬的脸。

"亲爱的李芬，昨晚，就是我们最后一次相依入梦了。我爱你！"他心里喃喃道……

第二天，关大河又上了工地。他先走近杨少康，悄悄将一把大洋塞到他的手里，说："老婆原来是北平的学生，娇小姐做惯了，这食堂里的大锅饭吃不惯，想自己开小灶。昨天看见这战俘里来了个老火夫，想把他要回去，在家给自己做饭，请队长帮忙向格木太君求个情。"

因为有大把的银元，加上关大河是村边的红人，杨少康也不敢轻易得罪，就答应了。

过了一会儿，格木来到工地。关大河走向格木，先递给他一小袋银子，然后对他谈了要找火夫的事。

格木见关大河低三下四地送钱给自己，有几分高兴。这个高傲的家伙，终于低下头来了！但听他说要找个火夫回家开小灶，又气不打一处来。本来所有的将士都没有带家眷，只有这个赵兴带着夫人，这已经是对他格外的关照了，现在，这个可恶的支那人竟然得寸进尺，还要配火夫！

于是，他没有接关大河递来的大洋，反而尽情地羞辱了关大河一顿。关大河装着忍气吞声的样子任他辱骂。这时，杨少康过来了，假装听了一会儿，笑嘻嘻地劝格木不如高抬贵手，成全了赵副队长。因为工地上这些又老又丑的战俘，多一个不多，少一个不少，送给赵兴做奴隶也没什么。然后，他又拿过关大河手里的大洋，塞进格木的大马裤裤袋里。

格木骂也骂了，加上杨少康在一旁说情，又有钱送上，面子也满足了，钱也到手了，就顺水推舟，又训斥了关大河一阵，要他小心，不要把人放跑了，就离开了。

得到了格木的允许，收工后，战俘们走进战俘营大院时，关大河看见张五常，走过去，令他到自己家去做火夫。张五常恨恨地瞪着他。后面的程指导员走上来，对张五常道："兄弟，好汉不吃眼前亏，他们叫你去，你就去吧，不敢把你怎么样的。"于是，张五常半是愤怒，半是纳闷地跟着关大河往他的住处走去。

进了院子，李芬笑吟吟地出来迎接，一下看见了张五常，像遭了电击一般，愣住了。

张五常抬头看见李芬，也愣住了。

"天啊，这不是老张吗？"李芬惊叫。

张五常也愕然地看着李芬。

李芬又呆呆地看着关大河。

关大河平静地对张五常道："屋里说吧！"

三个人一同进了屋。李芬关紧大门。进了堂屋，关大河对张五常客气道："张主任，请坐吧！"

"你，想干什么？"张五常纳闷地看着关大河。他又有些愤怒地看着李芬道："你……你也叛变了？你们……"

李芬愣愣地看着关大河，又看看张五常。

关大河脸色平静，对李芬道："我在战俘中发现了张主任！"

李芬明白了什么似的，点点头，对张五常道："老张，都是自己人！"

张五常看着关大河，冷笑道："自己人？你这个不守妇道的女人，竟敢和汉奸勾搭成奸，还称他是自己人？"

"老张，你冷静一点行不行？"李芬道。

"呸！"张五常对李芬呸了一口，又对关大河道，"说，想把我怎么样？要出卖我？"

关大河道："想出卖你的话，早就报告格木了。"

"那是干什么？想要我来看你这个汉奸得了势，霸占了我的妻子？想以此来报复我？报复我对你的革命行为？"

"不是，"关大河平静地说道，"张主任，我怕你被敌人发现，或别人出卖你，就以要个火夫为名，把你带了过来，在我这里保护起来。你知道，格木要是发现战争俘中有八路军营以上的干部，知情不报的，一律处死。"

张五常打了个寒战。

李芬看着关大河，似乎在问他：为什么不与我商量一下呢？你没有发现这会很难堪吗？

"那……你为什么要保护我？还有，为什么和李芬同居了？"

关大河道："张主任，坐下慢慢说吧！"他又对李芬道："去给张主任倒点水来。"李芬顺从地转身去了。

张五常看到李芬对关大河百依百顺的样子，脸上的肉颤动了一下，露出酸酸的表情。

不一会儿，李芬端来了开水。"你先喝点水吧！"李芬大声道。

张五常愣了一下，悻悻地看了她一眼，开始喝起水来。他是有点渴了。工地上就一个大缸里装着脏兮兮的水，所有的战俘抢着喝，直接在缸里面喝，或由日军押着到很远的小河里喝水。

天已黑了下来，关大河把桌上的油灯点着了。

"你听我讲一下经过吧。"关大河对张五常道。然后，他从那次受重伤被村边送到医院讲起，一直讲到现在，当然，把以为张五常牺牲了，就与李芬结成了夫妻的事也讲了。

张五常先是冷笑不已，等他讲完了，张五常沉吟了半天，果断地说道："这样吧，你是真叛变了，还是假叛变了，我们以后再谈。现在，你愿意为我们做工作，愿意组织战俘们暴动逃跑，很好，我代表八路军欢迎你！"

他又说："即使叛变过，也没有关系，现在悔悟了，重新为革命做工作了，组织上也会重新考虑的嘛！"

虽然这话让关大河和李芬都有些不快，但关大河仍然点头表示赞同。他想，现在认不认可他都不重要了，暴动成功，就是最好的证明。暴动成功了，再回到组织，接受组织调查，就可以了。

跟着，李芬又问张五常的情况。张五常告诉李芬，一次突围战中，他右胸中枪，倒地昏迷过去，因为被战友的尸体压着，所以没被敌人发现。敌人因为要追击我主力，也就没有搜索。醒来后他就从死尸堆中爬出，进了大山，和几个失散的战士一起在山中躲藏。有个战士是卫生员，悉心照顾他，伤慢慢好了。再后来，他们遇上了搜山的日军，被打散了，他也被抓住了。因为看上去又老又黑，又没有武装带，他就说自己是火夫，敌人相信了，把他和一批国民党的战俘一道送到这里来了。

李芬听完了，默默地看了看关大河，心事重重。她觉得她遇上了世界上最棘手的事情。原以为张五常牺牲了，从而与关大河成了夫妻——虽没有经组织批准，可两个人毕竟是相爱的。但现在，张五常竟又回来了！现在可怎么办？还能和关大河做夫妻吗？还可能住在一个屋里吗？张五常会要求自己重新回到他的身边吗？关大河怎么办呢？

"对了，我与李芬结成夫妻的事，原先以为你牺牲了……"沉默片刻后，关大河先提起这个话题。

"这个……"张五常恼怒地瞪了他们一眼，跟着大度地说，"没关系，婚姻自由嘛，你们当时以为我牺牲了嘛！"

"我想，李芬是你爱人，你现在回来了，我就退出好了。"关大河克制着内心的痛苦，尽量平静地说道。

这话不仅让李芬震动，也让张五常震动。张五常没想到关大河这个汉奸会如此大度地让出李芬。李芬更是震动，她没有想到关大河会如此爽快、如此迅速地让出她。这么突然，这么快！难道他不爱自己？难道他如此看重功名？

张五常哼哼地笑了几下，以高姿态的语气对关大河道："好，这样也行。不过，现在你们仍然要假装是夫妻，我们是在战俘营嘛，要做给敌人看。"

之后，关大河对张五常详细地介绍了暴动的准备情况。然后，张五常就以火夫的架势下厨房下了三碗面条，三个人一起吃了。

吃过饭后，关大河又对张五常交代了一些事情：虽然他与李芬是夫妻，但表面上一个是伪军军官夫人，一个是火夫，所以，张主任要注意一下身份，而他和李芬表面上还得像夫妻。此外，张五常就住在大院的厢房里，平常的工作就是做饭做杂务。为了谨慎起见，吃饭就在厨房里吃，而不是在堂屋里。

张五常爽快地答应了。

然后，关大河把张五常领到前院里的西厢房。西厢房里面有一张木板床，另外还堆着一些杂物。关大河又交代了买菜买米的事项。交代完后，他带张五常到战俘住宿区张五常的房间里取了行李被褥过来，一起回到了屋里。

卧室里，李芬正在油灯下为关大河铺地铺。她的表情忧郁而伤感。关大河有些内疚，不敢看她。

"你，那么快就把我让出去了？"李芬终于忍不住爆发了。

"你和张主任是组织同意结婚的夫妻，我不能为一己之私破坏你们的婚姻！"关大河假装平静地道。

李芬哑然一笑："破坏婚姻？一己之私？真是一个冠冕堂皇的理由！好，你真是有觉悟！真有觉悟！"

"对不起，李芬！"

"你没有什么对不起我，只是，我终于相信，你就是一个叛徒和汉奸！你就是叛变过革命！"李芬含泪道。

"为什么？"

"一个这么快就放弃情感的人，也同样会轻易放弃自己的信仰和原则。"

关大河愕然。

"有道是一日夫妻百日恩，你的变化可真是快！"李芬抹了一把眼泪。

关大河低头不语。

当晚，两个人一个床上、一个地上地躺着，一时都没有睡着。

李芬美丽的脸颊上泪水潸然。今天晚上的一切太突然了，让她猝不及防，不敢相信其真实性。先是据说已经牺牲的张五常忽然活着出现了，跟着，关大河，这个昨天还在与自己恩爱的人冷冰冰地背叛了她，把她还给了张五常。于是，还存留着昨天的激情气味的床上，就只剩下她孤零零的一个人了。这到底是怎么回事？就算是关大河服从纪律，不想破坏组织同意的婚姻，就算他是想赢得张五常和组织的信任，想重新回到部队，可是，也不能这样快就把自己推出去啊！也太无情无义了！难道，他真的

不爱自己？与自己的一切，只是逢场作戏？或是因为自己太主动的原因？

还有一点：张五常居然没有牺牲！可是，她对张五常却失去了久别重逢后应有的激动和兴奋。难道是因为自己真的爱上了关大河？心里面只有关大河？或者，自己原本就不爱张五常？当然，有一件事是明确的：张五常当初要程指导员说假话，哄骗关大河，这件事在她心里确实留下了阴影。

如果真是这样，就太痛苦了，所爱的人把自己推给了不爱的人，不爱的人偏是自己的丈夫，这可怎么办？

她的眼泪无声地奔流着……

关大河的眼里也隐隐有晶莹的泪花。他知道这一切太快了，让李芬没有心理准备。他是考虑了两个晚上才拿定主意的，李芬一下子能够想通吗？可是，没有办法！对不起，李芬，原谅我，我是一个有问题的人，是一个在战友们监视的目光下工作的人，我不能让大家对我又有新的想法，我不想永远地孤独下去，真的对不起！他心里默念着。

当然，为了不让李芬发现什么，他侧着身子，假装睡着了。

堆着杂物的厢房里，张五常也没有睡着。他双手枕着头，望着屋顶。

他脸上隐隐地有一丝兴奋。他是从死人堆里爬出来的，然后又做了战俘。他以为此后再没有机会回到队伍里了，除非鬼子投降的那一天，被折磨死也未为可知。没有想到，在这里会遇上关大河和李芬，并且，关大河正要搞暴动。真是天无绝人之路啊！可是，关大河……为什么要这样做？他真的是想戴罪立功，重新回到部队？会不会是骗局？为了博得李芬好感而设的一场骗局？要知道，关大河以前曾经想追求李芬的。如果他现在以伪军中队长的身份追求李芬，李芬肯定不会愿意，所以，他要伪装进步，假装搞暴动，以博得李芬的喜欢。

不过，也许他真的是想搞暴动，重新回到队伍里去呢。这汉奸可不是好当的，是被骂一辈子的事。或许是那个日本女人没有看上他，他只好又想回到队伍里，将功赎罪吧！不管怎样，他现在想搞暴动，就是个好事情，要好好地利用他！

他露出满意的表情，翻了一下身子，睡着了。

第18章 出事

第二天，关大河去了工地。他故意走到程指导员面前，要他到一边给自己擦马靴。借这个机会，他告诉程指导员：张五常被安排在他那里保护着，同时希望程指导员有空和他谈谈暴动的情况，因为怕张五常不相信自己。程指导员答应了。关大河又问他联系得怎么样了，程指导员说很多战俘愿意暴动，到时只要枪声一响，他们就可以冲出房间，照计划行动。

关大河表示会在近期去找一下张啸天，争取他的配合，实行第二套方案。

末了，程指导员警告关大河，一定要照顾好张五常，张五常要出了事，拿他是问。关大河郑重地答应了。

然后，关大河继续在工地上巡视。可是，他明显地分神了。他忽然想到今天在屋里，李芬与张五常在做什么？会不会是久别重逢后的欣喜？至少张五常会很激动，他明显是爱李芬的。而李芬碍于夫妻关系，多少要应和一下吧？那么，他们一定在很激情地相拥吧？

想到这里，他忽然有些莫明的伤感。但跟着，他忽然想，关大河啊，你都在想些什么？就算李芬和张主任那样，也是他们的事，人家是夫妻，关你什么事？你怎么可以这样自私？于是，他内心里又涌出一种羞愧与自责。

关大河去了工地后，张五常在屋里做卫生。他先接了伪军火夫送来的菜，然后清扫了大院。他清扫关大河住的堂屋时，李芬正在卧室里看书。清扫了一会儿，张五常关上大门，走进卧室，径直走向李芬，一把抓起李芬的手，欣喜地道："李芬，没想到我们还会见面！"

李芬放下书，收回手："是啊！"

"我可真想你啊！我想你是不是牺牲了，是不是被敌人抓住了，唉，好几次梦见你！没有想到……我们还会重逢，真是老天保佑！不，马克思在天之灵保佑！"张五常有些激动，他抱起李芬就要亲。

李芬躲开他的嘴："老张，不要这样！"

张五常边亲她边道："我们是夫妻，为什么不能这样？"

李芬奋力将他推开，涨红了脸道："老张，这是在敌人的战俘营！"

张五常不快地看着她。

李芬整整衣服，放缓语气："坐下，我们好好谈谈好吗？"

张五常不快地坐下，想了想，道："李芬，得知我牺牲的消息后，你有没有难过？"

李芬道："当然难过了！"

"那，怎么这么快就和关大河……"

李芬愣了一下，不快地道："你不会是说要我为你守贞节吧！"

张五常有点不自在地道："不是，咱们革命队伍，不讲这一套！但问题是，你是和关大河搞在一处了！他可是让我独立团遭受了重大损失的汉奸，这太说不过去了！即使以后回到革命队伍里，这对你也是一个很大的污点！"

李芬道："关大河不是汉奸，那是一场误会。"

争到最后，两人不欢而散。

关大河弄了个厨师在家开小灶，格木多少有些不放心。他借口欣赏火夫的手艺，找个机会带着杨少康来关大河住处，结果正赶上张五常刚刚从厨房里弄好几个菜：烧鲫鱼、清炒菠菜，加一个丝瓜汤。格木与杨少康都尝了一下，果然味道很好，再看一看张五常举手投足，的确像个老练的火夫的样子，终于相信他是个地道的火夫了，也相信关大河没有说什么假话，算是放心了。

转眼到了三月三十日，离暴动只有五天了，照张军的说法，张啸天应该和他的喽啰们来大蒙山会合了。关大河正准备请假，以探亲的名义去大蒙山走一趟，没想到机会来了。

原来，张啸天果然出现在了大蒙山罗场县附近。风声传到村边耳朵里，村边对这个土匪头很反感，担心他袭击战俘营，就命格木派人去侦察一下。搞侦察的事，显然还是中国人合适，格木就令杨少康带人走一趟。杨少康不愿接这个苦差事，就要关大河去，理由还很充分：关大河武艺高强，一个顶几个，搞侦察肯定是人越少越好。

关大河对此求之不得，表面上为难地推托了一番后，接了下来。第二天，关大河穿着伪军军服，身上挎着短枪，背着长枪、马刀，从杨少康那里取了他以前骑过的马，径直上了大蒙山。

关大河离开战俘营后，张五常和李芬相安无事，表面上，一个是伪军军官夫人，一个是烧火的战俘。

张五常虽然很想与李芬亲热，但一直都克制住了。

他是深爱李芬的，爱她的美丽、苗条，爱她的知书达理、多才多艺和完美的气质。他当初就是大别山区一个地主家的厨师，幸亏参加了革命，不仅成为高级干部，而且找到了李芬这样出色的老婆，这是革命前他想也没想到的事，也是他上几辈子人都不敢奢望的事。因为爱李芬，所以结婚后他尽量迁就李芬。李芬说她现在在干文艺工作，不想要小孩，他就同意了。大扫荡，他命悬一线，最担心的不是自己，而是李芬。没有想到，在战俘营里竟意外地碰到了李芬，他想这也许是上天安排的。因为高兴，向来从事保卫工作，对叛徒、汉奸极不信任的他，竟对关大河也网开一面了，允许他组织暴动。没有想到李芬似乎变了一个人，对他不像从前那样有感情了。他想可能是因为关大河的原因，因为李芬毕竟与关大河共同生活了一段时间。但这个没有关系，女人嘛，感情动物，没有太大的主见，他可以努力，把她从关大河身边拉回来。他完全有这个信心：其一，他是团政治部主任，还是有点地位的；其二，关大河是铁杆的汉奸、叛徒，基本上翻不了案了。就算这次暴动成功，也是戴罪立功、弃暗投明，以后也没有什么前途了；其三，他是李芬的合法丈夫，组织上同意的，只要关大河不再插足，他有充分的理由把李芬的心收回来。所以，他很有信心。这两天，为了大局，他尽量控制住了自己的感情。

可是，今天，他再也控制不住了。虽然李芬不太愿意，但他相信只要搞定一次，以后就好办多了，李芬也就慢慢对关大河死心了。于是，他在堂屋里做完卫生后，拿着一根鸡毛掸子走进了李芬的卧室。

李芬正在屋里为关大河补一件衣服，看见他进来了，点个头，算是打招呼。

两人闲聊了几句，张五常把话转入正题，由衷夸道："李芬，这些日子，你越长越水灵了。"

李芬的脸微微红了。

张五常伸出手，抓住她的手，目光灼灼地看着她："李芬！"

李芬慌忙拿开手："老张，你要干什么？"

"我们是夫妻，你干吗这样紧张？"张五常不快地说道。

李芬定定神，正色道："是夫妻，可是，说好了要注意我们现在的身份。"

"现在这里没有人看见嘛！"

"还是小心点好。"

张五常火了："小心！小心！弄得我像做强盗一样。我们是堂堂正正的组织牵线、组织介绍的夫妻，怎么就不能亲热一下，不能享受一下夫妻间的快乐？"

"我们这段时间都保持冷静，等暴动成功了再说，行不行？"李芬放下手中的针线，平静地说道。

"现在我们亲热一下，会影响暴动吗？"

李芬一时无语。内心里，她真的不想让张五常亲近，原因很简单，她已经爱上了关大河，对张五常在情感及性上有所排斥。女人的性与情感是连为一体的。没有了情感，也很难有性。

张五常呆呆地看着她，忽然起身，抓住她的手，一把将她拉入怀中，抱着亲吻："李芬！老婆！我很想你，真的很想你……"

李芬在他怀里挣扎着："老张，你冷静一点，这是在鬼子的眼皮底下。"

"鬼子都上工地了！"张五常继续亲吻她，喘着粗气。

"不，里面有很多执勤的，岗楼上也有机枪手。"李芬挣扎着。

"他们看不见！"张五常紧紧抱着她，抚摸着她，"李芬，知不知道我一直想着你？难道你就一点都不想我？"

李芬在张五常怀里挣扎着，边挣扎边道："老张，冷静一点！你冷静一点！"

张五常停止了狂吻，抬起头，看着她，气恨恨地道："李芬！冷静什么？你到底

是不是我老婆？你有女人的尊严，我也有男人的自尊！我是你丈夫，合法的丈夫！"

李芬看着张五常气愤的脸，愣住了。她知道张五常今天是铁定了心要和她亲热，真要挣扎，张五常会暴怒的。而且，张五常说得对，他是自己的丈夫！她已经有了离婚的想法，但那是在暴动成功以后，那时她会向组织提出离婚的。现在，她还得尽妻子的义务。于是，她默默地闭上了眼，不再挣扎，也不再说什么了。

张五常心里一阵狂喜，呼呼地喘息着，猛地拦腰把她抱了起来，抱到床上去了……

忽然，李芬隐隐感觉到外面有动静，赶紧喊了一声："不好，有人来了！"说着，她使劲推张五常。张五常正在兴起，又或许以为她是在说假话，没有动。"快起来，有人来了。"李芬使劲一推，将张五常推离自己的身体。

"快穿衣服！"李芬用命令的口气道，同时开始穿衣。张五常也觉得不对劲，赶紧穿衣服。两人刚把衣服穿好，堂屋的门被一脚踢开，跟着，格木领着杨少康醉醺醺地闯进了卧室。

原来，关大河去了大蒙山后，格木也赶回罗场县城参加村边召集的一个会议。会开完后，他找到原爱，送给樱子一份小礼物，并再次向原爱求爱。但原爱再次拒绝了他，并说她以后想找的男人应该是赵兴那样的人，正直、善良、有责任感，像个男子汉，对女人和小孩很好，脾气也好。这个回答深深地刺激了格木。他没有想到，一个日本女人多次拒绝他，却一直喜欢着一个并不喜欢她的中国男人，这简直是对他的极大的侮辱。如果说赵兴身边没有女人，她这样喜欢他还说得过去，现在赵兴身边有了女人，天天抱着女人睡觉，她竟还这样想着赵兴，是可忍，孰不可忍！如果不是看在她是村边的妹妹的份上，他当时就抽出指挥刀把原爱砍成两半了。

回到桐林村战俘营，他心中窝下的那口气实在消不了，所以，他没有去工地，而是把杨少康找来陪他喝闷酒。他越喝越难受，心中的怒气也越大。喝得半醉时，他忽然想出一个报复关大河的主意：玩他的女人，给他戴顶绿帽子。你关大河让我得不到我喜欢的女人，我就要搞你的女人，要你永世不得翻身！

他的想法得到了杨少康的赞同。于是，他们当即醉醺醺地来到关大河的住处。他想，中国人喜欢家丑不外扬，关大河的女人被他玩了，也不敢告状的。告日本人的状，不是找死？就算是告了状，也无所谓，村边不会处分他的，顶多是骂他几句，而关大河却要痛苦一辈子。事到如今，也顾不上那么多了，报复关大河，发泄愤怒与羞愧才是最重要的。

他们踢开院子里的门，又踢开堂屋的门，直奔卧室。结果，他们愣住了。虽然醉醺醺的，但格木仍然看得出，面前的两个人衣冠不整，脸色慌张，明显有过男女私情的味道。

李芬看见格木，定定神，嗔怒道："格木太君，你怎么随便闯进人家屋里？"

"杨君，你说，他们这是在做什么？"格木瞪着李芬问杨少康。

杨少康也看出有些不对劲，他打量下他们两个人，恶狠狠地对张五常道："老刘头，你这是在干什么？怎么衣衫不整？怎么在赵夫人卧室里？是不是非礼了赵太太？"

"我……进来做清洁！"张五常说着，走两步，拿起桌上的鸡毛掸子。

"做清洁？做清洁为什么慌里慌张，像做了见不得人的事一样？"杨少康追问。

"你们怎么随便闯到我家里来，吓我们一跳，能不慌张吗？"李芬反守为攻。

格木摇晃着身子径直走到床边，猛地一掀被子，被子里散发出一种气味，床单上有一摊液体。

格木不敢相信自己的眼睛，愣住了，跟着，得意得仰头大笑。

杨少康上前，顿时明白了什么，大怒，冲过去对张五常就是一巴掌，骂道："臭八路，你敢强奸我皇协军军官的太太！"

格木扭过头，看着李芬，冷笑道："是强奸，还是通奸？嗯？！"

李芬涨红了脸，一时答不上来。说强奸，她自然没事了，可是，张五常呢？如果她说是通奸，她凭什么和一个八路的火夫通奸？

格木走到张五常面前，猛地打了两巴掌："浑蛋！说，是通奸，还是强奸？"

张五常低头不语。

格木拔出马刀："八嘎！不说，就死定了！"

张五常脸色惨白。

格木举起了马刀。

"是通奸，怎么了？"李芬大声道。

杨少康愣住了，指着张五常问李芬："你，和这个火夫通奸？"

"是的。"李芬镇定下来。

格木愣愣地看着她，忽然一阵狂笑。跟着他又摇摇头，叹口气，道："我，格木，真是愚蠢啊！"

"什么？太君，你说你……愚蠢？"杨少康小心翼翼地问。

格木没有理他，他这一刻既有一种发现了秘密的惊喜，也有一种莫明的悲哀，那就是：他居然一直没有怀疑赵兴的来路，而眼前这件事却让他想起了所有的疑点。一个皇协军军官的夫人，竟和八路的火夫通奸，这可能吗？除非……

"八嘎！"他大喝一声，举刀朝旁边的椅子砍去，将椅子砍成两半。屋里人都愣住了。跟着，格木又兀自哈哈大笑。

"太君！"杨少康紧张地看着他。

格木冷笑道："好你个赵夫人，好你个独立团的火夫！好你个赵兴！你们竟把老子骗了！"

格木忽然上前猛地一拳朝张五常打去，将他打倒，又跑到李芬那里，两巴掌打在她的脸上，然后狂叫："带走！都给我带走！"

杨少康问："太君，不干这女的了？"

"不，我发现了比干这个女人更让人开心的事情！"格木得意地道。

杨少康不解地问道："太君什么意思？"

"带走！"格木喝道。

第19章 格木的怀疑

　　格木当即把张五常与李芬带到审讯室里拷打审问。这个审讯室在格木所住的大院的一个厢房里，平时用于拷打审讯战俘。他先审问两个人到底是什么关系，张五常到底是什么人，李芬到底是什么人，还有赵兴到底是什么人。两人自然一个说是火夫，一个说是北平的女学生，又一口咬定是通奸。李芬一口咬定自己是因为赵兴出差了，她难耐寂寞，加上这个火夫做得一手好菜，很讨她喜欢，两人就勾搭上了。

　　格木见审不出什么，就令把两人双手吊在梁上使劲打。打了半天，两个人浑身是血，疼得大叫，但仍然坚持原先的说法。格木知道审不出什么，而且，也怕把他们打死了，既漏掉了大鱼，断了线索，也在赵兴面前交不了差，就命令把他们看押在审讯室里，等赵兴回来再说。他要看一场好戏。

　　第二天，关大河回来了。他心里有几分开心，几分舒畅。在上次张军说的那个山头，他找到了张啸天。张啸天一见是他，分外眼红，下了他的枪，将他好一阵暴打。等张啸天出完气后，他与张啸天谈起了生意，最终，他们达成了交易：他做内应，张啸天做外应，攻打战俘营。事成后，战俘营里的所有粮食、弹药、金钱，全部归张啸天。战俘及伪军俘虏中，有愿跟张啸天走的，悉听尊便。同时，此功也可由国民政府记上一笔，日后需要方便处，可拿此功出来摆平——关大河哄张啸天，说自己已被军统收买，要救这批战俘，如果张啸天愿意参加，可由国民政府记功。达成协议后，关大河与张啸天喝了酒，就兴冲冲地返回了。

　　他骑着马来到战俘营大门，下了马，直接往里走。门口站岗的两个日军互相使个眼色，要他立即到队部见格木队长。于是，他只好跟着两个日军去了格木的队部。到了格木的办公室，只见格木正坐在桌旁，冷冷地看着他。杨少康板着脸站在格木的旁边。

　　"赵兴，你的任务完成了？"格木绷着脸问。

　　"是的！"关大河回答，"还真有收获，路上碰见了张啸天一伙土匪，因为是晚上忽然撞上的，拔枪都来不及了，所以打了一架。你看！"说着，他指了指脸上及额头上被张啸天打的尚未消下去的青淤处。

　　"哦，这几天想老婆吗？"格木似乎并不关心他的伤。

　　"当然，"关大河笑道，"我媳妇这么漂亮，我们也是在战乱中结为夫妻，当然有感情了。"

　　格木仰头哈哈大笑，跟着脸上露出狰狞之色，对门口的一个日军用日语道："押过来！"

　　那日军领命而去。不一会儿，张五常和李芬被推了进来。两人都受过刑，神色疲愈，虚弱不堪。两人也看见了关大河。李芬赶紧扑过来，一边喊："老公，救救我！"但因为身体虚弱，她只跑了一步，就倒在地上。两个日军将他们两人拖到格木面前。

李芬又喊："赵兴君，我错了，我对不起你，救救我，我再也不敢了！我是一时糊涂才和他在一起的！"

关大河心里明白了点什么，但仍沉着平静地问格木："格木太君，究竟是怎么回事？怎么抓了我的夫人？"

"我们发现你的夫人和那个八路的火夫在你家里做那种事，我不知道是偷情，还是强奸！"格木冷笑。

关大河脸上现出愤怒的表情，冲到李芬面前，照着瘫坐在地上的李芬的脸上就是一巴掌，骂道："你……贱货，你敢背着老子做这种丑事！"他又一脚将张五常踢倒在地上，边用脚踢他边骂："你敢勾引我老婆！你敢勾引我老婆！"

李芬抱住关大河的腿哭道："老公，求你原谅我，我再也不敢了。我是一时糊涂，才做了对不起你的事！"

"赵兴！你老婆竟然在家里偷人了，你们可真是夫妻恩爱啊！"格木冷笑。

"格木队长，这件事很好笑吗？"关大河羞恼地瞪着他，跟着又道，"还有，这是我家的事，你把他们抓起来做什么？"

格木脸上的横肉颤动着，眼睛直勾勾地盯着关大河，冷笑道："一个八路的火夫，会和我英俊的皇协军军官的夫人偷情，赵兴先生，你不认为这很奇怪吗？"

"大千世界，奇怪的事情多的是，等我审问清楚了再回答你。"跟着，关大河对李芬和张五常两人道："给我滚回去，看我好好审你们！"

"不行！"格木大声道。

"为什么不行？这是我的家事！"

"哼，现在不是你的家事了，一个八路的火夫，勾引我皇协军的夫人，这已经不是家事了。就是你，我也要审问了！"格木蛮横地道。把关大河带进来的那两个日军也挺着枪对准了关大河。

就在这时，一名日军进来报告："报告格木队长，村边大队长到！"话音未落，村边走了进来。原来，格木已经给他打过电话了。

格木赶紧离开办公桌旁，迎上来敬礼。"村边大队长！"杨少康和关大河也立正敬礼。

村边走了过来，面向关大河和李芬，问格木："怎么回事？"

格木指指从地上爬起来的张五常："那个，就是他的火夫。"他又指指李芬："他们两人已经承认是通奸，可是，我很奇怪，所以请村边君来作个明断。"

"你奇怪在哪里？"村边问。

"太奇怪了，"格木冷笑，"赵兴也算是一个美男子，又是我皇协军副队长，这女人跟着他吃香喝辣的，怎么会和一个又土气又老的八路火夫偷情？并且，刚才赵兴也说了，他们夫妻是很恩爱的。大队长不觉得很奇怪吗？"

"请说下去。"村边沉吟道。

"我怀疑这个火夫不是一般的火夫！或许，这女的，也是八路。"格木道。

"格木队长，你这是什么意思？硬要说这个火夫不是一般八路，又把我太太往八路身上靠，照你的意思，我也是八路了？"关大河气冲冲地反击。

"中国猪，你是不是八路我不知道，我只知道你恩爱的老婆和一个八路的火夫偷

情，不正常！"格木道。

关大河冷笑道："有什么不正常的？男女偷情，一定要讲身份？格木君向来看不起中国女人，称她们为支那猪，可是，你就敢说没有和中国女人上过床？请问，你为什么要和你讨厌的支那猪上床？"

格木愣住了。

"我夫人做出这样的丑事，是我管教不严，也让我很丢脸面，但，这是我家的私事，理应由我来处理。格木队长这样大做文章，到底是要让我脸面扫地、无脸见人，还是要借机找出什么毛病，整我一下呢？"关大河继续道。

"浑蛋，你敢指责我？"格木骂道。

"还有，格木君明知我不在家，却在大白天跑到我家里去，是要做什么？难道是要趁我不在家欺负我太太？"关大河继续反击。

格木愣住了，跟着用无赖的口气道："也许，我有那样的感应，知道你太太会做出这种事情，所以要去阻止。并且，我不是一个人去的，是和杨队长同去的。"

关大河冷笑道："是吗？"他转头看着杨少康："杨队长，请问，大白天，你二人不到工地监工，却闯到我家里找我太太，究竟是要做什么呢？调戏我夫人？"

杨少康看了看村边，手足无措："这……"

村边冷冷地盯着格木和杨少康。

关大河又道："我看幸亏我夫人做出这样的丑事，也算救了你们。要不，这次被村边太君审问的，怕是你们两个了！"

杨少康灰头土脸，不敢看关大河。

格木有几分难堪沮丧，一时答不上话，然后羞恼地瞪着关大河，怒道："你不要转移话题。"跟着，他语气坚决地对村边道："村边君，我强烈要求把他们两个关押审问，我认为此事非同小可。就算是家丑，这个火夫，也不能便宜他。还有，在处理我和这个支那人的争议中，你一向是偏向他的，这次，请求你偏向我一次！"说完，他气冲冲地对村边鞠了一躬，然后直勾勾地看着村边，脸上有种倔强的不愿退让的表情。

村边看着格木坚决的表情，沉吟了一下。

"村边大队长，格木队长一向不喜欢我，所以……"关大河赶紧道。

村边一举手，制止关大河往下讲。"好吧，格木君，就依你的，他们两个人交给你审查三天。三天后，要是审不出什么，就还给赵队长，由他自己处置！"村边对格木道。

"谢谢村边君！"格木高兴地鞠躬。

村边又对关大河道："赵兴，这件事确有可疑之处。我不能偏袒你了，就交给格木队长审讯好了，你出去吧！"

关大河还要说什么，格木对关大河道："赵副队长，我命令你马上出去。"

关大河无奈地对村边敬个礼，转身往外走。他想，此事确有可疑处，如果强行争什么，会因小失大，不如再想办法。快出门时，他又装样子回头怒骂了张五常与李芬几句。然后，格木就命令日军把张五常与李芬押回了审讯室。

晚上，村边就在战俘营吃饭。吃饭时，格木仔细对村边分析了这件事，认为赵兴很有可能是八路。村边听了，觉得有些道理，要他先稳住赵兴，好好审审那二人。同时，他表示自己会派人去赵兴所说的家乡调查一下，看看到底有无赵兴这个人。

第*20*章　叛变

　　第二天，关大河在杨少康及谷野的监视下上了工地。

　　他知道出了这件事后，格木对他很警惕，所以尽量不与格木冲突，反正后天晚上——这是他与张啸天商定的时间——就要暴动了。暴动成功了，张五常与李芬也就可以救出来了。他并不担心张五常与李芬会叛变，只是，想起李芬会受酷刑，他有些难过。所以，在出发前，他特地告诉格木，李芬是他的老婆，审讯时请手下留情。格木恶狠狠地说这个由不得他了。

　　到了工地，程指导员和古柱子看见他，先后射过来怀疑和询问的目光。关大河命令程指导员过来给自己擦马靴，问程指导员听见什么没有。程指导员告诉他：听看押他们的伪军说，赵兴的火夫与夫人被抓了，说是两个人通奸。

　　关大河简单告诉了他事情的经过，要他放心，暴动成功后，两个人就会救出来。他问程指导员准备得怎样了，程指导员说，战俘们全部发动了，骨干们都知道计划，只等时间确定，就举行暴动。

　　关大河告诉他，自己已经与张啸天联系上了，采用第二套方案，时间定在四月八日，也就是后天晚上的十二点。

　　战俘营里，格木踌躇满志地走进了审讯室。

　　他现在的心情大好，为他的一次意外之举。他坚决认为，这不是一起简单的通奸，因为，赵夫人刚开始虽是被赵兴逼迫做老婆的，但后来，明显看出两个人很有感情。赵兴一表人才，又有武艺，连原爱都可以打动，那么，打动一个中国女人并不为过。要命的是，如此恩爱的夫妻，竟出现了妻子与人通奸的事，而通奸对象竟是一个八路的战俘，这里面会没有问题吗？而这个八路的战俘，竟是赵兴特地从工地上要回去的。这里面就有文章了。以他的猜想，这个来历不明，因为救原爱而加入皇协军的赵兴，很有可能是个八路的卧底，而张五常很有可能是八路的高级干部。同样，被赵兴以看中为名要到身边的这个赵夫人，也很有可能是个女八路。赵兴把她要到身边，是做假夫妻，目的是为了救她，但不料产生了真的感情。当然，也许那个女人本来就是赵兴的妻子或情人。跟着，火夫，那个八路军的高干出现了。高干看上了赵夫人，对赵夫人提出了性要求，因为他是高干，赵夫人不得不答应了他。或者高干原本就是赵夫人的丈夫，只是因为战争失散了，从而让赵兴和那个女人搞上了。整个事情这样解释才

是合理的，他相信事情就是这样的。

他把赵兴所有的经历回忆了一次，越来越发现，他的分析是对的。比如，赵兴在陈家谷之战前去侦察，其实就是去给八路送信，然后领着八路径往陈家谷而来，不料，村边临时借了一个大队的日军埋伏在陈家谷，所以，八路军独立团中了埋伏。然后，八路恼羞成怒，认为赵兴投靠了日军，提供了假情报，将他绑了起来，正好日军来攻，在血泊里救起了他。

他为自己的分析而得意，现在就是要从这个火夫及那个女人身上证实了。

审讯室里，张五常和李芬双手被吊在横梁上。格木冷冷地在他们面前走动着，凶狠冷酷的目光在他们身上扫来扫去。半晌，他冷冷地说道："你们知道，我的忍耐是有限的，如果你们招供了，可以少受皮肉之苦，要是不招，我会把你们打成肉泥。"

"你要我们招什么？该说的我都说了。"李芬道。

"你是不是八路？这个火夫又是什么人？赵兴又是什么人？"

"什么八路？我怎么会是八路？"李芬道。

张五常道："格木队长，我就是八路的一个火夫，您还尝过我烧的菜呢！"

格木冷笑道："火夫？我看你是八路的高干！"

李芬道："格木队长，你想编，就随便编吧。但我要告诉你，我虽然与人通奸，但还是赵兴的夫人。要是我被屈打成招，赵兴是不会善罢甘休的。"

格木冷笑道："好，我就看在赵兴的面子上，先不打你，我先打他。给我打！"他说完，一个日军打手脱光了上衣，举起皮鞭，上前对着张五常一阵猛抽。

张五常刚开始还忍着，后来实在忍不住，就大声叫了起来。

"很疼吗？那给我快招！"格木道。

"我就是一个火夫，打死我也是个火夫！"张五常咬着牙道，他脸上流着血，身上也印上了一道道鞭痕。

"给我！"格木从打手手里拿过皮鞭，对着张五常使劲地抽起来，边抽边骂，"八嘎！你不招！你不招！"他力气很大，火气又大，每一鞭下去，张五常都要惨叫一声。

不一会儿，格木打累了，对两个日军道："给我压老虎凳！"

两个日军解下张五常吊着的手，拖到老虎凳上使劲压，连压两下，张五常惨叫一声，一口鲜血吐出来，昏迷过去了。

"浑蛋东西，算你有骨气。"格木恨恨地骂了一句，命令把张五常拖下来，扔在一边。

"你，是不是也要这样受刑？"格木冷冷地盯着李芬。

"你这样刑讯逼供，就是招了，也是冤案。"李芬道。

"好，那我明天就这样招待你一次，看冤不冤枉你。"

"给我解下来，就算我是犯人，也要有起码的人道吧？我要吃东西，要上厕所，这样吊着我算什么？"李芬道。

格木一挥手，一个日军上去，解下她吊着的双手，李芬一下掉在地上，腿酸手麻，半天动弹不了。

"你们好好考虑一下，最好配合一点，明天我还要来的。"格木说完，气冲冲地走了出去。

他知道，如果火夫是八路的高干，估计是宁死不屈的一类，打也没什么用。而李芬，看她那个倔样，估计行刑也没有用。再说，她不经打，万一打死了，而又查不出什么问题，那赵兴也不会放过他。所以，他想，还是智取为妙。之前，他就是用智不够，这次，他要加点智慧的内容。

下午，在审讯室里，张五常醒了过来，李芬赶紧扶起他，关切地问："疼吗？"

"没事！"张五常做出很坚定的样子。跟着，他笑道："受刑最考验人了，红军时期，我被改组派当成奸细抓了起来，他们使劲打我，和这一样，哈哈，后来证明我不是。"

他叹了口气，又道："就是不知道关大河和张啸天联系上没有？暴动时间定了没有？要是都安排好了，我们受点刑倒没有什么。"

李芬道："关大河肯定也很急。"跟着，她埋怨道："都怪你，我说了这是战俘营，要小心一点，你偏不听。"

张五常默然，半晌，气狠狠地道："不谈这个了，谈我们下一步怎么办吧！"

李芬道："下一步，还有什么说的？要么暴动成功，要么只有当烈士了！"

张五常道："如果暴动顺利举行，我们倒有一线希望。"

忽然，李芬想起了什么："老张，你现在相信关大河没有叛变了吧？"

张五常问："为什么？"

李芬道："他要真是叛变了，敌人能不知道他的底细？能不知道他叫关大河？他有必要隐埋自己的姓名，身份吗？"

张五常哼了一声："这可说不准，难道投敌就一定要对敌人说出从前的身份？一定要告诉敌人自己的真实姓名？我知道他是用的一个皇协军中队长的名字进入敌营的，但那个性质仍然是投敌，只不过用的是化名。"

审讯室外，日军岗哨端着刺刀走来走去，李芬也不想再说什么了。

第二天上午，春日的阳光射进审讯室内，照在靠墙坐着的张五常和李芬的身上。门"哐"的一声被打开，格木领着几个日军打手走了进来。

格木板着脸说："支那夫妻，有了答案没有？"

李芬平静地说道："有了！"

格木有些意外："好，说吧！"

"你枪毙我们吧！"

格木大怒，上前抓住李芬的头发就在地上乱拖一气，李芬惨叫着，被他拖得在地上乱爬，并直打转转。然后，格木使劲用脚踹李芬，又暴怒地用拳头猛击李芬的头部。他脸上的横肉扭曲，眼露凶光，仿佛要把对关大河的仇恨全部发泄在李芬身上。李芬被他打得鼻青脸肿，嘴角和鼻子也渗出了鲜血，刚开始还能愤怒地骂两句，后来基本上就没有了骂的力气，身子也动不了了。她含着眼泪，躺在地上，痛苦又愤怒地瞪着格木，当格木的拳头与脚砸来时，就咬着牙，闭上眼，默默地忍受着。

"怎么能这样打人？太不人道了！"张五常愤怒地抗议，眼里满含着心疼。

格木停止了对李芬的殴打，扭过头恶狠狠地瞪着张五常。他看到了张五常眼中流露出的心痛，还有爱的光芒——对一个女人的爱。他意识到了什么。

"八嘎，你一个火夫，能说出'人道'两个字吗？"格木怒骂。

"我们八路军里，经常进行学习教育，就是火夫也参加学习，知道什么是人道主义，也知道对战俘要实行人道主义。我们对待俘虏，都是很优待的，从不打骂。你们这样对待我们，是不人道的。"张五常理直气壮地道。

格木愣了愣，朝他走了过来，脸上挂着冷笑："说得很精彩，很有水平，很难相信出自一个火夫的嘴里。看来，你是心疼这个女人了？"跟着，他提高声音吼道："对你们这种不说实话的人，我格木，就是要不人道！"说完，他对着坐在地上的张五常也是一顿拳打脚踢。张五常也被打得满脸是血，躺倒在地。

"说，你到底是什么人！不说，我马上就杀了你！"格木喊。他又指着李芬，色迷迷地看着李芬的胸部和下身，道："你不说，我就派人轮奸了你，你不是喜欢男人吗？"

李芬打了个寒战，骂道："畜生！你敢？"

张五常揩一揩嘴上的鲜血，道："我就是一个火夫！"

格木用日语喊："把这个人拖出去，杀了！"两个日军上前，架住张五常往外拖。格木气呼呼地走出了审讯室。

他们把张五常拖到战俘营最后面的荒地上。这里离营区很远，前面是高高的铁丝网。两个日军将张五常摁着跪倒在草地上。草地上，已经跪着一名年轻的国军战俘。格木阴沉着脸，走到那个战俘面前，拔出刀，冷冷地看着他，然后猛地一挥刀，战俘一声惨叫，头飞起，直落到张五常的面前，血淋淋的头还瞪着眼睛。

张五常一阵恶心，他闭上眼，不看那个头。格木抓着他的头发，用手指着那颗血淋淋的头，吼道："看着地上的死人的脑袋！你要再狡辩，你的头就和他的头一样在地上滚了！"

"你们这是滥杀战俘！"张五常抗议道。

"听着，你不是火夫，你是八路的高干，你和那个女人以前就认识，你深爱着他，对吗？"

张五常正要开口，格木又道："不管怎样，你马上就要死了，那个女人，如果没有什么问题，我们会还给赵兴的。想想吧，你死了，你心爱的女人天天睡在别人的床上，你在用你的鲜血换取他们的幸福。"

张五常愣了一下，微微抬起头。格木这句话让他有所触动了。他最忌恨的就是关大河与李芬的事，最恨的就是心爱的女人成了别人的女人。格木说得有理，死倒不可怕，怕的是他死了，关大河和李芬结合了，他们暴动成功了，而他，却成了地下的一抔黄土。

"相反，你要是归顺了我们，你不仅可以保全性命，还可以得到重赏，并受到皇军重用。更重要的是，你可以得到你喜欢的女人！"格木继续道。他相信，眼前这个化装成火夫的男人，一定发自内心地喜欢那个女人。

张五常闭上了眼。他虽然舍不得李芬，虽然忌恨李芬和关大河好，可是，他怎么也不能做叛徒和汉奸！他亲手处决了无数的叛徒，自己怎么可以做叛徒？这可是遗臭万年的事！干脆一死了之算了。至于李芬和关大河，就让他们好吧，人都死了，还管李芬和谁相好？

"我就是火夫，你要不信，就一枪打死我算了，或者，一刀砍下我的头算了。"他睁开眼睛，一副视死如归的表情。

格木愣住了，呆呆地看着他，然后怒喝一声："浑蛋！"跟着，他冷笑道："好，我要你去死。不过，在你死之前，我要你亲眼看着那个女人是如何被我帝国军人赐予性爱的！"

他用手指一指后面一排日军住的房屋的一间，对两个士兵道："把他拖到前面的屋子里！把那个女的，拖出来！"然后，他直朝那间屋子走去。两个日军也拖着张五常进了那间屋子。

不一会儿，数十个日军在小队长的带领下，列队跑了过来，在这排房屋前站成三排。跟着，两个日军把李芬拖了过来，扔在数十个日军的面前，开始剥她的衣服。李芬痛骂："畜生，你们有没有姐妹？你们这伙畜生！"

屋子里，格木在窗子后面冷冷地看着眼前的一切。张五常也被两个日军架着胳膊，和格木并排站在一处，看着窗外的情景。窗外，日军小队长一挥手，数十名日军开始脱上面的衣服。

"她马上就要被这几十个日军士兵轮奸，之后，会被罗场县所有的日军士兵和皇协军轮奸，再当做慰安妇留在军营！"屋里，格木对张五常冷冷地说道。

张五常脸上现出痛苦的表情。

此时，几十个日军士兵们都忙着脱衣服。李芬的衣服也被全部剥了下来，光着身子，被两个日军仰面摁倒在地。她眼里含泪，愤怒而痛苦地骂着："你们这伙畜生！你们有没有母亲和妻儿姐妹！"

"你们不能这样做！你们一点人道都不讲！"张五常气得浑身发颤。

"对狡滑的支那人，没有什么人道可言！"格木面无表情，"你和我们合作，我们就放了她，以后，你带着她远走高飞也行，继续回八路也行，我保证不会把你的秘密泄露出去。你不和我们合作，这就是她的下场。你也会被杀死！"

张五常愣了一下。

"考虑一下吧，一条路是死，一条路是体面的生，并且，你还可以体面地回到你的八路军里面去，带着你看上的女人。我会设个计，把你放回去的。"格木从张五常眼中看出了他的犹豫。

此时，全部日军都已经脱光了衣服，赤条条地站在李芬前。

张五常脸上的肌肉痛苦地痉挛起来，他想象得到接下来将是怎样的暴行。这比一枪打死李芬还要让人难过！如果是李芬本人，她宁可被一刀砍下头，也不愿接受这样的现实。即使暴动成功，他们两人获救了，但这段经历也会让李芬一辈子抬不起头，一辈子痛苦，更不用说，这足以把她摧残致死。而他，也难保以后不会有心理阴影。

一句话，如果李芬遭到了日军的集体强暴，那么，他和李芬的希望与梦，就都没有了。他和李芬的夫妻生活，也就永远结束了。这还不如把他们两个人都杀掉！与其如此，不如答应格木的条件，暂时获得尊严。其实，只是暂时妥协，神不知，鬼不觉，回到部队里，不一样继续当政治部主任？还可以继续拥有李芬！而关大河，这个可恶的情敌，就永远消失了。

窗外，日军小队长一挥手，一个光着身子的日军朝李芬走过去，掰开她的大

腿……另两个士兵一直摁着她的上身，抓着她的胳膊。

"好吧，你们快放了她，我和你们合作！"张五常急促地说道，"我告诉你们，我是你们的对头，八路军五军分区独立团政治部主任张五常……"

格木瞪大了眼睛，他赶紧对身边一个日军一挥手，那个日军开门出去，跑到日军小队长面前，做了个手势。日军小队长大喝一声："停！"已脱掉裤子，扑到李芬身上的那个日军悻悻地起身。带队的小队长命令日军们穿上衣服，同时两个日军放开李芬，将衣服扔给她。李芬含着泪，转过身子穿衣服。格木赶紧把张五常拉到一边，离开窗子，以防被李芬看见。

不一会儿，李芬被带回了审讯室。

格木把张五常带到了杨少康的皇协军队部。之所以不带到他的队部，是怕被关在设于他的队部大院的审讯室里的李芬觉察。他要满足张五常的要求：不让李芬知道他是叛徒，让他体面地回到八路军里。

这个举动让张五常看到了格木的诚意。

在杨少康的办公室里，张五常把自己的身份、赵兴的真实身份、李芬的身份以及将在战俘中举行一次暴动的事，和盘托出。格木听了，内心狂喜，连连夸他立了大功。然后问他有什么要求，愿不愿到皇协军中任职。他称，如果到了皇协军，以张五常的身份、地位，就是做皇协军司令也够格。张五常表示，他想带着李芬回到八路军里去，因为他不想失去李芬。如果到皇协军里任职，李芬是肯定不会跟他的。格木夸他很痴情，自然也答应了他，表示会信守承诺，找个机会，让他带李芬逃走，重新回到八路里去，这事就当没有发生一样。

为了表示他说话算数，格木专门写了一个类似承诺的东西：今审八路军五分区独立团政治部主任张五常（自称火夫），该犯自愿悔过并主动供出八路要犯李芬及关大河（系我皇协军副队长赵兴），现对该犯承诺，拟释放该犯及其夫人李芬，并让他们体面返回八路军。然后他要张五常画押。张五常不愿画押，怕留下把柄。格木说这只是一道手续，他好向上司邀功并交差，要不，上面凭什么相信他劝降了八路高干？而他又凭什么私下放走八路高干？张五常想想也是，也就画了押。当然，他要求格木妥善保管好这张纸条，不要落入八路军手中。格木信誓旦旦地答应了。

两人谈到了下一步的打算。格木表示，今晚会让关大河来看望他们，让他借机找关大河打听暴动计划及时间，然后，以上厕所为名，告诉给他。张五常答应了。格木又问张五常，如果扑灭了暴动，处置了关大河，他自己也不好摆脱嫌疑，怎么办？张五常想了想，说出了一条好计：合伙演个双簧，让李芬更加爱他，也让人永远怀疑不到他的头上。格木听了这条计策，大声称好，连连夸他是个人才。

安排妥当后，格木命人把张五常拖了出去，拖到原先准备砍他的头的战俘营一角的荒地上，脱下他的上衣，挥鞭在他身上猛抽几鞭，抽出血印子，又将那个被砍死的战俘身上的血涂了一点在他的脸上和身上，之后，要人把李芬押了过来。

李芬被两个日军拖了过来，只见张五常光着上身躺在地上，闭着眼，身上、脸上到处是血，身上的一道道鞭痕显示出他刚受过很重的刑。一个被砍掉的血淋淋的脑袋被扔在他的身边。格木手提马鞭站在张五常的旁边。

李芬以为他被打死了，连哭带喊地挣脱日军，扑到张五常的身上，哭喊道："不要！你不要死！"

张五常挪动一下身子，微睁开双眼，用吃力的语气道："李芬！"

"你没有死？天啊，你还活着？"李芬含泪欣喜道。

"他们打我……我死也不说……"张五常艰难地说。

李芬含泪点头："嗯！我知道，我知道……"

"他们又杀了一个人，威胁我，可是，我不怕，我没有屈服！"

"嗯，我知道，你是好样的！我以前对你太……过分了。"

"他们没有对你怎样吧？"

李芬道："他们刚才要轮奸我，我好怕，可是，我不会投降！"

张五常道："嗯，好样的！"跟着，他说道："看来，我们要牺牲了！他们要杀我，我说，要死我们一起死，就要他们把你也叫来了！你，不会怪我吧？"

李芬摇头："我不怪你！他们刚才要轮奸我，我就想到了死。我宁可死，也不叛变，更不愿受他们的侮辱！"

张五常道："好，那我们就一起做烈士吧！"

格木在一旁冷笑："支那人，一对苦命鸳鸯，你们一个不怕酷刑和死亡威胁，一个不怕被轮奸做慰安妇，那好，我就成全你们吧！"

"来吧，一人一枪，给个痛快！"李芬抬头，愤怒地道。张五常咬着牙，用劲力气道："格木，你要是个男人，就一人一枪，结束我们算了！"

格木恨恨地道："那好，我就成全你们！"他又对李芬道："看在赵兴的面子上，我本不想杀你，你不识抬举，我也只好成全你！"说完，他眼露凶光，一挥手，几个如狼似虎的日军冲上来，把李芬按住，让她跪下，又把张五常拖起来，强迫他跪下。张五常跪不稳，李芬扶住他。

张五常看看李芬，感动地道："没有想到，在我们就要牺牲的时候，你对我这么好！"

"你是好样的。我以前对你，有些过分！"李芬含泪道。此刻，她真的有些后悔以前对他太无情了。

张五常问："这是你的真心话？"李芬哽咽着点头。

格木恶狠狠地拔出马刀，骂道："支那人，死到临头，还在调情，我要杀了你们，拿你们的头当球踢！"他举起马刀，就要砍下来。

忽然，一个日军跑过来，用日语喊一声报告。格木的指挥刀停在了半空。日军用日语道："报告格木大尉，村边长官命令刀下放人！"

格木放下刀，凶狠地问："为什么？"日军道："村边太君说，请看在赵兴队长的面子上，暂不杀这二人，留着有用！"

格木悻悻地喘着粗气，然后一脚踢在张五常身上。张五常与李芬冷冷地看着他。格木恨恨地指着他们："村边太君来电话，要我暂不杀你们，可是不要高兴得太早，你们迟早要死在我的手上。押下去！"

几个日军把两人拖起来，押回了审讯室。

第21章 暴动失败

张五常和李芬一被押走，格木立即回到队部，赶紧打电话向村边报告了这一惊人发现。

村边听了格木的汇报，吃惊不已。他没有想到竟抓了个八路军的团级干部，及时发现了一起正在进行中的战俘暴动。最重要的是，赵兴即关大河，竟是八路军的特务连长。他连连夸格木有勇有谋，为帝国立了大功。

"没有想到赵兴竟是如此身份，如果我没猜错的话，他应该是误救了原爱，然后谎报是我皇协军，阴差阳错跟了我们，再被八路误会了！"村边在电话里道。

"是的，张五常他们至今还把他当成叛徒。其实我们早就应该怀疑他的！陈家谷阻击战，他临阵跑掉，现在想来，应该是去为八路通风报信的，后来打了我再逃跑，也应该是去找八路的，只是八路没有相信他！"格木道。

村边检讨自己重用关大河，差点酿成大错，又问格木对于以后的安排。格木提出，先答应张五常的要求，平息暴动后，设法放他和李芬逃走，安排卧底与他们一起到八路里去，控制住张五常。这一提议得到了村边的支持。

晚上，关大河收工回来，格木命人把他叫到队部，告诉他：今天又审问了他的夫人和火夫，但他们很顽固，不说实话，建议关大河去劝劝他们。关大河一面假装愤愤不平，称格木冤枉好人，一面答应去看看他们。然后，格木叫人把他带进审讯室，再把门关上。

张五常、李芬见关大河进来了，都站了起来。李芬脸上露出欣喜的表情。关大河看着他们伤痕累累的身体，难过地说："张主任，李芬，你们受苦了。"

张五常和李芬都说没什么。李芬告诉关大河，他们很坚强，不会叛变的。又说，今天格木差点要杀他们，最后是看在关大河，也即赵兴的面子上，暂时停止了。张五常急切地问他与张啸天联系的情况，以及暴动时间。

关大河告诉他们，已经联系上了张啸天，张啸天答应出兵，时间定在四月八日，也就是明天晚上十二点整，按第二套方案进行。

李芬听了，高兴地道："太好了，我们有救了，可以回到部队里去了！"

关大河道："是的，你们要尽量拖，争取拖到明晚十二点，不让格木杀你们或把你们押走！"

李芬道："嗯，只剩一天的时间了，我们有把握！"

张五常又问暴动的组织情况，关大河回答说组织得很好，只等枪声打响，战俘们就行动。

此时，日军哨兵进来，一边用日语吼着什么，一边做着手势，要关大河赶快离去。

关大河对他们说了保重后，就出去了。他的目的达到了，终于见了他们一面，既了解了他们的情况，也把暴动的消息告诉了他们，让他们心中有数，争取拖到暴动时不被杀掉。而他本人，下一步就一心一意组织暴动。

与此同时，关大河找个借口，又一次去了程指导员与肖营长的住处，把暴动的时间及采取第二方案的安排通知了他们。此前，他就以种种借口去他们宿舍，悄悄送去了匕首、手榴弹、手枪等武器。

他走后，肖营长、程指导员眼看暴动即将发动，都按捺不住激动，把赵兴的真实身份告诉了室友们。战俘们兴奋不已，纷纷摩拳擦掌，只等战斗打响。

他们没有想到，这天半夜，张五常按照与格木的约定，借去后院上茅厕之机，把暴动的时间告诉了守候在那里的格木。

第二天晚上，整个战俘营看上去一如既往，一片漆黑，一片寂静，但战俘们的心却都躁动了，他们都等待着那一刻的到来。他们默默地进行着暴动前的准备工作。

关大河全副武装，默默地坐在堂屋的椅上，闭着眼，面无表情，似在做深呼吸，又似在平静地等待着决战一刻的到来。桌上，怀表的时针指着十一时三十分。照计划，他就该往外面走了，去干掉日军的巡逻队，接应张啸天的土匪武装。

张主任、李芬，你们受苦了！再坚持一会儿，我们就要成功了！他心里默念着，然后一跃而起，挂上马刀，快速往外走，目光里燃烧着坚决与自信。

他走到院子门口，打开院门，走了出去，正遇上格木领了几个日军迎面走过来。他愣了一下，镇定地看着格木。

"赵兴君，这么晚还要全副武装？"格木满面堆笑。

关大河道："我正要去巡查我的弟兄们的营房，不是说最近土匪很活跃吗？"

"不错，应当如此！"格木点头。

"格木太君有事情吗？"关大河问。

"想和你商量你夫人和那个火夫的事情。"

"哦，怎么？"

格木做个手势道："我们边走边谈吧！"

关大河微笑道："好！一起查房，顺便谈谈吧！"

两人一同往战俘们住的地方走，其他的日军跟在后面。关大河心中暗喜，心想：再好不过了，到了营房，正好抓住你这个格木做人质来发动暴动，天助我也！

这时，他身后的一个日军悄悄举起枪托，猛地朝关大河脑袋砸下来。关大河猝不及防，叫了一声，栽倒在地。

与此同时，战俘营前面一公里处，响起了激烈的枪声，刚刚下山的张啸天被村边亲自带领的大队日军包围了。

沟谷里枪声响起的同时，一队队日军、伪军从埋伏地和宿舍里冲出来，包围了战

俘们住的几排房屋。格木叫人将关大河绑在他的堂屋里后，就过来了，他站在战俘们的宿舍外喊："战俘们，你们听着，你们中计了！赵兴副队长是我们的人，是我命令他假装发起暴动的，目的就是要清除你们中间的不安定分子！现在，都给我把手举起来，慢慢地走出来，到操场上集合！"

杨少康站在一边喊："都听见没有，你们中计了，出来，站在操场上集合！"

猫在屋里准备暴动的战俘们见此情景，都吓呆了。眼前的情景，明白无误地告诉他们：暴动被人出卖了，或者真如格木所说，本来就是一个圈套。此时此刻，他们除了照格木所说的走出去外，没有别的选择。

他们都愤怒地骂肖营长、程指导员等组织者，以及赵兴这个汉奸。而程指导员、古柱子毫不犹豫地认定是关大河出卖了暴动。肖营长心里也不好受，他没有想到暴动会失败，而且，与关大河有关。

在格木及杨少康喊了几通话后，没有选择余地的战俘们走出了屋子，走到了操场上。肖营长、程指导员等命令屋里的战俘们把武器藏好，也走了出去。

日军把关大河五花大绑地押到他住处的堂屋里，扔在地上。此时，他已经醒了过来。他身上的枪和武装带都被下了，嘴里堵着破抹布。

外面的动静及被抓住的处境告诉他，暴动失败了。他木然地看着前面，轻叹一口气。他想，这下张主任、程指导员他们又要恨死他了，他们一定以为，是他勾结格木骗了他们，这下，他算是跳到黄河也洗不清了！

格木队部大院的审讯室里，李芬也知道暴动失败了，她的眼泪流了出来，哭道："这到底是怎么回事啊？"

张五常恨恨地一拳朝墙上砸去："这个关大河，不是很有把握的吗？不是说准备得很充分吗？"跟着，他冷笑道："百分之百是关大河这个汉奸骗了我们。我原来想得没错，他果然是骗我们，搞假暴动！"

这样说的时候，他心里有点发虚，脸色苍白。自己才是真正的告密者，是叛徒！但同时，他又尽量说服自己。他想，这不应算是叛变吧？充其量是一种权宜之计，是为了保存自己，特别是为了保护李芬，让她免遭侮辱。出去后，不是一样可以为革命工作？不是一样打鬼子？那时发挥的作用与贡献，不是可以弥补现在的损失吗？再说，暴动失败了算什么？只当是没有发动罢了。何况，这里面大多数战俘是国民党军队的战俘呢！

这样想了一阵后，他心里有了些安慰。

李芬脸上现出难过的表情，从现在的情形看，关大河逃脱不了嫌疑。可是，他会是这样的人吗？他为什么要这样做？

战俘们到了操场上，在各队队长的指挥下，按平时的方式成队列站立着。日军四面挺着枪包围着他们，四面八方都架着重机枪。伪军们散布在四周，举着火把。岗楼上的机枪手虎视眈眈地看着他们，用机枪对准他们。格木板着脸，站在前面，面无表情地看着战俘们。

这时，大门口一阵喧哗，村边骑着马，领着大队日军押着张啸天等土匪走了过来。

土匪们胳膊上缠着绷带，有的被人扶着，有的满身是泥，十分狼狈。张啸天神情沮丧地走在前面。

原来，他们快接近战俘营时，被早已埋伏在那里的村边主力包围了。村边亲自指挥战斗。张啸天一见这情形，哪里敢战斗，只好乖乖投降了。

日军用枪押着这些土匪汇合到战俘中间。

村边骑着马走到操场前面。格木迎上去扶着村边下了马，然后两人一起走到正中央。几个日伪军走过来，把从肖营长、程指导员、古柱子等人房间中搜出的手枪、手榴弹、刺刀放在格木脚下。

村边手拄指挥刀，对格木点点头，要他开始训话。

格木上前，清清嗓子，用汉语道："把私藏了枪支和武器的那几个房间里的暴动骨干分子统统给我抓出来！"

围在周围的日军与伪军冲进战俘群中，将肖营长、程指导员、古柱子及他们房间的战俘都拖到了操场前面。

格木眼露凶光，对日军道："三个为首的关起来，其余的，通通处死！"一群日军上前，将拖出来的国共双方的战俘，除古柱子、肖营长、程指导员外，全部拉到空地上，让他们跪着，然后上前，对着他们的后脑勺依次开枪。

一个战俘在日军冲他开枪前大喊道："弟兄们，给我们报仇！"跟着一声枪响，他的后脑冒出一股血花，朝前栽了下去。

地上立时躺倒五十多具尸体，地面上流淌开大片的鲜血，一片血腥味在操场上空弥漫开来。

骨干分子被杀之后，格木开始对战俘们训话："你们这些蠢货，想搞暴动，是不可能的。告诉你们，赵兴就是我们的人，是我要赵兴策划这个暴动的。目的，就是要清除危险分子和不老实的人。你们中间还有危险分子和不老实的人，我还要……"

村边咳嗽了一声。格木听见了，停下讲话，看着村边道："村边君……"村边做个手势，示意他退下。

格木大声对战俘们道："请村边太君给你们训话。"

村边上前一步，对战俘们训话："各位，我军自开战以来，一直施行人道主义！凡被我军俘获的，我们都会善待！事实也证明了这一点！但你们也要服从我军管理，不服从管理，并进行反抗和暴动的，我们会毫不留情的！本人在中国生活多年，对中国人也是仁慈的，只要不是太过分的，本人一般会宽容。比如赵兴君，有时投降我，有时又投降八路，反复无常，我都可以谅解。你们，也是一样。凡是顺从听话的，我决不会为难。反之，我会坚决镇压！希望诸君以这些死去的人为前车之鉴，下不为例！还有一些暴动骨干，本人就不追查了，希望你们好自为之……"

讲完了，他宣布解散。战俘们在各队的伪军队长的带领下，缓缓朝着宿舍区走去。张啸天等人也被押了过去。

格木令人把古柱子、肖营长、程指导员等人押到审讯室去。留下他们是有用意的，一来他们是有价值的重点骨干，二来以后让他们与张五常一起跑掉，好给张五常及自己派的卧底作证明。然后，格木领着村边往关大河的住处走去，村边想去看看关大河。

两人走到门前，两个日军赶紧推开门，先进屋点上油灯，把他们迎了进去。被绑在地上的关大河冷冷地看着他们。

"赵兴君，不，关大河先生，你把我们都骗了！"村边对关大河道。关大河扭过头，不理他。

"真没有想到，你会是八路。我一直把你当成忠勇的部下，给你治伤，重用你，而你，却丝毫不领我的情，竟要发动暴动，置我于死地！"村边的语气里有几分感叹、几分失望与埋怨。

关大河脸色平静。

"不过，你毕竟救过原爱母女的命，也不负我对你厚爱一场。我们算两清了，你现在还有什么话说？"村边继续道。

"我想知道，是谁告诉你我的名字？是谁出卖了暴动？"关大河扭过脸，冷冷地开口了。

村边沉吟一下，道："战俘营中有个士兵，胆小怕事，偷偷报告给我们了。他们说，你联络他们，里应外合，举行战俘暴动！"

关大河愣了一下，不再吭声了。

"关先生，"村边道，"我很欣赏你的勇敢、武艺和忠诚。据我们了解的情况，八路已经对你失去了信任，依我之见，你不如投奔我军，会得到重用！"

"就是八路军不要我，我也要跟他们！"关大河坚决地道。

"可是，依你现在的处境，你面前是死路一条！"

"死就死了，也不会投降你们。"

村边道："关先生，你……"

"请你出去吧，不用再劝了！"

村边还抱有一线希望，劝道："关先生……"

关大河大声道："滚出去！"

格木上前对着关大河就是一脚："八嘎！"

"好吧，我也算仁至义尽了！"村边脸色有些愠怒。说完，扭头就走。格木赶紧跟上。

两人走出去，村边闷闷不乐地对格木道："这个关大河，中国人中少有的。八路不要他了，他还是要跟着他们干，怪人一个！"

格木冷笑道："只能说他是一头倔强的被愚弄的蠢猪！而八路更是蠢不可及，这样忠诚于他们的人，竟被拒之门外！"

村边摇头叹道："不，八路不蠢！他们有严格的审查制度，对有嫌疑的人审查得特别严格。据我所知，共产党在红军时期，杀的奸细和特务数以万计。虽然太过残酷了，但对于保全组织是有奇效的。所以，八路的队伍里，很少有奸细和间谍。相反，国民党的队伍和组织里，到处是共产党和我们的间谍。我们的队伍里，也有不少国民党和共产党的间谍。八路的这一招，我村边倒是要学一学啊！"

两人边谈话边朝前走。村边告诉格木，明天他会再送一批战俘过来，准备好的卧底就夹杂在那批战俘里，是原军统投靠过来的高级特工，要格木妥善安排，以便打入八路军内部。然后，村边上了马，带着带来的日军主力，连夜回罗场县城去了。

送走村边后，格木回到队部，经过审讯室时，他忽然想起什么，令日军打开门，走了进去。

审讯室里现在关的不仅是张五常与李芬了，还有程指导员、古柱子、肖营长。他们正在争论暴动失败的原因。张五常与程指导员坚持说是关大河出卖了暴动，李芬却不同意，说没有调查清楚，不能随便下结论。

这时，格木进来了，扫视众人，目光停在张五常的脸上，冷笑道："张主任，你好大的官啊！"

张五常用镇定的语气道："我不是什么张主任，我是火夫！"

格木哈哈大笑道："不用隐瞒了，你们的身份我都知道了！张主任、李芬同志，还有程指导员、古柱子！哈哈，赵兴副队长能不告诉我吗?"

"这个狗汉奸！"程指导员骂道。

李芬冷笑道："你既然知道我们的身份，前天为什么还要审我们?"

格木哈哈大笑："说实话，审你们的时候，我确实不知道你们的身份，是在暴动前几个小时，赵兴良心发现，报告给我们的！这是他第二次投靠我们！哈哈哈！"

张五常道："原来如此，这个汉奸！"

李芬用狐疑的目光看着格木。

格木脸色一沉："你们面前有两条路：一，归顺我皇军，给我们做事；二，处决！你们自己考虑吧！"说完，他领着日军出去了，脸上挂着得意的阴险的笑。

格木离开后，审讯室里又开始了讨论。

"这就是说，他原先确实是想搞暴动的，他是在暴动前才出卖我们的?"程指导员说。

"可以这么说吧。"张五常认可了这个说法，他叹了口气道，"所以我一直强调，看一个人，看他的历史很重要。有过变节历史的，即使重新改过了，也有再变节的可能。我一直做政工工作，也在红军时期做过保卫局干部，太了解这种人了！"

李芬很难过地沉默着。她不相信关大河会叛变，她想战俘营里有战俘出卖暴动，倒是有可能，可是，格木说得有板有眼，她该信谁呢?

"妈的！老关这狗娘养的，杀了那么多鬼子，响当当一条汉子，竟做出了这种事！投靠日本人倒没什么，可是，千万不要坑害自己的弟兄啊！"肖营长叹道。

"同志们，事已至此，不要泄气，也不要争吵！摆在我们面前的只有两条路，要么和敌人斗争，设法跑出去，要么慷慨就义！但我们要争取跑出去！"张五常及时地作起思想动员。

程指导员应道："对，我同意张主任的意见！我建议我们成立支部，由张主任领导我们，积极准备，和敌人斗争！"

第22章 羞辱与柔情

战俘营发生暴动的事，原爱很快知道了，她十分震惊，她没有想到赵兴会是暴动的主谋。并且，她也知道了赵兴的夫人与火夫私通的事。赵兴如此英武，他的夫人会与火夫私通？她亲眼看见两个人恩爱无比，也想象过他们激情四射的情景，怎么会……

上午，她走进了村边的办公室。她有太多的问题要问。寒暄了几句后，她主动开口了："哥哥，我听说……战俘们组织暴动了？"

"嗯，被平息了！"村边伏案给他的上司写平息暴动的报告，头也不抬。

"听说赵兴君是暴动的头目，被……抓住了？"

村边抬头，看着她，沉吟一下："是的，这次暴动，就是赵兴发动的！"

"他，为什么要这样做？因为不喜欢格木吗？"

村边站了起来，在屋里踱着步，缓缓道："不，赵兴其实是八路军的连长，因为救你误入我军，从此被八路拒之门外。虽然是一场误会，但我却很信任他，把他当成自己人。而他竟然隐藏在我的部队里，想要发动暴动，差点置我于死地！"

此时，村边已经完全弄清了关大河的身份，以及他误入皇协军的原因了。他派到赵兴故乡打探消息的人也回来了，告诉他，赵兴是七十一联队的一名皇协军中队长，战败后，曾被八路俘获过，现在家乡务农。很显然，这个关大河就是俘虏过那个赵兴的八路，当然，也冒用了那个赵兴的名字。

原爱吃惊地瞪大了眼睛："原来是这样！"

"是的，他的真名叫关大河。"

"那，那个女人呢？"

"那个女人也是八路，是他追求过的女人，可是，嫁给了他的上司。我军大扫荡中，他救了那个女人，为了保护那个女人，就把那个女人要到身边做妻子，结果，假戏真做，两人就好上了。"

原爱脸上隐隐露出一缕伤感与妒意，惆怅道："原来，这个女人，是赵兴君喜欢过的女人！"

"原爱，你给我说实话，你喜欢赵兴吗？"村边问道。

"哥哥，我已经说过多次了，我和他是朋友，也欣赏他，并没有想太多。"原爱脸红了。

村边点头道："这样就好！"跟着他又说道："这次，格木君立了大功。如果不是他，我只怕脑袋保不住了。格木不仅有勇，而且很有谋略！"

"哥哥，这个，我不关心！"

村边不快地看着原爱。

"那，现在你要怎样处置赵兴君呢？"原爱问。

"这个，是他自己的选择，他将为他的追求付出生命的代价！"村边面无表情。

"你是说，要杀了他？"

"我是仁义之人，并不想杀他。我也欣赏他，所以尽量劝他归顺我，可是，要是劝不动的话，只有杀了他。"

原爱愣住了，半晌，她说道："哥哥，我想去看看赵兴！"

"不行，他现在正在受审。"村边道。

"他救过我的命，现在出事了，我想去看看他！"原爱语气坚决。

"这个……"村边沉吟。

"也许可以顺便劝劝他，你不是想劝他归顺你吗？"

村边眼睛一亮，点头道："好吧，那就看看他，顺便劝劝他，告诉他，我还是欣赏他的，只要他愿意真正归顺我，我不计较他的过错。"

"嗯，谢谢哥哥！"原爱柔声道。

于是，村边给格木挂了电话。

格木接到村边的电话后，大发脾气，猛地将办公桌上的公文、杯子一类掀到地上。"好你个原爱！那个支那猪算什么东西，竟值得你如此！"他恨恨地骂着，然后，一屁股坐在椅上，呆呆地看着前面，脸色阴沉，目光凶恶。

半晌，他的脸上露出阴险的笑，一团团横肉狰狞地扭动着。他想出了一个好主意，他要看一场好戏。他当即命令一个士兵赶到工地，告诉谷野和杨少康，今天战俘提前收工，下午三点赶到操场集合！

下午三点，战俘们像一条长长的水流，缓缓地从外面走进战俘营。杨少康在门口指挥着，要他们直接到操场上集合。

到了操场上，战俘们都愣住了，只见操场前方的一根柱子上，关大河赤裸着上身，跪在地上，被五花大绑地反绑在柱子上。格木站在关大河的旁边。

张五常、程指导员、肖北新、李芬等人也被几个日军带了过来，看见关大河被绑在柱子上，他们也愣住了。

然后，各队队长带着战俘们以队为单位，像平时那样排好队，在操场上站好。张五常等人也被塞在战俘群里。

关大河默默地看着众人，他知道格木想当众羞辱他。他看见了李芬，还有她眼里的痛苦与迷茫。他有些愧疚地避开她的目光。李芬也看到了他目光里的愧疚，心里一阵抽搐。

人群中，张啸天恶狠狠地瞪着关大河，对张军道："狗日的！他不是给他主子立功了？怎么被抓了起来？"

"也许又得罪了日本主人吧？这日本人是很难侍候的！"张军应和道。

格木见战俘们都站整齐了，清清嗓子，训话道："你们听着，站在你们面前的这个人真名叫关大河，原是八路的连长，后来因为喜欢日本女人，投靠了我大日本皇军。但是，此人向来反复无常，他又想勾结战俘组织暴动，被我查获后，再次改邪归正，说出了你们的计划，让我们及时扑灭了暴动。照理说，他是为我大日本皇军立了功劳的，村边太君很赏识他，正要提拔他。但是，这个人是无耻的小人，是支那人中最典型的一类小人。他自恃有功，竟然打起村边太君妹妹的主意，对村边太君妹妹有了非分之想，这实在是对我大和民族的侮辱。所以，我不管他有多大功劳，一定要惩罚他。现在，你们有气的可以找他撒气，有冤的找他伸冤，但只许吐口水，不许动手！他毕竟还是我们的人，谁要动手，我决不饶他！排着队，上来！"

关大河愕然地扭头瞪着格木，他不明白格木为什么还要把他说成他们的人。李芬也愕然地看着关大河。关大河的目光和李芬的目光对接了。他明白了，格木是想往他身上泼污水，把暴动失败的责任推到他的身上，让战俘们恨他，从而达到羞辱他的目的。

他对战俘们喊："他胡说，不要相信他说的！"可是，战俘们没有谁理睬他，反而纷纷议论开了。

"妈的，原来是他出卖了我们！"

"狗娘养的！原来是为了那个日本女人出卖了我们！"

"狗汉奸！"

"我呸，这个狗汉奸还要泡日本女人！"

李芬痛苦地看着关大河，一双美丽的大眼睛仿佛在问："你，真的是为那个日本女人做了汉奸？"

新来的战俘孔庆西煽动道："走啊，去吐他口水去！这条反复无常的狗，他想做日本人的乘龙快婿啊！"

他是村边刚安排到战俘营的特工，原是国军的军统特工，被俘后叛变了。村边现在把他安排在战俘营，就是要他接受格木的指挥，跟随张五常进入八路军独立团，控制住张五常，以达到全歼独立团的目的。

"我呸！原来他救日本女人就是想干这个女人，把老子害得好惨！弟兄们，上！"张啸天找到了报复的机会。

战俘们一窝蜂地冲上来要打关大河。格木大喊："浑蛋！排队！不排队就捅死他！"日军拿着枪上前去捅战俘。

战俘们在日军的刺刀下渐渐排好队，依次走到关大河的身边，带着愤怒的表情，将口水和唾沫不停地朝他脸上、身上吐过去，同时不断地咒骂："呸！狗！猪！"

关大河有点晕眩了，他闭上眼，默默地承受着战俘们辱骂的语言及臭烘烘的口水。他知道，面对失去了理智的人海，面对刚刚失去了战友、经历了暴动失败的战俘们，加上他以前的经历与身份，此时此刻，他再辩解已经没有用了。而且，暴动失败了，他心里很难受，也很沮丧，觉得命运对他太残酷了，既然如此，还有什么值得争辩的呢？那就接受这不公正的命运吧！再说，先前说好了，如果暴动失败了，就当他是真的汉奸和叛徒。现在，他还能说什么？随便他们去好了，就当是向他们道歉，向死去的战俘们赔罪抵命吧！

他的沉默，正好让格木的阴险的计划得逞了。

张五常、程指导员、李芬、肖北新他们走了过来。

"关大河，你这个狗汉奸！你手上沾满了抗日战士的鲜血！"张五常假装愤怒地朝他脸上吐一口口水，走了过去。

"姓关的，我说过，你头上搁着几把刀，我不会放过你的！"程指导员猛地冲上来，对着关大河就是一脚。

古柱子含泪喊："姓关的，你是我崇拜的偶像，你为什么要这样？你为什么？"跟着冲上来对着关大河乱踢一气。

一旁的日军上前将他们两个拖走。

肖营长走了过来，眼神复杂地看着关大河，骂道："兄弟，你当汉奸，我不在乎，可你狗日的不能坑我们啊！你小子……唉，就为了日本女人，你他妈的……"他摇摇头走过去。

李芬走了过来，痛苦又狐疑地看着他。关大河感受到了李芬的气息，知道她走了过来。他不敢看他，依然闭着眼。

"关大河，"李芬难过地看着他，"真的是你出卖了暴动？"

关大河闭着眼，默然无语。他心里叹道：李芬，忘掉我吧，让我们曾经的爱情随着一个"汉奸"的消失远去吧。

后面一个战俘推开李芬，对着关大河呸了一口："呸！狗汉奸！"

张啸天走过来，他猛地冲上前，用脚对着关大河猛踹，边踹边骂："狗娘养的，你害惨了老子！你不要老子搞日本女人，原来是你自己想搞！我呸！"

格木在一旁喊："浑蛋！谁要你动手的？抓起来！"

守候在关大河身边的两个日军赶紧上前抓住他，把他拖开。

孔庆西猛地冲上来，对着关大河边踢边骂："狗娘养的汉奸！老子真想杀了你个狗汉奸！你记住老子，老子叫孔庆西，老子会找机会杀了你的！"

格木大喝："八嘎！抓起来！"

两个日军上前，把孔庆西抓起来，押到张啸天旁边。

格木大声道："再有敢对他动手动脚的，就地处决！"

战俘营大门口，一辆军用大卡车开了进来，一直开到操场旁。原爱从副驾驶室里跳了下来，十多名日军从后面的车厢里跳了下来。

格木看见了原爱，脸上露出一缕得意，赶紧迎了上去。"原爱小姐，欢迎你的到来！"格木弯腰含笑道。

原爱惊讶地看着被绑着跪在地上的关大河，又看看正从他面前走过并吐口水的战俘，问："这是怎么回事？为什么要这样？"

"赵兴，不，关大河暴动失败了，战俘们恨他，要惩罚他！"格木显得一本正经。

"那也不可以这样！这是侮辱人！"

"是支那人自己要求的，由他们去吧！"

"不行，你们不可以这样，快要他们停下！"原爱看看操场，对格木焦急地说。格木为难地耸耸肩。

原爱跑上前拼命喊："停下！停下！你们不要这样！不许侮辱人！"战俘们不理她，继续吐。

原爱见叫不住战俘，又跑到格木身边弯腰鞠躬："格木君，拜托你，请让他们停下！拜托了！"

格木板着脸，看着前方。原爱一直保持着鞠躬的姿势。所有的日军士兵都看着格木，似乎在质疑他太不给村边面子了。格木有些难堪，只好命令日军将正排着队想上前吐口水的战俘们赶回原地。

原爱对格木说了声"谢谢"，就令护送她来的日本兵去给她弄一桶水和一块抹布来。然后，她走向关大河。

关大河身上已挂满了唾沫和秽物，脸上的更多，看上去很脏。原爱走近关大河，蹲下。关大河感受到了女性的芳香，刚才也听见了原爱的叫喊。他睁开眼，面无表情地对原爱道："原爱小姐，请你离开！"

"赵兴君，不，关大河，你受苦了。"原爱的眼泪流了出来。

"你，知道我真实身份了？"关大河平静地看着她。

"是的，我知道你是八路。"原爱充满怜爱地看着他。

"那现在我是你的敌人！"关大河冷笑。

"在我眼里，没有敌人，只有好人和坏人。我不是日本军人。你救过我的命，并且，是好人，对我来说，这就足够了！"

此时，一个日本兵提来一桶水，放在原爱面前，又递过一块抹布。原爱接过抹布，沾上水，举起抹布，给关大河擦脸。所有的人都注视着他们。战俘们又愤怒地议论开了。

关大河意识到场上的气氛，也看见了战俘们愤怒的目光，他坚决地对原爱道："原爱小姐，请你走开，不要这样！"

原爱含着眼泪，用温柔的语气道："关君，没有什么误会的了，也许这是我最后一次回报你，以后，我再没有机会救你了！"

"原爱小姐，我救过你，你已经回报了。你一直对我很好，我也借着你和你哥哥的信任为八路军做了不少事，我们两清了！"

"可是，你暴动失败了，战俘们不会原谅你。如果不是救我，你不会到这一步！"她边说边继续给他擦洗着。

关大河脸色变了，他提高声音猛地喝道："滚！你这个日本女人，滚开！"

原爱一愣，看看他，又低头为他擦拭。

"滚开，你这个婊子！"关大河又铁青着脸大喝，布满唾沫与脚下污泥的脸因为愤怒而扭曲，显得无比难看，像一头凶恶无比、满身污泥的野兽。

原爱愕然地看着他。

"老子是中国人，不需要你关心！你要真的关心我，就要村边少杀些中国人！滚回日本去！滚！"关大河提高声音大喝。

原爱看着他，眼泪哗哗地往下流淌。

"滚开！"关大河对着原爱一口唾沫吐去，正吐在原爱美丽的脸上。

战俘们都愣住了。李芬、张五常、程指导员等人用惊愕的目光看着他们。孔庆西大喊："狗日的，他在施苦肉计！"

格木先是一愣，跟着冲上来，拉过原爱，对着关大河一阵猛踢，骂："狗娘养的！"然后他掏出手绢，给原爱擦去脸上的唾沫，道："原爱，你受惊了！"

原爱默然无语，眼泪默默地流着。关大河刚才的话刺伤了她。她在想：赵兴君，不，关大河，这是你的真心话吗？这是我一直深爱着的赵兴君说出的话吗？

她推开格木，含着眼泪，默默地看着关大河，然后，缓缓地弯下身子，对着关大河鞠了个躬，转身离去。

格木看着远去的卡车，脸上滑过一缕不易觉察的得意。然后，他转身走向关大河，似真似假地痛骂道："看在你立功的份上，今天到此为止。你要再纠缠原爱小姐，侮辱我大和民族，我杀了你！"他又对众战俘道："解散！各队把人带回房间！"

战俘们在各队长带领下缓缓散去。两个日军要上前把张啸天和孔庆西押走，格木道："不！他们是要犯，和那几个要犯关在一起！"

几个日军驱赶着张五常、张啸天、孔庆西等人朝格木的大院走去。两个日军上前，从柱子上解下关大河，将他绑着押往他原先的住处。

第23章 暴动

　　张啸天与孔庆西被关进审讯室，与张五常他们在一起。

　　孔庆西一进去，就对程指导员伸出手："同志，你们是哪部分的？"

　　程指导员打量着他："我们是八路！你呢？"

　　孔庆西高兴地说："我也是八路军，是六分区的一个排长，叫孔庆西！"

　　他又把手伸向张五常："这位同志……"张五常没有理他。程指导员介绍道："这是独立团的张主任，是我们战俘营最高级别的领导！"

　　孔庆西赶紧敬礼："张主任好！"

　　张五常淡然道："不用了！"

　　孔庆西又走到肖营长面前："兄弟，看样子你是国军的。"肖营长瞪他一眼，没说话。

　　孔庆西悻悻地离开，走到靠墙坐着的李芬面前，把手伸向李芬。李芬有些不快地扭过脸，没有理他。

　　古柱子对他伸出手："孔排长，我们是战友，也是难友了！"

　　孔庆西找到知音似的，使劲握手："是啊，是啊，战友和难友！"

　　坐在角落里的张啸天冷冷地看着他们，冷笑道："狗娘养的，都快死的人，还来这一套，你们八路就是酸不溜秋的！"

　　"这位同志是……"孔庆西问。

　　"同你妈个屁，老子是土匪！"张啸天骂道。

　　孔庆西吓了一跳："土匪？"

　　张啸天道："老子是山大王张啸天！"

　　所有人一愣，都朝张啸天看过去。

　　张五常打量着他："原来你就是张啸天！"

　　张啸天道："老子被你们害惨了！哄老子来救你们这些战俘，结果中了日本人的埋伏！"

　　"那是赵兴，不，是关大河哄的你，我们也被他出卖了。"程指导员道。

　　"管他妈的，反正他和你们一起要搞暴动！"

　　这时，门打开了，杨少康带着两个日军走了进来，他径直走到程指导员面前，用手一指，两个日军上前，拖起了程指导员。

李芬问:"你们想干什么?"

"不要急,你们个个有份,最后一次劝降,不投降,就死啦死啦的!"杨少康嬉笑着,带着程指导员出去了。

张五常道:"同志们,咱们一定不能丧失气节!这汉奸可当不得!"

张啸天道:"老子一不当八路,二不当汉奸。只是,老子死得太冤了!"

不一会儿,程指导员被押了回来,众人问是什么事,程指导员以轻视的口气回答:"还有什么?不就是劝降?"

这时,杨少康又令人把张五常带了出去。

原来,村边要分别与张五常、孔庆西谈事情,但直接把他们提出去,怕引起怀疑,就假装一个个审问劝降,把他们押了过去。

张五常被押过去后,格木与他作了些沟通。格木首先感谢他立了功,让他们顺利扑灭了暴动。当然,作为回报,他肯定会兑现原先的承诺的。他表示,等找个机会,把审讯室的那几个人和张五常一起都放跑,然后,打死其他的人,只留下李芬与张五常,让他们跑回八路里去。

张五常对他的安排表示感谢,同时也表示:如果可能,可以多安排个把人随他一起逃脱,比如古柱子,这样,他回到独立团后,就更安全些。格木表示可以考虑。

张五常最后强调,他逃出去后,战俘营的事就过去了,就当没有发生过一样,他们两清了,以后依然各为其主。格木慷慨地答应了,说这本来就是说好了的事。

于是,再次得到承诺的张五常心满意足地被押了回来。当然,他进审讯室时,免不了骂两句,做出坚决斗争过的样子。

孔庆西被押过去后,就与格木接上了头。原先他被送到战俘营时,格木没有顾得上接见他。现在,借此机会,格木与他建立了联系,并交代了一些事项,比如注意接近张五常并获取他的信任等。

张啸天被押过去后,张口就表示想投靠日本人,但格木回敬他的却是一顿老拳。在格木眼里,这个土匪太可恶了!关大河能混进日军里,就是因为这个土匪。至于他想投降,格木没心情接受。他看不起他——虽然他父亲也曾是类似土匪的浪人。另外,他也不放心他。他认为,像张啸天这种人,要么要他做苦力,要么干脆杀了他。

李芬被押去时,格木也算守诺言,既没碰她,也没打她,只是假惺惺地审问了她几句,骂了她几句——这都是给张五常面子。

之后,格木打电话给村边,请示如何处理关大河。他本人建议秘密处决,对外则称因为他与格木合不来,被调到其他皇协军去了,这样,既可以圆场,让战俘们一直以为是关大河出卖了他们,又可以让关大河永远背上出卖暴动的黑锅,而且死无对证。这可是个一箭双雕的办法。

村边同意他关于张五常、孔庆西逃走的计划,但对关大河,他有些舍不得杀。他建议再给关大河两天时间,再劝一下,劝不了的话再处决。格木同意了。他想关大河是肯定不会归顺的,两天后就要他的脑袋搬家。

原爱得知两天后要处决关大河,想了一晚上,决定再去见关大河一次。

第二天，她到了村边的办公室，告诉村边说她要去看关大河。村边当然不同意，因为，她已经看过一次了。原爱软磨硬缠，说只是见最后一面。最终，她说动了村边。

吃过晚饭后，村边安排一辆军用卡车送原爱去了战俘营。到了战俘营，格木接到原爱，告诉她，今晚她要是劝不了关大河，那明天一早，就是关大河的死期了，他们这就算是最后一面了。原爱白了他一眼，说自己知道。格木也不在乎原爱怎么看他，反正明天，关大河就成死人了。

关大河被关在他曾经住过的堂屋里，坐在地上，双手被反绑在柱子上。看见原爱，他略微有些吃惊，跟着恢复了平静。

"关先生……"原爱走上去，蹲下来柔声道。

"原爱小姐，我们两清了，你不用来看我了！"关大河扭过头，面无表情。

"浑蛋，原爱小姐是来和你告别的。你要再不归顺，明天一早，就送你上路！"格木恶狠狠地道。

关大河愣了一下，他明白了原爱又来看自己的原因。他对格木冷笑一声，道："我身为军人，早就把生死置之度外了。"

"也许，你没有必要无谓地死。"原爱恳切地道。

"为我的国家而死，死得其所。"

"你的国家，我们的国家，现在是亲善和睦的，为了大东亚的共荣，在一齐努力着！"原爱道。

"真是天大的笑话！大东亚共荣？你们烧我们的村庄，杀我们的人民，就是这样共荣的吗？你们称呼我们为劣等的支那人，这就是亲善和睦吗？"

"日本军烧你们的村庄，是因为有抵抗者，"原爱道，"如果不抵抗，他们怎么会烧你们的村庄？称你们为劣等人的只是个别人，我并没有看不起中国人。"

"这是你哥哥教你的吧！我看你中日本军国主义的毒太深了，黑白颠倒，是非不分，我没兴趣与你说话，你走吧！"关大河扭过脸。

原爱道："关先生……"

关大河道："请你走开！"

原爱道："关先生，就算你死了，也是不清不白，在别人眼里，你还是一个叛徒！"

关大河愣住了，脸上隐隐现出一缕悲哀的表情。

"请你想想，你就是不死，回到八路军那边，他们还会要你吗？你的组织已经误会了你，他们是不会承认你的。"原爱诚恳又急切地道。

关大河闭上了眼。

"关先生，你死之后，他们还会骂你是汉奸！人死不能复生，请不要作无谓的牺牲。你不如归顺日本军队，我哥哥很欣赏你，在这里，你会大有用武之地的。"原爱继续道。

关大河睁开眼，冷冷地看着她。他想，这个看上去很善良的女人，竟成了日本人的说客，一派胡言，可她确实是一番好意，是为了救自己的性命！并且，她说得也有理，这样死，的确是不清不白的。最重要的是，连累了这么多的战俘，真是心有不甘啊！

"关先生，你好好想想，可以吗？"原爱用关切的眼神温柔地看着他。

关大河又闭上眼。他的大脑在飞速旋转着。"不行，我不能死。就是死，也要洗去我身上的冤屈！这是个机会，改变我命运的机会，我一定要抓住！"他想。

格木在原爱身后吼道："姓关的，这是你最后一次机会。如果还不归顺皇军，明天一早就是你的死期！"

关大河睁开眼，叹口气，对原爱道："我想洗个澡，再松开绑，轻轻松松和原爱小姐好好谈谈！"

"不行！"格木吼道。

"我身上一身唾沫、一身臭气，在原爱小姐面前，感到很难堪，也没有心情谈这些。"关大河不理格木，只管对原爱说道。

原爱沉吟一下，站起来，对格木道："格木君，他说得有理。兴许，洗个澡，就会有求生的欲望了！"

"就算马上处决我，也要让我洗个澡，换件衣服吧！号称仁义的大日本皇军难道连这点人道主义也没有吗？"关大河继续道。

"格木君……"原爱的语气很坚决。

格木瞪了原爱一眼，又恶狠狠地看着关大河，然后对身后的日军道："给他打水！押着他，子弹上膛！"

两个日军从屋里找出关大河平时洗澡的大木桶，再用桶挑来水，倒了进去。

原爱与格木出去了。

关大河在两个拿着枪的日军的监视下洗澡。洗完了，他从卧室里找出皇协军的干净白衬衣和黄色军裤换上。这时的他显得神清气爽，红光满面。

然后，格木与原爱进来了。格木拔出手枪，拿在手里——对关大河，他不能不防着点。

"原爱小姐，现在我的心情好多了。"关大河活动一下胳膊，做了个扩胸动作。

"是的，也更英俊了。"原爱笑道。

格木一挥手："绑起来！"两个日军拿着绳子就要绑关大河。

"为什么要绑？"关大河瞪起眼睛，"不是说松了绑，让我轻轻松松地谈问题吗？"

格木冷笑道："松绑？你仗着你会中国功夫，就想耍这种花招？"

"真是可笑，"关大河不屑地冷笑，"你们三支枪对着我，还怕我？你格木队长只有这点本事？"

格木露出被激怒的表情。

"算了吧，"原爱对格木道，"起先说好了的。再说，你们不是有枪吗？"

格木想了想，恨恨地一摆下巴："好吧，有什么话快对原爱小姐说，你只能活这一夜了！"

关大河往椅子上一坐，活动一下四肢，爽快地道："哈哈，确实舒服多了！看样子，活着还真舒服啊！"

"是啊，"原爱温柔地道，"生活本来是很美好的，生命也是值得珍惜的！"

关大河呆呆地看着她，似乎被她的美丽打动了。原爱被他看得有些不好意思，脸红了。

关大河看了格木一眼，挑衅地对原爱道："原爱小姐，你知道，当一个男人就要走向死亡的时候，他最想做什么吗？"

原爱不解地看着他。

"最想和自己喜欢过的女人拥抱，告别！"

原爱不解地道："你是说，你想和……那个叫李芬的女人……"

关大河站起来："不！原爱小姐，是你，我可以拥抱你一下吗？"

原爱愕然："关先生……这……"

"原爱小姐，你不愿意接受我的拥抱？"

原爱有些羞涩又有几分不解看着他。格木恨恨地瞪着关大河。

关大河叹口气，道："我已经决定，决不归顺，所以，明年的今天，就是我的忌日！"他的脸色显得很凝重。

"关先生，不要！"原爱的眼泪要涌出来。

"很好，"格木冷笑，"我会成全你的。让你最后洗个澡，也算对你不错了。"

"不要难过，原爱小姐，也不要再劝我了。谢谢你今晚来看我，我想对你提一个要求，也是最后一个要求。"关大河平静地道。

"嗯，你……有什么话只管说。"原爱哽咽道。她的难过让屋里有一种强烈的生离死别的气氛，以至于格木不再提防关大河的其他心思了。

"我想拥抱你一下，原爱小姐，你不会拒绝吧？"关大河坚持道。

原爱看着他，脸上有几分惊讶，又有几分羞涩，想到自己深爱的人就要离开人世了，她眼含热泪，点头道："嗯，我接受！"

格木脸上现出被激怒的羞愤，喝道："关大河，你太放肆了！"

原爱走近关大河，闭上眼，脸色羞红，又充满温顺。关大河轻轻地将原爱揽入怀中。"原爱小姐，你是一个好女人！非常善良的女人！"关大河吻着她的长发，轻轻地说道。原爱偎在他的怀里，微闭着双眼，充满陶醉与伤感，还有感动。

格木的脸变得扭曲，他拿枪的手颤抖着，恨不得立刻拔出刀来，把这对狗男女全部砍倒。

关大河冷眼看了一下格木，道："我们这样拥抱，只怕有些人不高兴了！"

"没有关系，这是你我之间的事，我愿意！"

格木早已忍受不住了，他将手枪换在左手上，愤怒地冲上来，用右手使劲拖开关大河，嘴里骂道："浑蛋！你竟敢公然藐视我，公然调戏我大日本女人！浑蛋！"然后，他举起右拳，猛打关大河的脸。

原爱上前拉格木的胳膊："格木君，不要这样。"

格木恨恨地道："他是有意的，他要故意气我！这个阴险的支那狗，我要打死他！"说完，他举起左手的手枪顶住关大河的头。

原爱拉着他的胳膊："格木君，不要这样。你说过的，让我来劝他。"

"走开！"格木用右手暴怒地推开原爱。

就在这一刹那，关大河猛地抓住格木拿枪的左手，使劲一拧，下了他的手枪，然后，将格木往怀里一拉，又用胳膊将他的脖子一箍，用枪顶住了他的头。

猝不及防的格木愣住了。原爱也愣住了。两个端着枪的日军醒过神来，举起长枪对准关大河。

关大河举起手枪，扣动扳机，两枪将两个日军打倒。然后，他用枪顶着格木的头："老实点，否则，我一枪打暴你的头！"

格木羞愤地骂道："狗娘养的，小人，用女人来耍花招！"

"对付你这种人，就要使些手段！"关大河说完，对原爱诚恳地道："原爱小姐，对不起了，为了救战俘，也为了洗刷我的清白，我只能这么做，原谅我利用了你！对不起！"

原爱惊愕而难过地看着他。格木喊："原爱小姐，捡起枪，杀了他！"

关大河道："原爱小姐，事已至此，我也顾不了那么多了。你也听我的口令，要不，我们玉石俱焚！"说完，他用手枪指了指原爱，又对着门口一指："出去！"

就在这时，大院门口站岗的两个日军端着刺刀进来了，关大河两枪打倒了他们，继续推着格木往前走。

岗楼上的日军紧张地架着机枪，对准关大河。原爱对着岗楼和面前的日军舞动胳膊喊："不要开枪，我是村边大队长的妹妹，不要伤着格木队长！"几个日军呆呆地和关大河对峙着，不敢开枪。

关大河押着格木往格木的办公室走去。战俘营大门口的一只狼狗扑了过来。关大河一挥手枪，将它打倒。

到了格木所住的大院门口，两个日军见此情形，端起枪，不知所措。关大河用枪顶一顶格木的脑袋，对日军喝道："让开！"

"不要开枪！不要开枪！不要伤了我和格木队长！"原爱也在一边紧张地喊。两个日军明白关大河的意思，悻悻地端着枪闪到了一边。

关大河押着格木走进大院，原爱也跟着进去。

进了格木住地，站在审讯室门口的两个日军端着枪对准了关大河。关大河箍紧格木的脖子，用枪指着他的头，对原爱道："要他们放下枪，滚出去！"原爱赶紧用日语喊："他要你们放下枪，否则就打死格木队长！请不要伤了我和格木队长！"两个哨兵只好放下枪，闪在一边。

关大河夹着格木，一脚踢开审讯室的门，对原爱道："把枪捡起来，进去！"原爱顺从地捡起两个日军扔掉的长枪，进了屋。关大河拖着格木进了屋，然后，一脚将门关上。

屋里的人都愣住了。关大河对程指导员和肖营长喊："程指导员，老肖，快，把敌人的枪拿过去！"

张五常一脸疑惑地看着格木，他不明白到底是怎么回事。这难道是格木要放我们走的计谋？他想。可是，看着格木痛苦的表情，又不太像。格木一面给张五常使眼色，一面大骂："关大河，你敢挟持我，你跑不掉的！"关大河拿着手枪把，照着他的后脑勺猛击一下。格木呻吟一声，倒在地上。

"狗娘养的？你又想骗老子？不怕老子杀了你？"张啸天恶狠狠地朝关大河扑来。

"动一动我打死你！"关大河用手枪指着他。张啸天恨恨地站住了。

"张主任！"关大河转脸对张五常道，"相信我，我没有骗你们！我劫持了格木，趁这个机会，快举行暴动吧！"

"你这个叛徒，手上沾的同志们的鲜血还没有干，叫我们怎么相信你！"张五常板着脸道。

"我没有出卖暴动！我听说是战俘中有人说出了暴动计划。"

"胡说！谁出卖？你说出来！"张五常厉声道。

"目前不清楚，也许是敌人诈我们的。反正，我没有！"关大河道。

肖营长冲上来，从原爱手里取过一支枪，守在了门口，对关大河道："先不争这些了！我不管你做没做汉奸，我现在只想冲出去！"

"妈的，狗叛徒！你又要哄我们，害我们流血？"孔庆西一边骂着，一边冲上来，从原爱手里夺过日军扔下的枪，拉开枪栓，对着关大河就要开枪。

古柱子大喊一声："住手！"把他的枪往上一托，一声枪响，一发子弹打飞了。

"你为什么要打他？"李芬愤怒地喝道。

"他是汉奸，又要让我们上当！"孔庆西振振有词。

"你看见他当汉奸了？"李芬道。

"狗日的，你再敢碰他，老子一枪打死你！"肖营长用枪指着孔庆西。

孔庆西畏惧地看了肖营长一眼，后退一步。

"姓关的，你狗娘养的，是不是又要骗我们？"程指导员问关大河。

"同志们，我没有骗你们，我利用原爱来看我，劫持了格木。我们赶紧发动暴动吧！"关大河诚恳地道。

张五常意识到关大河真的劫持了格木，这对他来说，应是好事，他可以就此跑出去。可是，这样也太危险了。他和李芬原本就可以出去的，他可不愿关大河这样来添乱。于是，他怒喝道："只怕你这次又是假情假意，又要让我们的同志流血！把他的枪下了！"

孔庆西猛地扑上来，抱住关大河的胳膊，要下关大河的枪。关大河使劲一挥胳膊，挣脱他的手，然后，一拳将他打倒。

此时，外面凄厉的警报声响了起来，谷野小队长指挥着大队日军冲进了院子，同时他命令一个日军给村边大队长打了电话。

"张主任，"关大河对张五常道，"你们现在有两个选择：一，你们开枪，打死我，继续做战俘，然后让日本人杀掉；二，我们利用格木，发动暴动，冲出去！"

"就怕我们利用格木发动暴动，又是你的骗局！"程指导员道。

"就算是假的，也大不了一死！可是，你不发动暴动，不也是一死？你们几个是要犯，都要被处死的！"关大河道。

众人愣住了。

"格木现在在我们手里，你们随时可以一枪打死他！如果是我和格木要骗你们，那么，格木愿意用性命来帮我骗你们吗？格木会这么蠢吗？"关大河接着道。

"他说得有道理！"李芬赞同地点点头。

"你们这些蠢货，他说得还不明白？"肖营长不屑地看着张五常，"我们现在手头有格木和村边的妹妹做人质，又有枪，为什么不拼一下？就算是假的，又怕什么？大不了和他们同归于尽！"

"是啊！格木在我们手里，枪也在我们手里，怕什么？就算是假的，大不了和他们同归于尽，我们总是要死的人！"古柱子被说动了。

张五常冷笑道："我们死了是小事，战俘呢？发动战俘暴动，要是中计了，日军岂不又要对战俘大开杀戒？"

孔庆西帮腔道："是啊，上次因为这个叛徒，我们不少弟兄被杀了！"

关大河急道："你们听听外面，日军把我们这里都包围了！要是日军利用我来骗你们暴动，何苦包围这里，只管假装不知道，然后等你们发动战俘暴动，再一网打尽，不是更好？"

程指导员连连点头："对！要真是骗局，日本人没必要包围这里，只管哄战俘们出来，再一网打尽！"

"妈的，是真是假，问问这个女人就行了！"张啸天拿枪冲原爱一指，"说，怎么回事？不说实话，老子把你先奸后杀！"

"是关先生把我们劫持了！"原爱看看关大河，小声道。她既是说实话，也是想帮关大河。

"放屁！"张啸天骂。

"张主任，"程指导员道，"我看关大河这次是真的！就算是假的，也不要紧，我们正好利用这个机会大干一场！张主任不是说过我们要找机会逃跑吗？这就是机会，除了这个机会，我看再没有任何机会了！"

古柱子和李芬异口同声道："我同意程指导员说的！"

"我也同意！妈的，干一场，冲出去！"张啸天道。

张五常看着他们，犹豫了一下，终于点点头："好吧！就听程指导员的！但是，一定要成功，千万不要出差错！"他想，事已至此，拦不住众人了，这样也好，如果能成功的话，自己还可落个组织暴动的美名。

"那好！"关大河道，"同志们，我们就行动吧！我押着格木，张主任和程指导员、肖营长指挥暴动。出去后，你们就冲到战俘们的住处，砸开门，夺枪，再往山里跑！李芬，你看好原爱，她虽然是村边的妹妹，但她是个善良的女人，关键时刻，还可以利用她来保护我们！"

"古柱子，你看好关大河，无论是谁，没有我的命令，都不许对他开枪！但是，他要不老实，只要我一声令下，你就一枪打死他！"程指导员道。古柱子犹豫了一下，道："是！"

程指导员又对李芬道："李芬，你看着这个日本女人！"李芬也应了一声"是"。

关大河退出手枪的弹夹，从格木身上搜出新弹夹换上，将子弹上膛，又把格木身

上的指挥刀连鞘一起取下，背在身上，然后猛一掐格木的人中，格木"啊"的一声醒了过来。关大河将格木抓起来，箍着他的脖子，喝道："走！"

格木看了看眼前的情形，明白是怎么回事了，他猛一挣扎，恨恨地骂道："你们跑不出去的！"关大河死死箍紧他，喝道："再动就一枪打死你！"

古柱子和张啸天拉开大门，关大河押着格木走了出去。其余人跟着冲了出去，李芬紧紧抓着原爱的胳膊。

此时，院子里已站满了虎视眈眈的日军，都端着上了刺刀的枪。谷野小队长提着指挥刀站在日军中间，他把指挥刀一举："格木队长，放了的有！不放，死啦死啦的！"

关大河一夹格木的脖子，对格木道："要他们把枪放下，否则我要你死！"

格木恨恨地用日语道："谷野，把枪放下！"可是，他的眼睛还在一眨一眨的，似乎在告诉谷野，要他寻找机会。原爱也用日语喊："谷野君，请不要开枪！请不要开枪！"谷野看看格木和原爱，犹豫着。

关大河一枪把站在最前面的一个日军打倒，然后喊："把枪都放下！"

这时，一个日军跑进来，用日语对谷野道："谷野君，村边大队长打来电话，务必要保证他们两人的安全。"

谷野看了看关大河，命令日军把枪放下。院子里的日军不情愿地放下了手里的枪。

关大河挥一挥手枪，喝道："退出去！"日军似乎明白他的意思，都退了出去。

关大河对古柱子道："快，捡枪，每人多捡几支，等会儿发给战俘！"众人都上去捡枪，每个人都捡了好几支。李芬身上背了一支，手里拿了一支。然后，关大河等人押着格木走了出去。

大院外已经站满了日军，有的手里有枪，有的没有枪。杨少康的伪军也呆呆地夹在其中。关大河没有理睬他们，夹着格木，带着众人，直奔战俘宿舍区。日军不远不近地跟着他们。

到了操场与战俘住宿区的交界处，关大河站住了。他要张五常、程指导员和肖营长赶紧去释放战俘，消灭战俘宿舍区的敌人后，就赶来操场集合，自己押着格木在这里挡住大队日军。

程指导员立即带着肖营长等人冲了过去。孔庆西端着枪站在关大河身边不走，古柱子喝令他走，他只好悻悻地跟着程指导员走了。

关大河要古柱子先去解决岗楼上的日军，古柱子应了一声，跑到岗楼下，将缴获的日式手榴弹朝岗楼上扔去，一声爆炸，岗楼上的两个日军机枪手被炸飞。然后，古柱子又冲进战俘们的宿舍区去解放战俘。

关大河押着格木，李芬押着原爱，与原本包围着大院的日伪军对峙着。尽管格木几次对谷野使眼色，要他们反击，可是，谷野不敢下命令，毕竟，格木及原爱在关大河手里。何况，村边有话在先的。

此时，只有十来个日军和十来个伪军在战俘住宿区。张五常、程指导员、张啸天他们冲过去时，日伪军赶紧开枪阻拦，但很快被拼死一搏的程指导员他们打散。那些伪军们不敢抵抗，跪地举枪投降。程指导员们立即砸开各个房间，将手中的枪发给冲出来的战俘们。战俘们拿了枪，有的照程指导员的要求，跑到操场与关大河集合，有的拿起枪与角落里零星的日军战斗。有的战俘听说到关大河这边集合，不敢相信，问要不要打死关大河。程指导员和肖营长告诉他们：关大河这次是真心发动暴动，没有骗人。

战俘住宿区的日伪军很快都被干掉了，有的被打死，有的被抓住。操场上的日伪军又被关大河押着格木挡着，不敢动，只好眼睁睁地看着战俘们暴动。

张五常看见战俘们几乎控制了局势，形势一片大好，也来劲了。他想，事已至此，就选择这种方式回去吧，这样不仅可以安全地跑回去，而且可以胜利地领导一场暴动。于是，他不停地喊："同志们，暴动了！快到操场上集合！"

他想，有了这次暴动总指挥的经历，回去后，他将会成为英雄，而曾经叛变的历史就成为永远的秘密了。当然，这个关大河不能让他回去，他是自己的情敌，也是必须替自己背黑锅的人。

战俘们在张五常及肖营长的组织下，都来到操场上，与谷野带的日伪军对峙着。这时，战俘们手里也有了四五十条枪了。

关大河对身边的原爱道："原爱小姐，请你要他们全部放下枪，后退五十米，我们可以饶格木不死，也不杀一个日本兵。但是，要是不听我的话，我就先杀了格木和你，再和日本人拼一场！"原爱点点头，对日本兵喊了起来。

关大河又对对面的谷野喊："放下枪来，我保证不杀你们，我们守信用！"

原爱翻译了他的话。谷野悻悻地一挥手，日本兵都放下手中的枪，后退五十米。

关大河喊："弟兄们，快上前把他们的枪抢过来！"肖营长与程指导员也喊："快去捡枪！"于是，没有枪的战俘们都上去抢鬼子和伪军扔掉的枪。

关大河又要程指导员和肖营长快派没有武器的战俘找到鬼子的仓库，把里面的枪支弹药全部搬走。战俘共近两千人，而能抢到枪的只有一百多人。于是，近百个没有武器的战俘直奔鬼子的仓库。

不一会儿，他们背着枪，搬着成箱成箱的弹药跑了过来。

张五常自从走出那个院子后，就一直没有看格木，他怕与格木对眼神，怕格木命令他什么。现在，暴动成功了，他可以以暴动总指挥的身份安全地撤到山里面去了，这比格木安排的计划更完美，所有的战俘都是证人。于是，他绕过格木，走到场地中央，对战俘们喊："同志们，我是八路军独立团政治部主任张五常，是这里国共双方军衔最高的人，也是这次暴动的总指挥。现在我宣布：我们的暴动成功了！"

战俘们都欢呼起来。

格木恨恨地看着眼前的一切，脸上现出一副后悔莫及的表情。他原先以为关大河及战俘们控制不了局势，没有想到，他的部下怕伤着他，不敢开枪。张五常这个滑头，也不帮他。这个可以理解，毕竟不是他的人。而孔庆西又帮不上，时常被人阻拦住。

他也不希望孔庆西暴露身份，毕竟，这是一颗以后有用的棋子。现在，他只能听天由命了。

"同志们，村边的主力马上要赶过来了，我们赶紧上山。八路军同志跟着程指导员，国军弟兄们跟着肖营长，出发！"张五常发布命令。

一个战俘喊："鬼子呢？这些鬼子怎么办？"

其他的战俘怒吼道："杀了他们！"

关大河大声道："弟兄们，这些鬼子已经放下枪了，我们讲究优待俘虏，也带不走他们，就不要管他们了。你们快上山吧！"

程指导员跟着喊："弟兄们，他说得是对的。我们和格木有约在先，只要他们放下枪，我们保证不伤害他们的性命。现在，他们放下枪了，我们快上山吧！"

肖营长也在一旁喊："国军弟兄们，听关大河的，先放了这些日本人，快跟我上山！"

战俘们松动了，不少人开始往大门口走。

张啸天带着获释的土匪们扛着枪和子弹赶紧离去，临走时对关大河说了句："狗娘养的，算你功过相抵了！"

关大河要程指导员、李芬赶紧离开，程指导员答应了，要古柱子跟着关大河，等会儿在山口会合。

肖营长看见大门口原爱带来的卡车，就命令一个叫林少尉的会开车的国军战俘留下来，等会儿用卡车带关大河走，然后他带着大队国军人马离开了战俘营。

张五常要李芬跟着一起走，李芬坚决不愿意，说自己与关大河一起断后，等会儿在山口会合。关大河也劝她走，说她在身边，会影响他们的行动，她才勉强同意了。于是，张五常带着八路军战俘离去了。孔庆西紧紧跟在张五常的身边。

不一会儿，战俘们都走光了，只剩下关大河与古柱子押着格木，与失去了武器的日军对峙着，原爱默默地站在他们旁边。

大约过了一个时辰，估计战俘们已经快到山口了，关大河决定撤退。他带着几分歉意，用诚恳的表情对原爱道："原爱小姐，原谅我利用了你！你可能会骂我很卑鄙，可是，为了战俘，为了我的祖国，我不得不那样做，请原谅！"

"我理解你，关君！"原爱看着他，眼里充满柔情，也充满宽容，"祝贺你，你可以回到你的队伍里去了！"

犹豫了一下，原爱深情地看着关大河，道："我……还想问你一句话！"

"好。"

"你，因为那个女人，才拒绝的我吗？"原爱问。

关大河想了想，道："不！"

"那是为什么？"

"因为战争，因为，我想回到我的队伍里去。"

原爱似懂非懂地点点头，半晌，又问："那，你喜欢过我吗？"她的眼中有几分认真，有几分羞涩，更有几分期待。

"有，喜欢过。"关大河沉吟片刻，真诚又坚决地回答。

原爱点点头，脸上现出红晕，眼里露出一股强烈的喜悦与感动。她想，这就够了，不枉她这样帮他一回了。

"连长，我们走吧，他们已经走远了！"在旁边一直端着枪对着日军的古柱子催道。

关大河对原爱道："原爱小姐，再见了，你多保重！"他又对格木道："格木，今天算你很配合，我也对你讲信用。以后，我们在战场上再一比高低吧！"说完，他猛地将格木朝前推倒在地，和古柱子奔向卡车，上了驾驶座，早已发动车等着他们的林少尉一踩油门，卡车冲出大门，向山口驰去。

谷野领着日本兵冲过来，扶起格木。格木脸上的横肉早已经铁青并扭成一团了，眼里都要流出愤怒又屈辱的泪水。他推开谷野，狂呼："奇耻大辱！奇耻大辱！我不杀关大河，誓不为人！"然后，他命令部队集合待命，准备追击。

他看见原爱还默默地站在旁边，恨恨地朝她呸了一口，恶狠狠地道："原爱小姐，一个支那人，让你魂不守舍，执迷不悟，你真是丢我大和民族的脸！如果你不是村边君的妹妹，我会杀了你！"

原爱默默看着前面，不理他，脸上有一种隐隐的幸福感，似乎还在回味着关大河刚才的话。

这时，村边领着大队人马赶了过来。格木迎了上去，气狠狠地诉说了事件的经过。村边听了，一言不发，走到原爱面前，举起巴掌，要打下去。原爱一动不动，做出任他打的样子。村边的手举在空中，最终没有落下去，他恨恨地叹了口气，道："你，太让我失望了！"

"我怎么了？又不是我放走他们的！"原爱看着他，平静地道。

村边用恨铁不成钢的表情看着她，但似乎又找不出训她的话。半晌，他命一个日军把她带到格木的办公室里看管起来，然后与格木带着大队日军朝大蒙山脚下赶去。格木的部下没有了武器，只能赤手空拳地跟着村边的大部队往前赶。

第24章 大蒙山支队

大蒙山的落坡口是这一带进入大蒙山的一个谷口，两边都是大山和峭壁，只有这个口子地势平缓，口子宽约三十米。

到了这里以后，大多数战俘快步通过落坡口，往大蒙山深处走去。张五常、程指导员、肖营长、李芬、孔庆西等少部分人则等候在落坡口。

关大河坐着林少尉开的卡车，很快赶到了落坡口。他跳下车，要张五常等人快走，他留下来打阻击，因为村边、格木很快就会追过来。

程指导员要关大河随队伍走，由他来打阻击。暴动的成功，使他对关大河有了几分好感。

张五常很快答应了关大河的请求，他才不想要关大河回去。他知道，有关大河在，李芬就不属于他。他现在要保护自己。关大河回到队伍里，只能给他张五常带来不幸。

李芬则要求张五常让关大河回去，她说："我认为关大河应该和我们一起走；他应该去找组织谈清问题，他不能永远背黑锅。"张五常拒绝了她的要求。

肖营长让林少尉带二十个有武器的国军战俘留下来协助关大河打阻击，完成任务后，再去找他们。他与关大河拥抱了一下，重重地拍拍他的肩，嘱他保重，然后就带着手下，开着关大河他们带来的卡车，离开了。

程指导员也命令古柱子带二十个有枪的八路军战俘留下来，随关大河打阻击。

李芬要求留下来打阻击，被关大河板着脸拒绝了，而张五常更是严厉地喝斥了她。

然后，张五常、程指导员带着人赶紧离去。李芬几次回头看关大河，关大河都没有理她，只顾布置战士们找好位置，准备打阻击。李芬有些难过地走了。暴动的成功，使她确信关大河不会是汉奸。顺利脱离战俘营，使她的心情变得奔放而自由。她想，应该考虑自己的感情问题了。可是，关大河不大爱理她。为什么？还是顾忌张五常吗？或者，他喜欢原爱？

一片火把中，村边、格木领着大队日军追了过来。他们对着山坡打了一通迫击炮后，就蜂拥般冲了上来。

关大河从容不迫地命令开火。他们一连打退了日军几次冲锋，打得格木恼羞成怒。因为他的队伍没有了武器，他要求村边授命他指挥二中队。村边答应了。于是，他亲自指挥二中队冲锋，但仍然被打退了。

坚持了近两个时辰后，关大河命令古柱子、林少尉赶紧带人撤离，他自己掩护他们。两人争执不过关大河，就各带自己的人离去了。

关大河又凭着一挺机关枪、一支三八大盖和几颗手榴弹坚持了一个时辰后，在浓浓的硝烟中撤离了。

张五常带着八路军战俘撤退到大蒙山深处的集合点大鸡沟后，令大家原地休息。

他与程指导员商量了一下后，决定程指导员离队去伏牛山区找独立团汇报情况，他自己带着脱险的战俘们在大蒙山坚持打游击战。他觉得，这是最好的办法，既让上级尽早知道自己的英勇事迹，又可以找到主力。程指导员同意这一方案，与他和李芬握手告别后，就出发了。

不一会儿，古柱子带人赶到了，说关大河仍在打阻击，这不免让李芬心里多了几分挂念。张五常内心却隐隐感到高兴，他希望关大河在最后的阻击中阵亡，这样，对大家都好，他也会给关大河一个较好的结论。

此时，顺利脱险并跟从张五常的八路军战俘一共有一百二十多人，相当于正规部队的一个连。张五常令战士们集合，宣布成立大蒙山支队，在大蒙山坚持游击战，等主力打过来。这一决定得到了大家的拥护。李芬也很高兴，她觉得张五常虽然有些狭隘，但能力及革命精神还是不错的。然后，张五常宣布自己任大蒙山支队司令员兼政委，李芬为支队部秘书，下辖三个中队，古柱子、孔庆西和原八路军一位姓胡的连长分任中队长。

孔庆西一路上跟在张五常左右，吆喝战士们加油、跟上，给张五常找野果子吃，拼命吹嘘自己的能力，显得能说会道，又机灵又讨人喜欢，已经深得张五常的信任。加上孔庆西一直看不惯关大河，这也正是张五常需要的。胡连长原是八路军的一位连长，撤退中，他主动找到张五常，汇报了自己的身份，并提出了组建游击队的想法，自然是中队长的合格人选。古柱子性格单纯，作战勇敢，又听话，还是特务连的老班长，做个中队长也没有问题。

安排妥当后，张五常就准备带队伍出发。就在这时，完成了任务的关大河一瘸一拐地赶了过来。他在路上摔了一下。

李芬看见关大河出现，悬着的心落了下来，脸上因兴奋而现出红晕，这令张五常极度不快。

关大河走过来请求归队，张五常令人下了他的枪，把他绑了起来，交给孔庆西看管，说要继续审查。李芬不同意，但只得服从，毕竟张五常现在是大蒙山支队的司令。

然后，张五常带着队伍往大山深处继续行走。他们急于找个村庄住下来。走了几天后，他们终于找到一个看上去烟火要旺盛一点的叫小王庄的村庄，决定在里面住下。

小王庄位于大蒙山区腹地的一个山坡上，四周都是高山，一条小路穿过前面的高山，通向外面，是个适合隐藏的好地方。

晚上，张五常、李芬及几个中队长在油灯下开会，讨论现在及未来的情况。他们住在老百姓的房里。老百姓知道他们是抗日军队，很是热情，又是腾房子，又是供给食物。张五常住的是一个富人家的房子，比较宽敞。

　　会议上，他们一致认为，此地隐蔽，四周又有高山做天然屏障，群众基础也好，群众的生活也不算太差，是很好的养精蓄锐的地方。翻过西边的谷口，往前走十多里，就是大王庄，很富裕，但不容易坚守。以后，粮食不够时，可以到大王庄去买粮。小王庄的一个财主，也就是张五常住的这户人家的主人，是个开明绅士，已经给大蒙山支队赠送了一百大洋，买点米是没有问题的。

　　他们又讨论了一下目前的任务，包括进行训练、做好群众工作、外出筹粮等，就散会了。

　　众人起身往外走的时候，张五常叫住了李芬："李芬同志，请你留一下。"

　　李芬回头道："张主任，有事吗？"

　　张五常严肃地说："是的，我要和你谈谈。"

　　李芬想了想，转回来，坐在张五常对面。

　　"李芬，我留你下来，是想和你谈谈。通过这段时期你的表现，我认为你越来越危险了。"张五常道。

　　"怎么危险？"

　　"同情叛徒，而且不是一般的同情！这要在鄂豫皖时期，肯定是要被肃反的！"

　　"这个问题，我不想讨论了，"李芬道，"我相信以后组织会复查的。谈点别的行不行？"

　　张五常愣了一下，道："好吧，谈我们俩的事。我们两人是夫妻，可是，为什么每次找房子，你都是单独找，都不和我住在一起？你要同志们看见了怎么想？会让我多难堪？"

　　李芬沉默着。

　　"关大河即使是立了功，即使是将功补过，也没有什么前程了。我是搞政工工作的，这个我知道。再说，我们是组织上介绍的，我们曾经有过很恩爱的时候。为什么经过这次大扫荡，我们会弄成这个样子呢？"张五常语气有点伤感。

　　李芬喝了一口水，仍然沉默着。张五常伸出手，抓住她的手："李芬，我们像从前一样，好不好？忘掉战俘营的事，我们重新开始！"

　　见李芬没有动，他又把另一只手加了上去，双手捧着她的手。李芬缓缓地往外抽着手，最终很坚决地抽了出去。张五常愕然地看着她。"老张，"李芬的语气沉着而理性，"既然你提到了我们俩的事，那我就一次性地谈透吧。"

　　张五常看着她，心里升起一种不祥之兆。

　　"我们离婚吧！找到组织后，我就向组织打报告。"李芬果断地道。

　　张五常愣了，有种五雷轰顶的感觉。虽然他觉得李芬的心已经有些离开他了，但李芬敢果断地说出离婚的事，还是让他感到震惊。

　　"我认为我们合不来。在战俘营里我就想提出了，怕影响你的情绪，影响暴动。现在，我们自由了，我可以正大光明地提出来了。"李芬继续道。

　　"为什么合不来？谁说合不来？"张五常显得很暴躁，"我看，你是因为关大河的原因，关大河把你的心勾走了！"

"就算是关大河的原因，又怎么了？"李芬勇敢地反问。她对张五常对待关大河的态度很不满，干脆就借着这个机会发作了。一路上，看着关大河被绑着行军，她多次建议给他松绑，都被张五常拒绝了，理由是怕他跑掉。如果关大河真想跑掉，干吗还要归队？真是岂有此理！

"你，真是不要脸！我还是你的丈夫，你背着我和关大河同居了，现在竟然又要和我离婚，和他继续搞，你……"

"我不想多说了，反正，我想离婚。你是领导，离婚后，也好再找一个。"

"告诉你，我不同意，独立团和军分区领导也不会同意的！"张五常一拍桌子。

"那是以后的事，反正，我现在和你，只有同志关系了。"李芬说着，站了起来。

"胡扯，在组织上没有批准以前，你还是我老婆！"张五常也站了起来。

李芬冷笑一声，转身就走。

张五常呆呆地看着李芬走出自己的卧室，听着她的脚步声消失在堂屋，一股羞愤与悲哀的心绪涌上心头。他想，这个女人也太无情了！就是因为这个女人，自己才做了叛徒！可是，她……她竟然心里面只有关大河！

就在这时，孔庆西进来了。他是来找他汇报明天筹粮的事的，明天筹粮，由他的中队负责。看见张五常恼羞满面的表情，他赶紧问出了什么事。张五常简单谈了刚才与李芬的争执。孔庆西立即火上浇油道："这个女人，太过分了！张主任，你是他的丈夫，又是领导，她竟……从私的角度讲，她这是不守妇道；从公的角度讲，也是不尊重领导！她……"停了一下，他眼珠一转，又道："唉，说到底，罪魁祸首是那个关大河，是他把李芬迷住了！"

这句话让张五常再一次感到羞愧与愤怒。

"这个狗汉奸，身上沾满战友的鲜血不说，还勾引李芬，让李芬鬼迷心窍。我看，把他处决了算了！"孔庆西道。

"处决？"张五常沉吟着，心里暗自高兴，这个建议正中他的下怀。

"是的！处决了他，李芬也就收心了，我们也算对得起牺牲的战友了。"孔庆西摸透了他的心思，这种情况下，他知道张五常不恨关大河才怪呢。他早就从村边那里知道了张五常、关大河及李芬间的关系，也知道张五常是因为李芬而叛变的。

"可是，不太妥吧？还得审查一下吧？"张五常故作姿态地道。

"连日本人都承认是他出卖了暴动，还审查什么？再说，原先，你张主任不就发过命令，对他格杀勿论吗？还有，现在是非常时期，对于嫌疑犯，可以不按常规处理。红军时期，队伍转移时，那些被关押的嫌疑犯不都要处决吗？我们现在隐身在这个小村庄，粮食不够，总不能还要分出粮食养活一个汉奸吧？再说，万一他是格木故意派进来的奸细呢？万一他跑掉了，把我们的位置告诉了格木呢？那麻烦不是更大？"孔庆西口若悬河，滔滔不绝。他在军统干过，对于八路军的历史及此前的一些做法，还是比较了解的。

这段话让张五常听得很舒心，也觉得有道理。他想，这次处决关大河，就算是公

私兼顾吧。因公处决他，顺便照顾一下自己的私人感情。最重要的是：现在有了孔庆西的说项，也不算自己独断专行了，以后李芬他们问起来，他也好说。于是，他要孔庆西去办这件事。孔庆西心领神会地出去了。

关大河被关押在后山上的一个小屋子里，被五花大绑地捆着，扔在堂屋的角落里。他正默默地想着心事，孔庆西带着哨兵进来了。他抓起关大河往外拖。

"孔队长，你们这是要干什么？"关大河问。一路上行军，他已经知道这个在战俘营几次要杀他的人做了队长。他预感到不妙。

"少废话，出去再说。"孔庆西恶狠狠地说。

他把关大河押到了后山。"关连长，对不起了，张主任说带着你很麻烦，命令我把你处决！"孔庆西宣布。他又对哨兵道："准备执行！"

"处决他？"哨兵犹豫了一下。

"是的，这是张主任的命令！"孔庆西恶狠狠地道。

哨兵顺从地从肩上取下枪，对准关大河。

"你们不能处决我，我的问题还没有弄清！"关大河抗议道。

"已经弄清了，决定把你就地处决！"孔庆西喝道。然后，他命令哨兵："预备！"

"不行，我要见张主任和李芬一面！"关大河喊道。

"你没有资格见张主任了。见李芬？你做梦！张主任的夫人你也不放过？"孔庆西冷笑。

哨兵拉开枪栓，对着关大河瞄准。

关大河没有想到自己就这样背着黑锅不明不白地死在这荒山野岭了，老天真是不长眼啊！看着黑洞洞的枪口，他绝望地叹口气，心里涌起一股悲凉的情绪。他想，不行，我不能这样死去。鬼子都没有干掉我，那么多次都没有死，凭什么就这样不明不白地死了？要死，也得背着抗日烈士的身份死。自己一直以来的努力，不就是要证明清白、证明身份吗？凭什么暴动成功了，还要背着汉奸的罪名，被处决在这荒山野岭中？凭什么？你们不仁，我也就不义了！

一刹那，一股愤愤不平之气涌上他的心头，连同求生的本能以及誓死也要讨回清白的决心，让他要采取行动了。

"你们看，张主任不是过来了吗？"他对哨兵和孔庆西道。

孔庆西和哨兵赶紧往后看。说时迟，那时快，关大河猛地飞起一脚，踢在哨兵的裆部。哨兵惨叫一声，扔掉枪，捂着下身，在地上打起滚来，并一下滚下了山坡。上了膛的枪掉在石块上，扳机被撞了一下，一颗子弹飞出。枪声划破了夜空的宁静。

孔庆西大惊，赶紧要取背在身后的枪——在战俘营，他没有找到小手枪，只捡了一支长枪，就一直背着。没等他取下枪，关大河一个箭步上前，飞起一脚将他踹下山坡。

关大河又对那个滚下山坡的哨兵说了句"对不起了，兄弟"，然后，也不顾双手仍然反绑着，使劲朝山坡上方跑去，很快消失在山坡上的密林中……

第25章　山林之虎

战俘营暴动成功，关大河也在掩护主力后顺利脱逃，这让村边与格木气得直咬牙。格木主动请战，愿率自己的中队进山讨伐。他渴望消灭这些曾在他皮鞭下干活的支那战俘，更渴望与关大河对决较量，亲手打败他。

村边接受了格木的请求。他想，以战俘们那点武器，以及不成建制的队伍，格木要消灭他们并非难事。他关照格木，对国军战俘，肯定是要全部消灭的。对张五常的八路军战俘，要消灭大部分，留下少部分随着张五常以及孔庆西去找主力。孔庆西在八路军那边有个代号，叫山猫。另外，给孔庆西的电台他也让格木带上。

这样，经过几天准备后，格木带着二百六十多名日军全身披挂，杀气腾腾地开进了大蒙山区。这是格木中队的全班人马，一共三个小队，每个小队有七十人左右。此外，中队还有一个迫击炮分队，一个运输分队。

格木的讨伐队进山不久，很快就与分散在山里、不善打游击战的国军战俘交上了火。

国军战俘逃出后，大部分跟着肖营长，一共有九百多人。肖营长将他们编成三个大队，每个大队约三百人，分成三部活动。另外还有些国军战俘不愿跟着肖营长，自己几十人或上百人单独成为一股，在大蒙山活动，他们共有五百多人，格木撞见的主要是这部分人。双方经过几场战斗后，缺少弹药的这部分国军战俘基本上被他消灭光了。然后，他继续搜索肖营长带的那部分人，也有些战果。

但是，不久，日军讨伐队就遭遇到了麻烦，经常被人袭击，经常有人失踪，却不知是谁干的。

比如，有一个日军因为拉屎掉队了，他的战友们去找他时，发现他光着屁股，坐在屎堆上，头已经被人砍掉了。有七八个日军在搜山时，闯进一户人家里，把那户人家的一个十五岁的女孩拖出去，轮奸后杀掉了，当他们大摇大摆走了一段路，后面一道黑影像一股旋风一样追了上来，跟着，这八个日军都成了刀下之鬼，身上的武器也不见了。

有一个班的日军搜山时，抓出了十多个没有武器的国军战俘。路上，这伙日军觉得押送战俘太麻烦，就恶作剧地玩杀人游戏，让他们两个人一组，一前一后站着，然后在前面射击，看一颗子弹的威力究竟有多大。就这样，他们杀死了所有的战俘。但枪声给战俘带来了死亡，也给日军召来了死神。没过多久，就在他们嘻嘻哈哈回营地

时，一道黑影在林中出现，一阵枪击刀砍，这些日军全躺在了树林里。

还有，一小队日军住在山中的一个小镇子里，白天，几个日军在镇上采购了一些米、鸡、鱼、鸭，叫人拖着，大摇大摆地回驻地，结果，在大街上遭到了袭击，几个日军全部被人砍死。日军四处搜查，老百姓说，看见一个光着上身、肌肉发达、头戴斗笠的汉子从人群中闪出，挥舞一把日式马刀，先后砍倒几名日军，然后跃上马车，冲出镇去。

渐渐地，这个神秘杀手、独行大侠的名声就在日军里传开了。日军再也不敢二十人以下出去活动了，一出去必定是一个小队。

当然，大多数日军都知道，这个人十有八九就是那个武艺高强、刀术过人、发动了暴动的前皇协军中队长赵兴。除了他，没有人有这么大的本事。

格木当然更清楚，此人必是赵兴无疑。可是，他除了愤怒之外，没有别的办法。在这深山里，这个独来独往、本领超群的支那人像大海中的一条鱼，要抓住他或杀死他，谈何容易？唯一的办法就是设法让内线孔庆西把他召回八路军或国军队伍里，予以控制，再通过消灭那支队伍来消灭他。

这天，谷野少尉所带的小队发现了肖营长与林少尉带着小股武装活动的踪迹，前去清剿。一番追击后，他们将肖营长的队伍包围了。双方打了半天，肖营长的部下都没有子弹了。谷野带着日军一步步逼上来。就在这时，从谷野背后的岩石后面跳出一个赤裸着上身、戴着斗笠的汉子，手端机枪，对着日军一阵猛扫，日军被打倒一大片。剩下的日军惊叫道："独行大侠来了！"赶紧四散逃去。谷野喊一声"关大河……"，腿上就挨了一枪。日军赶紧背起他，边打边撤退了。

关大河逃离大蒙山支队后，就一个人在山中游荡，不断地消灭零散的日军，也寻找着肖营长的下落。可是，找那些失散的国军打听，他们都说肖营长的队伍也化整为零，四处活动，找不到人。于是，他就独自一个人，不断地消灭鬼子，同时注意打听肖营长的消息。这天，他正在自己住的地方附近活动，听见了远处传来的枪声，就赶了过来，结果，撞见了肖营长被围。

二人相见，自然欷歔了半天。肖营长告诉他，他们这是前往他部下的一个隐藏点去的，没有想到撞上了谷野小队，差点报销了。

关大河问肖营长所带部队的情况，肖营长叹道，人倒是有，就是没有枪支和弹药。他们现在有近千号人，可是，枪才二百多支，都是战俘暴动时搞到的。关大河听了，默默地把他带到了自己的住处。

拨开一丛丛杂草，他们走进一个被山石紧夹的通道，走了三十多米，出现一个山洞，山洞门口的树上，竟系着一匹马。走进山洞，关大河在角落取出一支松明火把点燃，只见洞内角落里，整齐地摆放着五十多支长枪，还有一堆手榴弹、一堆日军军服、一堆日军军用背包，另外还有罐头、饼干等。

肖营长和林少尉瞪大了眼睛。

"兄弟，你在开军火店啊！"肖营长欣喜地拍拍他的肩，喜不自禁。

"用这些装备，可以对付谷野小队了吧？"关大河平静地笑道。

肖营长一拳打在他的肩上，笑道："有你一个人，顶一百倍这样的装备！兄弟，

跟我们干吧!"、

关大河点头答应了。当即，他们商量了一个袭击谷野小队的计划。肖营长派人四处侦察，发现谷野小队住在离他们这里五十多公里的一个小村庄里。于是，肖营长令人去调集离他最近的一个大队，调了二百多人过来，把关大河贮存的装备全部发给他们，然后悄悄出发，包围住了谷野小队，攻进了村子里。

谷野小队边打边往外撤。关大河、肖营长领人追击，竟将已经受伤的谷野击毙。最后，整个谷野小队只有四五个逃掉，其余的全部被歼，缴获长短枪三十多支、机枪五挺、子弹二十多箱、手榴弹十多箱，俘获受伤的日军两名。肖营长在关大河没有注意时，下令把两个俘虏杀掉了。

这场胜利让肖营长喜出望外，也大大鼓舞了肖营长部下的士气。

逃回去的日本兵把谷野的死讯带给格木，也告诉格木，是肖北新的人干的，而且，那个赵兴，也就是关大河，也在里面。格木伤心得流下了眼泪。谷野是他的老部下了，没有想到，竟丧身在大蒙山中。他含泪大叫："谷野君，你走好! 我一定要为你报仇!"

他当即命令部下，撒开网来，去找八路军战俘的下落。找到了他们，就找到了孔庆西——山猫; 找到了孔庆西，就可以弄清肖北新队伍的下落，就可以全歼肖营长所部，抓住关大河。现在，他只剩下两个小队了，不得不多用点智谋。

可是，格木这口气还没有咽下，又出现了更大的事情: 日军运输队被关大河与肖营长的人袭击了。

原来，有一天，关大河与肖营长路过十一号公路附近，关大河从当地老百姓那里得知，这条公路连接着几座县城，是大蒙山腹地东部地区唯一一条连接多个城镇的公路，常有日军的运输车队经过，于是决定在这里打个伏击。肖营长同意他的想法，就调了一个大队过来，埋伏在公路两边。等了三天后，终于等到一支日军运输队经过这里。运输队一共有十二辆大卡车，中间十辆是运食品和枪支弹药等物资的，前后各一辆坐着押运的士兵，共约六十名日军，算是一个小队。

仗打得很漂亮。关大河在八路军时经常打这样的伏击战，很有经验。六十多个日军大多都报销了，剩下的几个伤兵也被肖营长的部下处决了。跟着，士兵们把车上的物资全部搬走，又把卡车全部炸掉了。

这些枪支弹药和其他物资，足够装备一个加强营。这下，肖营长手下有两个大队全部换上了崭新的日军军服，每个人都配备了全式日军的装备。全军上下一片欢腾。有了如此强大的装备，他们不怕格木的讨伐了，也用不着化整为零了。所以肖营长把他的三支部队集合起来，取了个番号"国民革命军大蒙山别动支队"，肖营长任司令，林少尉任副官，下设三个大队。他要任命关大河为副司令，关大河不干，说自己是八路军的人，就以朋友的身份住在他的部队里吧。肖营长也没勉强他，就委任他为顾问。于是，全军上下都喊关大河为"关长官"或"关顾问"。他们穿村过镇，呼啸在大蒙山中，惩处汉奸，攻打其他的日军。

大蒙山区内还驻扎有其他部队的日军。他们的声势一度惊动了日军十六联队司令

部，该司令部急命村边迅速消灭这支新的武装。村边十分震惊，他没有想到逃出去的战俘会有如此大的能量，不仅打死了谷野，而且干掉了兄弟联队的运输队，成了横行在大蒙山区的一支劲旅，这还了得！于是，他开始考虑亲自带兵前来扫荡了。他命令格木抓紧弄清战俘们的踪迹，以便他前来会剿。格木心里则更是着急。

孔庆西也在寻找格木。

关大河走后，张五常他们一直住在小王庄。不久，他们知道了格木带讨伐队进山的消息。李芬几次提出打出去，开展游击战，都被张五常否决了，理由是，他们才一百多号人，枪也不过四五十支，弹药更少，走出大山，遇上日军，无疑是送死，这与此前日军在大扫荡时，搜索他们的失散人员，有什么区别呢？不如现在沉着地隐藏起来，等八路军主力打回来后，再狠狠地打击日军。

其实，这只是原因之一。另一个原因是，他不想自己的人马有什么损失，他想完整地把这个暴动的成果带到独立团，那时，他的功劳就大了，远比几个人狼狈地跑回独立团风光。到那时，组织也绝不会同意李芬与他离婚的请求了，而李芬说不定也会回心转意的。当然，这里面夹杂着一个关大河。这个关大河，无论如何也要把他置于死地，否则，自己的老婆就永远失去了。他对李芬还是抱有一丝幻想的。

不久，肖营长部队消灭了谷野小队及不断打胜仗的消息传了过来，大蒙山支队的战士们都很受鼓舞，纷纷议论开来，说人家友军都打了那么多的胜仗，我们也该有所行动才是。李芬也几次提出建议，要求找到肖营长的部队，和他们联合作战。

张五常更不情愿了，因为，派出去的侦察员告诉他们，关大河就在肖营长的部队里。和肖营长部联合作战，就意味着关大河，这个挥之不去的阴影，又要缠绕在李芬和自己身边了。

可是，碍于战士们的议论，他不得不有所表示。这晚，他召集几个中队长开会，商量下一步的行动。大家一致决定，派一支小部队出去活动一下，一来摸一下格木的清况，二来筹粮、筹款、筹衣服，三是有机会打个小伏击，缴获一些武器装备。此外，如果遇上肖营长的部队，建立联系也好。

胡连长和孔庆西都要求领受这个任务，张五常考虑了一下，把这个任务交给了孔庆西。于是，孔庆西带着十多个人、五条枪出发了。

他们在山中转了两天后，撞上了一支日军，领头的正是格木。一阵激战后，他们死的死，伤的伤。一个战士拿着最后一颗手榴弹，想与日军同归于尽，孔庆西一枪将他打倒。日军围了上来，将活着的人全部抓住。

孔庆西和几个被俘的战士被押进格木的大营后，孔庆西被带到格木的房间，其他的战士就被枪杀了。

孔庆西主动提出带小分队出来活动，执行任务是假，寻找格木，接受指示，通报大蒙山支队的情况才是真。没成想真撞上了格木。

在格木的房间里，孔庆西报告了暴动后张五常带领的大蒙山支队的情况。格木给孔庆西明确了任务：一，设法协助他们消灭在大蒙山的国军战俘，还有张啸天的土匪，最好的办法是促使肖营长的部队与张五常的部队联合，这样方便他实施打击；二，设法和张五常一起回到独立团，确保日后消灭独立团。独立团以后肯定还会再回黄庄活动的；三，必要时把张五常拉下水，逼迫他一起做卧底。

之后，格木告诉他，他的部队将往小王庄开进，住在离小王庄不远的小牛庄，到时会派人与他联系。

孔庆西告诉格木，在小王庄后山上，有一块紫色的大岩壁，岩壁前有两棵一模一样的榆树。岩壁下方的草丛中有一个一尺长宽的小洞，格木给他的电台可以派人放到那里，他到时去取。

接受了任务后，孔庆西就回到了小王庄。他痛哭着告诉张五常，说遇上了鬼子，其他人都牺牲了，只有他血战逃脱。张五常等人安慰了一番，说虽有牺牲，但也有成绩，毕竟撞上了格木，说明格木离他们不远了。

然后，孔庆西提出了自己的想法："既然格木很强大，而且目标直指逃跑的战俘，那么，我们不妨与肖营长的人联手，一起对付格木。"

张五常问他："如果两军联合了，关大河怎么办？抓他还是不抓？"

孔庆西道："那有什么关系？他现在不是我们的人，是肖营长的人了，暂时不管他了吧。"

他的意见得到了大多数人的赞同，张五常不好再坚持自己的意见了，就派古柱子前去寻找肖营长的部队。

第26章　大王庄

古柱子很快找到了肖营长的队伍，告知了张五常的想法。而恰在同时，肖营长在关大河的建议下，也在寻找大蒙山支队，想与大蒙山支队联合作战。于是，双方一拍即合，当即由古柱子领路，肖营长和关大河带着队伍朝小王庄开去。

到了小王庄，张五常带着全体八路军指战员在村口迎接。大家都是原先在战俘营一起修过碉堡的难友，此刻重又相见，不免有些激动。有些在同一个房间里住过的国共战俘们，拥抱在一处，狂欢不已。

张五常、孔庆西、胡连长上前迎接肖营长、林少尉与关大河。关大河主动对张五常伸出手来，但张五常没有理他，却去和肖营长寒暄。肖营长一脸的不高兴，道："张主任，关大河现在是我的顾问，你对他，理应有起码的尊重吧！"

同时，古柱子、李芬、胡连长等人也用不满的表情看着他。张五常这才讪讪地和关大河握了握手，道："这个，既然你是肖营长的人了，按照我们统一战线的原则，过去的事就不追究了吧！握手！"

关大河不卑不亢，大度地与他握了手。

李芬克制住激动的心情，落落大方地伸出手来。关大河平静地同她握了握手。他不想激怒张五常，引起两军的矛盾。

李芬心里略有些失望，但很快就消失了，更多的则是激动，是欣喜，是爱情的潮水的涌动。关大河离去后，她同张五常吵了一架，问他凭什么没有认真审讯就要处决关大河，是不是想公报私仇。虽然张五常有着充分的理由来解释这件事，但这事让她对张五常更加反感了。有次她与古柱子聊天，谈起关大河，古柱子说起战俘营暴动那天关大河与原爱的对话，他说，从那段对话中听得出，关大河对革命是很忠诚的。她听了也很感动。那段对话至少透露了两个信息：一是关大河对革命是忠诚的，二是关大河拒绝过原爱的求爱，而不是人们所说的，是因为原爱而投入了敌营。这让她更加坚信了自己的眼光。她相信自己爱过的男人是个堂堂正正的男子汉。后来，关大河加入了肖营长的队伍，协助肖营长接二连三地打胜仗，她感到由衷地自豪，而思念之情也与日俱增。现在，终于见到他了，她怎能不激动？当然，她尽量把这种感情埋藏着，不当众表露出来。

然后，肖营长要手下拿过一套日式军服，上面还有武装带和一支带有手枪套的小手枪，送给了李芬，因为李芬是军中唯一的女性，自然要讲究一些。李芬高兴地接受了。暴动时，她穿的是旗袍，光着脚，这显然不大适合在队伍里作战。所以，到了大蒙山后，她用旗袍和房东换了一套老百姓的花短襟，以及寻常的土布裤、布鞋，又找古柱子弄了根皮带扎上。现在，有了这套军服，岂不是要精神多了，也干净多了？

她不知道，这套衣服其实是关大河托肖营长送给她的。

彼此寒暄后，肖营长就挥挥手，命令把给大蒙山支队的礼物送上来。后面的士兵抬了一批战利品走过来，共有五十支三八大盖、两挺歪把子机关枪、二百颗手榴弹、五千发子弹，还有被服五十床、日式军衣五十件。

大蒙山支队的战士们见了这么多的礼物，自然十分高兴，都夸肖营长的队伍能打仗，惭愧自己没有打什么胜仗，拿不出什么战利品，穿得也破烂。

这些议论与感叹，还有牢骚，让张五常十分难堪。关大河对肖营长使个眼色，肖营长就提议进屋里谈。于是，张五常赶紧带着他们去了自己的住处兼办公室。

当下两军会餐，吃的东西也是肖营长的人带来的。

酒桌上，两军商议了下一步的行动。小王庄显然住不下肖营长的人马。张五常告诉他们：离此西头二十多里，有个大王庄，住着二百多号人家，是个大庄，只是四周比较开阔，没有多少屏障。肖营长与关大河商议了一下，决定住进大王庄。

肖营长的队伍开进大王庄，把当地的百姓吓得一片混乱，村民们都以为是鬼子进村了。林少尉带人去跟他们解释，说我们是国军，只是穿的是缴获的鬼子的服装。老百姓这才放心，赶紧腾房子，让他们住下。当地的村长也出来和他们联系，表示欢迎。

关大河对村长说："麻烦您给乡亲们讲清楚，我们是讲买卖公平，讲军纪严明的。吃你们的、用你们的、住你们的，都要付钱的，不会随便拿你们的东西！"

村长听了十分高兴，当即走村串户，要乡亲们支持国军住下。所以，肖营长的上千号人很快都住了下来。

关大河建议部队搞好军民关系，帮房东挑水扫地，不许打骂百姓，买东西要付钱，等等，肖营长都接受了，并传达了下去。

当天下午，关大河与肖营长察看了大王庄的地形。这里确实是一个既开阔又适于坚守的地带，四面都是山，基本上可以做屏障。正前方是一条长谷，一直通向山外。左边一条小路，从两山的沟谷间通向小王村。从这两个地方进攻大王庄，推进速度将很快。

关大河与肖营长商定：在前面的村口，即通向外面的谷口，构筑工事，派一个连的士兵，以班为单位，分成三班守卫。通往小王庄的地方，派一个班守卫。其他地方问题不大，在山上派几个游动哨便可。于是，肖营长当即令人在村口构筑工事，架上机枪。

与此同时，在小王庄村后的壁岩下，孔庆西找出了格木派人放在里面的发报机。他戴上耳机，悄悄给格木发报，把两军会师，以及肖营长的人马住在大王庄的消息报告给了格木。格木接到报告后，要他明晚七点接受他的指令。

此时，格木已经住进了小牛庄，村边带着大队人马也开了过来，两军会合，一起在小牛庄住下。房屋不够，他们就架起了帐篷。

接到孔庆西的报告，村边、格木决定趁肖营长的队伍立足未稳，对他们发起进攻。他们商议，明晚十二点，村边带主力向大王庄发动攻击，力争全歼或打散肖部，同时分出小股兵力，由格木带领，攻击小王庄，消灭张五常部分队伍，只留下张五常和孔庆西等少数人逃掉。

第二天晚上七点，他们把这个计划发报告诉了孔庆西，让他有所准备，到时一定要带着张五常跑掉。

孔庆西接到电报后，就把电台装进随身带的肖营长馈赠的日式军用背包里，带回住的地方，以备半夜撤离。

第27章 遇袭

第二天晚上，村边领着大队人马悄悄朝大王庄行进。

他们逼近大王庄时，遇到了无法躲过的障碍：村口修筑了工事，一个班的国军驻守在那里。更要命的是，此时恰是子夜时分，守卫的士兵正好在换班，刚刚进入阵地的那个班很快发现了大队日军的身影，当即开起火来。而换下去的那个班还没有走远，听见枪声，赶紧回头，进入阵地。这样，一共几十号人在阵地上阻击着村边。这是村边没有料到的，这几乎就相当于敌方有了准备。

但事已至此，村边一不做二不休，下令朝村口的阵地猛攻。同时，用迫击炮弹直轰大王庄。与此同时，小王庄那边也传来了枪声，格木带小部人马开始袭击小王庄。大王庄和小王庄顿时一片混乱。

关大河提着手枪、背着日式军刀从屋里冲了出来，肖营长随后也从屋子里跑了出来。他们两人都住在营部。

看见乱哄哄的场面，关大河大声喊："老乡们，不要乱，待在屋里，不要动！我们不会让鬼子打进来的！"跟着他对肖营长道："老肖，我带人先上去！你快派人加强守卫与小王庄的通道。"肖营长应了一声，赶紧布置去了。

关大河喊了一声"弟兄们，跟我上"，就提着马刀冲了上去。

大王庄村口阵地已经被突破，日军直朝村里涌来，正好碰到关大河他们。关大河挥着马刀冲了上去，后面的士兵边开枪边跟着他往上冲，双方人马杀在一处。

跟着，肖营长也带着大部队冲了过来。鬼子顶不住，退了回去，肖营长和关大河夺回了阵地。他们令士兵们分成两道防线，控制着阵地。

村边没有想到肖营长队伍的战斗力如此之强，现在看来，他还真攻不进去了。他一面下令开炮轰击，给对方造成威胁，一面考虑对策。

关大河见日军一时攻不进来，人数也没我方多，小王庄那边也在响枪，就提议由自己带一部分人去增援小王庄。肖营长同意了。于是，关大河点了两个连近二百号人，直往小王庄奔去。

小王庄已经是一片混乱，一些百姓拖儿带女往后山上跑，边跑边喊："鬼子来了，快跑啊！"

日军是从前面狭窄的山口扑过来的，由格木带队。八路军依托院墙、树林抵抗着日军，有的趴在屋顶上与敌人枪战。

张五常领着一群战士依托一个矮墙阻击敌人时，孔庆西背着装电台的包跑过来要求撤退。跟着，古柱子也跑了过来，告诉他是格木带的鬼子。

"怎么肖营长的部队一来，鬼子就打过来了？我敢肯定，一定是关大河做的好事！"张五常看着前面，半真半假地恨恨说道。孔庆西赶紧附和，说同意张主任的判断。

古柱子不同意这个判断，但此时又不好说什么，只问张五常现在怎么办。孔庆西建议撤退，说大王庄也遭到袭击了。经过商量，他们决定张五常带人先撤，古柱子和胡连长组织没撤的同志们抵挡一阵后再相继突围。于是，张五常提着手枪，带着孔庆西等三十多人往村后跑去。

跑了几步，张五常忽然想起什么，问孔庆西："看见李芬没有？"一个战士道："李大姐好像和一些战士被困在王家大院了。"张五常犹豫地朝王家大院方向看去。孔庆西拉着张五常的胳膊，道："张主任，来不及了，快走吧！"张五常瞪了他一眼，半推半就地任他拉跑了。

此时，日军已攻进了小王庄。小王庄到处是枪声，到处是火光。八路军战士人少武器少，但仍英勇地抵抗着。

一个小院子里，两个没有了子弹的八路军战士被几个日军逼到墙角。一阵拼杀之后，两个战士死在敌人的刺刀下。另一个小院子里，一个日军从屋里拖出一个年轻姑娘就往地上摁。一个倒在血泊中的八路军伤员猛地爬起来，将日军扑倒。一个日军从院门冲过来，将八路军战士捅死，又一刀捅死了那个姑娘。

屋顶上，胡连长领着几个战士顽强地与日军对射着。渐渐地，枪声停了，他们没有子弹了，日军从四面八方爬上了屋顶。格木也提着指挥刀上了屋顶。

胡连长站起来，一摆刺刀，喊一声："同志们，拼刺刀！"就率先上前将刺刀捅进一个日军的胸口。

格木冲上来，挥刀与胡连长搏杀。几个回合后，格木砍倒胡连长，挥动着沾着胡连长鲜血的刀，面孔狰狞，大声喊："统统消灭！"

李芬与十几个战士被围在一个大院子里。她和战士们趴在不高的墙上与日军对射着。李芬边用手枪射击，边给战士们提劲："同志们，坚持，友军会来增援我们的！"

格木提着滴血的战刀，带着几个日军走了过来。一个指挥攻击的日军小队长上前向他报告战况。他看着被火光映红的李芬的脸，脸上露出得意的凶狠的光芒，狰狞地笑道："李芬，我们又要打交道了！"然后他一挥指挥刀，喊："抓住赵兴的女人！"

鬼子们端着枪向李芬他们冲了过来。

李芬一扣扳机，却打不响了。其他战士打了几枪后，也没有子弹了。她准备与鬼子同归于尽。她问谁有手榴弹，给她一颗，可是，战士们都摇头。一个战士焦急地要李芬赶紧从后门溜出去，他们打掩护。李芬拒绝了，说："要死，大家一起死吧！"

日军从四面步步紧逼上来。

李芬对身边的一个战士道："等会儿要是拼不过鬼子了，就给我一刺刀。"那个战士含泪不语。

就在这时，远处一阵枪声传来，跟着传来关大河的喊声："弟兄们，冲啊！"二百多名国军战士在关大河的带领下从大王庄那边杀了过来。

格木脸上的横肉颤动了一下，怒气与惊讶同时出现在他的脸上。怒，是因为仇人相

见，分外眼红；惊讶，是因为他没有想到村边没有解决掉大王庄，从而使关大河带了这么多人马杀了过来。他提着指挥刀，进也不是，退也不是。这时，指挥进攻的小队长跑过来，对他道："格木君，敌人增援部队上来了，敌众我寡，我们赶紧撤退吧！"

格木的手脚发冷，恨恨地看着杀过来的关大河他们，呼呼地吐着气，想要冲上去与关大河搏杀。

"格木君，再不走就来不及了！"小队长焦急地喊。

格木想了想，咬咬牙，恨恨地下了撤退的命令，然后拔脚朝村外跑去。日军边射击，边朝村外撤。

关大河一边喊："格木，拿命来！"一边从一个战士手里取过长枪，对准格木射击，但因为太远，没有击中。

格木带着日军跑掉了。关大河命令停止追击，赶紧肃清尚未跑掉的残敌，并帮老百姓扑灭烧着的房屋，抢救伤员。

张五常带着孔庆西等人撤到小王庄后面的山坡上，依托岩石停下，紧张地观察着小王庄的情况。他们发现枪声似乎停了，大火也越来越小，就令身边的一个战士摸到村子里去看看。

就在这时，一个战士跑过来喊："报告张主任，关大河带友军打跑了格木，古队长要我来接你们回去！"张五常一听，脸上露出又喜又忧的表情，赶紧问李芬怎么样了。那战士说，李芬没事。

张五常克制住内心的欣喜，令孔庆西集合队伍，回小王庄。

到了村子里，只见关大河正指挥他带的人救火、抢救伤员、清理死尸。李芬跟在他的旁边，一脸的自豪。张五常脸上涌出浓浓的妒意。看见张五常过来了，关大河迎了上来，问候道："张主任，你们受惊了。"

张五常阴沉着脸道："真是怪事，我们在这住了一两个月，都没有什么事情，你一来就出了问题。"

孔庆西也恨恨地道："我看，你确实有问题。"

"你们这是干什么？要不是关大河救我们，你们回得来吗？鬼子来了，就是关大河通风报信，那鬼子这几年的大扫荡，又是谁通的风报的信？"李芬生气地道。

张五常阴沉着脸看着她。孔庆西冷冷地道："李大姐，这也只是猜测，你那么紧张做什么？"李芬瞪了他一眼，不再吭声。

关大河没有计较张五常的态度，他对张五常建议道："张主任，你们的人太少了，挡不住鬼子的。这样吧，我和肖营长商量一下，你们也搬到大王村去住，怎么样？"

"太好了，早应该这样了。"李芬高兴地道，"分开住，容易被敌人各个击破。"古柱子也表示赞同。

张五常只淡淡表示他们商量下再说，然后令古柱子组织人在村子里做善后工作。

关大河见小王庄里的大火已经全部扑灭了，而大王庄那边还有枪声，就令带来的一个连留下，帮着防守小王庄，自己和林少尉带另一个连赶回大王庄。

到了大王庄的前沿阵地，枪声已经平息下来。原来，村边见攻不下大王庄阵地，而肖营长的人明显较多，知道一时攻不下，闹不好，还会被对方反扑消灭掉，就下令撤退了。

第28章 酒醉人也醉

经过这次袭击，关大河与肖营长商量了一下，都觉得张五常的人住过来要安全一些，于是派林少尉去接张五常的大蒙山支队过来住。

在这场战斗中，大蒙山支队共牺牲了三十多名战士，另有三十多名战士受伤，现在能战斗的只有五十多人，基本上没有战斗力了，胡连长也英勇牺牲了。张五常只好同意搬过去住。他以前不去大王庄，因为那个村子很大，他们不好守，现在有肖营长的近千号人马，还怕什么呢？只是，如此，关大河就可以与李芬肆无忌惮地接触了，这是他很顾忌的。可是，有什么办法呢？现在他只能依托肖营长他们。

两军会合后，双方开了一次联席会，讨论为什么村边大队会知道他们的住处并袭击他们。张五常与孔庆西坚持认为有内奸，而肖营长则认为，村边进来讨伐他们，肯定要四处派人侦察，找到他们不足为奇。

关大河没有吭声，他想肖营长说得有理。还有一个原因，也可能确实有内奸。格木不是说过，有战俘透露了暴动的消息吗？可是，这么多人，怎么能找出那个内奸呢？而且，那个内奸又是怎么送的情报呢？他想以后得留个神了。

这天晚上，大王庄上空一如既往地飘荡着喧闹声。因为正是夏天，许多战士就蹲在外面吃饭或者喝酒，人又多，喧闹声就传得很远。暮色苍茫，笼罩着村庄和远山。村子里偶尔有几户人家已经点起了灯火。

李芬在房东家里吃过了饭，因为太无聊，就出来转转，不知不觉地就转到了肖营长的司令部。肖营长与关大河住在这里面。她很想找关大河聊一聊，而且，她还要感谢肖营长送她衣服呢。

肖营长的司令部所在的房屋很大，是一个大户人家的房屋。这户人家男人在外做生意，屋里只有胖胖的房东女人和她十五岁的儿子，再加上一个丫鬟。

司令部大院门口站岗的士兵认识李芬，让她进去了。

一进院子，就听到堂屋里传出男人们划拳的声音。大门开着，可以看见里面点起了蜡烛，一群或穿着军服或光着膀子的男人们围着一张八仙桌在喝酒，里面似乎就有关大河的声音。李芬心里一阵异样，还有一种莫名的甜蜜。她迈上了台阶。

堂屋里，肖营长正和关大河、林少尉等几个军官喝酒吃饭。肖营长等一些军官正在给关大河敬酒，无非就是表达敬意与感谢。肖营长感谢关大河，说没有他，就没有大蒙山别动队的今天。林少尉等军官则向他表达敬意。

正闹得不可开交时，李芬走了进来，目光停在关大河身上。关大河觉得有人在打量他，一抬头，看见了李芬，愣住了。

肖营长也抬头看见了她，嬉笑着嚷道："哈，老关，你媳妇来了!"

李芬的脸立马红了，她心慌道："我散步，路过你们这里，知道肖营长在，就顺便来谢谢肖营长上回送我衣服和手枪。"

"哈哈，谢老关吧，是他不好意思送，要我帮着送的。"肖营长笑道。

李芬呆呆地看着关大河，脸上露出一种幸福、甜蜜及动心的表情，但她很快掩饰住了。

"哦，是这样的，"关大河难为情地道，"因为，我怕给你添麻烦，毕竟，我名声不太好吧，所以，托肖营长送。"

"哎呀，送就送了，管它什么原因？两个人觉都睡了，还客气个屁啊!快坐，请坐!"肖营长似有几分醉意。

李芬的脸更红了，有些愠怒也有些害羞地瞪了肖营长一眼。关大河也不满地擂了他一下，道："伙计，怎么说话的啊!"

肖营长哈哈笑了起来，连说对不起。他们都坐在长条椅上，肖营长往一边挪一挪，邀李芬在关大河旁边坐下。关大河也往肖营长旁边挪一下，给李芬让出位置。李芬就走了过来，在关大河身边坐下了。

其他的打着赤膊的军官赶紧自觉地穿上衣服。

肖营长要房东给李芬拿来碗筷，往李芬碗里倒酒。李芬要推，自然推不了。然后，肖营长对林少尉使了个眼色。林少尉端起酒杯，站起来，对李芬道："李同志，我知道，在战俘营，你和关连长以夫妻为掩护，为我们搞暴动，最终搞成了，救了我们一命，这杯酒，兄弟我敬你，请一定干了!"

李芬笑着推辞道："我真的不会喝，真的不能喝!"

林少尉道："李同志，你要不喝，我这一辈子都过意不去，我可是代表所有战俘营的国军弟兄们敬你的酒，你这个面子要给啊!"

肖营长道："李长官，你就喝一点吧!"

李芬只好端起酒杯，喝了一口。

刚一喝完，林少尉身边的军官又站了起来，端起酒杯，要敬李芬，说自己这条命就是李芬等人从战俘营里捡出来的。李芬推托不掉，只好又喝了。

跟着，军官们在肖营长的示意下，纷纷向李芬敬酒。肖营长也亲自上阵，大有要把李芬灌醉的架势。

无论李芬怎么推，他们都有足够的理由，所以，李芬最终不得不都喝了。

关大河知道肖营长在搞恶作剧，想把李芬灌醉，一度在旁边劝，都被肖营长和他的部下挡开了，说是招待八路军的干部，与他无关，除非他们是夫妻，弄得关大河也插不上话了。

喝到后来，李芬舌头也打卷了，她把最后一碗酒喝下去后，惨然一笑，一头在桌上趴下了，然后又吐了。

肖营长赶紧请房东大嫂把李芬扶到后院，让她吐，再给她洗一下，把她扶到床上休息。李芬此时已烂醉如泥，不省人事了，任由房东大嫂摆布，一被扶上床，就迷糊过去了。

堂屋里，关大河埋怨肖营长把李芬弄醉了。肖营长假装认错，罚了酒，然后对林少尉等军官使眼色，要他们给关大河敬酒。林少尉等军官于是像刚才弄醉李芬那样给关大河敬酒，也是找了一大堆理由，比如敬重关大河的人格和本事，希望交个朋友，或希望关大河看得起自己，如果看得起就喝，看不起就算了，等等。肖营长也在一旁推波助澜。关大河很少和这些军官喝酒，这些军官也确实都很敬重他，于是，推托一番后，就都喝了。

这么喝了个四五碗后，他也开始说起胡话来。而肖营长又给了他最后一击，说祝他以后能顺利地回到独立团去，继续当他的特务连长，带着弟兄们上战场杀鬼子。这句话很管用，已经有点晕晕乎乎的关大河哈哈大笑一声，端起碗就干了，然后他也醉倒在桌旁。

肖营长哈哈大笑，带着几分醉意问房东大嫂把李芬安置在哪里休息。房东大嫂说在自己的卧室，自己的床上。肖营长就要林少尉把关大河扶到房东大嫂那个床上，和李芬睡在一处，又要房东大嫂晚上就睡在关大河的卧室里。

林少尉和另一个军官把关大河扶到房东大嫂的卧室里，放倒在床上。李芬已经在床上酣然醉卧，薄被单微微敞开，露出如玉的颈脖和浑圆的肩。他们给关大河脱了鞋和衣裤，就出去了。

夜半时分，李芬先醒来了。她睁开眼，看见光着膀子、只穿着一条短裤的关大河睡在自己身边，一下子愣住了，赶紧坐了起来。

她回想昨晚的情景，心想一定是自己喝醉了，被人扶到这床上了。可是，是谁扶的呢？还把衣服脱了！关大河又怎么睡在自己身边，也把衣服脱了呢？她下意识地拉起盖在身上的被单，裹着胸。她有些生气。虽然关大河是自己爱的人，可是，也不能这样啊。

她生气地推关大河：“哎！醒醒！醒醒！”关大河被他推醒了，一下看见坐在床头的李芬，以及她美丽的脸蛋和没有遮住的如玉的臂膊，吓得一骨碌坐起来。

“这，这是怎么回事？”他看看自己，又看看李芬。

“我怎么知道？我问你呢！”李芬嗔怒道。

关大河呆呆地想了一下，一拍脑袋：“见鬼，肯定是老肖做的好事！”跟着，他对李芬说：“昨晚你喝多了，老肖要房东大嫂把你扶到这个床上休息，然后我也喝多了，在没有知觉的情况下，他们就把我也扶过来了。”

李芬暗地里有几分高兴，仍假装嗔怒道：“这……怎么可以这样？”

“大概是看你睡着了，不好叫醒你吧！那……我现在起来！”关大河说着要起身。

“算了，不用了！”李芬道，“为什么要起来？你……要避嫌吗？”

关大河愣了一下。

“怎么不讲话了？”李芬语气温存。

关大河咳了一下，呐呐道："你，还好吧！"

"嗯。"

想了一下，关大河道："我看，我还是起来吧，让人误会了不好。"

"误会了又怎么样？"

"我怕传到张主任那里，会影响……你和张主任关系！"关大河道。

"是怕影响你和张主任的关系，还有你的前程吧？"李芬挖苦道。

关大河不自在地沉默了。

"有件事我要告诉你，"李芬道，"我对老张提出了离婚的事！"

关大河扭头看着她。

"在战俘营里，怕影响他的情绪，我没有提，暴动成功后，没必要忌讳什么了。我明确对他提出了，只等找到组织后，请组织批准。"

"哦，这……"关大河不知说什么好。

"还有，古柱子对我说了你和原爱的对话，我知道了，你拒绝过原爱……"李芬接着道。

关大河无语，呼吸有些急促。他感觉得到李芬的真诚与多情。可是，他仍有些顾虑。现在，两支队伍住在一起，他们两人要是好上了，会不会……而张五常也会更加恨自己了。

"你在想什么……"李芬扭过脸，勇敢地看着她，目光里充满着柔情与期待。

"我……"关大河看一看她，低下头。

"大河，如果你要真喜欢我，就不要有什么顾虑！你的痛苦和委屈，我们一同承担！"李芬勇敢地抓住关大河的手。

一股感动的激流涌上关大河的心头，一股热血在他全身涌动开来。多么好的女人，多么美丽的真情！还有什么可犹豫的呢？于是，他果断地抓住了李芬颤抖着的手……

鸡叫的时候，两人起了床，关大河悄悄把李芬送到了她的住处门口。两人约好：为避免刺激张五常，影响两军关系，两人的关系暂不公开。到了门口，李芬又扑入关大河怀里，和他拥抱了好一阵，关大河才离去。

他们没发现，在门前的大树后面，阴沉着脸的张五常正愤怒地看着眼前的情景……

第29章　小牛庄遇伏

早上，大王庄一片朝气蓬勃的景象。国共双方的军队各自在操练着。

关大河在国军这边的士兵操练队伍中巡视的时候，肖营长走了过来，不怀好意地撞撞关大河，挤眼道："兄弟，昨晚很快活吧！"

关大河笑而不语，跟着，他看看四周，附在肖营长耳边小声道："这事不要张扬，怕影响两军关系！"

"凭什么？她和那个姓张的离婚了不就得了？"肖营长不解道。

"现在不还没有离嘛！她对张主任提出了，张主任不同意，以后还得组织批准。"

肖营长明白了他的意思，答应不张扬，又笑道："对了，你小子要记着我的情，下回，要有好的女人，你也要帮一帮我！"

"没问题。"关大河道。

两人哈哈大笑。

与此同时，在村西头，张五常找到刚教一群八路军战士唱完《延河颂》的李芬，说要与她谈谈。两人就朝山脚走去。

"今天凌晨，你很晚才回住处？"张五常背着手，边走边问。

李芬愣了一下，看着他。

"正好我出来检查岗哨，在村子里转转，看见了。"张五常不动声色。

李芬想了想，镇定道："我和你提出离婚了，你无权过问我的事！"

"你……你敢抛弃我，和叛徒好上？"

"我不想讨论工作以外的事情了，没有别的事，我就走了吧？"李芬说完，拔脚离去。

张五常气得脸色铁青，恨恨地看着她远去的背影。这一刻，他实在后悔当初因为李芬而叛变，要早知会是这样的结果，不如让日本人把她毁了算了。

同一时刻，孔庆西并没有出操，他趁着外面闹，房东忙，躲在卧室里给格木发报，询问有什么指示。格木在电话里痛骂了他一通，说他上回没有把大王庄的情况摸清楚，害得他们受了损失。孔庆西赶紧检讨自己，并保证下不为例。然后，格木又给他下达指令，说与村边商量了一个消灭肖北新的队伍的计划，名为"调虎离山"计划，要他照计划执行。

孔庆西发完了报，就把发报机藏好，然后出了房门。正好房东大娘给他端来一碗

面条，他狼吞虎咽地吃了，就出操去了。

晚上，肖营长派出的侦察员回来报告说，村边的主力好像已经往罗场县城方向开去了，小牛庄只剩下了格木的队伍。于是，肖营长和关大河就邀张五常带他的中层干部们过来，一同商量，看如何应对这一情况。关大河表示，他可以去小牛庄附近侦察一下，捉个活的来问。孔庆西也愿意去。于是会议就派关大河、林少尉、孔庆西化装成老百姓去了小牛庄。

在小牛庄，他们三个人看见村庄外有许多埋锅造饭挖的坑，还有扎帐篷时钉下的小木桩，就问出来拾柴的村民是怎么回事。村民告诉他们，先前一大队日军在这里住过，昨天一早就撤走了，回了罗场县城，现在小牛庄还住着一百多个日军，为首的叫格木。

他们听了打柴的村民的话后，又悄悄往前挪动。正好一个伪军扛着枪往外走，关大河道："把他带走。"于是，几个人埋伏在路面，等那皇协军走近了，关大河从草丛中扑出来，一拳把他打晕，然后，三个人把他装进麻袋里，背着离去了。

他们把这皇协军带到大王庄一审，和那老百姓说的一模一样。审完了，肖营长问下一步怎么办。几乎所有的人都主张去打小牛庄，端掉格木。于是，大家商量了一个方案：肖营长和关大河带别动队主力去偷袭小牛庄，别动队留一个连和张五常的大蒙山支队主力一起守大王庄。

第二天，肖营长与关大河带着别动队三个大队的主力直扑小牛庄。

走过一段山路，他们进入一个谷地。前面的尖兵过来报告说离小牛庄只有七八里路了。关大河对肖营长建议，再走两里路就分兵，分三路包抄小牛庄。肖营长点头表示同意。

可就在这时，山坡上，村边出现了，他拔出指挥刀，大喊："攻击！"大批的日军出现在两边的山坡上，轻重武器一起开火，枪炮声响成一片。肖营长的士兵们被打倒一大片。

肖营长、关大河赶紧命令反击。这时，一串子弹扫过来，肖营长被打倒。关大河的左胳膊也中了一弹，血流如注。

关大河一把抓住肖营长，把他拖到一边的岩石下，同时喊："弟兄们，不要乱，就地反击！"

国军士兵清醒过来，朝两边山坡上开火。毕竟人多，又都是有战斗经验的士兵，所以，很快就稳住了阵脚，分散在沟谷两边，朝上面射击。三大队试图发起冲锋，但没能冲上去，大队长也牺牲了。双方就这样僵持着。

关大河扶住肖营长喊："老肖！老肖！"

肖营长胸口上冒出鲜血，吃力地道："妈的，我们中了埋伏！"

"是的！"关大河看了一下四周情形，道："地形对我们很不利，老肖，我们得冲出去。"话没说完，肖营长已经昏迷过去了。

关大河命令林少尉带几个士兵背着肖营长，然后，他大声喊："弟兄们听着，一、二大队各一边，跟着我掩护，往上射击，三大队跟着林少尉往回冲！"于是，林少尉带人背着肖营长，和第三大队一道往大王庄方向冲。

关大河带一、二大队在两边趴着朝山上仰射。虽然人多，但毕竟地形不利，所以相当吃力，不少战士被打中。

背肖营长的战士被打倒，另一个战士上前，背着他继续往外冲。

关大河冲到一个机枪手旁边，举起机关枪，和其他战士一道对着两边山坡上的日军狂扫。

在关大河组织的有效反击下，三大队护着肖营长冲了出去。

然后，关大河喊："一、二大队交叉掩护，边打边撤！"二大队在关大河的带领下掩护一大队迅速撤离战场。关大河拿着一挺机枪在最后面断后。

村边命令他的士兵冲锋，日军紧咬着关大河的人，追杀着。

忽然，前面又响起了枪声，一个士兵跑过来对关大河报告说前面也有埋伏。

原来，村边设了几道埋伏。林少尉带人背着肖营长朝前冲时，一股日军又冒了出来，架着重机枪，给他们以很大的杀伤，三大队也被日军猛烈的火力压在地上不能动弹。

关大河令二大队队长在后面指挥断后，边打边撤，自己抱着机枪往前面去了。他的胳膊上仍在往外冒血。

到了前面一看，林少尉的人都被敌人压制在地上，不能动弹。昏迷的肖营长也被放在地上。关大河爬到林少尉身边道："林少尉，必须冲过去，要不我们就被包包子了！"

然后，他又对身后的士兵喊："弟兄们，狭路相逢勇者胜，大家跟着我拼死一冲！手榴弹准备！""狭路相逢勇者胜"这句话是原来独立团刘团长最爱说的。

一些士兵拿出手榴弹，拉开弦。

"听我命令，我喊'扔'，大家打出手榴弹，再冲上去，有枪的开枪，有刺刀的拼刺刀，子弹打完，枪要见红！"关大河说完，大喊一声，"扔手榴弹！"

众士兵扔出手榴弹。手榴弹在日军阵地爆炸了，日军阵地顿时成为一片火海。

关大河一跃而起，喊："冲啊！"他抱着机枪朝敌人扫射，边扫射边冲。士兵们跟着他奋勇向前冲。日军或被打死，或四散开去。

关大河带人踩着日军的尸体冲了过去。后面，二大队队长也带人跟上，迅速地冲过敌人的阵地。

村边领日军追了上来，他看着跑远的国军，挥一挥手，命令继续追击。

关大河领着部队往大王庄的方向奔跑，忽然，他想起什么，喊："停下！"林少尉和士兵们停下。

"快，上山！"关大河指着右边的山坡道。

"不回大王庄了？"林少尉不解。

"这次，我们中了埋伏，说明计划暴露，敌人必然抢在我们之前派一支部队袭击了大王庄或者埋伏在我们前面！"关大河果断地道。

"那怕什么？"林少尉不解地问，"我们不正好可以救大王庄？"

"估计救不了啦，我们中了圈套，敌人这次准备充分！"关大河表情有点难过，跟着下命令道，"上山！"话刚说完，他感到一阵晕眩，身子晃了晃，眼冒金花，倒在地上。

第30章　重返大王庄

关大河再醒过来时，发现自己躺在肖营长身边。两人都躺在用树枝和布条做的担架上。

肖营长已经醒过来，见他醒来了，赶紧道："老关，醒了?"

"我们这是在哪儿?"关大河看看四周问。肖营长告诉他：他胳膊受伤，失血过多，一时昏迷，现在他们已经撤退到山中，此刻正在山中的一个大山坡上休息。战士们没有吃的，伤员没有药，很是狼狈。

关大河问大王庄那边情况怎样了，肖营长难过地告诉他：在他们中埋伏的同时，格木带人血洗了大王庄，留守的一个连和八路军大蒙山支队都被打散，李芬被俘。

"李芬被俘了?"关大河很是吃惊。

肖营长说："听撤出来的那个留守连的弟兄们说，李芬被一伙鬼子包围，她想开枪自尽，结果没有子弹了，鬼子就把她抓住了。"

"你不要担心，格木亲自押走了她，他们不敢把她怎么样的。"肖营长安慰关大河道。

"我们这次吃亏很大，看来我们中间确实有内奸。"关大河叹了口气道。

"妈的!"肖营长点点头，恨恨地道。

"而且，内奸和格木联系，肯定是通过电台。"关大河想了想道。

"怎么说?"

"我们那天审问了抓来的皇协军，决定进攻小牛庄，第二天一早就出发了，这么短的时间，内奸不可能赶去小牛庄报信，只有通过电台。"关大河沉吟道。

"未必，"肖营长道，"也可能半夜里跑出去了，也可能把情报藏在山里面哪个位置，等着格木派人来取。"

"你说的也有可能。"关大河沉思道，"但我总认为用电台传送的可能性要大。"

"他妈的!"肖营长想了想，"我们俩都是打仗的人，也不是情报专家，不用分析了，以后慢慢查吧。"

"嗯，慢慢查!一要查那天晚上有没有士兵出村子，二是每个士兵的包裹都要检查。此外，以后要多留心一点。我建议由林少尉成立一个情报科，专门清查内奸。"关大河道。

肖营长点头同意了。

两人又商量了下一步的行动。这一仗，大蒙山别动队阵亡和失踪三百多人，其中包括三大队长以下的军官五名。现在还有人员五百三十名，其中，有二百多名伤员。关大河认为，队伍虽然受了损失，但实力还是有的，现在在山中转，缺吃少穿，没有据点，村边追上他们，很容易把他们消灭掉，不如重返大王庄。大王庄易守难攻，有了这块根据地，村边拿他们没办法。也正是因为对他们没有办法，村边才使了这个计谋。明着攻打，村边是不敢的。

肖营长同意他的意见，但说："还是先派人侦察一下吧。"

第二天，负责侦察的士兵回来报告说，村边已经押着李芬往罗场县城出发了，只留下格木在小牛庄。于是，肖营长命令队伍返回大王庄。

大王庄不少人家都在戴孝办丧事。格木那天袭击大王庄，除了打散猝不及防的大蒙山支队及肖营长的一个留守连外，还大肆烧杀奸淫。肖营长的司令部那个胖胖的女房东就被日军强奸，还被用刺刀捅开了肚子。留守的那个连经过血战后，损失惨重，大部分战士都战死了，遗体被村民们抬到山后集体掩埋了。最惨的是别动队在四周村子里招的那些护士，本是村里的淳朴的女孩子，全部被轮奸，然后开膛破肚。

关大河和被担架抬着的肖营长在村子里转了转，十分难受。关大河的眼泪在眼眶里打着转，他对肖营长道："此仇不报，我誓不为人！"然后，他含着眼泪一家一家安慰村民，说一定要为他们报仇。

同时，关大河不顾疲劳与伤痛，在村口布置了一个排的重兵把守，各处都放了岗哨和游动哨，没有肖营长和他的命令，谁也不许出村，又派出三股侦察兵四处侦察，摸四周的敌情。他又命令林少尉带领情报科加紧排查，争取早日抓出内奸。

第二天，侦察员们回来报告说，村边大队主力确实回了罗场县城。因为县城那边还有防守任务，杨少康的皇协军也跟着回去了。小牛庄只有格木中队在和他们对峙着。张五常的人马现在只剩下了三四十人，已经撤到其他地方去了。

关大河坐在肖营长的床边，与肖营长商量袭击格木，而且一定要消灭格木，一是为乡亲们和牺牲的战友们报仇，二是攻下这个据点，可以缴获一些药品和粮食。现在大王庄基本上要断炊了，不光战士们没吃的，乡亲们也没有，而且，包括肖营长在内的伤员因为没有药品，伤情都无法好转。

肖营长同意攻打格木，可是，他担心打不下来，或者又出现上次那种情况。

关大河相信这次村边是真的回了县城，他派出了三拨侦察员，都是一样的结论。即使村边没有回去，他也想冒一个险，为乡亲们报仇及解决眼前困难的想法占据着他的内心。而且，林少尉已带人把所有的将士清理了一次，遇埋伏那天，没有士兵单独出村，都在一块儿待着呢，也没有从士兵的包裹里搜出电台什么的。这说明，内奸可能不在国军队伍里。

肖营长最后同意了关大河的想法，两人决定，夜晚由关大河悄悄率三百壮士前去攻打小牛庄。

当晚，吃过晚饭后，肖营长命令全体将士全副武装集合，他在担架上宣布：由关大河挑选三百多人出去执行任务，其余的人除在村口放哨外，全部待在屋里，一人盯一人，不许出门，不许做其他的事，就干坐着聊天，彼此监视，林少尉带情报科的人督查。宣布完后，关大河就挑了三百多人，全副武装直奔小牛庄。

复仇心切的关大河带着三百精兵，经过几个小时的急行军，凌晨时摸到了小牛庄。左手缠着绷带的关大河挥舞着马刀喊："弟兄们，为死去的乡亲们报仇，为死去的弟兄们报仇！冲啊！"

三挺机关枪朝小牛庄村口的两个日军岗哨打过去，两个岗哨当即毙命。战士们怒吼着朝村庄冲去。格木的士兵还在睡梦中，赶紧爬起来应战。但关大河他们人多，又是怒火在胸的虎狼之师，加上关大河提着刀，在阵中所向无敌，很快，格木中队就被全部消灭了。格木听见激烈的枪声，知道抵挡不住。三十六计，走为上计。他一面令部下抵挡，一面带着发报员、发报机及两名亲随，趁着关大河的部队还没有完全合围上来，悄悄溜走了。

战斗很快结束了，国军部队很干净地干掉了格木的两个小队，共缴获枪支一百多条、迫击炮六门、机关枪十二挺，另有大批弹药。最重要的是，他们缴获了大批粮食、饼干、罐头和药品。这些药品对肖营长的部队来说，是雪中送炭。此外，他们还俘获了一个日军军医。原先肖营长的军医被格木杀害了，这个军医正好可以替代。同时缴获的还有格木的一些辎重，可谓收获甚大。

唯一的遗憾是让格木跑掉了，这让关大河跺脚叹了半天。战斗中，他提着马刀一直在找格木，可是，格木竟一直没有露面。看来，格木也有怕死的时候。

关大河当即用格木的马车把战利品全部拖回大王庄。

带着如此多的战利品归来，大王庄沸腾了。关大河与肖营长商量后，把粮食分了一半给当地的乡亲们，然后要略懂日语的林少尉说服那个日本军医帮着治疗受伤的一些将士。因为关大河还俘虏了几个日本伤兵，对他们不错，日本军医有点受感动，关大河也答应到时会放他回罗场县城，那个军医便答应给关大河的士兵们治伤。他先给肖营长动了手术，取出了胸口的子弹，又逐个治疗其他的伤兵。一时，大王庄进入和平安宁的好时光，因为遭遇伏击损失巨大而情绪低落的士兵们，脸上有了笑容。

可是，关大河心里仍然充满忧虑。一是李芬被日军抓去了，让他十分难过，不知日军会如何对待她。而且，总要想法把李芬救出来吧？二是张五常的大蒙山支队现在不知怎样了。三是内奸还没有找到，怎么办？而这个内奸，极有可能是在张五常的队伍里。会是谁呢？

他想到了孔庆西。其一，孔庆西表现得很做作，那天在战俘营的操场上，和他无冤无仇的孔庆西迫不及待地跳出来大骂，让人有些不解。张啸天骂他，可以理解，孔庆西为什么表现得比其他战俘都要激动？其二，孔庆西莫名其妙，一直很恨他，几次要置他于死地，为什么？其三，那晚张五常要处决他，孔庆西来执行，那种得意的表情令他反感。为什么会那么得意？像个小人一样。这种小人，一定有着很阴暗的心理。其四，他记得那天解了小王庄的围时，所有的人都是提着枪，身上什么都没有带，有的战士还来不及穿衣服，光着上身，提着一杆枪，而孔庆西竟穿戴齐整，背上还背着个鼓鼓的包裹，太不可思议了。

当然，这只是他的猜想，他急于知道张五常的人马的下落，好调查一下孔庆西。

第*31*章 张五常的悔恨

其实，张五常也怀疑到了孔庆西。几次被偷袭，他也觉得队伍里面可能有内奸。是关大河吗？不可能。虽然他对外坚称关大河是叛徒，出卖了第一次暴动，但只有他自己清楚，第一次暴动的告密者是他本人。而在与格木的对话中，他知道，关大河对八路军是很忠诚的。

那么，会是谁呢？一种情况，可能是肖营长那边的人；另一种情况，就是自己的手下。自己的手下中，孔庆西的嫌疑似乎最大。其一，他原先只是一个排长，又不是什么重要干部，也不是暴动骨干，为什么格木要把他与自己关在一起？就因为在操场上殴打了关大河？当然，这个也有可能。格木为了放自己，要找几个陪死，好使这场戏更真实一些。可是，这个孔排长一进审讯室，就介绍自己的身份，这多少让人觉得有些唐突。其二，他似乎也很仇恨关大河。可是，他与关大河无冤无仇。为了表现他很革命？其三，也是最重要的，上次小王庄遇袭，这次大王庄遇袭，很多干部、战士都是仓促抵抗，衣服都没来得及穿好，而这个孔庆西竟然还总背着个鼓鼓的背包，莫非里面有秘密？其四，每次宿营，包括在大王庄、小王庄，别的干部被要求两个人一间房，都欣然答应，唯独他要求一个人一间房，理由是和别人同一间房睡不着。当时他对孔庆西这些理由都没有在意，现在一清理，发现都是问题。

他决心查一下内奸。他还是想回到独立团做政治部主任的，革命了十多年，好不容易到了这个级别，岂可因为一时失足而功亏一篑？而且，因为内奸，李芬也被抓去了，这实在让他恼火。他知道一个女人被日军抓去的后果。上次李芬没有受侵害，是因为关大河的保护，这次，谁来保护她呢？

他命令部队展开清理内奸的工作，由古柱子负责，先查问小王庄、大王庄被袭击的那两天，有谁出过村子。然后，他要古柱子检查所有战士身上的包裹，看有没有可疑的东西。

他们现在住在一个叫肖家湾的小村子里。大王庄、小王庄他再也不敢回去了，担心内奸万一在肖营长的队伍里，免不了又要遭到袭击。何况，他现在只剩下了四十来号人，人少，便于活动，没有必要与肖营长混在一处。

这天，他正要去每个房间去检查，结果，还没有走出去，就撞见古柱子和孔庆西吵吵嚷嚷地走了过来。双方手里都拿着枪，对峙着。孔庆西的背上依然背着那个背包。

古柱子看见他，上前报告说："张主任，我奉你的指示，检查每个同志身上带的

包。可是，孔队长不允许我们检查他的包，说除了你之外，谁都不许看。"

张五常用警惕的目光朝孔庆西看过去。

"张主任，这里面的东西，我只想你一个人看。"孔庆西迎着他的目光，坦然道。

张五常想了想，对古柱子挥挥手道："你们先出去！"古柱子等人出去了。

孔庆西上前，把门关上，然后把背上的包取下。

"究竟是什么东西，这么神秘？"张五常不快地道。

"这是格木太君让我给张主任带的东西。"孔庆西看着他，一脸的阴笑，语气里含着威胁。

张五常愣住了，好似有一根铁棒砸向他的脑袋，眼前直冒金花。

"不想要他们听见的话，就要他们先离开吧！"孔庆西道。

张五常拉开门，对守候在外面的古柱子道："没事，我和孔队长商量点事，你们去忙吧！"

古柱子带着两个人离开了。

"你，你是谁？"张五常关好了门，声音有些颤抖地对孔庆西道。

"我是格木派出的卧底，这包里面是电台。"孔庆西一屁股坐在床沿上，慢悠悠地道。

"那，两次遇袭，都是你给格木送的情报？"

"是的。"

"你，你想怎样？为什么要把这些告诉我？"张五常严厉地道。

"我想，你应该保护我，我们一起为格木工作。"

"不行，格木说好了的，我那事是永远的秘密，只当没有发生，格木要说话算数。"

"可是，"孔庆西冷笑，语气中含着威胁与强迫，"情况有变，现在格木君需要你的帮助，你也不能推辞。"

"你，你们言而无信？"张五常大怒，拔出手枪对准他，"我让你和你的格木君见鬼去！"

孔庆西冷笑一声，把二郎腿跷了起来："你想打死我？你不怕格木把你的事情捅出来？"

"哼！你以为我八路军会相信格木的挑拨离间？"张五常也冷笑。

"你忘了格木太君当着你的面写过报告，你还画了押，摁了手印？要是把这个手印公布出来呢？你是知道八路军的审查制度的。"孔庆西语气不紧不慢，但每一句都足以像重石一样砸在张五常的心口上。

张五常愣住了，一股懊悔像冰冷的水漫过他的心头。当初自己只想到格木是为了履行公务，没有想到，这个狡滑的家伙是另有用意的。在那一天，格木就已经想到了今天。

"那，你们现在想做什么？放我的目的是什么？"张五常有几分沮丧。

"配合我，打进独立团，等独立团回到黄庄后，确保全歼独立团。"孔庆西果断地道。

张五常倒吸一口凉气。这个计划可真够毒！独立团可是自己的家，独立团要没有了，自己还有什么用？

"你不用担心，到时独立团消灭了，我们会让你突围出去的，你不会受任何影响。新的队伍成立了，说不定你会是那支队伍的领导！"

"那时，你们又可以要我把那支队伍送给你们干掉！你们还有完没完？"张五常恨恨地道。

"放心，不会了！"孔庆西笑道，"消灭独立团，是村边太君既定的任务。他没有消灭其他队伍的任务。格木君说话算数。之后，你可以继续在其他部队里干，或者投奔皇军，做个皇协军司令，或者带着你的美貌夫人，远走高飞，都可以。"

张五常呆呆地看着他，大脑一片空白。他知道，他重新回到队伍里，继续做受人尊敬的独立团政治部主任的美梦一去不复返了。从他叛变的那一天起，格木已经把他牢牢地控制住了。怪不得战俘营第二次暴动时，格木表现得并不是很愤怒。真是一失足成千古恨啊！

"有一件事情要告诉你，尊夫人在皇军手里很受优待，没有受任何伤害，这是皇军对你的关照。皇军先帮你把她保管着，到时会还给你的！"

"那有屁用？李芬肯定不会做一个汉奸的太太的！"张五常恼火地说道。

"错了，只要格木君略施小计，就可以让李芬背上叛徒的名声。到那时，李芬和关大河一样，回不到队伍里去了，自然也就认命了。然后，你拿着皇军给你的金条，到大上海做富人，开开心心过日子，不是很好？"孔庆西道。

这句话让张五常有些动心了，他似乎看到了前程。

"张主任，不要糊涂了，人活着不就是要活得快活？什么名誉、爱国，都他妈的是见鬼。汪先生怎么样？国民党的元老，不一样在和日本人合作？"孔庆西道。跟着他叹了口气："比起我来，你可是幸福多了。事成之后，金条、女人你都有了。想做皇协军司令，也随你的便！我就没你这运气了，谁让我当初只是军统的一个一般的特工，不像你，做这么大的官！"

张五常看着他，不语。

"张主任，我可是肺腑之言啊。你现在已经是无路可走了。跟着我们干，这是最光明的前途！"孔庆西继续道。

张五常重重地叹了口气，道："唉，认命吧！"

孔庆西得意地笑了。

之后，张五常在全队宣布，孔庆西的那个包他检查了，是孔庆西的一个牺牲的战友的遗物，还有老乡送的一件瓷器。孔队长喜欢研究古文物，正在研究这个瓷器的价值，为怕同志们议论和产生误会，所以不愿让大家检查。他亲自检查过了，没有问题。

此后，原本要忘掉过去，以暴动英雄和清白之身重返部队的张五常正式做了格木的卧底。他为此痛苦得一整夜没有睡着，不住地叹气。当然他最后也想明白了：失足就失足吧，等事情一完，就带李芬去大上海做商人去；李芬不去，就自个儿去，反正人一生就这样了，只要过得快活就可以，什么理想、信念，都见鬼去吧！

第32章 人质原爱

一晃一个多月过去了，关大河胳膊上的伤早好了，肖营长的伤也大致好了。国共双方的主力被封锁在伏牛山区那一边，大蒙山区仍是一片白色恐怖。肖营长和关大河开始商量如何救出李芬。关大河建议把那个日本军医及几个被俘的鬼子放掉，以此来换回李芬，肖营长同意了。于是，他派人给村边送了一封信表达此意，没有想到，村边并不同意。肖营长提议干脆把原爱劫持了，当做人质换李芬。但关大河不同意，说原爱是个很善良的女人，又要照顾女儿樱子，这样做，对她有点残酷。最后两人商议决定硬性营救。

这天，罗场县城人来人往。原爱牵着樱子的手在街上逛，后面跟着两个日军。

忽然，两个挑着担子的山民相对穿过马路时，撞到了一处，正好挡住两个日军的视线。两个山民互不让路，争吵开来。与此同时，化装成小贩的林少尉迎面快步走向原爱，迅速将一个纸团塞在她的手里，口中道："太太，有人送纸条给你！"然后迅速离去。

她的身后，两个日军大声吼着将两个山民推开。两个山民骂骂咧咧地各自走开了。

原爱松开樱子的手，悄悄打开手中的纸团，只见上面写着："下午五点，请一个人到街中心茶楼二楼见我。关大河。"

原爱又惊又喜，赶紧把纸团揉成一团，紧紧捏在手里，然后对两个鬼子兵说有点累，就牵着樱子回到了营房。

下午五点，原爱一个人去了街中心茶楼，化装成商人的林少尉迎上来，把她带进二楼一间小包房。在里面，她看见了戴着墨镜、穿着长衫、平静地坐在椅子上的关大河。

因为有所准备，所以，原爱并没有想象中的激动。寒暄了几句后，她平静地问关大河有什么事情。

关大河明确地告诉她，说想救李芬，请她帮忙给李芬带话，要李芬争取去大街上放风或买东西，同时也希望原爱在村边面前吹吹风，允许李芬被押着上街转转。原爱答应了。

回到军营后，原爱就找村边，说想看看李芬，因为她是关大河的女友，既然关在这里，总得看一看。

村边想，李芬不同于关大河，看一看她，闹不出什么事，就答应了。

于是，原爱去见了李芬一面。她悄悄地告诉李芬说自己见到了关大河，并把关大河要她转告的话转给了李芬。

之后，李芬就按照关大河的意思，对村边提出了要求，说在这里关了一个多月，都关出病了。作为一个战俘，她可以提一些合理的要求。她希望每天能有人押着，到大街上去放风，要是不同意的话，就绝食。

村边当然不会同意这个要求，虽然原爱也几次在旁边说情。打了败仗、正图谋戴罪立功的格木也在村边跟前竭力反对，说当心出事。关大河这一计无法实施。

这天，按照约定的时间，原爱又去茶楼见关大河。这次她见到的不仅有关大河，还有肖营长。原爱把村边坚决拒绝李芬出来放风的事告诉了关大河，关大河脸色十分黯然。肖营长愤愤地道："妈的，干脆调兵过来，端掉县城算了！"

这当然是气话。重兵把守的罗场县城，不要说凭他那支队伍，就是拉来两个整团，也未必打得下来。

"关君，我有一个办法。"原爱看着关大河道。

关大河看着她："请讲。"

"其实，你们可以拿我当人质，换回李芬小姐的。"原爱道。

关大河愣了一下，看着她，不明白她怎么会有这个主意，虽然这是个好主意。当初肖营长也想到过这个主意，他最终否决了。可是，现在她竟自己提出来了。

一旁的肖营长眼睛放光，愣愣地看着原爱，脸上不经意地露出几分喜色。

"不行，这样不仅为难了你，也为难了樱子！"关大河断然否决。

"没有关系，就当我出去散心两天吧，你们保证把我放回来就可以了。"原爱道。

"如果你真要做，即使村边不愿用李芬交换你，我们也会放你回来的！"关大河道，"关键是，樱子不能一天没有妈妈陪着。"

说起樱子，原爱的眼圈红了，跟着笑道："没有关系，妈妈离开两天，樱子不会怪妈妈的。"

关大河沉默了。真要救李芬，这是唯一的好办法。他相信村边肯定愿意拿李芬来换原爱的。可是……怎么可以让她冒这样大的风险呢？

"这个主意很好！"肖营长对关大河兴奋道，"目前，最好的办法，就是原爱小姐这个主意了！"

他又对原爱道："原爱小姐，那就委屈你了！"

关大河看了肖营长一眼，脸上露出于心不忍的为难的表情："老肖，我们不能把无辜的原爱卷进来啊……"

肖营长哈哈大笑道："老关啊，你这就迂腐了，人家愿意嘛！这事就这么定了，听我的！"说完，他掏出手枪，对着茶馆上方就是一枪，一阵灰尘四散开来。

原爱脸色变了，吓得赶紧看着关大河。

关大河对肖营长喊："老肖！"

　　肖营长对他耸耸肩："兄弟，事已至此，走人吧！"说完，他抓着原爱的胳膊走出包房。

　　枪声震动了茶楼。二楼上的茶客们往包房这边围过来要看个究竟，一看身穿长袍的肖营长一手抓着原爱，一手提着冒烟的手枪，吓得赶紧散开，有的往楼下跑去，有的钻到了桌子底下。楼梯口保护原爱的两个日本兵赶紧端着枪冲了过来，在二楼靠窗处坐着的林少尉拔出手枪，打倒其中一个，肖营长又打倒另一个。

　　原爱看见两个日本兵倒地，脸色更苍白了，显得有几分难过，身子也颤抖了。

　　"天啊，我做了些什么？"她有些痛苦地呻吟。

　　随后出来的关大河感觉到了原爱的恐惧与难过，赶紧上前，抓住她的另一只胳膊，扶着她，小声道："原爱，不要怕，事已至此，就顺其自然吧。"

　　然后他拔出手枪，对着上方开了一枪，道："听着，我是村边的仇人关大河，现在把原爱带走，请转告村边，要他带我们的人去交换人质！"说完，他与肖营长带着原爱下了楼。林少尉提着枪跟在后面。

　　到了大街上，三个人赶紧朝城南城墙上奔去。在城墙上，遇上两个守城的皇协军，被肖营长及林少尉打倒。

　　城墙外面，早有肖营长的人守在那里接应。等大队日军赶到城墙边时，他们早押着原爱下了城墙，上了马，直往大王庄而去。

　　一路上，原爱的泪水默默地流了下来，身子也禁不住发颤。或许是这一切来得太忽然，或许是因为两个保护她的日本兵被杀。

　　关大河懂得她的心思，一路上安慰她，说过两天就会放她回来的，说看看中国乡村的风景，也不失为一件好事。至于两个日本兵被打死，关大河告诉他，他们不在这里被打死，在其他地方也会有同样的结果的。因为，这不是属于他们的土地。

　　肖营长则暗喜不已。早在战俘营，他就对美丽又有风韵并且善良痴情的原爱极有好感，此次原爱主动提出做人质，岂不是一箭双雕的好事？

　　原爱被带到了大王庄，就住在关大河住的屋子里。关大河原与肖营长都住在司令部，但有点挤，毕竟肖营长还要在里面办公。因为张五常带的人马撤走了，村子里又有人被鬼子杀害了，所以房屋较为宽敞，关大河就搬到隔壁一间屋子里住了。

　　原爱第一次住进乡村的农舍，又是与关大河在一起，内心里多少还是开心的。淳朴的房东一家人知道她是被劫持过来的日本女人，刚开始很仇视她，后来见她很善良，又会说中文，对人很和气，而关大河也在一旁帮原爱说话，说她帮过抗日军队，所以，对原爱也渐渐友好起来，把她当做中国人一样对待。

　　白天，关大河协助肖营长带着士兵操练，或督促士兵们帮老百姓干农活，原爱就一个人在村庄里转转、走走，呼吸一下山村的新鲜空气，欣赏大山区腹地的秀丽景色。有时她在屋里与房东大娘话家常，或逗逗她的小孙女玩。她对这个宁静的山村有了几分喜爱，感觉就像是从大城市里来乡村度假一样。她从小就在中国生活，但那是在城市，还没有在中原一带的大山深处生活过。有时她还去司令部的医务室，和那个日本医生聊聊天。原先在村边的军营里原爱就和那个日本军医彼此认识，此刻在村子里碰上了，彼此都有几分激动，所以，原爱时常去那里走动一下。晚上，关大河就陪着她在外面散步。

这天下午，快接近黄昏的时候，关大河怕原爱闷得慌，就陪着她在村前村后散步。他们爬到山坡上，向下四望。山谷中的这个秀丽的村庄，此刻炊烟正袅袅升起。村子里隐隐有光着屁股的小孩们嬉闹的声音。落日的余晖在天空织就成美丽的晚霞，霞光映着丘陵、山冈，给它们镀上深浅不一的色彩，十分绚丽。披着光芒的起伏的大山、原野显得厚重、深沉又华丽。归林的小鸟唧唧喳喳地鸣叫着。晚风轻轻吹过来，带着山林的气息，吹拂着原爱盘着的长发，也掀动着她飘逸的和服。

原爱的脸上洋溢着欢乐。她尽情地贪看着原野和山冈，还有下面美丽的小村庄，然后张开双臂深呼吸一下，感叹道："真的好美丽啊！这片河山、这片土地，真的十分美丽啊！"

"是的。"关大河也望着这片土地，似乎也被它的美丽所打动，脸上洋溢着陶醉的表情。他接着对原爱道："你还没有到过黄河边上我的家乡，那里更是美丽。这个时候，红日就要落到地平线上，奔腾的气势磅礴的黄河水披着金黄色的光，咆哮着，翻滚着，滚滚东去。一马平川的原野上，一缕缕炊烟直上云霄。我们古人说的'大漠孤烟直，长河落日圆'，就是这样的情景。这个时候，我会和我的师兄师弟们放下手中的刀和枪，静静地坐在黄河边上，默默地看着眼前的一切，落日、彩霞、大河、炊烟，还有无边的田野上的庄稼……"

他的声音里有一缕深情，眼里有了热泪，仿佛陷入了美丽的回忆。

"我也有点想家了，想起小时候和伙伴们一起看夕阳下山的风景。我的家乡就在富士山下，夕阳从富士山上滑下去，若是春天的时候，照射着满山的樱花……"关大河的情绪感染了原爱，她也深情地说起自己的家乡。

"是的，你可以想家，也可以回家，可是，我只能想家，却不能回去。就是回去了，家也不再是从前的家了。"关大河含泪打断了她。

"为什么？"原爱抬起头，吃惊地看着他。

"因为那片土地已经沦落在日本人的手里了。我的家园，被侵略者闯入了。他们在我的家园里烧杀抢掠，我的父母，还有我的父老乡亲，都生活在鬼子的铁蹄之下，忍气吞声，时常会遭到枪杀与奴役。有时候，我梦回黄河，梦回我的家园，我看到我熟悉的黄河水依然东去，但那不再是奔腾的波涛，而是沦陷区百姓的泪水与鲜血！"关大河已经泪流满面。

原爱愣住了，似乎没有意识到关大河会如此动情与冲动。

"可是，关君，"原爱小心地道，"我们的政府告诉我们，我们是要和你们的政府合作，共建大东亚共荣，而你们的政府并不支持，反而在卢沟桥对我们进行挑衅，所以……"

"不对！"关大河揩去脸上的泪水，反驳道，"卢沟桥事变时我正驻守在北平，在二十九军，我很清楚地知道那是你们军方制造的扩大侵略的一个借口。什么大东亚共

荣？有用刺刀和坦克来共荣的朋友吗？有把我国的资源全部运往日本的共荣吗？有在南京屠杀了三十万手无寸铁的军民的共荣吗？幸亏我们的政府不和你们合作，否则，我们都成了亡国奴了，这片土地都成了你们日本人的土地了！"

原爱默然无语，看看他，又看看前面，一脸的沉思。

关大河用双手在脸上搓了一下，缓和了一下语气，道："你们的政府一方面煽动军国主义，发动侵略战争，在士兵中煽动仇恨和武士道精神，一方面在欺骗你们这些平民。其实，你仔细想想我说的话，再对照一下我们国破家亡的现实，你就会发现，我说的是真实的，而你受了你们政府的欺骗！"

原爱望着前方，默默不语。

此时，夜色已经从各个山口涌入村庄，风越来越凉爽，夕阳已经收去它最后一束光芒，整个山林即将陷入静寂的夜晚。

"关君，我们以后不要谈政治好吗？也许，你说的是对的。可是，我是一个女人，我无力对这些作出改变。虽然我并不完全明白你说的话，可是，我对你、对中国人一直是很友善的。"过了半晌，原爱道。

关大河叹口气道："是的，虽然你并不明白这一切，但你确实是很友善的。谢谢你对我、对中国人民的友善！"

"我会一直支持你的，也会做你永远的朋友！"原爱真挚地看着关大河。

"谢谢！"关大河看着她，眼中充满着感激。原爱也看着他，眼中闪动着温柔、多情，还有真挚。

关大河对原爱轻轻道："我们下去吧，房东大娘正等着我们吃饭呢。"

两个人往山下走去。

第*33*章　人质交换

第二天，村边的信使杨少康找到大王庄，带来了村边的口信，要求明天中午交换人质。

原爱被劫持后，村边十分震惊，也怒火万丈。他没有想到关大河等人竟敢跑到县城里劫走原爱。他处罚了负责守城的日军中队长，然后决定交换人质。他叫来格木商议。格木认为，这次原爱遇劫，不排除原爱的主动配合。可是，他不敢说，自从上次被关大河打得丢盔卸甲、仅以身免后，回到县城，他一直抬不起头，败军之将，说话自然得小心一点了。现在，村边问他救原爱的计策，他就一句话：派兵攻打大王庄，拿下大王庄，自然就救出原爱了。但村边否决了他的意见，因为很难拿下大王庄。格木只好说，如果交换人质时，需要自己出去，他一定在所不辞。于是，村边就让杨少康带信给关大河、肖北新，表示愿意交换人质，地点就定在离大王庄二十里外的大金沟，时间定在明天上午十点。但双方所带的人除了人质外，不许超过五人，否则，另一方停止交换。

关大河与肖营长商议后，同意了。杨少康赶紧回去复命。

晚上，原爱和房东一家人聊了会儿天，又逗着房东大娘的小孙女玩了一会儿，就上床休息了。

半夜，她忽然感到肚子一阵一阵地疼痛。她披上衣，下床，笨拙地点亮油灯，然后找了一张粗糙的手纸，出了卧室，走到后门处，拉开门栓，准备去后院的茅坑。可是，后院一片漆黑，让她有些迟疑。想了想，她返身，走到关大河的卧室门前叩门。

关大河正在床上迷糊地睡着，听见叩门声，赶紧起身开门，一看是原爱，而自己又裸着上身，就赶紧转过去，披上了白衬衫。

"关君，我……肚子不舒服，可是，又怕……"原爱站在门口，捂着肚子，痛苦又难为情地说。

关大河明白了什么，赶紧返身，点亮小油灯，举着走过来，牵着原爱，朝后院走去。

茅坑在后院的角落里，关大河牵着原爱走到茅坑处。所谓茅坑，也就是挖一个土坑，上面搭着两块木板，再在头顶上搭一个草席棚子。

原爱走了进去。关大河端着油灯，背对着她。

好一会儿，原爱出来了。她走到关大河面前，脸色仍然苍白。

"拉肚子？"关大河关切地问。

"嗯，有点！"

"是不是你吃不惯农家菜啊？走，先进屋歇着。"关大河道。他牵着原爱往屋里走。到了卧室，关大河要原爱坐在床上等着，自己出去给她要药去。

原爱坐在床上，默默地看着前面。刚才关大河急切的表情以及牵着她的手的感觉，让她心中洋溢着一种温馨，她感到关大河那一刻真的像疼爱妹妹的哥哥，甚至比哥哥还贴心。特别是关大河举着小油灯，背对着她，守护着她的情景，让她感到既温馨又羞涩，还有些浪漫的感觉。如果和这样的男人结合，该是多么的有趣。可惜，明天自己就要回县城去了，这一下，也许与关大河再也见不了面了……

忽然，她的肚子又一阵疼痛。她皱起眉，捂着肚子站了起来，端起桌上的油灯走了出去。她拉开后门的门栓，望着夜色中的后院自语："不要怕！他就在不远的地方，他会过来的。不要怕！"然后，她一步一步地走向茅坑……

她方便完后，端着小油灯，回到自己的卧室，正好关大河带着那个日本军医过来了。

关大河见她又上了一趟茅坑，愧疚地道："让你受苦了，真对不起！"

"没关系，就是在家里住，我也拉过肚子。"原爱善解人意地道。日军军医让她躺在床上，揉了一下她的肚子，问了些症状，说是轻微食物中毒，问题不是很大，就从药箱里给她拿了点药，要她服下，然后离开了。

军医走后，关大河给原爱烧了开水，端过来，服侍着原爱把药喝下去，又叮嘱原爱休息，然后准备离开。

"关君，我明天就要走了，你陪我聊会儿好吗？"原爱撒娇地要求他留下。

关大河犹豫了一下。

"我回县城后，也许哥哥就要送我回日本了……"原爱看着他，用恋恋不舍的语气道。

关大河点了点头，坐了下来。

然后，两人闲聊起来。关大河给她讲自己小时候在家乡里的故事，还有自己的亲人。原爱也给他讲她的家乡的美丽风景，以及小时候在上海，她和哥哥的故事……一直到凌晨，关大河因为还要准备人质交换的事，就离去了。

上午十点，关大河、林少尉及两个士兵带着原爱和那个日本医生，来到大金沟人质交换地点。

原爱和那个日本军医走动时，日本军医一再恳请原爱对关大河、肖营长说说情，交换人质时把他也顺便放了。所以，这次交换人质，原爱就帮日本军医求情，要求把他也带回去。关大河与肖营长商议了一下，觉得日本军医在这里，救治了肖营长和很多战友，也算不错，既然想回去，就不要为难他了，于是同意放他跟原爱一起走。

大金沟是一条两边被大山夹着的沟谷，因为在很久远的年代里曾盛产金子而得名。

在交换地点，格木带着几个日军押着李芬已等在那里了。

关大河对格木打了招呼，表示现在就开始交换人质。格木同意了。于是，关大河命令放开原爱和日本军医，要他们过去。那个日本军医对关大河鞠了个躬，用生硬的汉语说了声"谢谢"，就往对面走。原爱含情脉脉地对关大河道了再见，也往对面走去。

对面，格木令放开李芬，李芬也朝这边走过来。

李芬与原爱两人走到了场地中央，即将擦肩而过时，旁边的大山背后，忽然传来激烈的枪声，还有手榴弹的爆炸声。

格木与关大河同时愣住了。

关大河怒喝："格木，你敢耍阴谋？"

格木也怒骂："浑蛋，你不守信义！"他一挥手，身边的日军端起枪来。

关大河赶紧叫："李芬，快趴下！"李芬不理他，直接朝他这边跑过来。

格木拔出指挥刀，指着李芬："开枪，打死她！"日军举起枪对着李芬要射击。

原爱看见了，吃了一惊，愣了一下后，她赶紧往旁边挪一步，挡住李芬，举起手臂喊："不，不要开枪！"她的身体挡住了日军的视线，日军愣住了，一时不敢开枪。

"开枪！"格木暴叫。日军仍然犹豫着。格木赶紧拔手枪。

这边，关大河大喊："快，掩护李芬！"林少尉和两个战士举枪射击，对面一个日军倒下了。同时，对面的日军也开枪射击，关大河这边也有一个士兵倒下了。然后，两边的人都迅速躲在旁边的岩石后开始对射。

李芬已经跑近了关大河。与此同时，原爱也转身朝关大河这边跑过来，紧跟在李芬的后面，掩护着李芬。

关大河喊："原爱，不要往这边跑！"原爱不理他，拼命往这边跑。

李芬跑了过来，林少尉上前拉过她，将她按倒在岩石后。

格木看见李芬跑了过去，大怒，举起手枪，对准了原爱。

关大河见状，赶紧喊："朝格木射击，掩护原爱小姐！"

林少尉带众士兵朝格木射击。一阵子弹打在格木赖以掩护的岩石上，溅起一阵火花。格木被压得抬不起头，朝原爱打了一枪，没有打中。

因为枪声大作，原爱有些紧张，快要跑过来时，一下子摔倒在地。关大河冲上去，将原爱抱起，一面开枪压制住格木的火力，一面撤了回来。林少尉和众士兵一起开火，压制着日军的火力。

关大河抱着原爱回到了大岩石后面，受了惊吓的原爱哭喊着扑进关大河的怀里，样子十分亲切，十分随便，如同扑进亲人的怀抱一样。

对面格木喊："姓关的，你浑蛋，不守信用！快把原爱放过来！"

原爱含泪摇头："不，他会朝我开枪的，我不要过去！"

关大河站起来，对着格木喊："你这个畜生，敢朝原爱开枪？"

"浑蛋，我没有，我是要朝你开枪！你快把原爱送过来！"

就在这时，侧面山坡上忽然想起了枪声。只见一股日军从对面的山洼里涌出，朝交换地点冲过来。

"快，冲过去，消灭他们！"格木回头对那伙日军大喊。

　　与此同时，关大河身后的山坡上，一个国军大队长也带着部分国军冲了过来。那个大队长带人边跑边朝对面的日军射击，同时对关大河喊道："关长官，鬼子派了大部队想绕到我们后面，截击老子，幸好被我们撞上了，肖司令现在正和他们打着，叫我来接应你们，咱们快撤吧！"

　　关大河沉吟一下，问原爱道："原爱，你要不要过去？要过去，我就要他们停止开火，送你过去！"

　　原爱果断地摇头道："不，以后再说！"

　　于是，关大河就带着李芬、原爱、林少尉赶紧往后撤。那个大队长带人在后面顶了一阵子后，也撤了回去。

　　山坡后面，肖营长的人与格木的人激战一阵后，双方都占不到便宜，也各自撤兵了。

　　回到大王庄，肖营长见原爱又回来了，咧开嘴笑了，连说这回真的赚了，然后与关大河碰了一下情况。

　　原来，关大河与肖营长料到格木可能要搞诡计，为以防万一，在关大河进行交易时，肖营长带一支队伍埋伏在一边的山坡后面。没有想到，格木果然耍了阴谋：一面在沟里交易，一面在山坡后埋伏了重兵。趁着交易的时候，那支人马就往关大河他们这边移动，准备等着交易完后，关大河回村庄时，半路上截击他们。没有想到，肖营长的人也在同一面山坡上警戒着，双方正好撞上了，就打了起来。日军一面打，一面派出一支小部队下山来接应格木。肖营长也派出一支小部队来接应关大河。然后，双方见都无法占到便宜，就各自撤兵了。

第34章　肖营长的求爱

　　当晚，肖营长举行酒宴为李芬接风洗尘。酒桌上，肖营长显得十分开心，一会儿给原爱敬酒，一会儿给李芬敬酒。李芬还能喝两口，原爱基本上不能喝，只好以茶代酒。肖营长还有意无意地说出上回把关大河与李芬灌醉，然后把他们俩弄上床，促成了他们好事的事，说得李芬面红耳赤、含羞带怒，而关大河也嗔怒不已，连打他几拳。原爱听了，则是满脸的失落。

　　酒至半酣，肖营长又举起酒杯，带着几分醉意对关大河道："老关啊，你我认识也有十来年了，你小子虽然被八路整惨了，可你的桃花运，我两辈子都比不上。你也别顾你一个人快活，得照顾一下兄弟我啊！"

　　关大河不动声色地看了他一眼，不吭声，他知道他的意思。

　　李芬笑道："像肖营长这样的抗日英雄，还愁没人要吗？村子里的姑娘家不都抢着要嫁的？"

　　"可是，"肖营长喝了一杯酒，大大咧咧地道，"我就喜欢原爱小姐这样的！哈哈哈……"

　　原爱一愣，瞪大眼睛看着他，吓得手中的筷子差点掉下来。

　　李芬也吃惊地看看他。

　　"李芬，不行吗？"肖营长看见了李芬的表情，不快地道。

　　李芬一时回答不上来。

　　肖营长又对林少尉等部下道："你们说，我配原爱小姐怎样？"

　　林少尉看着关大河的表情，一时无语，赶紧喝酒掩饰。其他几个军官大声道："哈哈！司令配原爱，是天生一对！"

　　一个军官带着酒劲道："司令，对这个日本娘们，还用得着客气吗？司令看上她，是她的福气！他们日本人搞了我们多少中国女人，咱也不用和她客气了！"

　　原先这些军官对原爱都很客气，因为知道是关大河的朋友。现在，肖营长看上了原爱，他们自然要站在肖营长这边说话了。

　　原爱吓得浑身发抖，紧张地看着关大河，一副可怜无助又楚楚动人的样子。

　　"不！"肖营长对那军官道，"我们中国是礼仪之邦，不是日本鬼子，畜性不改。况且，我喜欢原爱小姐，不会强迫她做什么的！"

　　"原爱小姐，你别怕，肖营长只是说说玩玩，他喜欢你，但不会对你乱来的！"关大河对原爱小声安慰道。

"老关，你上次答应过我，我看中的女人，你一定会帮我。原爱小姐是你的干妹妹，又信任你，这个忙，你总得帮一下吧！哈哈！"肖营长带着几分醉意对关大河道。

关大河看了看原爱，对肖营长道："老肖，你喜欢原爱是好事。可是，原爱她是村边的妹妹啊。她不会留在这里的，我们还要把她送回去呢！"

"没关系，不送还给村边又怎么了？等老子赶走了日本人，再带着原爱一起回日本探亲去不行？难道中国人和日本人就不能通婚？"

李芬道："可是，原爱的女儿还在罗场县啊！"

"我派人把她女儿弄过来。她的女儿，就是我的女儿！"肖营长一挥手，很豪气的样子。

"不要，不要！"原爱紧张地摇头。

肖营长没有理会原爱，用发红的眼睛看着关大河道："老关，你说，我可不可以喜欢她？可不可以娶她？你，给我说实话！"

关大河想了想，道："老肖，这事，以后咱俩私下里谈。今天，就不要当着人家谈了！"

"不，就要现在谈！"肖营长已经有了几分醉意。他又对原爱道："好，原爱小姐，你……愿不愿意？嗯？愿不愿意？"

原爱紧张地摇头："不，不，肖长官……我……我从来没有想过。我还有女儿，我马上要回日本了！"

肖营长手下一个军官涨红了脸骂道："妈的，你个日本女人，你还端架子了？我们司令看上你，是你的福气！要不，我弟兄们一个个把你给操了！"

原爱脸色十分惊恐地看着他，身子微微有些发抖。她又看着关大河，含着泪赶紧摇头。

关大河斥责那个军官："老胡，你胡说什么？"

李芬也赶紧搂着原爱，对肖营长道："肖营长，看把人家吓的！这事以后再说吧！"

肖营长的脸色已经很难看了，明显的面子上挂不住了。

关大河端起装满酒的碗，对肖营长道："老肖，你是喝多了。女人有的是，这事我们以后商议！来，咱俩喝一碗！"

"他娘的，这酒喝不下去了！"肖营长没有理他，猛地把酒碗往桌上一扔，半碗酒水飞溅而出。然后，他起身，朝外面走了。

关大河和李芬面面相觑。原爱难过地低下头，默默地抹泪。关大河又安慰了原爱一下，和李芬带着原爱走了出去。

第二天晚上，肖营长在司令部里喝了个大醉后，瞪着发红的眼，命令林少尉扶着他去找原爱。

原爱此时正在油灯下默默地收拾衣服。她已经有了回去的心思。昨天夜里，关大河要李芬陪着她睡，说是照顾她，给她做伴。她很感激，肖营长的举动确实把她吓坏了。可是，半夜里，她隐隐被一阵抑制不住的男欢女爱的声音给弄醒了。原来，李芬悄悄去了隔壁关大河的房间，两人在那边激情做爱。她呆呆地看着屋上的梁，既有些脸红心跳，想入非非，又涌起一种深深的寂寞与难过的表情，还有嫉妒与伤感，一行清泪滚落在她的脸上。她拉上被单，紧紧捂住头与脸。那一刻，她忽然明白了，她觉得关大河切切实实是不属于她的，她该离去了。于是，今天晚上，她婉拒了关大河、李芬要她一起散步的邀请，默默地坐在屋里，想了会儿樱子后，就开始收拾衣物。她来这里时，是穿着和服。但和服也不能总穿着，今天她刚把和服洗了，找房东借了一套中国乡下女人的衣服穿上了。现在，和服已经晾干了，她把它叠好，准备明天带走。

就在这时，门外传来喧嚷声，她听出是肖营长的声音，吃了一惊，正要去拴门，门"哐"的一声被推开了，醉醺醺的肖营长被林少尉搀扶着出现在原爱面前。

"原……原爱，你……好！"肖营长直直地瞪着她，咧嘴一笑。他眼睛血红，嘴里酒气冲天。林少尉紧张地在一边劝他不要冲动。

"肖长官，你，有什么事吗？"原爱惊慌地后退两步，惊恐地看着他。

"我，最后一次问……你，你，做不做我的女人？"肖营长晃动了一下身子问。

"不，不可能的！肖先生，我，我是日本女人，我还要回日本去的。"原爱拼命摇头。

"妈的，你，你和关大河在一起时，为什么不这样说？"肖营长瞪起血红的眼睛，怒道。然后，他推开既扶着他又拉扯着他的林少尉，扑了过来，一把抓住原爱的肩，然后往自己怀里一搂，拼命吻了起来。

"不要！肖先生，求你了……"原爱在他怀里惊慌地挣扎着。

"你说，做不做我的女人？"肖营长喷着酒气问。

"求你了，肖先生，我是关先生的妹妹，请你看在关先生的份上，不要逼我了……"原爱用手撑着他的胸，躲着他满嘴的酒气。

"那好，你不仁，就不要怪我肖某……不……不义了！你们日本人搞了我们……那么……那么多中国女人，老子……老子今天，也不会……放过你这个日本女人了！"肖营长说完，猛地把原爱抱起，将她往床上一扔，然后疯了似的扑上去。

林少尉赶紧上前拉他："长官，长官，使不得！"

肖营长回过头，拔出手枪指着林少尉："怎么使不得……这，这里是老子的天下，谁……谁他妈的敢管我！滚！"然后他把枪扔在一边，又扑到原爱身上解她的衣服。

就在这时，关大河冲了进来，见此情景，赶紧上前，搂住肖营长的双肩，一把拖开了他，边拉边道："老肖，你喝多了！"

原爱赶紧从床上爬起来，含泪躲到关大河身后。

肖营长定定神，一看是关大河，身子摇晃了一下，醉眼蒙蒙地冷笑道："是你……你回来了？哈哈，来得正好！老子要干了这个日本娘们，告诉……告诉你，谁也不要拦我！谁拦我，我不客气！"

说完，他起身，推开关大河，扑过去又抓住原爱，在她脸上狂亲，边亲边道："你……你这个日本小娘们，你他娘的，有什么了不起……老子看上……你，是你的福气……你要是不答应，老子，要弟兄们……要弟兄们一起来……干了你……"

关大河上前，猛地拉开他们，原爱赶紧扑到李芬怀里去了。关大河抓住肖营长的胳膊，道："老肖，你喝多了！"

肖营长大怒，身子摇晃一下，猛一推关大河，吼道："滚开……你再拦我，我……毙了你！"

"你太过分了！"关大河猛地一拳朝肖营长脸上打去，将他打倒在地。

肖营长在地上呆呆地看着关大河，嘴里骂道："你敢打……打老子？"

林少尉赶紧上前扶他。肖营长推开林少尉，摇晃着站起来，瞪着血红的眼睛骂道："他妈的！姓关的，你敢打我？"

"老肖，我打你，是要让你醒酒！"关大河恳切地道。

"我呸！"肖营长摇晃着身子骂道，"好你个姓关的，为了个日本女人，敢……敢和老子翻脸！你……他妈的，怪不得八路要拿你当汉奸！"

"老肖，你冷静一点，我们好好谈谈！"关大河道。

"滚！老子不想和你谈！……明天你们就给我滚……要再……再让老子看见，老子叫人……干了那个日本女人……老子，说话算数！"说完，他身子摇晃一下，又呸了关大河一下，挣脱林少尉，往门口走，刚一挪步，差点摔倒。林少尉赶紧上前扶住他。

"滚！老子说话算数，给我滚！"肖营长被林少尉扶着走远了，怒不可遏的声音仍然传了过来。

原爱伏在李芬怀里哭泣。

"原爱，你受委屈了……对不起！"关大河对原爱道。

李芬用商量的口气对关大河道："看来，这个地方原爱是不能再待了！"

原爱抬头，离开李芬怀抱，对关大河鞠躬道："关君，你可不可以明天就送我去罗场县城？我好想樱子！"

关大河内疚地、郑重地点头道："嗯！原爱，我明天就送你走！"

第*35*章　离别

第二天一早，关大河领着原爱、李芬，告别房东一家人，往罗场县城而去。

路过肖营长的司令部大院门口，他想进去和肖营长道个别，但门口的哨兵告诉他肖营长出去了，临走时还吩咐过，关长官要走，就不用告别了。

关大河不由得有几分黯然，只好默默地带着李芬她们走了。

大王庄离罗场县城有三百多里，又是夏末，太阳多少还是有些晒人的。路过一户人家时，关大河用大洋给两个女人各买了一顶斗笠。李芬穿着日军的制服，原爱穿着日本女人的和服，却都戴着中国人的斗笠。远远看上去，真的很好笑。

他们走的大都是崎岖的山路，对于两个女人，特别是原爱来说，走得很吃力。所幸关大河力气大，又有经验，一路上总照顾她们，遇上有小溪、小沟或很陡的山坡，就背着她们过去。当然，他主要是背原爱。因为，相比李芬，原爱几乎不会走山路。

每次关大河背着原爱往前走时，李芬心里都酸酸的，但表面上仍然不动声色，并在一旁为原爱加油。内心里，她尽量说服自己：不要紧，毕竟，原爱是我们的客人，还帮助过我们，等把原爱送到后，我再和他好好享受我们两个人的世界吧，我要他一直背着我走！

第二天，他们正走在山道上时，忽然前面树林中一群飞鸟惊起，跟着传来一声枪响。原爱惊叫一声，抓住关大河的胳膊。

关大河把原爱和李芬带到后面一块巨石处，拔出手枪，拉开保险，交给李芬，要她们在这里躲一下，然后，关大河取下身上的长枪往前面跑去。

跑了一阵，拐过一个山角，他看见前面有一个人在朝前奔跑，扎着武装带，手里提着一杆长枪。他想或许是一个土匪，也或许是个抗日分子，因为原爱穿着和服，他和李芬又都穿着日军制服，难免引起误会，就没有开枪打他，只喊："前面是什么人？"

就在这时，后面传来原爱的惊叫声，关大河站住，痛恨地道："妈的，中计了！"

前面那个人也站住了脚，回头喊："关先生，你快去救她们吧，这是我们老大的调虎离山计！"

关大河仔细一看，那人竟是张军。他赶紧转身，朝山道奔去。

返回刚才经过的那个山道，他愣住了。只见左右两边山坡上，各有一股土匪，张

啸天押着李芬站在左边山头上，另几个土匪押着原爱站在右边山头上。

张啸天嘻嘻笑道："关兄弟，久违了！"

从战俘营里逃出来后，这个土匪头子继续呼啸山林，欺男霸女，烧杀奸淫，过着他的快乐日子。八路军及国民党军都被逼往伏牛山以北，所以，只剩他在这里称王称霸了。这天，他正带着手下在山上的树林子里休息，放风的土匪报告说，看见了一个人，好像是关大河，正带着两个女人在赶路。他过来定睛一看，喜出望外。当初，他想干原爱，却被关大河救了，现在，关大河又把原爱送到他面前来了，不仅送了个原爱，还带上一个李芬。这两个可都是性感的尤物，他总可以搞定一个吧。他想，关大河有一身武艺，如果把两个女人都带走，关大河怎么也不会放过他们的，于是，他设计引开关大河，抓住了李芬和原爱。

当然，他想关大河可能会救李芬，在战俘营里他听说李芬是关大河的老婆。所以，他站在李芬这一边，指望关大河救李芬，他就把李芬扔下，那边的土匪就可以带着原爱跑掉了。这样，再会合后，他就可以好好地享受原爱了。

"原来是你？你还没有改邪归正吗？"关大河喝道。

"哈哈！兄弟，什么是邪？什么是正？你一会儿做皇协军队长，一会儿做八路，一会儿做军统，是邪还是正？老子我行不更名，坐不改姓，一辈子就做山大王，比你他娘的正多了！"张啸天不服气地骂道。

"少废话，快把人放了，我们各走各的道！"

"兄弟，你一个人搞两个女人，他娘的太不公平了吧，总得让给我一个吧！"张啸天嬉笑道。

"在战俘营，是我发动暴动才救了你，你要还记得这事，就放了她们！"

"呸！"张啸天冷笑道，"老子今天没有打你冷枪要你的命，就算是记得你在战俘营的功劳了！放她们？没门！想当初，老子抓了原爱，你狗日的充好人，救了她，结果自己和她好上了。现在，也算老天有眼，把你的两个女人都送到我面前来了。"

"你想怎样？"关大河瞪着他。

"看在你是条汉子的份上，老子今天还一个女人给你。这两个，你自己选一个，剩下的归我，不过分吧？"

"你……你听着，张啸天！这两个女人，一个是我太太，一个是我妹妹，你要真服我是条汉子，就放了她们，我们还是朋友，要不然，你就是跑到天上，我也不会放过你！"

"哈哈哈！"张啸天大笑，跟着又冷笑道，"你他妈的想得真美啊！两个如花似玉的女人，一个是你妹子，一个是你老婆？我呸！再来几个，又是你什么？少废话，快决定，你只能救一个！"

"大河，快来救我，我不想落在这帮畜生手里！"李芬哭着喊。

"关君，救救我，求你救救我，我想见到我的女儿！求你了！"原爱脸上滚动着伤心的泪水，也哭喊着。

关大河一时有点不知所措，他用枪指着张啸天，恨恨地道："放了她们！"

张啸天把李芬拖过来往面前一挡，骂道："趁老子没改变主意，快点选择！要不，老子一挥手，乱枪打死你，两个女人都是我的了！我数一二三，你快做出选择！"

然后他喊："一……"

关大河用痛苦的目光看一看李芬，又看一看原爱。

"二…………"张啸天继续喊。两边的土匪都举着枪，对准关大河。

"李芬，对不起，我……只能回头来救你了！"关大河对李芬打个招呼，猛地朝原爱所在的那个山坡上跑去。

李芬脸上涌起失望的表情，她含着眼泪，猛地叫一声："关大河……"

关大河痛苦地回头，愣愣地看着她，然后，一扭头，继续朝原爱奔去。

山坡上，抓着原爱的几个土匪赶紧拖着原爱往山后面奔跑。关大河追了上去。

对面山坡上，张啸天愣住了，他没有想到关大河会做出这样的决定。他悻悻地看着关大河远去的背影，骂道："这个狗娘养的，到底是把日本女人看得重些！"说完，他抬起李芬的下巴，拧了一把，淫笑道："不要哭啦，关大河更喜欢那个日本女人！他不要你，老子要你！"

旁边的土匪们都附和着笑了起来。

关大河追赶着那几个扯着原爱奔跑的土匪。土匪因为要拉着原爱，所以跑不快，眼看就要被关大河追上了。一个土匪转过身来，要对关大河开枪，关大河手疾眼快，一枪将他打倒。

其他的土匪见他追上来了，大概觉得任务已经完成了，就把原爱往山沟里一推，然后赶紧逃命去了。

关大河跑下山沟，找到原爱，只见原爱的额头流着血，已经昏迷过去了，斗笠也不知滚到哪里去了。

他背起原爱，返回山道，爬上对面山坡，试图去追张啸天。可是，只见夕阳西下，暮色苍茫，张啸天等人连个影子都没有了。

想了想，他决定还是先把原爱额头上的血止住再说。于是，他背着原爱，在林中采了些草药，嚼碎，再敷在原爱的头上，又从自己衬衣上撕下一块布条，将她的伤口连同草药紧紧地扎了起来。

做完这些后，原爱醒来了，想起刚才一幕，她禁不住扑在关大河的怀里哭了起来。关大河赶紧安慰她。

原爱问李芬怎样了，关大河难过地告诉她李芬被土匪抓走了。原爱要关大河去找李芬，把自己先藏在一个地方就可以了。关大河说李芬一时肯定是找不到的，还是先把她送到县城后再来找李芬。原爱有点不寒而栗，她知道一个女人落到土匪手里是什么后果。她又催关大河去找李芬，关大河最终还是拒绝了，他不能再把原爱也弄丢了。于是，他背着原爱继续赶路。

走到半夜，原爱趴在关大河身上都要睡着了。关大河就在附近一个岩壁旁，把原爱放了下来，要她在靠洞口的地方休息。然后，他脱下自己身上的军服，递给原爱，要她盖在身上。他自己也靠在岩壁上休息。

此时中秋刚过，暑气已去，凉意渐生，秋风荏苒而至。而山中，更多了一层寒意。

那些早凋的树木已经开始落叶了。天空一轮刚过满月的明月，把整个山林照得清澈透明。远处隐隐传来山泉在石涧中流动的声音。

这样的美景引起了原爱的注意，她忘却了疼痛与疲劳，由衷地赞道："好幽静，好美丽，你们中国的山村景色真的很美啊！"

关大河沉默着。他想，李芬现在在做什么呢？土匪一定在折磨她吧！想到这里，他的脸上浮现一缕忧郁。

"你怎么不说话？"原爱挪到他旁边坐下，美丽的眼睛温柔地望着他。

"不早了，你休息吧，明天我们还要赶路呢。"关大河看着前面月光下的树林道。

原爱温存地抓住他的胳膊，深情地凝望着他，道："关君，我……不想睡。"她的目光温柔、多情，又有几分羞涩，更多的是勇敢与执著。

"你怎么了？"关大河看着她月光下动人的脸，心里一阵悸动。

原爱含羞地把头埋在他的怀中，用温柔的语气道："过些天，我就要回日本了，我们……算是给我一次最难忘的回忆吧！你，不是说喜欢我吗？"

关大河感动地看着她，轻轻将她抱住："原爱，谢谢，谢谢你的好意，我心领了。虽然这也许是我们最后一次见面，可是，我不能那样做。就让我这样抱着你睡，像兄妹一样，算作我们永远的纪念，好吗？"

原爱在他怀里抽泣着点头，最终，满足地靠在他的身上，把头埋在他的怀里。

在关大河宽厚的充满安全感的怀抱里，她想：她会永远记得这个夜晚的。在中国的一个美丽的山林里，在那个流了几千年的山泉旁边，在照了几千年的月亮的注视下，她睡在心爱的人的怀抱里……

第二天黄昏时分，他们终于看到了罗场县城那古老的城墙。原爱扑到关大河的怀里，不忍离去。经关大河再三催促后，她才离开关大河的怀抱，对关大河鞠一躬道："哥哥，再会了。"然后转身离去。

走到罗场县城城门口，守门的几个日军与伪军呆住了，跟着，他们确信真的是村边大队长的妹妹原爱后，赶紧涌了上来，围着她献殷勤，并要人进城去通知村边大队长。

可是，原爱像没有看见他们似的，缓缓地回头看。她看见暮色苍茫，燃烧的晚霞射出的余光笼罩着苍茫远山，她渴望看见的那个人早已和大地、夕阳、古树以及苍茫的山冈融为一体了。

"大河君，再见了，我会想你的。李芬小姐，愿你早日回到他的身边！"原爱默默地祝福着。

第36章 重返黄庄

大蒙山区的秋意越来越浓了，落叶飘零，红黄间杂，山风一阵比一阵更添寒意。时而秋雨绵绵，一阵秋雨一层凉。天空的云变得灰蒙蒙的，似乎预示着日军势力在这一带的衰败。随着太平洋战争的爆发，以及中国战区国共双方将士的殊死奋战，日军损失越来越多，战线越拉越长，大蒙山区几个县城的日军抽出去不少，而驻扎在大蒙山区及伏牛山区一带负责清剿晋冀鲁豫四、五、六几个军分区的日军主力也有南调的迹象。对于坚守在这一带的抗日军民来讲，形势在一天天好转。

这里是大蒙山深处一个不知名的小山村，张五常领导的大蒙山游击队就驻扎在这里。村边有一条小河，河边，一个身材高挑、剪着短发、穿着日式军服、腰扎武装带的女军人刚洗完衣服。她把衣服装进木盆里，抱着盆，走上回村里的山道。村子在山腰，小河在山底，相距有数百米远。

她看上去很漂亮，眼睛大大的，眉毛似弯月，但表情明显有些忧郁。

忽然，一个人影从山道旁边的树林里闪了出来，站在她面前，把她吓了一跳。跟着，她愣住了，呆呆地看着面前的那人，脸上露出惊喜的神色，喊道："关大河？"

随即，她嗔怒地板起脸，端着盆子，绕过关大河，继续往前走。

关大河跟在后面追着喊："李芬……"

李芬不理他，恨恨地接着往前走。

"李芬，你听我说，我知道你在生我的气，你听我解释……"关大河赶上去。

"跟我解释干什么？去跟原爱解释啊！"李芬回头瞪他一眼。

"李芬，我不能让张主任的人看见，我们到一边说话去吧！"关大河说着，一把夺过她抱着的盆，一手将她拉着走。李芬半推半就，任他将自己拉进旁边树林里。

进了树林，找到两块大石块，关大河将盆放下，拉着李芬坐下。

"李芬，我知道对不起你，你不知道我心里多着急，后来送原爱回城的路上，我一直心神不安。"关大河道。

"你有什么不安的？身边有漂亮的日本女人陪着啊！"

"如果只有我和你在一起，我宁可牺牲我的生命，也要换回你的安全。原爱，这是个很特殊的例外……我想，换上你是我，也会先救原爱的，你说呢？"关大河道。

李芬撒娇地捶了他一拳，哼了一声，道："你有完没完啊！"

关大河咧咧嘴笑了，抓住了李芬的手。李芬就势温柔地靠在他的肩上。

其实，李芬当然懂关大河说的道理，只是作为女人，她本能地有些不舒服，而且，她想在关大河面前撒娇，让关大河哄她一下。

关大河又问李芬是怎样获救的，又是怎么出现在张五常的队伍里的，李芬都告诉了他。原来，那次李芬被张啸天抓走后，张啸天怕关大河追上来，就带人紧赶慢赶，找到一个村子，然后在里面住下。他把李芬关在后院的一间屋子里，然后让房东给他摆上酒菜，准备大吃大喝一顿后，就把李芬抱上床，好好享受一番。没想到活该他倒霉，张五常的队伍包围了他，打了他一个措手不及。

张五常带人离开大王庄后，就在山中打转转，遇到搜山的鬼子或者鬼子的据点就绕开。他们一共才四十来个人，没有实力与日军打仗。但古柱子等战士们一直想打个胜仗，张五常拗不过战士们的情绪，就决定找机会打一仗。可是，和日本人打，这支队伍显然不经打。于是，他决定把长期以来在大蒙山一带作恶的土匪张啸天给消灭掉。得知张啸天正在这一带游荡，他带人追踪而至，结果正遇上张啸天抢了李芬，栖身在那个村庄。摸清情况后，他们就打进了村子。张啸天的土匪正在寻欢作乐，被打了个措手不及。喝得大醉的张啸天也被活捉了，而李芬也意外地获救了。之后，李芬就随张五常的队伍行动了。

听了李芬说的情况后，关大河告诉李芬：把原爱安全送到县城后，他一直在寻找李芬。后来他找到张五常袭击张啸天的那个村子，才知道这里不久前打过一仗，一支八路军游击队消灭了土匪张啸天，已经开走了。他又找了十多天，终于找到了这个村子，发现了张五常的人。他自知见到张五常后不会有好结果，干脆就守在村外树林里，终于等到了李芬。

讲完了，关大河搂着李芬的肩，深情地道："李芬，你不知道，在送原爱的路上，我多担心，多难过，真不知道那帮土匪会把你怎么样！"

李芬感动地点点头，然后问关大河以后怎么办。关大河说，自己会悄悄地跟在他们后面，直到找到独立团。李芬表示支持他，也相信他一定会重返队伍的。关大河十分感动。

两人深情地凝望着对方……

就在这同一天，原爱踏上了回日本的路途。

原爱回到县城后，村边又气又喜。气的是，原爱不顾有女儿的现实，竟舍身返回去继续做人质。那天人质交换的经过，同去的日军已经报告了村边。村边知道了格木暗中埋伏重兵，从而把事情弄砸了，并且还一度命令李芬和原爱开枪，他不顾两人多年的交情，狂打了格木好几巴掌。格木诚惶诚恐地辩称是怕原爱留在那边，被支那人侮辱。尽管如此，村边依然对他恨恨不已。同时，村边也知道原爱本来可以回来，却又返身跑了过去的事情。这实在令他生气。怎么可以这样对自己的生命和女儿不负责任呢？喜的是，原爱终于回来了，樱子和原爱团聚了。看着原爱抱着樱子含着泪又亲又叫的情景，他感叹万分。自己的这个妹妹，父母的掌上明珠，在中国还真受了不少的苦。

他狠狠地责备了原爱几句，然后问原爱为何被放了回来。原爱道："因为我的朋友关大河在那边，他保护着我并且送我回来了。"村边默默地点头，他想，原爱与关大河之间，也算对得起他们的那份友情了。

之后，村边就要原爱做回国的准备。他原先要她留在这里，是想撮合她与格木的事，现在看来是不可能了。

这天，正好一支在大蒙山区的日军主力要调到南边与国军主力作战，经过罗场县城，村边就把原爱与樱子托付给路过的日军指挥官，把她们送上卡车。她们将随这支日军到武汉，再从武汉坐轮船到上海，再从上海坐船回日本。一路上的事，村边都安排好了。

卡车越走越远，原爱抱着樱子坐在驾驶室里，想着脚下的这片土地或许会成为永远的记忆，慢慢地，泪水模糊了她的双眼。

别了，这片美丽的土地！别了，关大河君！她心里呢喃道。

随着大批日军的南调，形势越来越好。八路军四、五、六三个军分区主力联手，一举拔掉伏牛山与大蒙山之间的几个重要日军据点后，浩浩荡荡开进了失去多时的根据地。而国军七十七军也声势浩大地朝大蒙山区开过来。吴政委、田参谋长带着独立团开进了黄庄。

消息传来，大蒙山支队的战士们欢呼雀跃。张五常准备打回黄庄，与独立团会合。

这天，李芬和关大河正在村外树林中约会，两人相拥在一起，都没发现张五常从后面悄悄地接近了他们。

李芬最近总往村外跑，并时常钻进树林中，这引起了张五常的注意。这天，他去找李芬，有战士说李芬去了村外，好像是到树林里散步去了。于是，他就悄悄找了过来。结果，远远地，他看见李芬竟与关大河相拥在一处，甜甜蜜蜜地谈情说爱。他又惊又喜又气。惊的是，关大河竟然找到这里来了。喜的是，这下可以把关大河抓个正着。气的是，李芬竟然和关大河这样子，她还是自己的老婆啊！于是，他拔出手枪，悄悄地走到他们身后。

关大河感觉到身后有异动，赶紧朝后面看，结果，他看见了黑洞洞的枪口和张五常扭曲的脸孔。跟着，李芬也回头，被吓了一跳。

"把手举起来！"张五常脸上的肉抽动着，两眼放出仇恨的光芒。

关大河与李芬相拥着看着他。

"原来你们两人每天都在这里幽会！"张五常恨恨地道。跟着，他一声冷笑："也算是老天长眼啊，关大河，我正要找你，你却送上门来了。现在我看你怎么说！"

"老张，你要干什么？"李芬道。

"少废话！"张五常道。他打开手枪保险，对准了关大河，道："你跟我走，不走的话，我就地开枪，打死你！"说完，他举起枪，对着空中就是一枪。

李芬把关大河猛地一推，道："关大河，快跑！"然后，她上前一把抓住张五常拿枪的手。

张五常大怒，一把将她掀倒在地，对着关大河就要扣动扳机。

关大河冲上去，抓住他拿枪的手，往上一抬，枪响了，子弹朝空中打去。

关大河把他的手腕用劲一扭，下了他的枪，拿在左手，然后右手一拳照他的下巴打去，张五常"哎哟"叫了一声仰面倒下。他赶紧大喊："快来人！抓汉奸！"

李芬从地上爬起来，把关大河使劲一推，喊："你快走啊！"

此时，有两个拿枪的战士从山坡上跑了过来。张五常坐在地上喊："快，抓住关大河！不，打死他！"

"你快跑，不要管我，我没事的。"李芬对关大河一跺脚。关大河恨恨地看了张五常一眼，抓起张五常的手枪，朝树林深处跑去。

两个战士追了过去，边追边开枪，但显然已经追不上了，他们又转了回来。这时，孔庆西带着一队战士跑了过来，问张五常是怎么回事。

张五常已经爬了起来，他拍拍身上的尘土，指着李芬，恨恨地道："把她给我抓起来！"

孔庆西和众战士愣住了。

"她和关大河在这里幽会，还放跑了关大河，抓起来！"张五常道。

孔庆西走上前，对着李芬就是一巴掌："妈的，你个臭婊子，老子早看你不顺眼了，绑起来！"

"呸！"李芬嘴角渗着血，恨恨地呸了他一口。两个战士走上前，将她的胳膊反扭过来。

"带回去，关起来！"张五常命令道。

战士们押着李芬朝村子里走去。张五常和孔庆西落在后面。

"真的撞见关大河了？"孔庆西问。

张五常点点头。

"他肯定一直就在附近，以后怎么办？"

"什么怎么办？发现了就打死！"

孔庆西眼珠转了一下，阴笑道："我看不如把张啸天等土匪放了，暗示他们去杀关大河。"

张五常沉吟一下，用赞赏的语气道："好！"

孔庆西又问李芬怎么办。张五常想了想，道："一日夫妻百日恩，我还想最后争取一下她。再说，她是军分区的人，在战士们中间又有威望，公开杀她不妥，放一放吧。"

当天晚上，孔庆西把被俘的张啸天等二十多个土匪五花大绑地押到村口。张啸天以为要处决他们，吓得脸变成了猪肝色，赶紧和其他土匪一起跪下，发了疯似的求饶。孔庆西告诉他们：可以放了他们，但有个条件，他们必须找到铁杆汉奸关大河，并且把他杀掉！这正中张啸天下怀，他当即答应了，说即使他们不要他杀关大河，他也会杀掉姓关的。

于是，孔庆西扔了三支长枪和几粒子弹给他们，要他们快滚。张啸天拿了枪，带着众土匪一溜烟地跑掉了。

　　第二天，张五常领着四十多人的队伍朝黄庄方向开进。他们去与独立团会合。两个战士押着李芬跟在队伍里。

　　走了一整天，他们撞见了一支人马，领头的正是程指导员。程指导员看见了他们，高兴地迎了上来。两支人马会合了。

　　原来，程指导员奉张五常之命去寻找主力，路上经历了千辛万苦，终于找到了独立团团部。当时部队已化整为零，团部带着一支小分队在单独行动。程指导员向吴政委汇报了张五常在战俘营里领导暴动，然后又带战俘们在大蒙山打游击坚持斗争的情况，吴政委等人欣喜万分，对张五常的表现表示极大的敬意，并通过有关渠道向军分区作了汇报。现在，形势好转了，几个军分区联手打回了大蒙山区，独立团也整合起来，打回了黄庄。吴政委所做的第一件事，就是派程指导员带一支小分队去寻找张五常他们。

　　当然，程指导员也向吴政委汇报了关大河的情况。吴政委也把这个情况向军分区作了汇报。军分区的意见是：关大河组织暴动是功，之前到底有没有投敌，可以重新调查，第一次暴动失败的原因也要调查。

　　两支人马会合后，欢快地闹了一阵，就往黄庄开进了。

　　路上，程指导员问张五常为什么要把李芬押起来，张五常告诉他：关大河竟本性不改，勾引日军偷袭肖营长和大蒙山支队，而李芬竟还要帮他，所以，要看押起来，到时由上级领导发落。程指导员因不了解情况，只有保持沉默。

　　到了黄庄，得到消息的吴政委、田参谋长早带着全体干部、战士和群众迎候在村口。队伍会师时，大家都激动地拥抱在一起。吴政委、田参谋长热烈地拥抱了张五常。其他的战士们也都受到了热烈的欢迎。虽然大蒙山支队的战士大多不是独立团的人，但毕竟都是八路军战士，毕竟在深山老林里待了那么多天，现在见到了主力，就如同见到了自己从前的老部队一样激动。而古柱子等个别原来独立团的老战士，更是激动万分，和从前的老熟人们扭打在一处。

　　这种场面让张五常心里有些失落，也有些伤感与难过。他想，如果没有孔庆西这个家伙，如果格木不重又拉他下水，那么，他就会以真正的英雄的身份出现在吴政委他们面前，理直气壮地、脚踏实地地接受他们的欢迎与祝贺。可惜，现在，他只能以假英雄的身份出现了，只能表面上带着喜悦的表情来与吴政委他们拥抱了。因为，他和他们已经成了敌人。他的任务就是设法让格木消灭掉他们，然后去过自己的幸福生活。

　　孔庆西也假装高兴地与前来欢迎他们的战士们拥抱、握手。

　　李芬在人群中，由两个战士押着，默默地流下了泪水。那是激动的泪水，也是伤感的泪水。激动，是因为终于找到了主力，就像一个失去了爹娘的孩子，终于找到了爹娘。伤感，是因为她现在是以一个被看押的犯人的身份出现在战士们面前。

　　吴政委看见了被看押着的李芬，大吃一惊，忙问是怎么回事。张五常说："算我大义灭亲吧！"然后，他简单地讲了一下李芬的事。李芬也为自己和关大河作了辩护。

　　吴政委与田参谋长一时不知谁是谁非，只好按照张五常的意见，把李芬先押着，等弄清情况再说。

第37章　重新审查

　　大蒙山支队被接回黄庄后，就在黄庄住下了。李芬暂时被看守在一间空房里，严格地说，是被软禁，不是关押。

　　当天晚上，独立团党委开了一个会。张五常汇报了他被俘以后的经历及工作，主要分为战俘营和大蒙山游击战两个阶段，也详细地汇报了关大河与李芬的情况。

　　汇报完后，团党委成员对张五常发动暴动以及带领战俘们坚持游击战的行为给予了很高的评价。吴政委等各委员发完言后，清清嗓子，讲起话来。

　　他说："同志们，从张主任刚才报告的情况来看，我认为张五常同志在这次大扫荡中，是立了大功的。他在身受重伤、被敌人俘虏的情况下，仍然坚持斗争，利用了关大河，也团结了国民党的战俘，胜利地发动了暴动，营救了近两千名国共双方的战俘，这是很了不起的胜利。之后，他带领逃出去的我军战俘，组建大蒙山支队，在大蒙山开展游击战，既保住了实力，也战胜了日军，最终带着九死一生的同志们，回到了根据地，这也是很大的胜利。这充分表现了张五常同志对党和革命事业的忠诚以及出色的组织能力、军事才能。我建议我们以团党委的名义给军分区打个报告，如实汇报张五常等同志的光荣事迹，并请求给张五常等同志记功，予以表彰！"

　　委员们纷纷鼓掌表示同意。

　　张五常故作谦虚道："呵呵，不是我一个人的功劳，还有其他同志们啊！像古柱子、程指导员，还有不少牺牲的同志！"

　　田参谋长道："古柱子、程指导员他们，也是在你的领导下嘛。程指导员来找我们，也是你派出的嘛！"

　　吴政委接着道："关于关大河，以前，我们就已经定性为汉奸、叛徒。从张主任和程指导员反映的情况来看，暴动成功，他是立了大功的。无论他是不是汉奸，这一点是要肯定的。但张五常同志又提出了关于他的几个问题：一，第一次暴动的失败问题；二，破坏我军高级干部的婚姻问题；三，加入过肖北新的国民党军队问题；四，小牛庄遇袭的问题；五、和日军村边的妹妹关系暧昧问题。我提议：如果关大河不回来找我们，还在友军里，我们就不追究他了。如果他还来找我们，要求回到部队里，我们就切实地认真地作个调查，包括以前是否投敌，都一起调查，弄清事实，该如何处理，就如何处理，大家认为怎样？"委员们议论了一下，也点头同意。

　　张五常也大度地道："我同意，要是关大河不要求归队，就不用处理他了，随便他去，毕竟他在暴动中立了大功。党外人士嘛，我们不要求那么严格。"于是这件事就这样定了。

关于李芬，吴政委的意见是：李芬是张五常同志的爱人，也是军分区的人，就交给军分区处理算了。这个意见得到了大家的一致赞同。当然，为了给张五常创造条件，让张五常有较多的机会解决他们之间的夫妻矛盾，吴政委提议，先暂缓把李芬送交军分区。这个要求也得到了大家的同意，张五常也很满意。对于英雄张五常，大家都有一种成全他、迁就他的心理。

之后，吴政委又透露了军分区的一项决定：五分区新一团马上要合到独立团了，吴政委改任团长，新一团的胡政委任独立团的政委！这个消息令众人有些吃惊，都用同情的目光朝张五常看过来。这对张五常应是一个打击。照理，论这次大扫荡中的表现，论资历，张五常理应升为政委的，可是……而张五常也被这个消息弄得措手不及。他是以英雄的身份回到独立团的，鲜花、掌声、升迁……这些理应都会接踵而至。吴政委调职，接手政委的非他莫属，没有想到……他的表情有些难堪，也有些沮丧。

吴政委注意到了张五常和大家的表情，宽慰道："老张啊，照理，应由你接任政委的，我们此前也给军分区打过报告，但军分区考虑到有新一团合并过来，为加强两个团之间的团结，也为了便于管理，就任命了新一团胡政委。军政一把手，一个团出一个人，这样考虑，也是有道理的。你以后肯定还有机会的！"

张五常假装大度地笑一笑，道："哈哈，没关系，革命又不是为了做官。我能九死一生地回到队伍上，就已经知足了！"

这让众人十分感动，对张五常更加敬重。

然后，他们商议了一下张五常的只剩下了四十多人的大蒙山支队的安排。张五常建议把他们全部编入特务连。这个建议理所当然地得到了大家的同意。对于张五常这样的英雄和他的大蒙山支队，理当倾斜。而且吴团长（原吴政委）还提议：特务连领导只有程指导员一个人，还差一个连长，就由张五常从大蒙山支队里选一个人做连长。

张五常就提议由孔庆西担任连长，说他原是六军分区的一名排长，被俘后，无论是在战俘营，还是在大蒙山，都表现得十分出色。

大家又都同意了，并且决定：张五常带回的四十多人的大蒙山支队编成特务连的一个排，排长就由古柱子担任。

第二天一大早，秋高气爽，明朗的太阳照射着黄庄。关大河提着刀、背着枪，由村口站岗的哨兵带着，走到了团部大门口。

昨天晚上，团党委点着油灯开会时，关大河一个人在这个熟悉的、给他留下了无数美好回忆的村庄外徘徊了一整夜。他看不见团党委会上的灯火，只看得见背着枪、在村口走来走去的哨兵的身影。他的脸上露出复杂的表情，有兴奋，也有伤感。

当他穿过操场时，所有认识关大河的战士们都愣住了。"关大河回来啦！"这个消息立马像一阵风，传遍了整个村子。

团部门口的哨兵看见关大河走了过来，马上进去报告。

不一会儿，吴团长和张五常出来了。

关大河深沉地看着吴团长，喉结动了一下，道："吴政委！"他的声音里充满感情。

"关大河？你，你来干什么？"张五常喝道，跟着喊，"来人，把他绑起来！"

已得到消息的程指导员和孔庆西带着几个战士跑了过来。孔庆西带着几个战士一涌而上，把关大河的枪下了，然后，五花大绑地绑了起来。

"吴政委，我回来，想请求组织重新审查我，我愿意接受组织的任何调查！"关大河一面顺从地任由他们绑着，一面恳求。

"你为什么一定要回到我们八路军？你在肖营长队伍里不是干得很好吗？"吴团长有些不解地问。

"因为，独立团是我的家，这里培养了我，教了我不少革命道理、做人道理和军事知识，让我真正地长大成熟。这里，也真正地让我看到了中国的希望和我个人的前程，离开这里，我就像断线的风筝，没有了理想和方向！"关大河一字一句地说。

"越来越会编了！可惜我们不是要看一个人说得多好，而是要看他怎样做的，看事实！"张五常冷笑道。

"事实？那就审查我吧，我接受组织的重新审查。"关大河坦然道。

吴团长沉吟了一下，对张五常道："好吧，既然他找上门来了，就重新审查他吧，这也是团党委决定了的。"

于是，他令战士把关大河押进团部，又令人去叫田参谋长，一起会审关大河。

不一会儿，对关大河的审讯开始了。他被反绑着坐在椅子上。吴团长、张五常及田参谋长坐在他的对面负责审讯，团部秘书小陈负责记录。

关大河从救原爱说起，简要地把自己的经历陈述了一遍，一直说到走进独立团，主动来接受审查。

他说完了，吴政委问张五常与田参谋长的意见。

张五常冷笑道："这个经历他对很多人都说过，可是能证明什么？毕竟是他的一面之词嘛！"

"是啊，"田参谋长沉吟道，"确实是一面之词。"

"那，我请求组织调查，我说的有假话，甘受极刑！"关大河道。

"这么紧张的斗争环境，谁有精力为他反复调查？根据我多年的肃反经验，我可以肯定地说，关大河就是个叛徒、内奸！"张五常道。他想牢牢把握住这里的气氛。

"我不是内奸，倒是我们中间有一个人才是真正的内奸！"关大河道。

"谁？"张五常打了个寒战，脸色十分紧张，但仍下意识地故作威严地吼道。

"我猜想是孔庆西！"

张五常一拍桌子："你这条疯狗！孔队长暴动时英勇坚决，在大蒙山和我出生入死，所有同志都有目共睹，你敢污蔑他是内奸？"

吴政委要关大河说出理由。

"大小王庄遇袭，小牛庄遇伏，肯定是有人告密，但告密者应该是用电台和日军联系的。我怀疑孔庆西背有电台。"关大河道。

"荒唐，你看见电台了？"张五常冷笑。田参谋长也摇头。吴团长也不相信似的看着关大河。

"这样吧，就派人到孔庆西那里搜一下，看有没有藏电台！"张五常道。

田参谋长走了出去，要站在院子里等候着的程指导员带几个人去孔庆西的住处搜搜，看有没有电台，又要孔庆西在大门外等候，以避嫌疑。

不一会儿，程指导员带人走了进来，报告了搜查的结果：孔庆西背的包裹里是日本鬼子装饼干用的桶，装着他从前战友的遗物，上面写着战友的名字，还有一个缴获的瓷器。

张五常冷笑道："我的包裹里还有缴获的日本鬼子装饼干的盒子呢，关先生是不是也要当成电台搜一搜？"

关大河愤懑地瞪着他。

"我看不用审了，证据已经很充分了。"张五常对吴团长道，"就冲他和日本军官的妹妹原爱的关系，定个汉奸罪都有多余的了。我可以充分认定，他是爱上了日本女人，然后被日本女人拉下水，发展成为内奸，后来又企图利用李芬对他的好感把李芬拉下水！"

"你胡说！"关大河愤怒道。

"至于李芬到底有没有被他拉下水，我们可以再审问。但是，李芬对他有好感，并且包庇过他，是事实。"张五常喝了一口水，又继续道，"可以肯定的是，独立团那次被带进埋伏圈是他的杰作。第一次暴动是他出卖的，之后他发动了第二次暴动，然后借机打入我军内部，做村边的暗探，企图把我独立团一网打尽！"

"我看事实已经很清楚了。"田参谋长也说。

吴团长沉吟一下，对关大河道："你已经陈述了你的经过，我们没有什么再要问的了。你先下去，我们研究一下！"

"我认为，张主任的分析是没有道理的，那不是事实！"关大河的脸扭曲了，一种冤屈无法得到申诉的愤懑及委屈让他的脸涨得通红，让他的胸膛快要爆炸了，他呼呼地喘着气。

但几个审讯者似乎再没有听他陈述的意愿了，几个战士强行将他拉了下去。

关大河被带下去后，张五常趁热打铁，要求立即处决他，但吴团长仍然于心不忍。他想，把关大河清理出队伍算了。张五常坚决不同意，他说关大河身上负有血债，不杀他，对不起牺牲的战友，对不起刘团长。

最后，吴团长决定再召开一次党委会，再讨论一下。毕竟，他与关大河共事多年，对关大河还是有些了解的。从情感上讲，也无法处决他。然后，吴团长又建议顺便审一下李芬，听听李芬对关大河、对她自己的辩解。

田参谋长同意了。张五常也只好同意。

不一会儿，李芬被带了进来，坐在关大河刚才坐的椅子上，所不同的是，关大河是被反绑着双手，而李芬则没有。

"李芬，我们想听听你的陈述，关于你的经历，关于你与关大河的关系问题。"吴团长开门见山道，语气有几分客气。毕竟她是军分区的人，又是张五常的爱人。

"我的陈述？"李芬冷笑，"我倒想先听听你们的陈述！凭什么把我抓起来？我犯了什么罪？"

到底是有文化的知识女性，一句反问，把吴团长等三人弄得面面相觑，无言以对。

"你犯了什么罪？好，那我告诉你！"张五常赶紧反击，"一，你在逃离战俘营之

后，身为我张五常的爱人，却和关大河打得火热，被他勾引，并公开宣布要和我离婚，这说明你对关大河有很深的感情，而关大河是铁杆的汉奸。二，那次日军偷袭大王庄，没有突围的同志都惨遭日军杀害，只有你活着被日军抓走，并且，据我们所知，日军并没有凌辱你，为什么？三，日军和关大河交换人质，为什么那么轻易地就让你跑掉了？当时原爱为什么要救你？照道理，你和原爱是情敌，可是，她却要保护着你，为什么？四，我们已经宣布关大河是汉奸，可是，你却偷偷和他幽会，并且和他一道下了我的手枪，把他放跑，为什么？五，你被关大河俘获以后，明知道他是我军通缉的汉奸，却和他同居了，做了他的'赵太太'，为什么？综上所述，我们认为，你有汉奸嫌疑。"

"我没有兴趣回答你们这些问题，这些问题没有一条可以证明我是汉奸。"李芬冷笑，"我只想说三点：一，关大河不是汉奸，他是忠诚的革命战士，他在孤独与误会中默默地坚持战斗，他是真正的英雄；二，我也不是汉奸，我和关大河的感情是纯洁的，我爱他；三，我正式向组织提出，我要求和张五常同志离婚。"

吴团长与田参谋长面面相觑。张五常的脸色一下变得很难堪，也很羞愤，他也没有想到李芬会这样坦然地在审问她时提出离婚。

"李芬，你不要执迷不悟了，关大河和日本女人关系暧昧，他被日本女人拉下水了。"张五常道。

"他和日本女人的事我都知道，他们之间是清白的。"李芬镇定地道。

"李芬，你要认为我公报私仇，我可以回避，但我可以告诉你，如果不是看在我的面子上，田参谋长他们不会用这样的口气和你讲话。就冲你同情包庇关大河和做伪军官关大河的官太太，就够你受的了。"张五常道。

李芬冷笑道："你是说我没有申辩的余地了？你都把罪名给我定好了？还有，我是军分区的人，你们无权审查我！"

吴团长无言以对，他们确实无权审查李芬，之所以把李芬留下来，是想给张五常一个机会。不料，李芬公开提出离婚，对感情的事毫无妥协的余地，既然如此，他们也不好说什么了，就留给军分区去处理吧。于是他看了看张五常与田参谋长，提议把李芬交给军分区处理。

田参谋长与吴团长的想法一样，当即同意了。张五常脸色铁青，却无法表示反对。

晚上，独立团召开了团党委会，讨论对关大河的处理。会上，张五常介绍了对关大河的审查情况。因为张五常的极力煽动，加上他是红极一时的暴动英雄，妻子又被关大河勾引，极易引起委员们的同情与支持；而关大河又与日本女人的关系说不清，很容易引起委员们的反感。所以，与会者大多站在张五常一边。会议很快做出了决定：以叛徒、汉奸罪名处决关大河，李芬送交军分区处理。

处决关大河的结果宣布后，古柱子、程指导员都先后找过吴团长，谈了自己的想法。古柱子反映了关大河与原爱的对话，以此证明，关大河与原爱应是清白的。但这个想法未被采纳。就算关大河拒绝过原爱，可是，那只能代表某一次拒绝，无法改变他们长期的不明不白的关系。程指导员找到吴团长说，关大河在第二次暴动中，表现是不错的，还主动留下打阻击，不像是一个叛徒所为。但这个事实也无法改变对他的结论，因为张五常早就说过，也许是格木要利用他打入我军内部，以期消灭独立团呢！

第38章 处决

在关大河要被处决的前一天晚上，张五常去李芬的关押处与李芬长谈了一次。李芬与关大河是单独关押的。他想把关大河要处决的事告诉她，以期她能回心转意。

但这次谈话仍然失败了。虽然张五常明说了，李芬的问题可大可小，打成汉奸也行，网开一面也行，但李芬均不予理睬，只表明两个态度：一，把自己交给军分区处理；二，她要与张五常离婚。这个态度让张五常十分恼火，他得意地说了军分区对关大河的处理决定：处决，明天上午就执行！

李芬如闻霹雳，泪如泉涌，扑到窗口喊哨兵开门，说要找吴团长申诉。当然，这是徒劳的。看着张五常扭曲、忌恨又有几分得意的表情，她也回敬了张五常。她自豪地告诉张五常：她肚子里已经有了关大河的孩子！这就是她被关押期间，总是找哨兵要酸菜吃的原因。

这下轮到张五常如闻霹雳了。他又惊又气，几乎跳了起来，脸孔因沮丧变得像一堆扭曲的屎。他发了疯似的将面前的椅子一脚踢翻，恶狠狠地骂道："你这个狠毒的女人！关大河死了，你也不会有好下场的！"然后，他带着羞愤、沮丧与满腔仇恨，走了出去。

这一刻，他再次以无比后悔的心情，回想起自己因为李芬而叛变的情形。

张五常走后，李芬要求哨兵向吴团长报告，说要见关大河一面，最好和关大河单独在一起。吴团长同意了，下令把关大河押到李芬房间。

关大河被押了过来。他已经知道了自己明天将被处死，政治部主任兼军法处处长张五常已经派人对他宣布了。但他的表情很沉着，没有赴死之前应有的难过与恐惧。

李芬一见他进来，就扑了上去。她问关大河知不知道处理结果，关大河沉着地点点头。李芬当即就哭了起来，直骂都是张五常使的坏，表示要为关大河据理力争。

关大河说已经没用了，因为自己的经历太复杂了：救过日本女人，在伪军中干过，住过日军医院，被日本女人保护过，把独立团带进了日军埋伏圈，与张五常未离婚的妻子恋爱……总之，确实很让人为难。他只后悔没有找到军分区，那样也许会好些。到现在，他只有认命了，虽然内心里有一万个不甘！尽管如此，他仍抚着李芬的肩，劝慰李芬道："李芬，别难过，人总有一死的。"

"你说得好轻巧，你走了，我怎么办？我肚子里的孩子怎么办？"李芬含泪道。关大河愣住了，半晌，他黯然道："以后告诉他，他爸爸是一个坚决的抗日战士。"李芬含泪答应……

第二天上午，关大河被押到黄庄村子外的刑场上执行死刑。那是一个小山坡上的一片空地。李芬紧紧挽着他的胳膊，跟他走在一起。她要求最后送他一程，被允许了。

那里已经挖好了一个坑，张五常、程指导员、古柱子和一排行刑的战士已经等候在那里了。

李芬被拉开，关大河被推到深坑前站好。

吴团长和田参谋长也赶了过来，站在远处，他们想为关大河送行。

李芬看见吴团长走过来，含泪跑过去道："吴团长，真是苍天不长眼啊，他走之后，肯定要六月飞雪的。"

"拉住她！"孔庆西一挥手，两个战士把李芬拉住。

张五常上前一步，拿着一张纸宣读道："处决令：查原我独立团特务连连长关大河，经不住日本女人诱惑，投靠日本人，充当汉奸，并多次对我抗日军队进行破坏活动，给我军及国民党某部抗日军队造成极大的损失，经研究决定，对汉奸、叛徒关大河处以极刑，立即执行！"

孔庆西喊："立正！"执刑战士立正。

程指导员看着关大河，眼光里有一丝同情。关大河注意到了他目光里的同情，对程指导员道："老程，我有几句话对你说。"

程指导员赶紧令行刑战士放下枪，上前一步，以严肃的语气道："你有什么话，就说吧。"

"我死后，只要你做两件事：一，你要查一下孔庆西的底细，最好到六分区调查一下，我怀疑他才是真正的内奸，是他出卖了暴动。"

"关于这个，"程指导员道，"张主任已经派人到六分区调查了，的确有孔庆西这个人，他们一直以为他牺牲了。"他说的是事实，六分区的确有一个叫孔庆西的排长，但被日军杀害了。这个假孔庆西正是冒用的那个真孔庆西的名字。

"姓关的，死到临头还要乱咬一气。"孔庆西骂道。说完，他喊口令："预备！"程指导员对孔庆西喝道："等一下！"

"第二件事，以后李芬拜托你照顾一下，她……有了我的孩子！"关大河道。

在场的大部分人，包括吴团长和田参谋长都愣住了。张五常脸色铁青，十分难堪。这个场合，关大河说出这个事实，确实让他感到羞辱。那是他的老婆，竟怀上了别人的孩子。

"行，看在我们都一个锅里吃过饭的份上，我会照顾李芬的。我就是孩子他叔。"程指导员郑重地道。

"谢谢，兄弟！"关大河含笑道。

就在此时，进村子的小路上传来一阵马蹄声，一大队八路军朝黄庄奔驰而来。在前面骑马的一位八路军干部戴着眼镜，有几分清瘦，正是大搜查时，被关大河救过的那个"眼镜"，原五分区新一团政治部主任，后升任政委的胡政委。现在，新一团与独立团合并，他被任命为新独立团政委。他看见了这边山坡上的情景，愣了一下，赶紧对队伍道："停下！"然后，他扭转马头，朝这边奔来。

吴团长、田参谋长听见身后的马蹄声，赶紧回头，看见了这队人马。

"可能是新一团的胡政委！"吴团长说着，迎了上去。田参谋长也跟着迎了上去。双方握手寒暄。

李芬看见了胡政委，喊："胡主任，快刀下救人！"

她在新一团演出过，认识当时还是政治部主任的胡政委。关大河曾对她说起过，救过一个与刘兰同行的五分区干部，并受他启发，又回到了皇协军中，但没有告诉她那个干部姓什么，是什么职务。所以，李芬并不知道胡政委就是关大河救过的那个"眼镜"。

胡政委朝这边看过来，一下看见了关大河，觉得似曾相识。

这时，李芬挣脱了两个拉着她的战士，朝胡政委跑了过去。胡政委认识李芬，赶紧上前道："这不是李队长吗？怎么回事？"

张五常赶紧对孔庆西使了个眼色，孔庆西对行刑战士喊："预备！"

站在一边的古柱子上前拦住行刑队，口中道："等等，新政委来了，看新政委怎么说。"

行刑队中有的是他的部下，就放下了枪。

孔庆西对古柱子喝道："古排长，你做什么？"

"胡主任，我是军分区的李芬，请你救救关大河，他是冤枉的！"李芬在胡主任面前含泪喊。

胡政委朝关大河看去，仔细打量，一下认出来了，这个人就是当初救过自己性命的"皇协军"地下党员。他赶紧喊："住手！"然后，他跑上前对行刑队喊道："我是独立团新来的政委，我要求你们刀下留人！"

行刑队一听是新来的政委，都把枪放下了。

关大河此时也已认出了胡政委。

"是你？救我的那个地下党？"胡政委上前对关大河道。

"没想到咱们又见面了。"关大河点头道。

"老吴，他犯了什么罪？"胡政委扭头问跟上来的吴团长。

张五常上前对胡政委道："胡政委，你不了解情况，他是叛徒、汉奸，我们正要处决他，这是团党委讨论过了的。"

"是的，老胡，他就是关大河。你过来时，军分区可能对你说起过他。"吴团长道。

"什么？他就是关大河？"胡政委看着关大河。

"是啊，一年前我们就把他的情况报给军分区了。他把我们独立团带进包围圈，让我们遭受了重大损失！"吴团长道。

"赶快放人！"胡政委果断地道。

张五常问："为什么？"

"他救过我，一个真正的汉奸是不会救我的，先放人吧。"胡政委道。

"胡政委，这是我们团党委研究过的，可不能讲私人感情的！"张五常不快地道。

胡政委一时愕然。

"事实上，关大河是冤枉的！"李芬跟过来含泪喊。

胡政委看着李芬，又看看关大河，对吴团长果断地道："老吴，关大河的事，我在军分区听说过。他也救过我的命。我认为应慎重一点，可否让我再亲自审一下？"

吴团长想了想，欣然道："行，你是独立团的政委，有这个权力！"然后他命人把关大河带回去，保护好。

"苍天有眼！"李芬含着欣喜的眼泪叫道。

第 *39* 章　无法证明

　　胡政委带着新一团来到独立团后，召开了全团指战员大会。会上，胡政委宣布了军分区的命令：新一团与独立团合并为新的独立团，吴团长任团长，他本人任政委，政治部主任张五常，田参谋长仍任参谋长。

　　现在，合并后的独立团共有两千号人，又恢复到大扫荡前的状况了。

　　胡政委还宣读了军分区的表彰令，表彰了成功组织暴动并在大蒙山区坚持游击战的张五常、程指导员、古柱子、孔庆西等一批干部、战士。

　　之后，胡政委专门召开了一次党委会，议题之一是关于两个团合并后营连长的干部调整问题，议题之二就是关于关大河的问题。

　　张五常把原先团党委审查关大河的情况及结论报告了一下。吴团长问道："老胡，他以前真的救过你？"

　　"是的。"胡政委点点头，讲了那次经历。

　　"他对我们讲过，说救过一个八路军干部。但因为是一面之词，我们也不好采纳，没有想到，真有其事。"吴团长道。

　　胡政委道："从当时的情形看，他不像是在演戏，倒是很认真的样子。没有想到他就是关大河！"

　　"他的确不是在演戏，但也许是在为自己留条后路。他是个很复杂的人，他当汉奸也并不是存心要当汉奸，说穿了，是因为女人，日本女人。"张五常道。

　　"我看我们多少还是要重视一下，争取不要冤枉一个同志，也不要放走一个坏人！"胡政委道。

　　会议决定，由胡政委主持重审关大河一案，李芬因与关大河有关联，暂时留在独立团，做证人。

　　胡政委接手了关大河一案。他先是翻阅了关于关大河以前的审讯记录，然后又提审了关大河，并找李芬、程指导员、古柱子等人了解情况。

　　了解了相关情况后，胡政委对关大河的案子有了比较清晰的看法。凭直觉，他认为关大河不会是汉奸，这里面或许有些误会。但这只是他的看法，缺少足够的事实支撑。相反，更多的事实却对关大河不利，至少说不清道不明。比如与日本女人原爱的关系问题。在战俘营的操场上，日本女人原爱给关大河擦洗脸上的唾沫，这是所有战俘都看见了的事。再比如在李芬未与张五常离婚的情况下，与李芬恋爱。还比如大王庄、小王庄遇袭及小牛庄遇伏的事件。更远一点，还有独立团遇伏的事。

这确实是一件棘手的案子。他决定从独立团遇伏的事开始调查。他要抓个敌人，了解一下当时到底是怎么一回事。

这个机会很快就来了。这天，胡政委、吴团长、张五常等人正在团部议事，孔庆西进来报告说，据特务连派出去的侦察员回来报告，村边带主力一千多人离开县城，直朝五分区根据地开来，据说是要摧毁独立团。

胡政委与吴团长等人商量了一下后，决定先派人侦察一下。

两天后，化装成老百姓前去侦察的孔庆西及程指导员报告了最新情况：村边派一个班的日军和杨少康的皇协军中队做前锋，在前面开路。这路先头小部队目前住在离黄庄六十多里地的范庄。

胡政委建议：把这股敌人消灭掉，一来先激怒一下村边，看他到底是什么意图；二来可以抓几个俘虏，问一问关大河的情况。

胡政委还有一个没有说出来的想法：借此机会考验一下孔庆西。关大河不是指证他是内奸吗？借着这场战斗及这次摸情况的事，也可以查证一下吧！

吴团长等人支持胡政委的意见。吴团长决定亲自带特务连去执行这次任务。

当天夜里，经过急行军，吴团长带特务连悄悄接近范庄。孔庆西和一个战士先摸掉了村口的岗哨，然后，吴团长带特务连奋勇朝村子里冲去，只用了一刻钟就解决了战斗。村子里住着六十多名皇协军和十二个鬼子。一个班的鬼子全部为天皇尽忠了，六十多个伪军被俘。战斗中，孔庆西表现得十分英勇，亲手打死了三个鬼子、五个伪军，并抓获了伪军队长杨少康。

这场战斗让孔庆西很出风头。无论是情报的准确性，还是在战斗中的表现，孔庆西都无懈可击。吴团长还亲眼目睹了孔庆西的勇敢，这让他对孔庆西多了几分信任。而胡政委也没能抓住孔庆西的把柄，无形中也增强了他处理关大河一案的难度。

抓住杨少康后，吴团长就与胡政委、张五常一起审问了他。杨少康表示愿意坦白，以接受八路的优待，所以有问必答。他交代：村边此次的任务是消灭独立团，再横扫五分区主力。至于准备从哪里进攻，什么时候开始进攻，他并不知道，只是奉命做先头部队在前面探路。

胡政委又问陈家谷一战的情况，问当时伪军的防线后面，又布置了日军埋伏的事，他知不知道。

杨少康说，他当时不知道，因为他只是一个班长，但后来听说了，说那队日军埋伏在那儿，是原先就布置好的，军事会议上，村边太君都通报了的。

胡政委问关大河——也就是赵兴——当时知不知道，杨少康回答说，赵兴肯定知道，因为他是中队长，参加了村边的军事会议。

"战俘营第一次暴动，是谁出卖的，你知不知道？"胡政委问。

"这个……村边太君在操场上说是关大河出卖的。"

"他出卖了第一次暴动，为什么又要发动第二次暴动？"

"村边说，关大河原来投靠了我们，后来被八路军政治部主任张五常等人拉了过去，要将功折罪，帮助他们搞暴动。不久，被格木觉察了，就又出卖了暴动。但因为

和格木太君争夺原爱，得罪了格木，被格木锁在战俘营操场上羞辱了一番。后来，原爱把这事告诉了村边，村边很生气，还把格木太君……不，格木，大骂了一顿。"杨少康装着很老实的样子回答。

"然后呢？我们问的是他为什么发动第二次暴动。"张五常喝问。

"然后村边安慰了关大河，要他再发动暴动，好打进战俘内部，以后长期潜伏，消灭独立团。"

"你胡扯，看你像编故事一样！"胡政委生气地一拍桌子。

"长官，我说的都是实话。可能不是真实的，但我知道的就这些。你们再问别的人去吧！"杨少康一脸的委屈与无辜。

"关大河被我们关押了，村边知不知道？"吴团长又问。

"知道，这次出兵，消灭独立团，还有一个目的，就是要救出关大河。因为，原爱小姐一定要关大河活着。"

"你要是说了假话，我们不会客气的！"张五常喝道。

"我知道你们八路优待俘虏，我要是说了假话，枪毙我好了！"杨少康哭丧着脸。

胡政委沉默了。

吴团长见没有什么要问的了，就命令把杨少康押了下去。

其实，这一切都是村边、格木与孔庆西事先安排好的。原来，关大河指证孔庆西是内奸后，张五常与孔庆西都有些慌。虽然关大河并没有什么证据，但这种说法对孔庆西多少是不利的。于是，孔庆西经张五常授意，给村边、格木发了电报。村边、格木为了让孔庆西更获信任，站住脚跟，同时置关大河于死地，就设了这一出苦肉计。此时，格木的目标是独立团，为了保住孔庆西，他只好忍痛割爱，放弃与关大河的较量。

当晚，团党委开会，议题有两个，一是讨论对付村边的进攻，二是讨论关大河的问题。

对于对付村边，大家意见比较一致。张五常说："兵来将挡，土来水淹，既然村边是冲着独立团来的，那我们就迎接他们。当然，先派特务连在前面警戒和侦察，再作相应布置。"

这个意见得到了大家的一致赞同。

关于关大河，胡政委先通报了他这几天调查及审问的情况，说这个案子有点复杂，还是先压一压，慎重考虑一下，但这个意见未获大多数人支持。

张五常说："马上就要打仗了，关大河的事不能再拖了。押着关大河也不方便，万一跑掉了，或出了事，问题就大了。我的意见是，处以极刑，立即执行。"

许多委员表示赞同。

胡政委的眉头皱了一下，眼镜后面露出焦虑的表情，跟着，又恢复了原态。

"我的理由如下，"张五常表情严肃地道，"一，叛变革命，充当汉奸；二，诱引我独立团进入鬼子埋伏圈，导致刘团长等二百多名同志牺牲；三，出卖战俘营第一次暴动，导致数十名抗日战士被杀害；四，大扫荡中充当伪军官，搜捕我抗日战士；五，二次暴动后，打入我抗日队伍内部，制造了大王庄遇袭及小牛庄遇伏事件，致使数百国共双方抗日战士牺牲；六，和日本女人原爱的关系暧昧；七，破坏八路军干部的婚姻，勾引我的爱人李芬；八，企图打入我独立团，并企图配合村边消灭我独立团。以上几点，都证据确凿。基于以上几点，我提出上面的处决意见，既断了村边的念头，同时也警告那些心甘情愿做汉奸给鬼子卖命的人。"

田参谋长频频点头："张主任说得很充分，很有道理，我完全赞同。"

"从我个人的感情上说，他勾引了我的爱人，我肯定是有想法的，但大家看得出来，我这番话绝不是站在我个人立场上说的。有没有李芬这回事，我都是这些话。"张五常道。

吴团长表态："我原先对关大河的态度也是很犹豫的。现在，通过审问俘虏，我的态度也明确了，我同意张主任的意见。"

"上次不杀，战士们都有意见啊，说这样一个手上沾满了同志们鲜血的人，为什么要从刑场上救下来？"田参谋长道。

"可是，同志们！"胡政委望着众人，"这个杨少康说的都是真的吗？要不要和关大河对质一下？"

"对质？当然可以，那不就是各说一套？"田参谋长道。

"就算没有审问杨少康，关大河的问题也是铁板钉钉了，很多事情我也经历过的。就冲他和日本军官的妹妹关系这么亲密，就该处理！他的身上，哪里还有一点中国人的气节？"张五常道。

"我也审过关大河，"胡政委心平气和地道，"我想，他有些做法，也是可以理解的。比如，和原爱的关系问题。原爱的哥哥、丈夫是日本军官，但原爱却是日本平民。既然是普通的日本平民，那么关大河和她保持友好的关系，也是可以理解的。没有政策说我们不许和普通的日本人民交朋友。"

"可是，"张五常打断了他，"又怎么相信原爱是个善良普通的日本平民，而不是想报复我军的日本特工？"

吴团长见会场上一时争执不下，就提议举手表决。张五常等大多数人表示赞同。表决的结果是：七名党委委员，六名赞同处决关大河，胡政委持反对票。

"这是党委会议，少数服从多数，我看就这样定了吧！"张五常一锤定音。

吴团长问胡政委的意见，胡政委扶一扶疲惫又清癯的脸上的眼镜，带着几分颓然的语气道："我保留意见，但尊重集体决定。"

在这种一边倒的情况下，他不好再坚持了。而且，张五常强烈主张处决关大河，这里面或许有私人感情因素在里面，但其理由还是较充分的。而他，刚到独立团任政委，这个政委之职，本可以由组织了暴动、坚持了游击战、声望如日中天的张五常担任，只是为照顾协调两个团合并后的关系，才决定由新一团的他来担任，张五常多少是有些觉得委屈的。他必须适当地照顾张五常的情绪，这关系到大局，关系到新独立团两部分指战员间的关系问题。

于是，会议决定第二天处决关大河。

第40章　铤而走险

被关押着的关大河、李芬从哨兵嘴里得知了范庄战斗的消息。关大河敏锐地意识到，这里面有名堂，独立团有危险。李芬问为什么，关大河说："杨少康的伪军根本没有什么战斗力，正常情况下，村边不会让他们出战的，只让他们做看管战俘或策应的事。上次在大蒙山，杨少康的伪军就没有出现。但这次，他竟派杨少康的伪军做前锋，同时只派了十二个日军，要么是试探我独立团的战斗力，要么是故意送给独立团吃掉的，而后者的可能性更大。"

"为什么他要送给独立团吃呢？"李芬问。

"苦肉计，为了给他的内线表现的机会，也为了让独立团上钩。"关大河道。

看到李芬一脸茫然，关大河给她分析：村边故意先给独立团点甜头，让独立团信任他的内应，之后，他的内应就可以指挥我独立团，并从容地把独立团引到村边的鱼钩上去。而这个内应肯定非孔庆西莫属。这场战斗，就是村边故意给他的内应孔庆西的表现机会。

李芬还是一脸茫然。这个问题很复杂，她一时无法确定关大河说得对不对。

关大河当即要求哨兵帮他给胡政委带话，说自己有重要的事情想找胡政委谈，关系到独立团的安危。这个要求被哨兵拒绝了。

晚饭后，门开了，张五常带着程指导员走了进来。关大河提出要求，说想与胡政委谈一谈，但也被拒绝了。相反，张五常代表团党委正式宣布：经团党委研究，明天上午，将关大河处以极刑，李芬送往军分区。

关大河与李芬愣住了。

李芬大叫着扑了过来："不，你张五常公报私仇！"程指导员上前把她拦住。

"张主任，真正的汉奸马上就要配合鬼子消灭独立团了。"关大河焦急地喊道，"我死不要紧，请转告胡政委、刘团长，我有话要和他们谈。"

张五常脸色变了，赶紧做出镇定的样子，恶狠狠对程指导员道："今晚把他们看好，明天执行关大河的死刑。"说完他就走了出去。程指导员愣了一下，也跟着走出去。关大河在后面喊："老程，我想见胡政委，请转告一下。"

程指导员背影颤动了一下，没有回应他。

晚上，胡政委在屋里徘徊着，心事重重。他是不主张处决关大河的，他一想起关大河当初救他的样子，就觉得，那种表情，杀鬼子时那样的身手，以及得知牺牲者是刘兰时的难过的样子，都无法让人相信他是在演戏，也无法让人相信他会是汉奸。可是，又有那么多不利于他的证词及证据，还有那么多解不开的疑点，这个案子一时还真的翻不了。而且，党委成员都一致同意处决他。这可怎么办？明天，关大河就要上刑场了。抛开他救过自己的命，单就对一个同志负责的态度，他也于心不忍。可是，张五常他们又都认为他该杀。那么，是自己错了吗？是自己太感情用事了吗？或是因为自己没有见证刘团长牺牲的情景，所以，对他没有切肤之恨呢？他反复地追问，反复地思考。

就在这时，门外的战士进来报告，说程指导员有事找他。

程指导员进来，先是向他转告了关大河的要求：想见他一面，说有事找他谈，并且是关系到独立团的存亡的事。跟着，他问可否再慎重考虑关大河的事，因为，他和古柱子越来越觉得，关大河不像是汉奸。

胡政委没有说什么，让他走了。他还能说什么呢？党委都做了决定了。可是，程指导员转来的关大河的话，让他有了充分的理由去看关大河。他想，也许最后时刻，关大河找到了可以证明他清白的关键的证据吧！于是，他走了出去。警卫员要跟着他去，他说没必要，让警卫员休息。

关押室里，关大河和李芬看见胡政委来了，惊喜地站了起来。关大河说："胡政委，你来得太好了，我正有事要找你！"

哨兵丁二上前点亮马灯，然后持着枪站在胡政委身后。

胡政委黯然地告诉他们，这是党委集体的决定，他也无能为力。然后，他问关大河找他有什么事，想说什么。

"胡政委，"关大河以焦急的语气道，"我死了不要紧，可是，真正的汉奸却没有挖出来，他正在把独立团带向毁灭。"

"你是说孔庆西？他是经过战斗考验的。"胡政委摇摇头。

关大河对胡政委说那是日本人的苦肉计，孔庆西是想配合村边消灭独立团。

胡政委有些失望。他原想关大河找他来，是有关键的证明他清白的证据，这样，他还可以利用政委的权力，建议重审，但关大河却在说孔庆西的事。孔庆西是经战斗考验过了的，又是张五常在大蒙山的得力助手，要是孔庆西有问题，那张五常岂不也有问题了？而张五常又是他要面对的一个很敏感的问题。从大局着想，有些事他还真不能与张五常较真。

"关大河，你冷静一下吧。我进来，只是想看看你，没别的意思。组织已经做出结论了。我想和你道个别。公是公，私是私。你……明天走好。"胡政委不看关大河，平静地道。

"胡政委，难道一点希望都没有了？"李芬着急道。

"是的。"胡政委沉吟道，说完，站起来准备走。

关大河愣愣地看着胡政委。从胡政委沉重的表情来看，他已经尽了力，自己的确没有一点希望了。他想，胡政委一定是有难处，要不，这个把他从刑场上救下来的人一定会设法留住他的生命的。那么，难处在哪里呢？也许是自己的疑点太多了，无法翻案。也许与张五常有关，张五常一心要置自己于死地，而胡政委刚来独立团，多少

要顾忌一下两个团之间的关系。不管怎样，自己明天就要上刑场了，这是无可更改的决定了。可是，自己死了是小事，万一独立团被村边和格木消灭了怎么办？

"我不能让孔庆西配合村边消灭独立团。我宁可犯错误，也要救独立团！"他眉毛耸了一耸，眼睛一亮。

这时，胡政委已经开始往外走了。

"胡政委，请等一下，我还有重要的事情要报告！"关大河忽然喊道。

"什么事？"正往外走的胡政委扭过头来。

"请走近讲话！"关大河郑重地道。

胡政委往回走了两步，认真地问："什么事？"

关大河走近胡政委，假装要讲悄悄话的样子，然后，猛地把胡政委往自己怀里一拉，用胳膊箍住他的脖子，顺手从胡政委腰里拔出小手枪，往大腿上一蹭，将子弹上了膛，指着哨兵丁二道："放下枪！"

丁二愣住了。

关大河喝道："放下枪！"丁二顺从地把枪放在地上。

李芬也愣住了，胡政委更是愣住了。

"大河，你，这是干什么？"李芬呆呆地看着关大河。

"关大河，你……你这是丧心病狂！"胡政委愤怒了。

"胡政委，我并不是怕死，但我不能让独立团被消灭，我要抓出真正的内奸，所以，我必须采取非常手段，对不起了。"关大河说完，对李芬道，"李芬，把枪捡起来，我们出去。"

"我们要去哪里？"李芬犹豫道，"这……"

"捡枪，等会儿再说！"关大河果断地道。

李芬捡起丁二扔掉的长枪。

丁二眼睛里露出一丝亮光。关大河看出了他有抓住李芬的企图，拿手枪朝他一指："你动一下我打烂你的头！"丁二吓得贴墙站着不敢动了。

关大河押着胡政委走出屋子。李芬背着枪跟上。

远处，一个游动的哨兵看见这一幕，大惊失色，赶紧冲天开了一枪，端着枪，弯着腰，做攻击的姿势，跑了过来。

关大河对准那个跑过来的哨兵喝道："把枪放下！"

哨兵不动，端着枪对准他们。

关大河用手中枪顶着胡政委的脑袋道："胡政委，要他把枪放下！"

"把枪放下吧！"胡政委对那哨兵平静地道。那哨兵赶紧把枪放下了。

然后关大河拖着胡政委，和李芬一道往村子外走。

枪声震醒了黄庄。成群的八路军战士提着枪朝这边跑过来，有的衣着齐整，有的衣冠不整，但都提着枪。他们见状，都大吃一惊。

吴团长、张五常、程指导员、孔庆西、古柱子等人也跑了过来。

"关大河，你要干什么？"吴团长喝道。

孔庆西举起枪骂："狗日的汉奸，你太疯狂了！"

关大河举枪对着孔庆西，想一枪打死他，但转念一想：不行！杀了他就死无对证了，自己就成了杀人灭口了。再说，他正需要利用他来个将计就计。于是他用枪顶着胡政委的头大喊："都不要乱动！谁乱动，我打死他！"

胡政委看了看眼前的情形，想了想，平静又果断地道："同志们，不要开枪，他跑得了和尚跑不了庙！"

吴团长愣了一下，看了看胡政委，对围着的人群喊："谁都不许开枪，保证胡政委的安全。谁开枪我处分谁！"

张五常悄悄走到孔庆西面前，不动声色地小声道："杀了他。"

"不行！吴团长、胡政委都发了话，杀了他，我怕会引起胡政委的怀疑。为了最后的胜利，忍一忍吧。"孔庆西放下手中的枪，小声道。

张五常悻悻地瞪了他一眼。

"吴团长，对不起了。"关大河对吴团长道，"我要胡政委送我们一程，我保证把他放回来，谁要阻拦，我先杀了胡政委！"

"关大河，你把李芬留下，她的问题不大，你不要害了李芬！"张五常喊道。

"吴团长，同志们，对不起了。"李芬含泪道，"我要跟他走，因为我相信他不是汉奸！他是被冤枉的！还有，我肚子里有了他的孩子，我不能让孩子生下来没有父亲！同志们，对不起了，请让开道。"

张五常脸色铁青，双手颤抖着。

"我们走！"关大河对李芬说了一声，用胳膊箍着胡政委就往前走。胡政委被他箍得憋不过气来，脸色发青，眼镜挤在额头上，快要掉下来了。

"关大河，你能不能轻一点？"胡政委苦笑道。

关大河松了松胳膊，继续推着他走。

李芬背着长枪，跟了上来。

众人都拿着枪跟着。关大河回头喝道："都不许跟！"

吴团长一挥手："大家不要跟了。"然后，他对关大河喊："关大河，我们让你跑，但你不要伤害了胡政委，否则，你跑到天涯海角，我也会抓住你！"

"让他们走了好，李芬都怀了他的种，何苦还留恋？"人群中，孔庆西悄悄地对张五常道。

"我对她不再抱任何希望了，只是咽不下这口气，天底下女人有的是。"张五常恨恨地道。

关大河押着胡政委走出村口，走到离村口很远的树林里，然后松开了胡政委。

"对不起了胡政委，我只能这样做。谁是内奸，不久就会有分晓的！"关大河带着歉意道。

胡政委扶一扶眼镜，气呼呼地道："关大河，你今天这样，是很危险的。你……把李芬也害了。"

"我知道，但我必须这样做。"

"但愿你能够有办法证明你不是内奸，并且找到真正的内奸。"胡政委道。

"会的，一定会的。"

"我今天可以说是故意想放你，才让他们不要开枪。一是看在李芬怀了孩子的份上，二是念你救过我。最重要的是，潜意识里，对你的案子，我还是有保留意见的。你去做你想做的事吧，希望你成功。"

"谢谢！"关大河表情凝重地点点头。

"谢谢胡政委。"李芬感动地说，表情中仍有几分惊慌与忧虑。毕竟，这是劫持上级领导，是大错。

关大河从李芬肩上取下枪，背在自己肩上，对李芬道："我们走吧！"然后他牵着李芬的手朝远处走去。

关大河逃走的情况，很快通过孔庆西的发报机报给了村边和格木。此时，村边、格木带着日军主力正驻扎在离黄庄约八十里的地方。他们此次的任务，就是利用张五常、孔庆西一举歼灭独立团。

"看来这个关大河确实命大。"收到孔庆西的电报后，村边苦笑道。

"很好，"格木冷笑，"我又有了亲自杀死这个家伙的机会。"

"就怕他跑走后联合肖北新的人和我们斗。"村边面露担忧。

"他和肖北新闹翻了，肖不会收留他。就算收留他，他们也不知道我们的计划。"格木自信地道。跟着，他笑道："关大河跑了，带走了李芬，张五常要很难过了，哈哈哈！"

"这对他也许是好事，他今后不用再挂念李芬了，可以一心一意给我们做事，他应该知道，事成之后，女人有的是。"村边道。

"阁下好像要给他一个不错的结局？"格木眼露凶光。

"我们要讲信义，"村边不快地看了他一眼，"凡是投靠我们的人，都要善待到底。要不，以后中国人中，谁还敢投靠我们？"

格木悻悻地耸耸肩，转身对身边的发报员道："回电报：一切照原计划行事！"

第41章 决战

红日在东方升起，照耀着起伏的群山。万山红遍，层林尽染，和风掀动着落木萧萧的林海。关大河小心地搀扶着李芬在大山中赶路。山路崎岖，李芬又有身孕，关大河小心地照顾着她，时不时地抱她一把。

"大河，我们这样做是不是太过分了？我们这可是背叛组织啊！"李芬用充满后悔的语气道。

"是的，是过分了。可是，我们不得不这样做。"

"一定要这样做吗？"

"是的。"关大河沉着地点点头，"我的案子一时很难翻过来，独立团又危在旦夕！"

"可是，你自信你的判断是正确的吗？万一……"

"李芬，相信我！"关大河目光炯炯地看着她，"我们队伍中肯定有内奸，这个内奸肯定是孔庆西。这次，村边敢贸然攻打独立团，一定有他配合。"

"所以，我们现在去找肖营长，劝肖营长和独立团联合作战？"

"是的，我要来个将计就计，就和上次我们打格木的埋伏一样！"关大河自信地笑了笑。

晚上，他们走进一片树林里休息。李芬忽然说起上次与关大河一起送原爱回罗场县城的路上，关大河背着原爱，让她心里酸酸时的情景。"知不知道今天你抱我时，我怎样想？我在想，关大河，我一定要让你像以前背原爱那样背着我！你欠我的，一定要还我！"

"呵呵，"关大河憨憨地笑了，"你要喜欢我背，那我以后天天背你啊，一直背到老！"

"嗯！"李芬幸福地趴在他的肩上，"可是，那时你也走不动了！"

"放心，走不动我也要背着你走，哪怕只走一步路！"

"真的吗？"

"嗯！"

李芬感动地趴在他宽厚的肩上，脸上充满了幸福与甜蜜。

就在此时，关大河发觉身后有种异样的响动，他赶紧去抓放在地上的长枪，可是，已经晚了，一杆枪顶住他的后脑勺，一个声音传来："动一动就打死你！"

跟着，两个人影转到了他们面前，是张啸天和张军。

　　原来，张啸天被张五常放掉后，带着几个残匪四处流窜。由于正赶上国军及八路军主力杀了回来，所以他们的日子越来越不好过。所幸他们人不多，便于躲藏，也在夹缝中生存下来了。可是，没有枪，没有人马，终归是不行的。这天，他们摸到了肖营长的驻地大王庄附近，干掉了肖营长的两个游动哨，就朝这边窜了过来。张啸天想，事到如今，再也难过从前的快乐时光了，不如去投靠村边好了，格木不要他，村边看上去通情达理，说不定会要他的。没有想到，走到这里，竟发现了关大河和李芬。

　　"哈哈！关大河，我们又见面了！"张啸天拿着手枪对准他，得意地笑道。

　　一个土匪上前把关大河手中的长枪和腰里缴获的胡政委的短枪取了下来。

　　"你想干什么？"关大河不屑地看着他。

　　张啸天冷笑道："兄弟，你来得正好，我想去投村边，正愁没有礼物，你送上门来了。李芬女士就交给我帮你照顾了，你呢，就交给日本人，你看如何啊？"他和土匪们一起爆出得意的大笑声。

　　关大河打量了一下他们，看清他们一共只有十多个人。他身后应有三四个，面前有六个。

　　"张啸天，你怎么也是个大男人，你就不能做点对得起祖宗的事情吗？不是做土匪，就是做汉奸，你……简直就不是人！"李芬怒骂道。

　　"臭婊子，轮不到你说话！"张啸天恶狠狠地骂道。

　　"你听着，我们有重要事情，你不要误了我的大事。你要钱要枪，我以后给你！"关大河镇定地道。

　　"少废话，你他妈的还以为我会信你？给我绑起来！"张啸天喝道。身后一个土匪把李芬拖开。跟着，一根绳子从后面甩了过来，一个土匪牵着绳子围着树转了两圈，把关大河牢牢地捆在了树干上。一支长枪自始至终地顶着他的脑袋。

　　"你们这伙畜生，你们知不知道你们在干什么？"李芬痛骂道。

　　"张啸天，你听着，我有急事，要去救独立团，日本人马上要进攻独立团，你要是中国人，就放了我！"关大河冷冷地瞪着他。

　　面前的张军看着关大河，脸上现出有些心动的表情。

　　"去你妈的，实话告诉你，你们八路军孔队长给老子下过命令：抓了你，格杀勿论！哼，老子先上了这个女的，再把你交给日本人换个队长当当！"他把枪插在腰里，走过去，把李芬拖到一边，拖倒在地，扑了上去。

　　李芬尖叫："畜生！放开我，放开我，滚开！"

　　"张啸天，你个浑蛋，她怀了孩子！"关大河怒喝，"你狗娘养的要碰她一下，老子非杀了你不可！"

　　"去你妈的！"张啸天边骂边扯李芬的衣服。

　　张军想了想，上前拍拍张啸天的肩道："老大，咱们冷静一点。他们真的有重要事情，这女的又怀了娃！"

　　"去你妈的，我们马上就要投鬼子了，还管他那么多？"张啸天回头骂了一句。就在这时，李芬腾出手来，给了他一巴掌。张啸天恼羞成怒，对着李芬的脸就是两巴掌。

　　"狗娘养的，我要杀了你！"关大河吼着，拼命挣扎。

　　突然，一声枪响，一颗子弹从张啸天的头顶上飞了过去。关大河后面传来呼喊声：

"弟兄们，冲啊！"随后，林少尉带着一队国军士兵边开枪边冲了过来。

张啸天回头一看，大吃一惊，赶紧从李芬的身上跳了起来，喊："快跑！"他撒腿就跑，身边的土匪也跟着他往前跑。

林少尉带着国军追了过来，边追边要手下的弟兄开枪，一个也不要放过。有几个土匪很快被打倒，剩下的几个包括张军也跪地投降了，只剩下张啸天一个人往远处跑去。

林少尉要手下去追赶张啸天，死的活的都要，然后他走到关大河身边，给他解开身上的绳子。"关长官，没想到是你们！"他边解绳子边道。

"我们正要去找老肖，结果，碰上这狗日的，没有防备，被他暗算了。"关大河恨恨地道。

林少尉的一个手下上前，把李芬从地上扶起。

关大河问他们是怎么回事。林少尉告诉他：原来，张啸天一伙土匪在肖营长驻地附近屡屡作恶，昨天又摸了他们的两个游动哨，把枪给抢跑了，肖营长怒不可遏，当即命令林少尉带着弟兄们追杀，务必要把张啸天一伙全部端掉。现在，他们顺着张啸天逃跑的方向摸了过来，不想在这里正好撞见了。

不一会儿，几个国军押着张啸天走了过来。他们追上张啸天，张啸天枪里又没有子弹了，只好跪地投降。

几个士兵把张啸天带到林少尉和关大河面前，往地上一推。"关长官，求你饶我一命，求你了！"张啸天跪在地上，磕头求饶。

"饶你？"关大河冷笑，"那这世上岂不又多了个沾满中国人民鲜血的汉奸？"

"关大长官啊，我现在一个人了，还做什么汉奸？我回家去种地好了。看在我配合你发动暴动的份上，求你饶了我，求你……"张啸天一把鼻涕一把泪地道。

"这种土匪，枪毙算了，留下来只有祸害别人！"李芬恨恨地道。

林少尉冷笑一声，道："我带弟兄们出来时，肖司令就发过话了，抓住张啸天，就地处决。来人，拖下去毙了！"

两个士兵上前一人拉他一个胳膊就要往下拖。张啸天脸上露出绝望的表情，跟着，眼里露出一线凶光，忽然大吼："狗日的，老子死也要拉上一个垫背的！"说完，他挣脱两个士兵，朝李芬扑了过来。

还没等他扑到，关大河飞起一脚将他踢翻，跟着，几个士兵扑上去，死死摁住他，将他拖到远处，往地上一掼。他大骂着，正要爬起来，一群士兵围上来，对着他一阵乱枪，他瘫倒在血泊里，身子抽动一下，没气了。

这边，李芬早把双眼捂上，她不想看这血腥的场面。

"这种垃圾，留下来迟早是个祸害！"林少尉恨恨地道，然后对关大河道，"关长官，我们走吧！"

关大河点点头，挽着李芬的胳膊，和林少尉一起，朝肖营长的住地大王庄走去。林少尉的手下押着其余的土匪跟在后面。

路上，关大河看李芬走得累，就用树枝和上衣做了个简易担架，让被俘的土匪抬着李芬走。

　　大王庄操场上，肖营长正坐在石碾上看两个士兵斗鸡。秋日早晨的阳光照着他的脸庞，散发出成熟而忧郁的光芒，眉头似乎游荡着思念。他莫名地想起了关大河。

　　关大河走后，他的酒也渐渐醒了。刚开始，他并不认为自己做错了什么。他是真心想找那个日本女人做老婆，这有何不可呢？那个日本女人不愿意，可你关大河就不能帮帮忙吗？兄弟我当初是怎么帮你的？所以，他心头的气一直没有消。

　　可是，随着时间的流逝，也随着对原爱的淡忘，他莫名地越来越想关大河了。毕竟是多年的老弟兄啊！两人在二十九军时就在一个锅里吃饭，现在，分属国共两党军队，仍然有幸同甘共苦，一块儿打仗，彼此之间，你救过我的命，我救过你的命，这实在是缘分啊。这样的兄弟，一生中能遇上几个？而且，有关大河在队伍时，遇上什么事，总能找他商量。何况，两个人都是打起仗来不要命的人，性格很是投缘。现在，两个人就那样为了一个日本女人闹翻了，再也无法相见了，真是不值啊！

　　此刻，他坐在石碾上，看着士兵们玩闹，又不由自主地想起了关大河。

　　突然，他听见身后有喧哗声，也看见对面打闹的士兵们停了下来，呆呆地朝自己身后望去，于是，他猛一回头，结果看见关大河正朝他走过来。

　　他起身，冷冷地朝关大河走去。关大河平静地朝他走过来。两人走近了，面对面站着。忽然，两个人都笑了。

　　"妈的，我以为你不会再找我了。"肖营长猛地举起拳头，打在关大河的肩上。

　　"你以为我像你那样小鸡肚肠，好赌气？"关大河骂道。

　　肖营长笑了，又打了关大河一拳，然后，两个人老朋友般地拥抱在了一起。

　　"妈的，刚才我还在想你！"肖营长放开关大河道。

　　"是在记恨我？"

　　"就是，记恨你狗东西一走了之，再也没消息了！"

　　两人哈哈大笑。

　　林少尉、李芬欣慰地在远处看着这兄弟重逢的一幕。

　　"李长官，"肖营长看见了李芬，冲李芬喊，"又见到你了！"

　　李芬没有吭声，送给他一个温存、友好、调皮的微笑。阳光下，她美丽的脸蛋如花一般，格外动人。

　　在肖营长的办公室里，关大河对肖营长谈了自己找到独立团后的经过，以及独立团现在面临的情况，还有自己来找他的目的：请他出兵，助独立团一臂之力。

　　"唉，你老兄也是，独立团对你不公，要枪毙你，你还要救他们个鸟！"肖营长不满地道。

　　关大河告诉他：独立团只是对他有误会，而这个误会，自己也有责任。如果他当时救了原爱后，果断地离开，不就什么事也没有了？他这次正要通过救独立团的行动，证明自己的清白。

　　肖营长被说服了，表示将尽全力配合他的行动。他当即派侦察员去侦察村边、格木的情况。

　　第二天，侦察员回来了，对肖营长报告说，村边大队在范庄扎下营盘，只等肥田大队抵达黄庄东面的天堂寨，就和肥田大队一起进攻独立团。

　　肖营长和关大河研究救独立团的事。关大河认为，独立团要摆脱日军的夹击，会有两套方案：一是及早跳出包围圈转移；一是集中力量，伤其一股，让其他几股不得不撤兵。独立团经过整编，人多势众，又刚回到黄庄，不可能跳出去，这样会影响士气，他们很有可能会采取第二套方案。

"有道理，他们要干掉的肯定就是村边这一路了。"肖营长听了他的想法，点点头，"那，你说他们会是怎么个打法？"

"内奸就会在这里起作用了！"关大河肯定地道，"无论什么打法，独立团的进攻路线，内奸都会报告给村边，而村边就会在路上设伏，从而把独立团一举歼灭。"

他接着分析，范庄在南面，肥田大队正从东面逼进黄庄，独立团不可能正面进攻范庄，村边会有防备，也不会从东边绕道，那样会陷于肥田大队与村边大队的夹击中，只有从西边绕道了。

"从西边绕道，袭击范庄，又必须隐秘，他们很有可能从鬼谷走！"肖营长道，"我带部队在那里活动过。"

"对，"关大河笑道，"我也知道那条路。只有从那条沟谷里，才可以迂回到范庄，打一个漂亮的奇袭战，同时，也不至于在运动中被日军发现。"

"可是，鬼谷又容易打伏击。如果独立团从那条路走，村边在那里打个伏击，独立团就完蛋了！"肖营长恍然大悟。

"对，我想，内线很有可能会在鬼谷做文章。他会建议独立团从鬼谷去偷袭村边，却让村边在鬼谷设伏，这样，就可以达到全歼独立团的目的！"关大河肯定地道。

"兄弟，你真厉害！这一套都是在八路军里学的？"肖营长用佩服的眼神看着他。

"当然！"关大河得意地道，跟着皱一皱眉，"当然，这只是我们的猜想，也许情况不会这样发展！"

"没关系，我多派些侦察员，密切注意独立团和鬼子双方的动静。如果真是这样，我们就将计就计，来个反包围，既救独立团，也消灭了格木。"肖营长道。

"那，多谢兄台了！"关大河笑道。

"妈的，我们之间讲什么客气？再说，我也想打鬼子立功嘛！"肖营长道。

当晚，肖营长派出多个侦察员潜伏在范庄及黄庄还有鬼谷附近，密切关注着独立团及村边大队的动静。

与此同时，在独立团团部，吴团长、胡政委也召集了营以上干部开会。

吴团长通报了有关情报：村边大队这次的任务就是要消灭独立团。除了村边大队外，日军又增加了一个肥田大队，准备一起向独立团进攻，把独立团在黄庄就地歼灭。军分区首长指示独立团以硬对硬，和村边大队打一仗，必要时，可以要老十六团配合，一起歼灭村边大队。军分区要他们尽快拿出方案。

"兵来将挡，土来水淹，我们可以发挥我军运动战的优势，各个击破！"张五常率先发言。

吴团长用欣赏的目光看他一眼，道："我也是这样想的。"

这时，穿着老百姓衣服的孔庆西走了进来，向吴团长报告了他们侦察的情况。"据侦察，村边知道我独立团的实力，不敢贸然进攻，就等肥田到达指定地点天堂寨

后，和肥田大队一起夹击我们。"孔庆西看看在座的干部们，从容地道。

吴团长站起来，走到墙边看地图。"如果情况属实，我们主动出击，迂回到范庄，打掉格木、村边，你们看怎么样？"吴团长用铅笔作着示范。

"不错，在运动中消灭敌人，是我军的长处。与其坐等他们攻击，不如主动出击，各个击破。最重要的是，今天的敌我双方实力，不比去年大扫荡时期了。我们有能力断其一股！"胡政委果断地道。

"胡政委说得好！我们在运动中消灭掉村边、格木，再配合四分区挺进罗场县城，一举拿下罗场县城，拔掉大蒙山区这个重要的据点！"吴团长道。

"嗯，关键是，我们这次袭击，要以快打慢，迂回穿插时要隐蔽！"胡政委道。

"那我们商议一下行动计划吧！"吴团长道。

胡政委沉吟一下道："为保密起见，我看计划就由我们几个主要负责人讨论吧！"

"这个……胡政委是怀疑我们中有内奸吗？"张五常故作幽默地笑道，"这里面可没有关大河啊！"一些干部跟着笑了。

"我看，慎重一点不无好处。就这样，散会吧。我、老张、胡政委、老田我们几个人留下！"吴团长道。于是，干部们都出去了。孔庆西也出去了。

胡政委、吴团长等人留下来商议方案。经过反复讨论，他们决定兵出鬼谷，直奔范庄，打掉村边，再乘胜直逼罗场县城。

两天后，吃过晚饭，晚七点整，独立团战士们得到命令：长途行军，攻打范庄。于是，经过紧张的准备和简短的动员后，部队迅速出发了。村子里只留下一个连守卫。近两千人的队伍雄纠纠地开了出去。田参谋长带一营在前面开路。

这次行动很迅速，事先除了吴团长、胡政委、张五常、田参谋长四个主要领导知道今晚会有行动外，其余的人都不知道，而且，也没有告诉具体路线，这个路线只有他们四个人知道。在命令发布后，全村戒严，进出都不允许，戒严一直持续到第二天早上七点。这是胡政委的要求。他不得不防一手。如果关大河不是内奸，那么，张五常带的那帮战士中或许就有个内奸。当然，也不是绝对的，也许内奸在肖营长的队伍里，也未可知。但总之，如此重大的行动，当然是越保密越好。

当然，这个行动计划早在前一天，就由真正的内奸张五常与孔庆西通过电台，报告给了村边。

凌晨三点，队伍到达鬼谷。鬼谷是一条长约十公里的弯曲的沟谷，宽二百米到一公里不等，两边是高山和绝壁。从这里穿出去，再过一个谷口，范庄就呈现在眼前了。部队展开后，以迅雷不及掩耳之势，范庄可轻松拿下，正常情况下，三个小时就可以解决战斗，部队再从正面回师黄庄或径直打到罗场县城。

根据侦察员们的消息，发现村边并没有在范庄与鬼谷的连接处布置很多兵力把守，只放了一个岗哨。这个很好理解，荒无人烟的鬼谷就相当于一片自然屏障，谁会想到独立团会迂回绕道从鬼谷穿过来呢？

因为已经到了鬼谷，再也没有保密的必要了，于是，吴团长、胡政委召集各个营长及特务连连长孔庆西在谷口开了个短会，告诉大家这次行动的方案：穿过鬼谷，就是范庄，独立团三个营按顺序，占据左、中、右三处位置，一起向范庄发动进攻，争取三个小时拿下范庄，特务连作为预备队随团指挥部行动。布置完后，吴团长命令按战斗序列进发，一营在前，二营、三营紧随其后。

于是，部队继续向前开进。田参谋长仍随一营行动，团部其他的几个领导随特务连走在中间。

走到鬼谷的中部地带，两边是比较平缓的山坡。忽然，一颗信号弹从上面山顶上腾空飞起。跟着，两边的山上出现了大批头戴钢盔的日军，近百挺机关枪像泼水一样往下发射子弹，迫击炮弹准确地在队伍中爆炸了。一时，独立团人仰马翻，乱成一团，不少战士倒在血泊中。

走在前面的田参谋长大喊："不要慌！"话没说完，一排机关枪子弹就打了过来，他当即被打下马。有经验的营连长们知道遇到埋伏了，赶紧指挥战士们趴在地上，凭借岩石还击日军。

战斗打响时，胡政委就蒙了，他知道肯定是计划被泄露了。吴团长也愣住了。张五常恨恨地骂道："妈的，怎么回事？难道关大河又藏在我们附近？"

就在这时，两边山上的枪炮声停了下来，山上燃起很多的火把，村边与格木出现在山坡上。村边喊："八路军弟兄们，你们被包围了，缴枪投降吧！"

吴团长拔出手枪喊："同志们，不要怕，准备……"话没有说完，孔庆西上前一步，用手枪顶住吴团长："吴团长，叫他们不要抵抗！"

吴团长愣住了。孔庆西下了吴团长的手枪，一面顶着吴团长，一面大叫："八路军弟兄们，不要反抗了，你们中了皇军的埋伏，反抗只有死路一条！"

峡谷里顿时静得像百万年前的洪荒时代。古柱子、程指导员都惊呆了：原来内奸果然是他！

"果然是你？看来我们冤枉了关大河。"胡政委恍然大悟，叹道。

孔庆西哈哈大笑，用枪顶着吴团长的脑袋道："听着，我是村边太君派来的卧底，你们这些蠢货中计了。都放下枪，要不，我打死他！"

山坡上，村边带领日军走出阵地，端着刺刀，一步一步逼了下来。

"同志们，不要管我，快还击！"吴团长焦急地喊。

古柱子猛地将手枪子弹上膛，举起手枪，指着孔庆西痛骂："狗汉奸，你敢欺骗我们……"话没说完，张五常一枪打在他的胸口上，古柱子痛苦地倒下，捂住胸口，指着张五常："你……"

"告诉你们，张主任早在战俘营就投靠了大日军皇军！你们快投降吧，不要作无谓的牺牲了！"孔庆西大声喊。

胡政委和吴团长愤怒地瞪着张五常。"原来真正的内奸是你！怪不得你竭力要处决关大河！"胡政委愤怒地道。

张五常冷笑一声，对吴团长道："对不起，老吴，还有老胡，我也是迫不得已，都是关大河逼的！"说完，他上前一步，抓住胡政委，用枪顶着他的脑袋。

倒在地上的古柱子猛地爬起来，喊："张五常，你……这个叛徒！"跟着，他就要朝张五常扑过来。一声枪响，山坡上的日军狙击手准确地将他射倒。古柱子再也没有爬起来。

"狗汉奸！算我看错了你！"吴团长看一眼血泊中的古柱子，对张五常恨恨地骂道。

"八路军弟兄们，你们的团长、政委都被我们抓住了，快放下枪，免得作无谓的牺牲！要不放下枪，我们就打死你们的团长！"村边在上面一边喊，一边带着鬼子从两边山坡上逼了下来。

张五常也喊："弟兄们，我已经投靠了汪先生的国民政府，大家放下枪，跟我一起跟着日本人共建大东亚共荣。谁敢反抗，古柱子就是下场！谁再乱动，就打死你们的团长、政委！"说完，他用手枪逼着胡政委，命令道："叫他们放下枪！"

"同志们，不要管我们，快打死这两个内奸！"胡政委不理他。

战士们都没有放下枪，却又不敢轻举妄动，怕一不小心，他们的团长、政委被杀害了，只有呆呆地看着他们。

走在最前面的日军离山谷里的独立团只有十多步了。

就在这时，右边山顶上响起了机关枪的声音，还有手榴弹的爆炸声。众人都朝右边山上望去。只见日军的重机枪阵地上，一颗颗手榴弹爆炸着，日军纷纷滚下山坡。跟着，关大河和肖营长领着一支胳膊上缠着白色毛巾、身着日军制服的国军出现在右边的山头，将留守在山顶上的日军机枪手和少量日军打得滚下山坡。同时，他们架起重机枪，朝左边山顶上的日军机关枪阵地扫射。左边山顶上的许多日军猝不及防，被打下山坡。

"格木、村边，你们中了我的计，赶快投降吧！"关大河手提马刀，站在右边山顶上喊。

"村边、格木，你们中了关大河的将计就计之计，赶快投降吧！"肖营长也提着手枪站在山头上喊。

村边与格木大惊失色，面面相觑。

原来，肖营长与关大河派出的侦察员发现村边大队悄悄出动了，是往鬼谷方向去的，就赶紧报信。于是，关大河与肖营长带人直扑鬼谷。因为报信的侦察员赶回部队需要时间，而部队出发赶到鬼谷也需要时间，所以，肖营长与关大河带人赶来时，战斗已经打响，孔庆西和张五常已经控制了胡政委和吴团长。于是，他们一面派林少尉带人绕到对面山上去解决对面的日军机枪阵地，一面立即从山后发动袭击，解决掉右边山头的鬼子的机枪阵地和迫击炮阵地。

就在关大河与肖营长喊话的时候，左边山头也传来了枪声和手榴弹爆炸的声音，日军的一些重机枪手被手榴弹炸飞，滚下山坡。原来，悄悄绕道到对面的林少尉带人从背后袭击了对面山头日军的迫击炮阵地和机枪阵地。

"我们中计了！"村边叹道。

"来得好，正好在这里决一死战！"格木咬牙切齿道，跟着大声喊，"大日本帝国的勇士们，和支那人决一死战，消灭支那人！"

日军大声号叫着，挺起刺刀，朝山谷中的八路军冲了过来。

张五常和孔庆西见此情景，愣住了。两人拖着胡政委与吴团长朝日军中跑。

程指导员和特务连的战士们开枪朝他们射击，早安排好的掩护他们的一股日军端着轻机枪朝特务连打来，特务连战士被打倒一大片，剩下的赶紧各找地方掩护，与日军对射起来。

吴团长向胡政委使个眼色，猛地推倒张五常与孔庆西，就势朝战士们中间跑去。

孔庆西与张五常赶紧朝他们两人射击。山谷里的特务连战士在程指导员的指挥下，朝他们猛烈射击，掩护吴团长与胡政委。孔庆西被打中，惨叫着倒在地上。张五常赶紧藏身到岩石后面。一群日军冲上来，冲向特务连，张五常消失在大片身着黄色军服的日军中。

"同志们，和友军联合起来，把鬼子消灭掉！"脱险的吴团长捡起地上的一支长枪，发出攻击令。

"同志们，大决战开始了，消灭村边、格木！"胡政委也喊。

村边、格木领着日军杀向山谷八路军阵中，八路军怒吼着迎击他们。山顶上，肖营长与关大河领着国军从山顶朝山坡和谷底的日军杀来。格木挥刀喊："大日本帝国的勇士们，拿出我们所向无敌的精神，消灭敌人，冲啊！"然后他冲进八路军的阵营里，拼命砍杀。孤注一掷的他就像一头暴怒的猛兽，不少八路军战士及国军战士倒在他的刀锋下。

村边也挥着指挥刀，在两个日军的护卫下，在人群中砍杀着。他的脸上洋溢着悲壮的色彩，他知道自己的计划失败了，现在只有奋死一拼了。但显然，这是一场力量有些悬殊的战斗。他的人马一共才八百人，而国共双方的军队看上去有两三千人。

渐渐地，枪声与手榴弹的爆炸声没有了，整个山谷完全变成了白刃战的战场，到处是厮杀声、咒骂声、刀枪的撞击声和挨了刀后的惨叫声。

关大河手提指挥刀，在日军中如切瓜砍菜一般，所向无敌。程指导员端着一杆三八大盖，在一个战士的帮助下，捅倒一个鬼子，然后左右四看，寻找新的目标。

此时，日军越来越少了。虽然他们平时训练有素，作战勇敢，拼刺刀都很占优势，但毕竟人数较少，所以大部分已被消灭了。剩下的日军大多三五个人一组，背靠着背，与一圈儿数倍于他们的国共双方将士拼杀。他们很顽强，没有经过太多训练的国军将士及八路军将士虽然人数远多于他们，但要拿下他们，还很费劲。往往是关大河出现，让战士们闪开，才将他们解决掉。有时战士们不耐烦了，就开枪将他们解决掉。

格木被七八个战士围着，战士们都想抓活的，没有开枪，格木利用这一点，与战士们血战到底。他善拼刀，力气又大，此刻又有血战到底、以死报国的想法，所以，战士们都奈何不了他；先后有七八个战士被他砍倒，又有七八个战士围上来与他厮杀。

关大河刚刚帮助几个战士解决了两个背靠背拼命顽抗的日军，四顾一望，看见了嚣张的格木，就提着马刀奔了过来。

"弟兄们，让开！"关大河对围着格木厮杀的国共双方的战士喊道。那些战士都自动让开了。

格木一看关大河过来了，脸上的横肉狰狞地颤动一下，眼里露出仇恨的凶光。"姓关的，明年的今天，不是你的忌日，就是我的忌日，我们来个了断吧！"他眼睛血红，像一个赌输了的赌徒准备最后一搏。

关大河冷笑道："我看十有八九是你的忌日！"

格木双手握着指挥刀，大喊一声，扑了过来。关大河迎了上去，两人战在一处。

格木因是最后一搏，所以显得特别凶狠，刀法也比从前长进许多。五个回合之后，格木一刀划开关大河胳膊上的衣服，差点把他的胳膊砍着了。又拼了三个回合，关大河打掉了格木的指挥刀，用刀顶住他的喉咙，冷冷地看着他。

格木号叫一声，又捡起刀，双手握住，朝关大河砍过来。关大河闪身让开他的指挥刀，就势一刀，捅进他的肚子。

"我代表中国人民，代表无数被你杀害的中国军人和平民，对你处以极刑！去为你的天皇尽忠吧！"关大河说着，一用力，刀穿透了格木的后背。

格木瞪着牛眼样的眼睛，一手提着刀，一手握着关大河捅进他肚子的刀刃，恶狠狠地看着关大河，眼里喷射着仇恨与不甘心的光芒。

关大河拔出马刀，一股鲜血从格木肚子里喷出，格木瞪着眼歪倒在地，手中的指挥刀落到了地上。

此时，战斗已经基本结束，只剩下村边和他身边的十来个鬼子没有被消灭。那十来个鬼子呈圆圈状背对着村边，将他围在中央，挺着刺刀和围上来的八路军及国军战士对峙着。村边站在他们中间，挂着指挥刀，脸上露出沉重又镇定的表情。

他们面前，站着数百个国共双方战士。此时，天色已经大亮，太阳在东山头升了起来。山坡上、峡谷里，到处是死尸，空气中弥漫着浓浓的血腥味。

"村边，投降吧，我们优待俘虏。"站在村边面前的胡政委喊道。

村边平静地看着他，仿佛没有听见。

关大河挤了进来。

村边的目光移到了关大河的身上，眼睛死死地盯着关大河。他的目光里有愤怒，有后悔，也有哀叹。愤怒是因为关大河太忘恩负义了，后悔是因为从前对关大河太好了，没有想到他是如此坚决的抗日分子，哀叹是因为自己这样一支赫赫有名的甲种加强大队竟中了关大河的计，被全歼在这里了。看来，格木仇视关大河没有错，因为，这个人就是结束自己生命的人，是自己真正的对手，是自己来到中国战场后真正打败了自己的人。

"村边大队长，你们已经失败了，投降吧，我们优待俘虏！"关大河语气平静。

村边手下的士兵脸上显露出忠勇的、慷慨赴死的表情，大喊一声，扑了上去，和国共双方的战士们拼杀开来。虽然他们很顽强，但显然是以卵击石，不一会儿，他们全部倒在了刺刀之下。

"关大河，我输了，输给了你的忠诚和你的勇敢。来吧，我们决一死战。要么我死在你的手里，要么你死在我的手里。"村边看看倒在血泊中的部下，脸上露出悲壮和痛惜的表情，对关大河道。

"村边，不用决战了。和我比武，你只有输。为天皇战死，不值得。你投降吧！"

"来吧！等我输的时候，看在我对你不错的份上，动作利落一点！"村边说完，挥动指挥刀，朝关大河扑过来。

关大河挥刀架起他的指挥刀，两个人转着圈拼杀开来。三个回合之后，关大河打掉了他的指挥刀。村边爬过去，捡起指挥刀，又朝关大河冲过来。又三个回合，关大河又打掉了他的指挥刀。村边又爬过去，捡起指挥刀。想了一想，他长叹一声，跪下，对着日本国那边磕了个头，然后转过身，跪着，扯开自己胸前的衣服，对关大河平静地道："关先生，请给我一个机会。"说完，他双手捧起指挥刀的刀刃，就要朝自己胸部捅下去。

关大河冲上前，一把抓住他的指挥刀的柄，死死抓住。村边无法捅下去，双手在刀刃上印出鲜血。关大河一脚踢开他的双手，夺过了指挥刀。

"你太没有军人的风度了，为什么不让我剖腹自尽？"村边从地上爬起，愤怒地道。

"我不想原爱失去她深爱的哥哥，也不想樱子失去她的舅舅！你要是真心爱她们的话，你就要活下去，向中国人民认罪，然后活下去！"关大河的语气严厉又不乏真诚。

村边愣了一下，似乎被"原爱""樱子"这两个词打动了。

"我这样也是为了原爱，她是一个好女人，她不应有太多的伤心！"关大河真诚地道。

村边叹口气，眼眶湿润了，黯然地低下了头。

吴团长喝道："抓起来！"两个八路军战士上前，抓起村边。

"慢！这是我们抓住的。来人，带过来！"肖营长不知什么时候也挤了进来，在一旁喊。

"老肖，算了！"关大河对肖营长道。

肖营长耸耸肩，对关大河道："兄弟，你又欠我一份情！"

这时，肖营长才招的几个做卫生员的村姑和几个村民跑了过来，对他报告道："肖营长，关长官，不好啦！一个叫张主任的人抓走了李芬，说她是内奸。"

原来，张五常趁着混战和天色阴暗，溜出战场，从一个谷口绕到后山，拼命赶路。他想，事已至此，满盘皆输，唯一的办法是"三十六计，走为上计"，先回罗场县城，与村边的上司联系，再设法要十六联队司令部送他去上海或安排他的工作，哪怕躲起来也行。总之，先逃走为妙。

不料，他正好遇见李芬带着二十多个村姑和大嫂组成的救护队，以及四十多个村民组成的担架队，匆匆往这边赶着。他又惊又喜，心想，到这时还能撞见李芬，也算老天长眼。他想劫持李芬一起跑。他走到今天，不就是因为李芬吗？于是，他开枪打死护送的两个国军士兵，跳出来，用枪对准李芬。

李芬见了他，大吃一惊。她并不知道他已经叛变，还以为他是来追捕自己的，于是，她愤怒地道："张主任，你为什么还不放过我们？难道关大河在前面没有给你们解围？"

张五常愣了一下，意识到李芬还不知道他是叛徒，就假装生气地道："放屁！关大河和日本人一起在进攻我们，被我们消灭了，我在这里专门等候你！"

"什么？不可能的！"李芬惊叫道。

"少废话，过来，我要逮捕你！"张五常喝道。

跟着，他又对那些村姑和村民道："你们走吧！我是八路军独立团政治部张主任，奉命逮捕她，和你们无关。谁要反抗，就以汉奸论处！"

一个村姑对张五常道："八路同志，李芬是好人，你不要抓她啊！我们是去打鬼子的！"

张五常一枪将她打倒，骂："帮汉奸说话，一样下场！"

众村民与村姑们吓得赶紧四散跑开。

李芬既震惊又愤怒，怒斥道："张五常，你……敢对老百姓开枪？"张五常没有理她，走过来，抓住她的胳膊，接着往前走去。

"张五常，你这是要带我到哪里去？那边到底是怎么回事？"李芬一面挣扎，一面质问。

"关大河、肖北新勾结鬼子设了埋伏，我们独立团吃了大亏。你也是内奸，我要带你到军分区去受审。"

"我不相信，不相信关大河勾结鬼子！他们知道鬼子的阴谋，知道孔庆西是内奸，所以将计就计，准备破坏鬼子的埋伏，怎么会合起来消灭独立团？"

张五常不再理她，拉着她直往前走，任李芬怎样挣扎也不放手。

走了一阵，李芬趁他四处看路时，猛地挣脱他，往鬼谷的方向跑。张五常上前抓住她，把她摁在地上。

李芬拼命喊："来人啊，救命啊！"

就在这时，关大河和肖营长等人气喘吁吁地追了过来。关大河大喝一声："张五常，放开他！"

张五常赶紧把李芬拖起来，用胳膊箍着，挡在前面。

李芬眼里绽放出喜悦，问道："大河，你没事吧？独立团也没事吧？"

"嫂子，你放心好了，我们和独立团一起消灭了村边大队，一切是照计划进行的。"肖营长道。

"你，骗我？"李芬对张五常恨恨地道。

张五常拿枪顶着李芬的头，对关大河喝道："不要往前走，要不我打死她！"

肖营长对张五常喝道："张五常，你这个狗汉奸，快放开李芬！"

"你……汉奸？"李芬看着张五常，又问关大河，"大河，这是怎么回事？"

"李芬同志，张五常才是真正的内奸，是他和孔庆西把我们引到日军的包围圈里的，第一次暴动也是他出卖的。我们误会了关大河。"胡政委拨开人群，走上前来。

李芬恍然大悟，怒视张五常："我说你怎么处处和关大河过不去，原来你才是真正的叛徒！"说着，她站了起来，猛地要挣开张五常。

"是的，李芬，我是内奸！"张五常使劲一夹李芬的脖子，痛苦又愤怒地道："你知道我为什么要当内奸吗？因为你，因为你这个贱女人！你记不记得在战俘营，几十个日本鬼子排队，脱光了准备轮奸你，可是，后来又停下了？"

李芬愣住了。对面的关大河等人也愣住了。

"我当时就在你身后的那个屋里，在窗口看着你。我不忍心你被轮奸，才出卖了暴动！我走到今天，都是因为你！"

太阳照射着山林，天地十分沉寂，偶尔林中传来小鸟的声音。

"我知道，你是爱我的。可是，你不能靠出卖暴动，不能靠栽赃关大河是叛徒，不能靠同志们的鲜血来维护你的爱，更不能做内奸让鬼子消灭独立团啊！"李芬语气很迟缓，有几分痛心，又有几分愤怒。

"我有办法吗？格木也答应我了，说以后永远为我保守秘密，并答应想法让我带着你逃出去，我想我又可以回到部队里做我的政治部主任，继续革命！可是，关大河发动了暴动，把这一切都破坏了。格木派了特工孔庆西混到我们队伍里。孔庆西威胁我，要我做内奸，说要是不答应，格木就会公布我变节时摁的手印，公布我出卖暴动的事。你以为我愿意吗？"张五常恨恨地道。

"你这是典型的一失足成千古恨啊！"吴团长叹道。

"是的，我是一失足成千古恨，可是，这一失足是因为什么？不就是因为这个女人吗？"张五常用枪顶一下李芬的头，"因为她是我的老婆，却喜欢上了关大河，不愿和我过夫妻生活，我们才被格木发现；因为我不想让她被鬼子侮辱，我才走到了今天。都是因为她不守妇道，我才有今天的结果！"

"张五常，"胡政委说话了，"你爱李芬，并不为过。可是，仅仅因为怕李芬受侮辱，就叛变投敌，出卖暴动，让无数暴动骨干血洒刑场，这种爱，不是太自私了吗？在那个时候，我相信，李芬也是做好了为革命牺牲的准备的，她并不需要你的这种交换。相反，她会痛恨你的这种交换。你的爱是建立在个人享受基础上的爱，是以背叛革命事业，以牺牲革命利益为基础的爱，所以，你不值得同情！"

"实际上，就算你一时失足，但暴动成功后，你抓住孔庆西，老老实实向组织坦白，帮助组织将计就计，消灭村边队伍，也许还会将功赎罪。"吴团长道。

"是的，也许会将功赎罪，可是，那有什么用？我还可以做政治部主任吗？李芬这个女人还会跟着我吗？一个没有前途的张五常，活着还有什么意义？"张五常眼中有了泪水。

"所以，你是被你的私心和你的个人主义打败了！爱情上的自私，个人利益上的自私！你心里想得更多的是你自己，是你的爱情、你的老婆、你的前途！如果你多从革命利益上着想，从抗日大局上着想，个人主义的悲剧是可以避免的啊！"胡政委道。

"够了，事已至此，你们打算怎么办吧？"张五常一挥胳膊，揩一揩眼泪。

"你想怎么办？"胡政委问。

"走到这一步，我也没有想到。今天，要么看在我革命多年的份上，看在我叛变是因为这个女人的份上，放我走；要么，我和这个女人同归于尽。"

李芬含泪对关大河道："大河，开枪吧，打死这个汉奸、叛徒！不要管我！"

"张五常，你恨的是我，你放了他，我们两人决斗，你用枪，我空手。"关大河对张五常道。

"对不起，"张五常冷笑，"我不是格木，我没兴趣和你比武。我只要你们放了我，以后我们永不见面。"

"老吴，放他走吧，救人要紧。关大河和李芬这对情人也算是久经磨难，我们给他们一个幸福的结局吧！再说，张五常迟早会罪有应得的！"胡政委想了想，对吴团长道。

吴团长点头道："好吧，胡政委发话了，我也没得说了。"他对张五常一挥手："张五常，你放了李芬，走吧！"

"对不起，我要她送我一程！"张五常拖着李芬就往后退。

几个战士端着枪要跟上去。张五常喝道："都不要动！"

"妈的，你不守信义怎么办？"肖营长骂道。

"你们放心，我会讲信义的，我对这个女人已经没兴趣了！"张五常边说边继续后退。

"你要是不守信义，我找到天涯海角也会杀了你！"关大河警告道。说完，他从肖营长后面的一个国军士兵手里抓过一支三八大盖，将子弹上了膛，对准张五常。

张五常搂着李芬接着退。退了约五百米，爬上一个高坡，估计关大河等人一时很难追上他了，张五常用手中的枪顶着李芬，面对关大河等人，对李芬咬牙切齿地冷笑道："李芬，我守信义，不带你走，但并不意味我不杀你。我的一生是因为你毁掉的，不杀你，我心不甘。想着你和关大河在一起，我却是这样的结果，太不公平了。"

然后，他又对众人喊："我的一生，是因为这个女人毁掉的，不杀她，我心不甘，对不起了！"

众人惊呆了。关大河喊："张五常，你要杀的是两条生命！"

张五常冷笑一下，大声道："是的，我知道是两条生命，但这是最好的结果。李芬的命是我给的，为了救她的命我才有了今天。她肚里的孽种是关大河的罪过，这条命是不应该有的。让李芬和她肚子里的孽种都去死，才是最公平的，才对得起我！"

李芬泪流不已，恨恨地道："张五常，你不要把事情做绝了，小心遭报应！"

"张五常，你听着，冲你对李芬的深情，我关大河一定会帮你一把。你放了人立马离开，我关大河决不追杀你！"关大河大声道。

"兄弟，"肖北新对张五常喊道，"你不要做蠢事，冲你对李芬的一片情深，我同情你。你放了人快点离开吧，以后遇见了，我肖北新答应你，只要你不朝我开枪，我决不开第一枪！"

"他们两个人说的，也是我想说的。你到这一步，也有让人同情之处。放了人，快走吧，我们保证不追杀你。"胡政委认真地说道。

"哈……哈……"张五常含着眼泪凄惨地冷笑道，"晚了，太晚了！现在，一了百了吧！"说完，他就要扣扳机。

李芬含着眼泪，使出浑身力气猛地推开他。张五常一愣，对着李芬就要开枪。

忽然，一声枪响，张五常的身子挺了一挺，呆呆地看着下面的关大河等人，然后缓缓地转过身子，朝后面看去。只见他身后，站着程指导员和林少尉。

张五常恨恨地看着程指导员与林少尉，脸上露出伤感又沮丧的表情，他知道自己彻底失败了。他眼里露出茫然的神情，举起手枪，对着程指导员。程指导员与林少尉双枪齐发，几发子弹全打在他的身上。他倒在山坡上，一声没吭地断了气。

"我这算是给田参谋长和战俘营牺牲的战友们报了仇！"程指导员看着张五常的尸体，恨恨地道。

原来，在关大河等人追赶张五常时，程指导员与林少尉就绕到前面去堵截了。他们想，分兵追赶，也许更有把握些。没成想，还真堵上了。

吴团长、胡政委及关大河等人奔了过来。李芬含着泪水扑进关大河的怀里，两人紧紧拥抱在一起。

众人围着张五常的尸体，默默地看着他。

"唉，革命了半辈子，最后落得个这样的结果，真是让人惋惜啊！"吴团长叹道。

"这都是个人主义和利己主义害的！其实，人免不了一死，舍生取义，是很高尚的事，他却放弃了高尚，选择了这样的结果！"胡政委叹道。

"妈的，这人也够蠢的了，放了李芬，走人算了呗，以后碰上我，也可以加入我们国军，我们才没有八路那么苛刻！"肖北新叹道。

"大河同志，请原谅，我们误会了你！"胡政委走过来，对关大河伸出手，真诚地说道。

关大河赶紧松开李芬，握住胡政委的手，不好意思地笑道："胡政委，不要这样说，我确实有很多疑点，被误会也是正常的。"说完，他想起什么似的，从口袋里掏出上次抢的胡政委的那把小手枪，对胡政委道："政委，还给你！"

胡政委接过手枪，笑道："幸亏上次让你跑掉了，要不，这回独立团要遭受灭顶之灾了！"

李芬笑道："那要谢谢胡政委啊，有心放我们一马！"

胡政委赶紧给他们使眼色，笑道："我才不会放你们啊，是你们劫持我！"

吴团长也走过来，握住关大河的手："大河同志，委屈你了！"

关大河笑道："这算不了什么，我说了，我也要汲取教训。要是救了原爱后，果断地离开，就不会有后来那些事了。这都是以前的自由主义习气的影响！"跟着，他想起什么似的，道："对了，村边被抓住了，可以审问一下他，陈家谷一仗到底是怎么回事？"

"大河同志，我看不用审了。"胡政委道，"今天的一切，完全可以证明你是一个忠诚的革命战士！一个被误会了，但对党、对革命、对组织仍然忠心不改的战士！一个忍受孤独与委屈默默战斗的战士！我代表组织，正式向你道歉！"说完，他举手向关大河行礼。

关大河眼泪一下奔涌而出。他努力克制着眼泪，不让它流出来，但泪水仍在眼眶里打着转。他赶紧举手还礼。而李芬，早已泪水潸然……

第42章 尾声

消灭村边的主力之后，独立团再接再厉，直奔罗场县城。而范庄，就留给了肖营长的人马。此时，罗场县城只剩下村边的一个小队在把守，另外加上部分伪军。经过半天激战，关大河率先登城，很快拿下了罗场县城。然后，独立团住进罗场县城，并且就住在原来的村边军营。黄庄的留守部队也押着杨少康等俘虏迁到了罗场县城。而原准备配合村边大队从东面夹击独立团的日军肥田大队因为村边大队已被歼灭，又有五分区另两个团运动到他们的侧翼监视，他们自知独木难撑，只好灰溜溜地撤回了据点。

在罗场县城外原战俘营驻扎的日军的一个小队，也被独立团派部队消灭了。战俘营暴动后，日军就在当地找了些农民接着修筑碉堡，因为人不多，速度很慢，至今仍未修起来，以后永远也修不起来了。

重新回到了那个熟悉的军营，关大河感慨万千！他禁不住又想起了原爱。好几次，他似乎看见原爱立在窗口脉脉含情地看着他。也难怪，那是个多么善良的女人啊！虽然因为她，自己经历了九死一生的折磨，但生命中，能结识这么善良的日本女人，也是一件有意义的事情。

这天，他正带特务连的战士在操场上操练，一个战士跑了过来，对他敬礼，说吴团长、胡政委请他到团部去一下。于是，他赶紧朝位于原村边办公大楼的团部走去。

走进团部大楼，走上二楼拐角处，他站住了。他似乎看见原爱从拐角处走过来，含着温柔多情的微笑看着他。真是物是人非啊！

到了团部办公室，只见李芬挺着大肚子已经坐在那儿了。看见他走进来，李芬冲他嫣然一笑。

胡政委和吴团长正在和李芬说笑，见他进来了，就走了过来。

"大河同志，我先对你们通报一下军分区的几项通知和命令！"胡政委扬一扬手中的两份文件，笑道，"军分区正式来了文件，有几件事，我就综合一下通报给你们。"

他的表情严肃起来，开始念文件："一，撤销以前对关大河的处分决定和通缉令，恢复关大河的党籍、军籍；二，给予关大河同志通报嘉奖，表彰他背负委屈，忠心不改，默默战斗，先后组织了战俘营暴动、大蒙山游击战，并为消灭村边大队立下了大功；三，破格同意关大河与李芬的结婚申请。"

关大河脸上现出感动的表情，赶紧立正道："谢谢组织！"坐在一旁的李芬的脸上也露出羞涩又高兴的表情。

"关于你的嘉奖令，已经下放全军分区，你到军分区后，由军分区为你召开表彰会！"吴团长对关大河道。

"军分区？"关大河道。

"是的。"胡政委道，"另外，军分区已经任命李芬为军分区政治部宣传部长，请你带特务连两个排，立即护送李芬同志回军分区，同时把村边等一批战俘押送到军分区！"

关大河愣了一下，立正道："保证完成任务！"

"你到了军分区后，就不要回来了。"吴团长笑道。

"为什么？"关大河愣了一下。

胡政委扬一扬手上的通知道："这上面还有一个通知，军分区决定调关大河同志到军分区工作，担任军分区特务营营长！"

"所以说，你的表彰会要在军分区里开！"吴团长笑道。

"这……"关大河有点不知所措了，"我……不够格啊！"

"你完全够格了！"吴团长笑道。

"而且，我真舍不得离开独立团！"关大河动情地说道。

胡政委故意板着脸道："舍不得也不行，这可是命令，你想不服从命令？"

关大河无奈地道："是，我服从命令。"

吴团长和胡政委对视一眼，亲切地笑了。

关大河看一眼李芬，李芬冲他做了个鬼脸。

于是，关大河与李芬告别了胡政委与吴团长，回到住处，稍微收拾了一下，与程指导员等特务连的老战士们告别后，就带着两个排的战士，押着村边、杨少康等战俘出发了。他和李芬一人一匹马，其他的战士步行。还有一匹马驮着他们的行李。

到下午的时候，他们已经走了五十多里地。这时，李芬忽然看见山坡上有一大片灿烂的野菊花，金黄色的，散发着浓烈的芳香，显得格外耀眼。

"啊！好漂亮的菊花啊，好大一片花海啊！"李芬开心地叫道。她想下马，又觉得不便，就撒娇地命令关大河："我要你去给我摘一束菊花！"

关大河跑了过去，摘了一捧花，送到李芬怀里。

李芬感动而开心地接过鲜花，脸上露出幸福又甜蜜的微笑，嘴里叫道："好漂亮啊，真的好漂亮！"

关大河关切地扶一扶她："慢点，小心肚里的孩子！"

"不要紧，他正在乖乖地睡着觉呢！"李芬调皮地笑道。

忽然，李芬看着手里的菊花沉默了。关大河问她怎么了。"此时此景，我忽然想起了刘兰，想起以前你送我们回军分区时，刘兰欢快活泼的样子。现在，还是你送我回军分区，可是，再也见不到刘兰了！"说着，李芬泪如雨下。

"别难过了，我刚才也想起了古柱子，上次送你们回军分区，他跟我一起送你们，刘兰还说要给他找个媳妇的，可是，他再也不能送你们了！"关大河安慰道。

李芬哽咽道："是啊！"

"战争总是会有牺牲的，不要难过，说不定哪天我们也会牺牲。"关大河望着远方，低沉地说道，"我们唯一要做的就是消灭鬼子，把他们赶出中国，对得住我们牺牲的战友！"

李芬含泪道："嗯！"

关大河给她揩去眼泪："我们接着走吧！"然后，他上了马，又牵着李芬的马，追赶前面的队伍。

他走到村边面前。村边看了看他，平静地扭过脸，沉默地看着前面。

"村边先生，要不要休息一下？"关大河问。

村边生硬地道："不需要！"

"村边先生，谢谢你如实交代，还了我一个清白。"关大河诚恳地说道。

"我的战斗结束了，该还你一个公道了。"村边冷冷地道。他被独立团抓获后，胡政委亲自审问了他，问起陈家谷一仗的情况，他如实地道出了陈家谷之战的经过，从而为彻底弄清关大河的冤情扫清了最后的障碍。对这一点，关大河十分感激。

"对于日军战俘，我们有个专门的反战委员会，你可以加入里面工作。"关大河道。

"我不会做对我的国家不利的事。和你一样，我也是个忠诚的战士，我们都是为自己的国家而战。"村边的表情庄重又执著。

关大河默然。

"关先生，求你一件事！"村边道。

"请讲！"

"原爱不知道罗场县会沦陷，回到日本后，她会给我寄信来的，你们收到后，请交给我！"

关大河郑重地道："好的，你放心，我一定办到！"

这时，杨少康走了过来，嬉皮笑脸地道："关长官，看在我很坦白的份上，请你给你们长官说一声，放了我吧，我再也不做汉奸了！"他被俘后，见村边大队被全部消灭，知道大势已去，为了争取从宽处理，也老实交代了一些事，比如他故意在范庄被俘，然后受村边、格木指示，栽赃关大河的事。这也为关大河洗清冤屈起到了一定的作用。现在他自以为坦白交代过了，就又摆出了兵油子的德行。

"你现在唯一要想的事就是好好接受改造！"关大河并不领他的情，严肃地说道。

一个战士上前，推了他一把，道："走吧！"杨少康悻悻地往前走去。

正走着，前面烟尘滚滚，一大队国军迎面开了过来，和关大河押送的俘虏擦肩而过。

忽然，一个军官纵马奔出国军队列，朝关大河奔了过来，口中叫道："关长官！李长官！"关大河与李芬看过去，却是一身国军新衣装、腰扎武装带、别着小手枪的林少尉。

关大河与李芬同时开心地叫道："林少尉！"

林少尉冲后面喊："团座！肖团长！关长官在这里！"

210

后面的国军队伍里，一身国军上校戎装的肖北新纵马奔了过来。赶到关大河面前，他跳下马。林少尉也下了马，走过来，把肖北新的马牵住。

"狗日的关大河，我们还能碰上啊！"肖北新亲热地擂了关大河一拳。关大河也擂了他一拳："又高升了？当团长了？"

"老子立了那么大的功，能不升官吗？"肖北新笑道。他又对李芬道："嫂子，咱们又见面了！"

两人都简要叙述了一下各自的情况。原来，鬼谷之战后，肖北新带着队伍又攻下了范庄。不久，国军主力开进这一带，肖北新带着大蒙山别动队，找到了自己的老部队。因为军功卓著，他受到了表彰，并且升任了团长。而一直忠心跟着他的林少尉，也在他手下做了少校副官。现在，他们换防，他正带着人马前去接防。

叙完了，肖北新看了看李芬的肚子，笑道："哎呀，快生了，老关你要当爸爸了！"

"是啊，你也要当叔叔了！"关大河笑道。

"妈的！什么叔叔？我比你大！生下来后，不管是男是女，我都做他的干爸爸！"肖北新道。

"没问题，你这干爸爸可别教他骂粗话就行！"关大河笑道。

两人哈哈大笑。

李芬含羞地看着他们，也笑了，一脸幸福的样子。

又说了会儿话，因为各自都有任务，两人恋恋不舍地告别了，各自踏上了新的征程。

黄昏，一艘巨大的轮船航行在苍茫的大海上。美丽的晚霞在西边天空燃烧，余光洒在辽阔的海面上，织就了一道道金色的波纹。

原爱怀抱着樱子站在后甲板上，一直望着西方的天空，也就是中国大陆方向。她穿着黄色的丝棉和服。海风吹起她的秀发，勾勒出她优美的身材。海浪在巨轮下卷起雪白的浪花，海涛一阵阵地在船舷上激荡着单调的响声。

那日她和樱子随一支日军到武汉后，就转道来到上海。在上海滞留了几天后，拿到了回日本的船票。村边所在联队办事处的日军军官把她们母女送上了船。

"妈妈，你在想赵兴叔叔吗？"樱子在她怀里问。

原爱搂紧她，问："你，喜欢赵兴叔叔吗？"

樱子天真地点头："嗯，喜欢！"

"为什么呢？"

"因为，他是好人。"

跟着樱子反问："妈妈，你喜欢赵兴叔叔吗？"

原爱道："嗯！"

"为什么呢？"

原爱沉吟一下，含情地道："因为，他是一个真正的男人，一个优秀的中国男人。"

"那，妈妈，那就要赵兴叔叔给我当爸爸好吗？"樱子歪着头，天真的眼睛扑闪扑闪。

原爱笑了，亲了一下她，跟着，泪水似乎要涌出来："不行的。"

"为什么呢？"樱子不解地瞪大眼睛。

"因为……因为他是一个中国人，我们是日本人。赵兴叔叔只能找中国女人。"原爱看着前方，语气凝重而滞塞。

"为什么他只能找中国女人呢？"

"因为……中国和日本在打仗……"

樱子好像明白了什么，懂事地点点头，跟着道："那，等打完仗了，我们再来找赵兴叔叔好吗？"

原爱紧紧抱住樱子，哽咽着点头。

樱子感受到了原爱的泪水，挣脱她，看着她道："妈妈，你哭了，是在想赵兴叔叔吧？"

原爱含泪点头。

"妈妈，我也想赵兴叔叔，还有舅舅。我们什么时候可以再见到他们啊？"樱子的语气里充满思念。

"快了，等战争一结束，我们就会见到他们的……"原爱的语气深情而凄凉，脸上泪水纵横……

太阳颤抖一下，在霞光的环绕中，落入了大海。跟着，海面上最后一道霞光也消失了，大海陷入无边的黑暗。无边的孤独与感伤从遥远的海面合围过来……

2010年3月22日